LA FILLE DU BOURREAU

Céline Knidler

LA FILLE DU BOURREAU

Roman

Éditions Jeanne & Juliette

De la même autrice

La grâce des innocents, Éditions France Empire, 2013
L'équilibre du funambule, Éditions Larousse, 2018

En pages 8-9 : Paris et ses environs, plan, par Albert Jouvin de Rochefort, 1676, © Bibliothèque nationale de France.

ISBN : 978-2-494473-06-5

Les Éditions Jeanne & Juliette bénéficient pour la diffusion et la commercialisation d'un partenariat avec la Société Nouvelle Éditions Anne Carrière.

www.editionsjeanneetjuliette.com

À mes parents, Élisabeth et Pierre Knidler,
grâce à qui tout a commencé.

A
TRES HAUT
et tres puissant Seigneur
Messire
SIMON ARNAULD
Chevalier Seigneur de pompons
par son tres humble tres obeissant
et tres obligé Serviteur
Albert Jouvin de Rochefort
Tresorier de France
avec privilege
du Roy
LA
RIVIERE
FAUBOURG S. HONORÉ
la Plaine du Cours
Cours la Reyne
le Pré aux Clercs
les Prairies S. Germain
Isle Maquerelle
GER MAIN
FAUBOURG S. MARTIN
FAUBOURG RICHELIEU
la Nouvelle France
Les Porcherons
Mon ceaux
PARIS
VINCENNES
A Paris Chez l'Au
A la Sphere

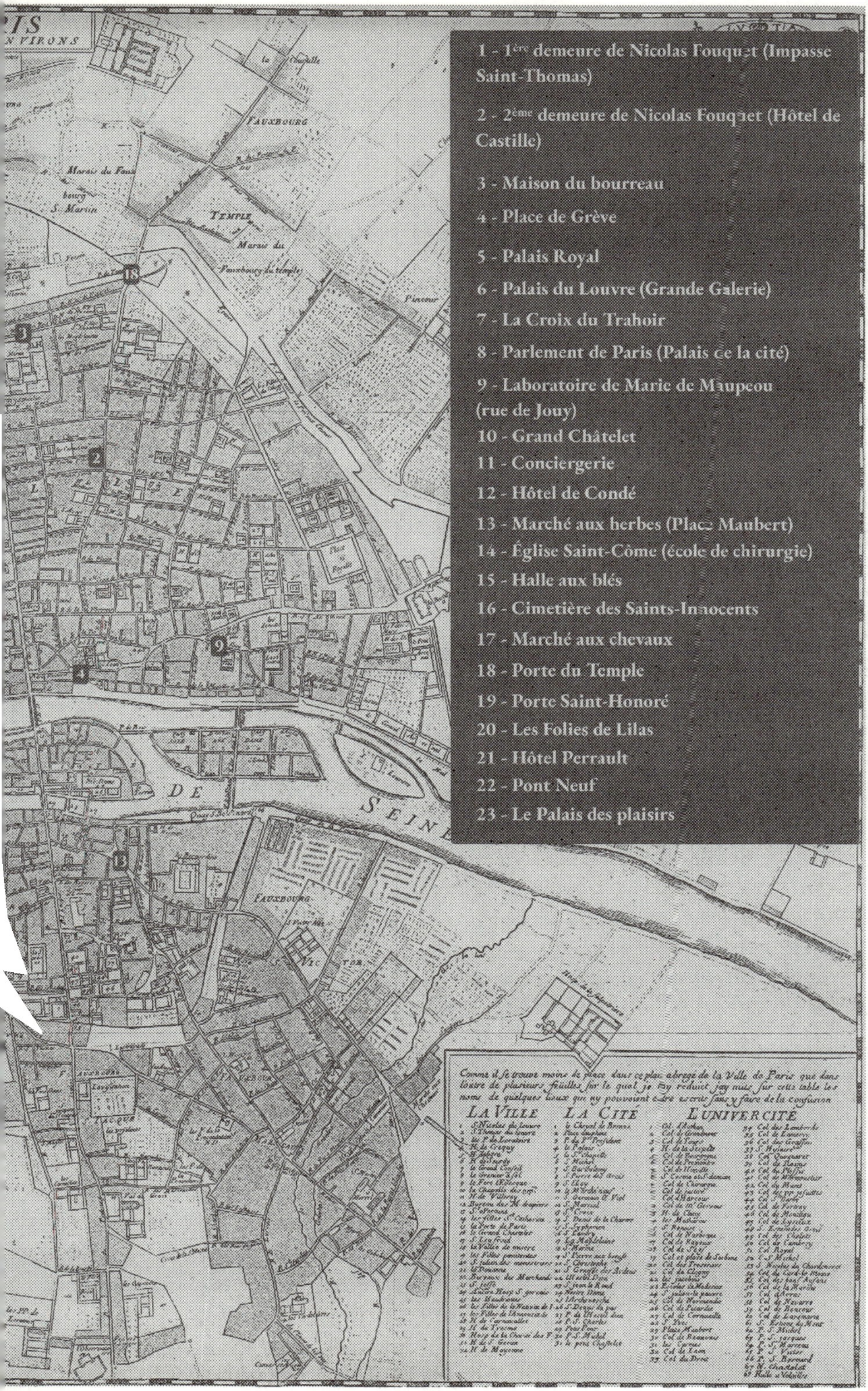
1 - 1ère demeure de Nicolas Fouquet (Impasse Saint-Thomas)
2 - 2ème demeure de Nicolas Fouquet (Hôtel de Castille)
3 - Maison du bourreau
4 - Place de Grève
5 - Palais Royal
6 - Palais du Louvre (Grande Galerie)
7 - La Croix du Trahoir
8 - Parlement de Paris (Palais de la cité)
9 - Laboratoire de Marie de Maupeou (rue de Jouy)
10 - Grand Châtelet
11 - Conciergerie
12 - Hôtel de Condé
13 - Marché aux herbes (Place Maubert)
14 - Église Saint-Côme (école de chirurgie)
15 - Halle aux blés
16 - Cimetière des Saints-Innocents
17 - Marché aux chevaux
18 - Porte du Temple
19 - Porte Saint-Honoré
20 - Les Folies de Lilas
21 - Hôtel Perrault
22 - Pont Neuf
23 - Le Palais des plaisirs
LA VILLE
LA CITÉ
L'UNIVERCITÉ

11 mai 1639

— Tu n'oseras jamais le faire !

Du haut de ses sept ans, Joachim toise Céleste, d'un an sa cadette. D'une voix rendue chuintante par une dent de lait récemment tombée, cette dernière rétorque :

— Bien sûr que si ! Même que papa n'aura pas le temps de me voir que je l'aurais déjà ramenée.

Joachim, le cheveu en bataille et le visage aussi crasseux que ses pieds nus plantés dans la boue, imite une bouche imaginaire avec sa main.

— Peuh... Tu parles, tu parles, mais c'est tout ce que tu sais faire, morveuse !

Céleste serre les poings, tend les bras. Son corps se raidit. Ses longs cheveux bruns sont autant en désordre que ceux de son frère, et une mèche rebelle tombe devant ses yeux.

— Je vais te...

Céleste est interrompue par la clameur soudaine de la foule. Le condamné, juché sur une charrette et vêtu d'une simple chemise, vient d'arriver en place de Grève, au cœur de Paris.

Deux archers[1] le saisissent et le poussent vers son supplice. Sous ses sourcils broussailleux, ses yeux écarquillés sont injectés de sang. De la salive séchée s'est agglomérée aux commissures de ses lèvres. Il respire fort et vite. L'air gonfle son cou déjà imposant et siffle en passant le nœud de sa gorge.

Les mains liées dans le dos, le condamné titube, escorté par le bourreau. L'homme hagard, la bouche ouverte, se fige et lève les yeux au ciel. Un des archers lui colle une bourrade dans l'épaule. Affaibli par une nuit sans sommeil, le condamné tombe à genoux.

— Avance !

Il se relève avec peine, achève la distance qui le sépare de son sombre destin, le pas lourd, engourdi. Le peuple guette la moindre de ses réactions. A-t-il peur ? S'est-il pissé dessus ? Au contraire, est-il fier ou impassible ? Les femmes échangent des commentaires. « Si ce n'est pas dommage, un homme si jeune... Mais c'est bien fait pour lui, il ne fallait pas qu'il vole ! La vermine grouille à Paris. Heureusement qu'il y a une justice. Les rues ne sont plus sûres. J'ai une voisine qui s'est fait agresser, pas plus tard qu'hier... »

Le bourreau Octave Clercy lève les bras, réclame le silence d'une forte voix. Le greffier s'avance, se racle la gorge et lit la sentence du condamné. Accusé d'avoir volé et tué le cheval du duc de Pergade puis d'avoir vendu sa viande sur le marché, l'homme a été reconnu coupable de vol : il aura donc la main tranchée.

Bien qu'il n'y ait pas de mise à mort, il y a foule sur la place de Grève, l'affaire ayant fait grand bruit aux Halles de Paris. Tous les commerçants s'étaient empressés d'en informer leurs

1. Officier subalterne armé d'une épée ou d'une hallebarde, chargé de maintenir l'ordre dans la ville.

clients, qui à leur tour en avaient fait une histoire à raconter au souper. Des places ont même été louées aux fenêtres des immeubles qui entourent la Grève, ce que l'on n'avait jamais vu de mémoire de bourreau pour une simple main tranchée. Elles se sont monnayées quinze sous, soit l'équivalent de trois poulets.

En face des spectateurs se dresse l'Hôtel de Ville qui abrite le prévôt des marchands. C'est un bel édifice encadré par deux pavillons. Sa façade est garnie de pilastres aux chapiteaux ciselés, de dizaines de statues logées dans des niches et d'une imposante horloge dorée. Ses aiguilles indiquent huit heures passées de trois minutes. Le supplice va bientôt commencer. À deux pas de là, indifférente à l'agitation des hommes, la Seine coule le long des berges vaseuses où des centaines de bateliers et débardeurs ont laissé leurs empreintes.

Gontran, l'aide du bourreau, s'approche du condamné, un couteau à la main. Il rompt les liens qui enserrent ses poignets, le fait s'agenouiller et place son bras droit à plat sur le billot à même le sol. Derrière eux, une épée est posée sur un brasero. Une bourrasque rabat la fumée noire vers le bourreau et enveloppe sa sinistre silhouette.

Dans le public, nul ne dit mot. L'assemblée retient son souffle. Tous les yeux sont braqués sur cette main encore valide et attachée à son membre. Octave lève sa lourde hache au-dessus de sa tête. Les regards convergent vers la lame fraîchement aiguisée qui étincelle dans un rayon de soleil. Alors, de toutes ses forces, il abat son instrument sur le poignet du condamné.

Un cri de bête transperce l'atmosphère. Une giclée de sang éclabousse les chausses du bourreau. La hache vient à peine de retomber que Céleste s'élance et se faufile au premier rang. Elle se concentre sur sa mission pour éviter de prêter l'oreille aux plaintes glaçantes du supplicié. La potence a cela de bon que justice est faite en un rien de temps. Le condamné, une fois pendu, n'a plus à souffrir du jugement des hommes, il n'attend plus que le jugement dernier.

Un brouhaha recouvre alors la place. Certains applaudissent, d'autres commentent. Une femme se pâme. Un pleur de bébé résonne quelque part. Des rires fusent. Puis les spectateurs s'éloignent avec lenteur, retrouvent leurs amis, leurs familles, leurs labeurs. La vie reprend son cours.

L'air de rien, Céleste s'approche du billot, indifférente à la flaque de sang dans laquelle elle patauge, tend la main, et s'empare de celle, inerte, qui vient d'être tranchée.

Le sourire aux lèvres, la fierté dans les yeux, elle se précipite vers Joachim, brandit son trophée déjà rigide et d'un blanc qui vire au bleu, et entend s'en servir pour gifler son frère. Mais un étau se resserre sur son poignet. La douleur la contraint à lâcher. Céleste se sent soulevée de terre. Elle bat des pieds, mais ces derniers ne rencontrent que de l'air. Gontran la tient suspendue par un bras.

— Octave ! Ton fils vient de voler la main du condamné.

Le bourreau, après avoir plongé le moignon dans un sac rempli de son, est occupé à cautériser la plaie. Il tire l'épée des braises et en applique le fer sur les chairs sanguinolentes. Le supplicié est sur le point de perdre connaissance, il vacille. Octave retient son crâne pour qu'il ne cogne pas contre le sol. Puis il repose ses instruments avec calme et rejoint son aide. Céleste, toujours en l'air, baisse le front, la lippe repentie. Octave l'observe des pieds à la tête. Elle est couverte de sang.

— Te voilà bien arrangée.

Il soupire et tend son index vers les deux garnements.

— Rentrez à la maison sur-le-champ, ne vous avisez pas de traîner en chemin et surtout, rendez-moi cette main !

Gontran relâche Céleste qui atterrit le cul dans la boue.

— Céleste[1], tu passeras à la fontaine te débarbouiller et nettoyer tes vêtements. Je serai à la maison un peu avant midi. Préparez le déjeuner. Et maintenant, filez !

Soulagés de s'en être tirés à si peu de frais, les deux enfants déguerpissent.

— Tu es trop gentil avec eux, Octave. Ils vont te faire tourner en bourrique. Tu devrais leur donner du bâton, histoire de leur faire passer l'envie de jouer aux vauriens.

Octave cogne du bout de sa semelle contre un caillou. Voilà six ans que Dieu a rappelé sa femme à Lui. Jeanne a rendu son dernier souffle à l'instant même où Céleste poussait son premier cri. Éreintée par un accouchement difficile, abandonnée de tous parce qu'aucune matrone n'avait voulu se rendre chez le bourreau, elle est morte, le bébé à peine déposé sur son sein. Octave secoue la tête pour chasser ces images.

— Sans mère, sans amis, ils n'ont déjà pas la vie facile, crois-moi Gontran.

Ce dernier hausse les épaules et récupère la main tranchée avant de s'éloigner. Sur le chemin du retour, il ira la jeter dans la fosse commune du cimetière des Saints-Innocents.

Pendant ce temps, Joachim poursuit sa sœur rue Jean-Pain-Mollet. Il est sur le point de la rattraper quand il se fait éclabousser par le contenu d'un pot de chambre déversé par une fenêtre. Aussitôt, Céleste explose de rire et se pince le nez.

— Mais quelle est cette odeur infecte ? C'est Joachim le merdeux ! Celui qui a de la merde dans les cheveux !

Joachim se précipite sur sa sœur, qui évite de justesse son coup de poing.

1. Céleste est un prénom mixte, mais qui a longtemps été uniquement masculin.

— Cause toujours, vilaine sangsue ! Quand nous serons grands, je te pendrai haut et court.

Céleste fait volte-face et manque de se faire renverser par Joachim, emporté par l'élan de sa course.

— Tu dis n'importe quoi ! C'est moi qui récupérerai la charge de papa ! Octave, c'est mon père, pas le tien ! Et même que moi, je te rouerai et je t'écartèlerai avant de te pendre !

— Tu n'en auras pas la force. Alors que moi, je serai un parfait bourreau. De toute façon, tu n'es qu'…

Céleste plaque la main sur la bouche de Joachim et jette des regards apeurés tout autour d'elle. Mais personne ne leur prête attention. Les deux enfants ont retrouvé leur sérieux. Joachim fixe ses pieds, mortifié par la bévue qu'il a failli commettre.

— Excuse-moi, Céleste.

Sans rancune et avec tendresse, elle le saisit par le bras.

— Soyons amis, veux-tu ?

Les enfants font la paix, mais un tumulte agite le cœur de Céleste qui reprend sa route, les jambes tremblantes. Nul ne doit savoir qui elle est vraiment.

HAUTES-ŒUVRES

I

Nuit du 5 au 6 janvier 1649

— Vive le roi !

Dans un brouhaha de rires et de cris de liesse, les verres remplis de vin se dressent dans un même élan vers Céleste, en bout de table, arrosant au passage leurs propriétaires respectifs. Rose, une jeune prostituée, dépose la couronne en tissu doré sur la tête du souverain d'un soir, avant de lui offrir un simulacre de révérence.

Céleste bombe le torse, ravie de cette déférence bien qu'elle soit feinte. D'ordinaire, elle suscite plutôt la crainte ou le mépris. Et pour cause : elle est la fille du bourreau. Mais aux yeux de tous, elle est un jeune homme de seize ans. Vêtue d'un pourpoint de couleur marron, de chausses bouffantes et de guêtres, elle dissimule ses formes naissantes sous plusieurs couches de linges épais. Elle a pris l'habitude de comprimer ses seins sous des bandages en coton. Ses cheveux, noués sur sa nuque par un ruban noir, laissent son visage glabre dégagé. Elle a les traits androgynes de la jeunesse, à l'âge où tous les caractères sexuels ne se sont pas encore affirmés. Cette ambiguïté est pour l'heure son meilleur déguisement.

Dehors, la neige recouvre les routes et les champs des environs de Paris. Les températures glaciales de l'hiver contrastent avec l'agréable chaleur qui règne au Palais des plaisirs. Voilà quinze ans maintenant que le lupanar est installé sur une île de la Seine, non loin du village de Puteaux. Dans la grande cheminée flambe la moitié d'un tronc d'arbre. Les tables sont richement garnies d'assiettes dorées, de verres ciselés, de couverts en argent. Mais l'œil averti ne s'y méprendrait pas. L'or est une peinture. Le cristal est en verre. Les fourchettes ont la légèreté du fer-blanc.

Toutes les filles de joie du Palais des plaisirs, attablées autour de la galette des Rois, se sont parées des plus étincelants artifices. Les bijoux qui ornent les poitrines brillent ainsi de mille feux, et dans les cheveux des belles se multiplient peignes et rubans. Mais les diamants sont eux aussi en verre et l'ivoire des peignes n'est que de l'os. Tout est faux, sauf la bonne humeur des convives qui trinquent à leur nouveau roi, porté sur le trône par une fève enrobée de frangipane. Au royaume des apparences, la fille du bourreau se sent comme un poisson dans l'eau. C'est au Palais des plaisirs qu'elle a puisé son goût pour le travestissement.

Avec lenteur, Céleste se lève, savoure l'instant. Soudain, elle arrache la nappe dans un grand fracas de verre brisé et s'en drape comme d'une toge avant de relever le menton, le poing sur la hanche et le sourire victorieux aux lèvres. Alors elle se tourne vers Lilas, la maîtresse des lieux.

Si la mère maquerelle n'est plus une jeunesse, elle a de beaux restes. Ses cheveux noirs et brillants, coiffés en anglaises, accompagnent l'arrondi délicat de son visage. Quelques plis au coin de ses yeux, toujours soulignés de khôl, donnent à son regard un éclat malicieux. L'âge a sculpté sur son corps des formes voluptueuses qui invitent aux caresses. Poussée par le manque d'argent, Lilas a commencé comme simple fille de joie dans une chambrette à Paris. À force d'économies, et grâce aux faveurs de certains clients généreux, elle a pu s'offrir cette grande demeure au bord de l'eau, qu'elle a transformée en maison close. Aujourd'hui âgée d'une cinquantaine d'années, elle se contente la plupart du temps de diriger sa maison, mais il lui arrive à de rares occasions de prêter main-forte à ses filles. Certains hommes privilégient le savoir-faire à la jeunesse.

Céleste lève son verre et, d'une voix pompeuse, s'adresse à la propriétaire du Palais des plaisirs.

— Ma chère Lilas ! « Paris vaut bien une messe », disait le bon roi Henri…

Devant le spectacle de sa vaisselle réduite en miettes, les joues de la mère maquerelle s'empourprent de colère.

— J'ajouterais que Paris vaut bien une fesse, la plus blanche et la plus souple de tout le royaume. La vôtre, ma mie !

Lilas se lève d'un bond et tend un index menaçant vers Céleste.

— En attendant de pouvoir la tâter, tu me rembourseras mes verres et mes assiettes, maudit bourreau !

La bouche déformée par une grimace hautaine, toute à son rôle de roi, Céleste toise Lilas.

— Vous vous entretiendrez de cela avec le cardinal Mazarin, madame. J'ai d'autres affaires plus urgentes à traiter que celle de votre trousseau.

Des rires survolent l'assemblée. Joachim se lève et, d'un geste ample, désigne au souverain son sérail.

— Majesté, il vous faut une reine. Qui choisissez-vous ?

Un doigt sous le menton, Céleste fait mine de réfléchir. Puis son visage s'éclaire.

— Tout bon roi ne cherche-t-il pas à créer des alliances pour obtenir la paix ?

Ôtant sa couronne, elle s'avance vers Lilas et l'en coiffe.

— Ma reine, vous n'aurez plus qu'à vous servir directement dans mes coffres. L'affaire est close, comme votre maison.

Les rires repartent de plus belle. Lilas ne sait plus si elle doit se réjouir ou pester. Mais devant la mine hilare de Céleste, la mère maquerelle s'adoucit et se rassoit. Comme toujours, elle finit par lui pardonner ses friponneries.

Elle a rencontré Céleste et Joachim quand la première avait quatre ans à peine, et le second cinq ans. Le bourreau, pour oublier les rudesses de son quotidien, s'autorisait de temps à autre une visite au Palais des plaisirs. Contraint d'emmener ses très jeunes enfants partout, de l'échafaud au lupanar, il les confiait aux bons soins des filles de joie, le temps que Lilas s'occupe de son cas. Touchée par la bienveillance d'Octave, la mère maquerelle n'a pas tardé à se prendre également d'affection pour les deux bambins.

Lilas pourrait être cette mère que Céleste n'a jamais connue; Et Céleste, l'enfant qu'elle n'a jamais eu. Les deux femmes ont comblé leurs vides et leurs souffrances au contact l'une de l'autre.

La patronne des lieux croque dans sa part de galette. Ernest le cuisinier a fait fonctionner les fours toute la journée pour régaler le Palais des plaisirs et satisfaire ainsi les plaisirs du palais. Le matin même, le commis du cousin de Lilas, meunier à Gonesse, lui avait livré dix kilos de farine. Quant à la mère maquerelle, elle a remonté de sa cave dix bouteilles de clairet de Bordeaux.

Habituée à consommer son vin coupé à l'eau, Céleste a la tête qui lui tourne. Elle finit son verre d'un trait et le jette par-dessus son épaule. C'est la vaisselle brisée de trop. Lilas se lève d'un bond, avec la ferme intention d'administrer une raclée à l'impertinente, et piétine sa couronne. Mais la fille du bourreau a déjà filé.

Les mains enfoncées dans les larges manches de son pourpoint, Céleste titube entre les flaques d'eau gelée et les plaques de neige durcie qui tapissent le sol devant la maison close. De la buée s'échappe de son sourire. Elle adore taquiner la mère maquerelle, dont la pingrerie est légendaire. Mais Lilas aura tôt fait d'oublier sa rancœur, et Céleste sait qu'elle trouvera un moyen de réparer ses bêtises. Pour rien au monde, elle ne voudrait la blesser.

En Lilas, elle a trouvé un équilibre. Octave s'est démené comme il pouvait pour remplir les gamelles de ses deux enfants, s'assurer qu'ils ne manquent de rien et soient comblés en tout. Entre sa charge de bourreau, l'entretien de sa maison et les menues tâches domestiques, il lui restait peu de temps à consacrer à tout ce qui ne relevait pas de la survie, mais bel et bien de la vie. Une caresse, un mouchoir, une confiture de framboise, une comptine… Tous ces petits riens qui sont beaucoup de choses, Céleste les a puisés chez Lilas. Sans elle, elle serait un arbre mort, sans feuilles et sans fruits : un morceau de bois sans âme.

Fille d'un bourgeois ruiné par la faillite de son commerce de tissu, Lilas a conservé en héritage, à défaut d'argent, un goût prononcé pour la mode et une éducation. Quand Céleste et Joachim ont été en âge de recevoir une instruction, elle leur a enseigné tout ce qu'elle savait : la lecture, l'écriture, le dessin, la Bible, des notions d'histoire et quelques textes antiques.

Une bourrasque soulève des cristaux de glace qui se confondent avec les étoiles scintillantes. Céleste se protège les yeux. La terre tourne autour d'elle. Le haut est en bas et le bas en haut. Les traces de neige. La Voie lactée. La voie gelée.

Un hoquet la surprend. La jeune fille marche d'un pas incertain, le long des berges de la Seine, remonte le talus qui mène à la grand-route, trébuche sur un trou de taupe, se rattrape, jure, se redresse enfin, les mains sur les hanches.

— Vingt dieux ! J'ai trop bu !

Céleste a chaud. Le vin fait bouillir son sang, ses vapeurs engourdissent ses sens. Ne serait-ce pas un galop qu'elle entend derrière elle ? Et ses pieds ne perçoivent-ils pas une intense vibration ? Céleste fait volte-face, croise le regard fou d'un cheval, distingue un filet de bave pendu à son mors, hume la sueur aigre qui suinte des poitrails tendus par l'effort. Elle a juste le temps de se jeter sur le bas-côté pour éviter le carrosse tiré par quatre chevaux lancés à pleine vitesse.

Tombée à la renverse, le dos dans la boue glacée, Céleste peste contre le cocher qui a manqué de la tuer. Elle se redresse tant bien que mal et sort la tête du fossé. La jeune fille a juste le temps d'apercevoir le carrosse dévier de sa route au niveau du pont, taper la borne qui marque l'entrée, puis basculer dans le vide.

Céleste ferme les yeux, les rouvre. Plus de carrosse à l'horizon. Une bourrasque soulève un nuage de neige, siffle dans ses oreilles et recouvre un temps le bouillonnement de la Seine. Était-ce un mirage ? Le vin lui aurait-il joué un mauvais tour ? Elle n'a pas plus tôt rejoint la route qu'un cri déchire l'obscurité.

— À moi ! Mon enfant se noie !

Céleste se précipite. Le spectacle qu'elle découvre à la faveur d'un rayon de lune la laisse sans voix.

II

Nuit du 5 au 6 janvier 1649

Le carrosse s'est renversé dans la Seine en crue. Une partie émerge des eaux tel un iceberg. Les chevaux attelés se débattent dans les flots, ceux du dessus piétinant ceux du dessous. Du cocher, plus de traces. Il a dû être éjecté au moment de la chute. Une femme se tient debout sur la rive, un enfant de huit ans environ agrippé à ses jupes. À moins que ce ne soit elle qui s'agrippe à l'enfant. Elle ne semble pas blessée. Un homme, vêtu de robe rouge, porte les mains à son front. Il est agenouillé près d'un gentilhomme, reconnaissable à son épée au côté, allongé sur la grève, inconscient. Tous ont réussi à s'extraire du carrosse quand il tenait encore debout. Mais celui-ci a basculé d'un coup et s'enfonce désormais dans le lit du fleuve.

— Jules ! Faites quelque chose ! Sortez Louis de là !

La femme se tourne vers l'homme en rouge qui semble incapable de se lever. Alors, elle se jette dans les flots pour tenter de secourir elle-même son enfant. Mais ses trois jupes gorgées d'eau l'empêchent de se mouvoir à son aise. Ses chaussures à talon se prennent dans la vase. Elle recule avec grand-peine pour rejoindre le rivage et observe, tétanisée par la peur, l'habitacle en partie noyé. Son enfant évanoui doit reposer dans le fond du carrosse, ses longs cheveux flottant dans l'eau glaciale qui recouvre désormais son corps, trop fragile pour lutter contre les éléments. Assaillie par cette vision d'horreur, la femme suffoque. Ses jambes ne parviennent plus à la porter. Elle s'effondre sur le sable de la rive et lâche dans un souffle :

— Mon enfant ! Je t'ai donné la vie. Je ne survivrai pas à ta mort !

Le garçonnet, resté à ses côtés, éclate en sanglots. Sa mère relève alors la tête, aperçoit un jeune garçon sur la rive, et la flamme de l'espoir qu'elle croyait perdue se ravive dans son cœur. L'index tendu en direction du carrosse, elle gémit :

— Sauvez-le, je vous en supplie, pour tout l'or du monde...

Ainsi interpellée, Céleste hoche la tête. Rien ne pouvait la motiver davantage que ces promesses aurifères. Les gages du bourreau suffisent à peine à subvenir aux besoins de sa famille. Depuis son plus jeune âge, elle s'est donc efforcée par tous les moyens possibles et imaginables, honnêtes ou malhonnêtes, de gagner un peu plus d'argent. Seule la prostitution reste hors de sa portée, d'autant qu'elle a promis à Lilas de ne jamais y sombrer. Alors elle a toujours déployé des trésors d'imagination et d'ingéniosité pour développer des commerces lucratifs en tous genres : corne ou graisse de pendus, résidus d'échafaud ou encore sang de supplicié.

Tout l'or du monde contre un bain glacé est une belle affaire, d'autant que l'ivresse la rend invincible. N'écoutant donc que sa cupidité, Céleste dévale les pentes abruptes des bords de Seine et pénètre jusqu'aux cuisses dans les eaux glacées. Le froid lui coupe le souffle et la fait décuver aussitôt. Son enthousiasme aveugle se mue alors en une ferme détermination : sauver le gamin, récupérer l'or et surtout, s'extraire de ces glaces !

Céleste s'avance tant bien que mal jusqu'au carrosse couché sur le flanc qui se détache dans un rayon de lune. Elle l'escalade avec la vigueur d'un naufragé grimpant sur un radeau. Par une triste chance, les chevaux désormais noyés ont cessé d'imprimer au véhicule leurs secousses désespérées. Agenouillée sur le carrosse renversé, la jeune fille passe une tête par la portière béante. Mais un noir épais règne à l'intérieur.

— Holà ! Y a-t-il âme qui vive par ici ?

Céleste n'obtient que le silence pour réponse. Elle pousse un soupir, peu enthousiaste à l'idée de braver l'obscurité froide de l'habitacle.

— C'est bien ma veine. Si je ramène un mort, je peux dire adieu à ma récompense...

Prenant appui avec ses mains de chaque côté de la portière, elle se retourne et se laisse glisser dans le noir, prenant garde de ne pas poser les pieds là où pourrait être l'enfant. À tâtons, elle cherche une chaleur. Ses doigts rencontrent des cheveux, la forme d'un visage, puis des lèvres d'où s'échappe un léger souffle. Céleste sourit. Voilà qui est bon pour ses affaires ! Elle saisit l'enfant, se ravise. Comment extraire ce corps inerte de ce carrosse ? Il lui faut réfléchir. Et vite. L'eau ne cesse de monter dans le véhicule à mesure que ce dernier s'enfonce, poussé par le courant du fleuve.

Alors Céleste ferme les yeux, applique les leçons de son père. Toujours garder la tête froide, en toutes circonstances. Même si le condamné à mort vous invective. Même si le peuple vous menace. Même si l'exécution ne se déroule pas comme on l'avait pressentie. Même si l'on est coincée dans un carrosse qui se laisse envahir par les flots. Voilà des circonstances qui devraient l'aider à conserver son sang-froid.

Pour remonter l'enfant, elle doit l'attacher sur son dos. Comme elle n'a pas de corde, des vêtements noués entre eux feront l'affaire. Céleste rouvre les yeux. Sans plus tarder, car l'eau lui arrive déjà jusqu'à mi-cuisse, elle défait le manteau et le pourpoint de l'enfant, ses propres chausses, et les lie ensemble. Elle ignore encore s'il est blessé et le manipule avec précaution. Elle le hisse, lui passe tant bien que mal sa corde improvisée sous les jambes, noue les deux extrémités sur sa poitrine. Les voilà arrimés l'un à l'autre. Dans sa nuque, Céleste sent un souffle tiède. Cette petite preuve de vie la rassure tout en lui donnant le courage de poursuivre.

Mais l'obscurité, les eaux glacées et l'engourdissement de ses membres ne facilitent pas les opérations. D'autant que les tremblements de son corps rendent ses gestes brusques et maladroits, saccadés comme ceux d'un automate. Malgré tout, elle parvient à se hisser hors de l'habitacle.

Le carrosse s'est enfoncé de moitié dans la Seine. Céleste se laisse glisser dans l'eau. La morsure du froid lui fait pousser un cri. Elle s'agrippe à un rayon de la roue pour ne pas se laisser emporter. L'enfant qu'elle porte offre une prise supplémentaire au courant, contraint ses mouvements et bouleverse son équilibre en l'attirant vers l'arrière. Elle contourne le véhicule, s'accrochant là où elle peut.

La rive est là, à trois toises[1] à peine. Mais Céleste a désormais de l'eau jusqu'au ventre et le carrosse continue de s'enfoncer. Elle va bientôt devoir le lâcher si elle ne veut pas être entraînée par le fond avec son fardeau. Pour se donner du courage, Céleste pense à sa récompense. Un coffre rempli de diamants ! Une bourse garnie de pièces d'or !

Elle pousse sur ses jambes. Son pied s'embourbe. Céleste l'arrache à la vase, butte sur une branche plantée dans le fond. Elle vacille sous le poids de l'enfant. Les flots les submergent.

1. 1 toise = 6 pieds = 1,949 mètre.

Le courant, amplifié par la crue de la Seine, les emporte. Céleste agite les bras, tente de maintenir sa tête hors de l'eau. Elle boit la tasse, crache, tousse. L'eau s'acharne, pénètre dans sa bouche et dans son nez par vagues.

Par chance, la main de Céleste rencontre l'écorce d'un arbre immergé et s'y agrippe. C'est son salut. Au prix d'un effort qui lui paraît surhumain, elle parvient à forcer le courant qui cherche à l'emporter. Un pas, un deuxième. Céleste est au bout de ses forces. Elle titube, mais l'eau ne lui arrive plus qu'aux genoux. Un dernier effort. Céleste est hors de danger.

Elle se laisse tomber sur la grève, cherche à reprendre son souffle. Ses doigts gourds défont les nœuds qui l'enchaînent à son fardeau. Ce dernier roule sur le sable, toujours inconscient. Une bourrasque balaye la grève et glace Céleste jusqu'aux os. Elle et l'enfant n'ont plus que leurs chemises trempées sur le dos. La mort rôde et menace. Ce n'est plus la noyade qui est à craindre, mais le froid.

Céleste se relève, le jeune garçon dans ses bras, et court vers les lumières du Palais des plaisirs. Sur la grève, deux filles de Lilas relèvent avec difficulté la mère, affaiblie par l'angoisse. Mais quand elle découvre son fils dans les bras de Céleste, elle s'effondre à genoux.

— De grâce ! Dites-moi qu'il est en vie !

Céleste opine.

— Il respire, madame.

Des larmes de félicité coulent sur ses joues. Les mains jointes, elle psalmodie des remerciements adressés au sauveteur et à la Vierge Marie.

Attirés par les cris de la mère, les occupants de la maison close sont venus porter secours aux sinistrés. Entre-temps, un second carrosse s'est arrêté sur la grand-route, et ses occupants prêtent main-forte aux filles du Palais des plaisirs. Ernest, aidé d'un gentilhomme descendu du second véhicule, porte l'homme inconscient à l'intérieur. Joachim soutient par le bras le blessé en rouge et l'assiste pour grimper le talus.

Céleste a déposé l'enfant sur un canapé devant la cheminée du Palais des plaisirs où flambe une belle bûche. Sur ses épaules, elle a jeté la nappe qui lui servait auparavant de toge royale, pour ne pas révéler ses bandages et la forme de ses hanches. Les filles l'ont aidée à retirer les vêtements de l'enfant avant de l'enrouler dans une chaude couverture de laine et de le frictionner avec vigueur pour le réchauffer. Quant à Lilas, elle a pris sous son aile l'autre petit garçon, qui dévore déjà sa deuxième part de galette.

Céleste dévisage celui dont elle a sauvé la vie. Il doit être âgé d'une dizaine d'années environ. Ses beaux cheveux bruns et bouclés s'étalent sur le velours rouge de la banquette. Ses lèvres charnues, bleuies par le froid, sont entrouvertes. Il a le nez long, légèrement busqué et un menton fendu d'une petite fossette. Revigoré par les frictions, l'enfant bat des paupières et se redresse. Ses yeux font le tour de la pièce, parcourent les moulures aux plafonds, les lustres, les miroirs, les bijoux qui scintillent aux cous et aux oreilles des filles, leurs décolletés plongeants.

— Est-ce que je suis au paradis ?

Quelques rires fusent dans l'assistance. L'enfant plonge ses yeux dans ceux de Céleste.

— Êtes-vous un ange ?

Les rires redoublent parmi les filles de joie. Le fils du bourreau, un ange ? En voilà une idée cocasse ! Le garçon tend la main avec innocence vers celui qui l'a secouru. Ses doigts caressent sa joue. Céleste ne peut retenir un frisson. Personne ne touche l'exécuteur public ! La superstition est trop forte. Celui qui donne la mort est un oiseau de mauvais augure. Le peuple craint le bourreau autant qu'il le respecte et garde ses distances avec lui.

Ce dernier doit donc vivre loin de ses semblables, en marge de la société. Céleste se souvient de la solitude dans laquelle ils ont grandi, elle et son frère. Ils n'ont jamais fréquenté que les gens de leur espèce : les marginaux, les rebuts, les proscrits, à l'image des filles du Palais des plaisirs.

Céleste esquisse un sourire, retire la main de l'enfant.

— Tu n'es pas au paradis, bonhomme. Mais bien sur terre, dans ce que l'on pourrait appeler… disons… Oh, et qu'importe ! L'essentiel, c'est que tu es sain et sauf. Ton carrosse s'est renversé. Tu es tombé à l'eau. Par chance, je prenais le frais et j'ai assisté à la scène. Alors j'ai plongé pour venir te repêcher… dans la Seine.

Céleste est satisfaite de son jeu de mots. Mais l'enfant, lui, reste impassible. La fille du bourreau se dandine sur le canapé, embarrassée par ce garçon trop sage. Elle tente une plaisanterie.

— Tu sais que tu as de la chance ? Non seulement je t'ai sauvé la vie, mais tu as eu le privilège d'être sauvé par le roi. Comme la fève était dans ma part de galette, le roi, c'est moi !

Céleste a relevé la tête, bombé le torse pour faire rire l'enfant. Mais ce dernier n'a toujours pas la réaction attendue. Pire, il fronce les sourcils.

— Alors l'un de nous deux est en trop, car il ne peut y avoir qu'un roi. Et le roi, c'est moi.

Céleste éclate de rire. Le silence répond à son hilarité.

Tous observent l'enfant. L'hermine au col de sa mère. L'épée au côté de l'homme qui est revenu à lui. La calotte et la robe rouge de celui qui tient un mouchoir taché de sang à son front et qui ressemble étrangement au cardinal Mazarin. Le rire de Céleste s'éteint. Elle baisse la tête, pose un genou à terre.

— Je prie Sa Majesté de bien vouloir excuser ma maladresse, je ne l'avais pas reconnue. Et je lui rends son sceptre bien involontairement emprunté.

La reine, qui a recouvré ses esprits, s'avance vers Céleste et le roi parmi l'assistance médusée. De mémoire de prostituée, le Palais des plaisirs n'avait jamais été aussi silencieux. Toutes les femmes font la révérence tandis que les rares hommes, Céleste comprise puisque tous croient qu'elle en est un, se sont découverts et ont posé genou à terre. Plus personne ne bouge, de peur de commettre une faute protocolaire. Il faut dire que la présence du roi et de sa suite est pour le moins insolite entre les murs d'un lupanar.

Indifférente au trouble de l'assemblée, Anne d'Autriche se précipite sur son fils et le serre dans ses bras à l'étouffer. Pour un instant, elle oublie sa condition de reine et redevient la mère de son petit. Le jeune roi enfouit sa tête dans son cou, puis lève vers elle des yeux émus. Il réalise enfin que la mort vient de le frôler.

— Rassurez-vous, je vais bien, maman.

Nul dans l'assistance n'ose interrompre l'étreinte de la reine et de son fils. À l'exception de Céleste, obnubilée par sa récompense, qui cherche à attirer sur elle l'attention de la régente[1].

— Votre Altesse, j'espère que le roi se remettra bien vite de son bain glacé. Mais Sa Majesté semble de bonne constitution.

La reine observe avec un mélange de reconnaissance et de curiosité ce jeune homme aux yeux bleus, le corps enroulé dans une nappe tachée de vin et de gras.

— Comment vous appelez-vous ?

— Céleste Clercy, Majesté.

Un sourire de gratitude éclaire le visage d'Anne d'Autriche. Elle s'avance, tend les mains vers Céleste et, dans un élan

1. À la mort de Louis XIII, le 14 mai 1643, son fils n'a pas encore cinq ans. La mère de Louis XIV, Anne d'Autriche, va donc assurer la régence jusqu'à la majorité de son fils, le 5 septembre 1651.

spontané, l'étreint avec chaleur. Une onde parcourt aussitôt l'assemblée.

— La reine a touché le fils du bourreau !

La reine surprend le chuchotement d'une des filles, adressé à sa voisine. Aussitôt, elle retire ses mains comme si elle s'était brûlée, et, ne sachant qu'en faire, les croise sur son ventre. Elle balbutie.

— Je vous... je vous remercie, monsieur.

Et c'est tout.

La sécheresse des remerciements de la reine laisse Céleste pantoise. Les deux femmes guettent en silence leur réaction respective. Mais l'élan d'Anne d'Autriche s'est brisé devant la figure de l'exécuteur public. Quant à Céleste, elle attend, à défaut de nouveaux mots, un dédommagement. Ne vient-elle pas de risquer sa vie pour sauver le roi ? De la part d'un bourreau, cela mérite d'autant plus d'être remarqué ! Cependant, la reine s'obstine dans son mutisme.

Céleste baisse la tête pour marquer son respect et dissimuler son courroux. Anne d'Autriche, que la présence du fils du bourreau met mal à l'aise, se tourne vers l'assemblée. Elle a retrouvé sa prestance. Le menton haut, elle laisse peser son regard sur chacune des personnes présentes et, d'une voix forte, déclare :

— Le roi et moi-même tenons à vous remercier pour le secours que vous nous avez porté, et les soins que vous avez prodigués à Son Éminence, le cardinal Mazarin, et à monsieur Pierre de La Porte, premier valet de chambre du roi.

Les intéressés, s'entendant citer, saluent d'un mouvement de la tête.

— Cependant, personne ne doit apprendre les circonstances qui ont poussé le roi dans ce lieu de perdition. Si elles venaient à être divulguées, les responsables seraient aussitôt châtiés.

Le cardinal Mazarin se détache de l'assistance. Il a ôté son mouchoir, et une balafre, de la même couleur que sa robe, apparaît en travers de son front. De sa main gantée, il désigne Céleste.

— Et il reviendrait à ce jeune homme la tâche délicate de vous pendre haut et court !

Est-ce l'accent chantant que lui confèrent ses origines italiennes ? Son sourire de chattemite[1] ? Son ton doucereux ? Les propos du cardinal, lourds de menaces, font forte impression sur l'assistance. Dans le salon, on n'entend que le crépitement du feu.

Céleste se mord les lèvres pour contenir sa colère. Est-ce là toute la reconnaissance à laquelle peuvent prétendre les hôtes du Palais des plaisirs ?

— Je suis certain que nous n'irons pas jusqu'à ces extrémités. Mes compagnons et moi-même sommes gens assez sages pour savoir où sont nos intérêts. La discrétion est une vertu dont nous pourrons nous vanter.

La fille du bourreau esquisse un semblant de courbette, une bonne dose d'hypocrisie dans le geste. Elle se tourne vers le roi.

— Majesté, m'autorisez-vous à me retirer ? Je ne voudrais pas tomber malade. Ma bourse est trop dégarnie pour me permettre de consulter un médecin.

Elle tousse avec exagération.

— Faites, Céleste.

Cette dernière salue le roi et s'éloigne vers une des chambres qui occupent le rez-de-chaussée, bientôt rejointe par Lilas. La mère maquerelle pousse la porte derrière elle, sans la fermer tout à fait, et pointe du doigt une imposante malle dans un coin de la pièce.

---

1. Hypocrite qui affecte, pour tromper quelqu'un, un air doux, humble et flatteur.

— Tu peux emprunter des vêtements à Ernest, le temps de faire sécher les tiens.

Céleste fait glisser de ses épaules la nappe qui lui servait d'habit. Elle ne s'est pas aperçue que, dans l'entrebâillement de la porte, un œil les épie.

III

Nuit du 5 au 6 janvier 1649

Lilas saisit Céleste par le bras.

— Ce que tu as fait est héroïque. Braver le froid et la mort pour sauver un enfant… Je vois bien que la reine t'a vexée, que tu t'attendais à plus de reconnaissance de sa part et qu'au lieu de cela, elle a fini par tous nous menacer, mais sache que moi, je suis très fière de toi.

Elle lui dépose un baiser sur le front. Céleste affiche un sourire triste.

— Je suis un peu déçue aussi. J'aurais aimé obtenir une récompense.

Elle hoche la tête.

— C'est toi, Lilas, qui mériterais d'être reine.

Lilas pose ses doigts sur les lèvres de la jeune fille.

— Chut, ne dis pas ça ! Les grands de ce monde sont jaloux de leur pouvoir. Je préfère être mère maquerelle près de toi, que reine parmi les intrigants et les flatteurs. Cela tombe bien, Dieu ne m'a pas choisie pour le rôle !

La mère maquerelle ouvre le coffre dans lequel Ernest range ses affaires et change les draps du lit pour que Céleste puisse y dormir cette nuit.

Cette dernière saisit un caleçon et une chemise en coton blanc, des bas de laine, une culotte bouffante et une veste en toile grise, qu'elle jette sur le lit. Tout en retirant ses vêtements mouillés, elle rumine l'humiliation qu'elle vient de subir et qu'elle a peine à digérer.

Céleste a dénoué le ruban en velours noir qui retenait ses cheveux. Un frisson la traverse. Il fait froid dans la chambre où aucun feu ne brûle. Elle défait les bandes qui entourent sa poitrine avec lenteur, libérant ainsi deux petits seins ronds et fermes, et tire sur le lacet qui serre son caleçon. Ce dernier glisse à ses pieds. Elle l'enjambe. Entièrement nue, Céleste s'approche du miroir pour contempler ses formes et, soudain, fait volte-face : dans le reflet, elle a aperçu le roi debout derrière elle.

Les deux souverains se font face. L'enfant, qui attend sa couronne ; la fille du bourreau, reine éphémère du royaume des prostituées. Ils sont tous deux figés par la stupeur. Céleste a ramené ses bras sur ses seins et son sexe, par pudeur, mais surtout dans une tentative désespérée de dissimuler son secret. Le geste est vain. Le roi a compris. Ces seins ronds. Cette toison. Ce corps tout en courbes et en creux. La vérité est là, devant ses yeux. Céleste est une femme.

Intriguée par le silence et l'immobilité de Céleste, Lilas relève la tête et découvre à son tour le roi, stupéfaite.

— N'avais-je donc pas fermé à clef ?

Inutile question dont elle connaît déjà la réponse. Louis se tourne vers Lilas et, tout enfant qu'il est, s'adresse à elle avec hauteur.

— Madame, voudriez-vous nous laisser seuls ?

Sonnée, Lilas obéit sans discuter. En passant à côté de Céleste, elle lui jette un coup d'œil consterné. Mais cette dernière ne la remarque pas. Les larmes lui montent aux yeux. Comment a-t-elle pu, en l'espace de quelques secondes, trahir un secret vieux de seize ans ? Des années d'efforts, de vigilance, réduites à néant par une simple erreur d'inattention. Le roi referme la porte derrière lui, donne un tour de clef et scelle ainsi le sort de Céleste. Un vertige la saisit. Elle s'effondre sur le lit, toujours nue, le regard dans le vague, abattue.

L'enfant prend les vêtements qui traînent sur le lit et les tend à Céleste.

— Couvrez-vous, vous allez attraper froid.

Il n'y a nulle malice dans sa voix. Il ne semble d'ailleurs pas intimidé par la nudité de la jeune femme. Se rend-il compte du séisme qui vient de faire basculer la vie de Céleste ? Louis s'assoit à côté de la fille du bourreau. Ses jambes trop courtes pour toucher le sol tapent contre le montant du sommier.

— Pourquoi vous déguisez-vous en garçon ?

Céleste enfile la chemise, se lève pour passer le caleçon. Elle tarde à répondre.

— Majesté… Par pitié, oubliez ce que vous venez de voir.

Louis ouvre de grands yeux étonnés.

— Comment voulez-vous que j'oublie l'évidence ? Vous êtes une femme, voilà tout. Mais il y a une raison pour laquelle vous ne souhaitez pas que cela se sache. J'aimerais la connaître.

— C'est une histoire compliquée…

Le roi fronce les sourcils.

— Vous voulez dire que je suis trop jeune pour la comprendre ?

Il se lève et fait mine de partir.

— Dans ce cas… Ma mère et Son Éminence peuvent l'écouter à ma place.

Céleste se précipite pour faire barrage de son corps entre le roi et la porte. En son for intérieur, elle peste contre les grands de ce monde qui prennent la mouche pour un oui ou pour un non. Ainsi, le petit roi susceptible n'aime pas qu'on lui rappelle qu'il n'est encore qu'un enfant.

— Si mes propos vous ont offensé, là n'était pas mon intention. Mais ma courte vie n'en est pas moins longue à raconter.

Le roi sourit et se carre dans un fauteuil. Le menton posé sur ses mains jointes, il est prêt à écouter Céleste.

— Cela tombe bien, j'adore les histoires !

La fille du bourreau s'enfonce les ongles dans la chair de la paume pour masquer son impatience.

— Je doute que mon humble récit passionne Sa Majesté.

— Avez-vous lu Peau d'âne ?

Céleste se fige, perplexe, sans discerner le rapport entre le conte et leur sujet de discussion.

— Hélas non.

— C'est une belle histoire que me lisait ma gouvernante, madame de Senecey, avant le coucher.

Céleste ne sait que répondre au roi ni que faire de cette information. Louis se dandine dans son fauteuil, bat des pieds.

— Allez-y Céleste, je vous écoute.

Céleste a la désagréable impression d'être devenue le jouet d'un enfant capricieux. A-t-il conscience que cette vérité, dans ses mains, se changera en arme ? Qu'il pourrait s'en servir contre elle ? L'utiliser pour la faire chanter ? Il n'a pas l'air mal intentionné, du haut de ses dix ans. Mais pourra-t-il tenir sa langue, ou mieux, oublier ? Et qu'adviendra-t-il si son entourage apprend que le bourreau a menti sur le sexe de son enfant ?

Céleste est torturée par ce dilemme : elle refuse de se trahir, mais ne peut désobéir au roi. Vaincue, elle tombe à genoux.

— Sire, promettez-moi de ne jamais, au grand jamais, révéler à quiconque ce que vous avez vu, pas même à la reine et au cardinal !

Elle s'avance et s'empare des mains du souverain, les yeux plantés dans les siens.

— Que ce soit notre secret.

Impressionné par la véhémence de Céleste, Louis acquiesce. La fille du bourreau se relève. Son ombre s'étale sur le jeune roi.

— Mon père s'appelle Octave Clercy. Il a grandi à Paris, dans la pauvreté la plus totale. Son propre père était portefaix. Il louait ses bras pour livrer les victuailles au marché, décharger les bateaux ou les charrettes, monter les pierres sur les chantiers, n'importe quoi, pourvu qu'il y ait quelque chose à porter. Mais une grande partie de sa paie était engloutie dans les jeux et les tonneaux de vin. Si bien qu'il ne restait plus grand-chose pour sa femme et ses nombreux enfants.

Le roi claque la langue, agacé.

— Il aurait mérité un bon châtiment.

Céleste hoche la tête.

— Si Sa Majesté réprouve les amateurs de vin et de jeux, sa justice ne les punit pas toujours. C'est donc mon père, en tant qu'aîné de la fratrie, qui a dû subvenir aux besoins de sa famille.

— Combien avait-il de frères et sœurs ?

— Quatre frères et six sœurs en tout, mais seulement cinq ont survécu. Cela faisait tout de même six bouches à nourrir en plus de celles de mes grands-parents. Je crois que ma grand-mère adorait mon père et qu'elle était d'une grande douceur, d'une grande tendresse avec lui. Mon grand-père, lui, avait la carrure d'un bœuf et il n'était pas rare qu'en rentrant de la taverne il batte sa femme et la force. Tout ce monde, parents et enfants, dormait dans la même pièce. Par conséquent, mon père voyait et entendait tout : les coups et les cris, les râles de plaisir et les ronflements de son père, les pleurs et les plaintes de sa mère. Il aurait voulu la venger. Mais il n'était qu'un enfant. Il ne pouvait rien faire.

À ces mots, le petit roi relève la tête. La dernière phrase de l'histoire entre en résonance avec la sienne et il attend la suite avec avidité.

— Débordée par sa charge et ses souffrances, ma grand-mère est devenue folle. Au début, elle pouvait rester des heures sans bouger, à fixer un pan de mur. Et puis, elle s'est mise à faire tout un tas de choses saugrenues. Mettre ses habits à l'envers, le haut en bas, le bas en haut. Imiter les animaux. Courir nue dans les rues de Paris. Jusqu'à ce que mon père la retrouve un beau jour pendue à la poutre de l'unique pièce de la maison.

Le roi bat des mains, exulte, se reprend aussitôt. L'histoire racontée par Céleste n'est pas une fable, mais le récit sordide d'une jeunesse parisienne. La fille du bourreau savoure quant à elle l'ascendant qu'elle prend sur le roi. Prise au jeu de sa propre histoire, elle la truffe d'anecdotes, la pimente de rebondissements et ménage le suspens.

— Savez-vous ce que faisait mon grand-père quand sa femme se donnait la mort?

Captivé, le roi fait non de la tête, la bouche ouverte, suspendu aux lèvres de Céleste.

— Il ronflait à ses pieds, assommé par le vin.

Le roi se tape sur la cuisse, tandis qu'il laisse échapper un cri de surprise. En quelques secondes, il est redevenu un enfant. Céleste poursuit:

— À compter de ce jour, mon père a travaillé d'arrache-pied, de jour comme de nuit. Il a d'abord loué ses bras, comme son père avant lui. Il a prêté main-forte aux fossoyeurs des Saints-Innocents. Il s'est fait crieur quand il le fallait, chiffonnier, chasseur de rats, falot[1], porteur d'eau et porteur d'hommes pour traverser les flaques de boue. Mais cela n'était pas suffisant. Un jour, la faim s'est faite trop criante. Hélas! Mon père n'était pas un voleur très talentueux. Vous devinez la suite?

— Il a été condamné?

1. Porte-flambeau qui éclaire les gens la nuit.

— Oui. À avoir la main tranchée. Il avait seize ans.

Le roi a posé ses pieds sur le coussin du fauteuil et se tient presque debout sur son siège, dressé en appui sur les accoudoirs.

— Mais comment a-t-il fait pour devenir bourreau avec une main en moins ?

Céleste sourit, plisse les yeux.

— Qui vous dit que mon père a perdu sa main ?

Louis se jette en arrière.

— Comment a-t-il fait ? Dites-le-moi !

Céleste tire sur sa chemise pour la remettre en place, se racle la gorge et recoiffe ses cheveux derrière ses oreilles.

— Je veux savoir comment il a fait !

— Le lieutenant criminel avait envoyé se faire pendre un pauvre hère. Mais le bourreau s'était malencontreusement cassé la jambe en tombant de son échelle.

Louis pousse un nouvel éclat de rire.

— Le lieutenant criminel a donc proposé un marché à mon père. S'il se chargeait d'accomplir la sentence, on lui accorderait la grâce. Il a accepté. Quelques semaines plus tard, mon père a appris le décès du bourreau. La fracture ouverte s'était gangrenée. Le malheureux exécuteur public, à sa manière, était mort par la potence.

Louis applaudit à la boutade. Ses yeux brillent dans la pénombre de la pièce.

— Mon père est ainsi devenu le bourreau de Paris.

Céleste relève la tête.

— Majesté, connaissez-vous le quotidien d'un bourreau ? Les gens qu'il croise le regardent avec peur ou dégoût, car la croyance populaire dit que le toucher porte malheur. Le boulanger garde à l'envers le pain qu'il lui destine. Présenté ainsi sur une table, il attire le diable. Les bourreaux qui ont des enfants ont toutes les peines du monde à engager des précepteurs pour leur enseigner les rudiments, à savoir, lire et écrire, et leur permettre ainsi d'exercer leur charge. Ces mêmes enfants sont condamnés à la solitude, soumis aux brimades et aux moqueries de ceux de leur âge. Les bourreaux et leur descendance ne trouvent femme ou mari que parmi la grande famille des exécuteurs publics. Le seul avenir possible des fils de bourreau est donc de le devenir à leur tour. Et quel est, selon vous, l'avenir de la fille d'un bourreau?

Céleste serre les mâchoires. Le souffle court, les narines pincées, elle transperce Louis de son regard.

— Quand mon père m'a prise dans ses mains, minuscule chose rose et fripée, et quand il a découvert mon sexe, il a su ce qu'allait être ma vie. L'ostracisme. La solitude. Le mariage avec un bourreau pour tout horizon. La servitude. Il a revu sa mère, esclave de son mari, battue, forcée, engrossée sans amour ni respect. Au même instant, on a frappé à son huis. C'était son aide qui venait aux nouvelles. Gontran lui a demandé si l'enfant qu'il portait dans ses bras était un fils, et mon père s'est vu répondre par l'affirmative. À partir de là, il n'a plus jamais osé revenir en arrière.

Le roi fronce les sourcils, peu convaincu par l'argument.

— Votre père est fou de vous avoir fait passer pour un garçon!

— C'est pourquoi il ne s'est jamais contredit! Pour ne pas être pris pour un dément. Garçon, je pouvais au moins prétendre à la charge de bourreau et vivre en toute indépendance. Avez-vous déjà entendu parler de bourrelle? Sans doute que non, car si elles ont pu exister, elles sont suffisamment rares pour qu'un père ne puisse espérer un jour cet emploi pour sa fille. Depuis, je vis prisonnière de son mensonge.

Céleste récupère le reste des vêtements sur le lit.

— Voilà, Majesté. Vous connaissez toute l'histoire de Céleste, la fille du bourreau. Êtes-vous satisfait?

Louis se lève et saisit avec délicatesse le bras de la jeune fille qui finit de s'habiller. Cette dernière observe avec surprise la main royale posée sur sa personne.

— Vous et moi sommes de la même étoffe, Céleste. Nous sommes au-dessus des hommes. C'est par la volonté de Dieu que je suis devenu roi, et je n'ai de comptes à rendre à personne d'autre qu'à lui. Ma main tient le sceptre et la vôtre exécute. C'est par votre truchement que j'applique la justice des hommes. Dans un sens, je vous relie donc à Dieu.

Un sourire sincère illumine le visage du jeune roi. Sa voix s'est mise à trembler d'émotion. Céleste, qui enfilait ses guêtres, a suspendu son geste, abasourdie. À en croire le roi, elle serait, sinon son égale, du moins de la même étoffe divine que lui !

— Majesté, je n'oserais aboutir à de pareilles conclusions. Une chose est sûre cependant : si mon secret venait à être éventé, mon père en mourrait, et je n'ose imaginer les sévices que j'aurais à endurer. Je supplie donc Sa Majesté de bien vouloir oublier à jamais la vérité autour de mon sexe.

Louis saisit les mains de la jeune fille.

— Impossible ! Mais vous pouvez compter sur mon silence.

Un éclair fugace traverse les yeux du roi. Céleste comprend qu'à partir de cet instant, elle sera liée au jeune souverain et que, sa vie durant, elle devra vivre avec cette épée de Damoclès au-dessus de sa tête. Elle n'oubliera pas non plus qu'une nuit de janvier 1649, elle a sauvé le roi de France.

Ce dernier réprime un bâillement. Céleste s'approche de la porte.

— Avant que vous ne nous quittiez, Sire, puis-je vous poser une question ? Que faisait votre équipage à trois heures du matin dans les environs ?

Le visage du jeune roi s'assombrit.

— Nous fuyions le navire comme des rats.

Il pose sur Céleste des yeux débordants de rage.

— *Fluctuat nec mergitur*... Nous le ferons couler, le navire parisien, s'il refuse de m'obéir !

Sans autres précisions, Louis se lève d'un bond. Céleste se précipite pour lui ouvrir la porte. Le jeune souverain rejoint sa mère et les membres de son équipage dans la salle à manger. Un véhicule emprunté au relais le plus proche vient d'arriver. Le convoi peut donc repartir. Tous les occupants du Palais des plaisirs se rassemblent devant l'établissement pour assister au départ de la cour rapprochée du roi. Louis ne quitte pas des yeux Céleste, jusqu'au moment où il disparaît dans le fiacre.

Tandis que le bruit des sabots s'éloigne et que les filles de Lilas rentrent peu à peu se mettre au chaud, Céleste reste longtemps, au milieu de la grand-route, sous le firmament. Elle a été femme pour la première fois de sa vie.

IV

6 janvier 1649

— Céleste ! Ce n'est pas le moment de musarder. Il gèle à pierre fendre sur ce maudit chemin, et on a encore une bonne heure de marche avant d'atteindre la porte Saint-Honoré.

Joachim s'est planté au milieu de la route recouverte de neige. Il fait de grands signes à sa sœur, une soixantaine de pieds en arrière pour lui signifier d'accélérer le train. Mais celle-ci est plongée dans ses pensées. Elle se passe et se repasse les épisodes de sa nuit agitée. L'accident. Le sauvetage de l'enfant. Le roi. Son secret éventé.

— Céleste !

Elle relève la tête, écartant la mèche qui tombe devant ses yeux. Son frère tape du talon contre le sol. Ses lèvres sont bleues et du givre recouvre ses cils. Elle accélère le train. Alors qu'ils entrent dans Paris par la porte Saint-Honoré, Joachim et Céleste assistent à une scène cocasse. Deux femmes tirent chacune sur une même chaise tandis qu'un homme juché sur une charrette, sans doute le cocher, tente de retenir le meuble à lui. Bien évidemment, tout ce monde s'injurie.

— Jarnidieu ! Vous allez lâcher, gourgandines ?

— Va donc, eh, pourceau ! Ce n'est point ta chaise, elle est trop belle pour ton vilain cul.

— Ton cul à toi, tout Paris l'a déjà vu, coureuse de remparts ! Va donc battre le pavé au lieu de me disputer cette chaise.

Céleste et Joachim éclatent de rire. À côté d'eux, un second véhicule est arrêté. Joachim avise une des pilleuses occupée à défaire les cordes qui retiennent les différents meubles entassés.

— Holà, commère ! Pourquoi vous servez-vous dans cette charrette ?

Sans s'interrompre, celle-ci affiche une grimace de dédain.

— Parce que son chargement appartient à Henri du Plessis Guénégaud.

Une autre femme se tourne vers Joachim et désigne le deuxième chariot.

— Et celle-ci appartient au comte de Miossens.

— Qu'ont-ils fait pour voir leurs meubles ainsi pillés ? Est-ce là une nouvelle façon de se meubler que de se servir chez les autres ?

La première femme se saisit d'un tabouret.

— Ce sont des gens de la cour. Ils fuient Paris, car ils ont peur des Parisiens !

Céleste se remémore les propos du roi : « nous fuyons le navire comme des rats ». Elle est au fait des troubles qui agitent la capitale. Depuis la mort du cardinal Richelieu en 1642, suivie un an plus tard de celle du roi Louis XIII, le royaume de France est fragilisé. La régence a été confiée à la reine Anne d'Autriche, la mère de Louis XIV, et au cardinal Mazarin. Mais ce choix est mal accepté par la bourgeoisie, représentée par le Parlement, et par une partie de l'aristocratie dont les princes du sang, héritiers potentiels de la couronne. Son Éminence, le cardinal Mazarin, est jugée trop puissante et a le mauvais goût d'être italienne.

Le contexte économique ne simplifie pas la situation. En effet, la guerre de Trente ans a ruiné le royaume. Pour renflouer les caisses de l'État, la régence exerce une pression fiscale intense qui saigne le peuple et crispe les plus aisés, notamment les membres du Parlement, impactés pour la plupart par ces nouveaux impôts. Elle multiplie la création des offices et supprime pour quatre années les gages des officiers parlementaires, étoffant ainsi ses revenus.

Sans surprise, tous ces ingrédients suscitent la colère dudit Parlement. Alors quand la régence décide de sabrer les revenus des parlementaires, les quatre cours souveraines[1] de Paris se fédèrent pour s'opposer à la décision par un arrêt. Bien que ce dernier soit par la suite contré par le Conseil du Roi, le ton est donné. La fracture entre Paris et le pouvoir royal est consommée. Nous sommes le 13 mai 1648.

Céleste reste indifférente à ces considérations politiques qui ne touchent en rien ses intérêts, le bourreau n'étant pas imposable. Ce qui l'intéresse en revanche, ce sont les richesses entassées sur les charrettes assaillies par le peuple. Céleste entend bien, elle aussi, en tirer profit. Une fois n'est pas coutume, elle n'a pas besoin de chercher mille et une ruses pour remplir ses poches constamment trouées. C'est un gain facile : il n'y a qu'à tendre la main. Elle donne un coup de coude à Joachim, les yeux brillants de convoitise, et lui désigne du menton l'imposant buffet qui trône sur l'une des charrettes.

— Nous pourrions en tirer un bon prix auprès des marchands de meubles, rue de la Roquette, vu son gabarit.

Joachim se gratte le sommet du crâne.

---

1. Le Parlement, la Chambre des comptes, la Cour des aides et le Grand Conseil.

— Nous allons surtout nous rompre les reins à le porter à dos d'homme.

Le sourire aux lèvres, Céleste s'approche du cocher qui continue de lutter pour conserver sa chaise.

— Qui t'a dit que nous allions devoir le porter ?

Elle bondit sur le siège du chauffeur, s'empare du fouet aux chevaux et, d'un coup sec, l'abat sur les doigts du cocher. Contraint par la douleur, ce dernier laisse échapper un cri et le meuble. Il tourne un visage furibond vers Céleste qui se met aussitôt à lui hurler dessus.

— Mais courez donc ! Vous restez là, sur place, comme un épouvantail planté dans le sol, alors que ces deux commères vous ont volé votre chaise. Et pas n'importe laquelle ! La tapisserie est remarquable. Allez ! Magnez-vous l'arrière-train ou c'est votre maître qui vous le bottera !

Céleste le pousse du manche de son fouet vers les femmes, toujours occupées à se disputer le siège tant convoité. Le pauvre homme ne sait plus où donner de la tête ni ce qu'il doit faire. Joachim, qui n'a nul besoin d'explications pour comprendre les intentions de sa sœur, assène un coup de pied au cul du cocher qui le propulse dans la bonne direction.

La seconde d'après, il rejoint sa sœur sur la charrette et saisit les rênes. Céleste fait claquer le fouet. Et voilà le buffet d'Henri du Plessis Guénégaud qui s'éloigne dans les rues de Paris. Le cocher, qui comprend enfin qu'il a été roulé, galope derrière l'équipage. Mais Céleste se dresse sur la banquette et tend le doigt vers le malheureux qui s'essouffle déjà.

— Bonnes gens, remerciez cet homme ! Il a redistribué au peuple de Paris un peu des biens que les traîtres de la cour lui ont spoliés ! Il mérite vos acclamations !

Quelques passants s'arrêtent pour lui faire l'accolade. Un forgeron, qui avait mis un fer au feu, pose son ouvrage, et après s'être essuyé le front, fait signe à son apprenti de le suivre. À deux, ils soulèvent le cocher et l'assoient chacun sur une épaule, avant de le promener dans les ruelles avoisinantes pour vanter ses mérites. Bientôt, Joachim et Céleste, hilares, le perdent de vue. La dernière image qu'ils emportent est la mine hagarde du pauvre homme s'agrippant tant bien que mal aux vêtements des deux mastodontes.

La charrette longe les remparts jusqu'à la porte Saint-Antoine, où elle ressort de Paris pour s'arrêter rue de la Roquette. Là, à deux pas de la prison de la Bastille, se sont installés nombre d'artisans et de marchands de meubles.

Céleste et Joachim sautent à bas du véhicule et manquent de s'étaler par terre tant ils rient toujours. Intrigué par la gaîté des deux jeunes gens, un commerçant s'approche. Céleste retrouve un peu de son sérieux et le salue tandis que Joachim retient les chevaux. Les négociations sont brèves, l'homme leur proposant un prix correct. Les quatre livres[1] empochées, ils font rebrousser chemin à leur équipage et garent la charrette contre un mur à proximité de la porte Saint-Honoré. Un enfant joue avec une toupie dans la poussière de la rue. Joachim s'accroupit pour se mettre à sa hauteur.

— Hé gamin ! Tu vois le drôle là-bas, assis près de la fontaine ? Va donc lui dire que ses chevaux l'attendent dans la rue derrière. Et glisse-lui ces sols dans la main. Si tu fais ça, je te donnerai un denier.

L'enfant s'éloigne déjà, mais Joachim le retient par le bras.

— Attention ! Si tu gardes les sols pour toi...

Il lui confisque son jouet et le fait tourner entre son pouce et son index.

1. Soit l'équivalent de quatre jours de salaire pour un ouvrier à cette époque.

— Je brûle ta toupie ou je te la fais avaler. Me suis-je bien fait comprendre ?

L'enfant opine du chef et déguerpit. Cinq minutes plus tard, Joachim lui rend son bien, agrémenté d'un denier. Il se tourne vers sa sœur et lui désigne au loin l'enseigne de l'auberge du Lion d'Or.

— Je commence à avoir une petite faim. Nous n'avons rien mangé ce midi. Que dirais-tu d'un pâté en croûte ?

Il se penche à l'oreille de Céleste.

— La pêche au roi a dû t'ouvrir l'appétit.

Elle lève les yeux au ciel.

— Seigneur, pourquoi m'avez-vous donné Joachim pour frère, qui n'a qu'un pois dans le cerveau, mais une langue si bien pendue ? Ah ça, pour les pendaisons, on peut lui faire confiance ! Je crois cependant que nous ferions mieux de rentrer ou papa va encore râler. L'après-midi est déjà bien avancée.

Alors qu'ils parviennent rue du Vertbois, une délicieuse odeur de viande grillée leur chatouille les narines. Joachim lève le nez, ferme les yeux, l'extase imprimée sur ses traits.

— Si c'est papa qui est en train de préparer à manger, nous allons nous régaler !

Il se précipite au pied d'un immeuble de trois étages, passe un porche, un hall d'entrée et débouche sur une cour pavée. Au fond se dresse l'humble demeure du bourreau. C'est une petite bicoque de plain-pied, un peu décatie, adossée à l'enceinte qui entoure l'abbaye de Saint-Martin-des-Champs. L'usage veut que le bourreau soit logé en dehors de la ville. Ce fut le cas pour la maison rue du Vertbois. Mais les rois successifs ont repoussé au fur et à mesure les limites de la ville, si bien que le bourreau et sa maison se sont bientôt retrouvés à l'intérieur des remparts.

Joachim se fige, l'appétit coupé. Son père, les mains couvertes de sang, fait brûler un tas de bêtes crevées. Il y a là trois chats

– leurs carcasses calcinées sont à peine reconnaissables – une chèvre qui commence à rôtir et un chien dont le cadavre encore à terre grouille de vers. Il est dans les attributions du bourreau d'enlever les dépouilles d'animaux trouvées dans les rues. Octave récupère leurs peaux que Céleste revend aux tanneurs installés le long de la Bièvre. Mais il arrive que certaines soient si attaquées par la vermine que le bourreau ne puisse rien en tirer.

Céleste éclate de rire, tandis que la déception se lit sur le visage de son frère.

— Bon appétit, Joachim !

Mais son hilarité s'éteint aussitôt. À peine Octave a-t-il aperçu ses enfants qu'il abandonne sa tâche pour les sermonner.

— C'est à cette heure que vous rentrez ? Il était question que vous fêtiez les Rois, pas que vous en adoptiez la vie ! Vous avez donc oublié que demain nous avons un marquage au fer rouge à réaliser et que rien n'est prêt ? D'ailleurs, je ne parviens pas à remettre la main sur les fers. Joachim, où les as-tu rangés ? Et toi Céleste, ne reste pas plantée là ! Va nous chercher de l'eau ! Tu vois bien que le réservoir est presque vide.

Depuis que Gontran est mort, quatre ans plus tôt, Octave a embauché ses propres enfants pour l'assister lors des supplices et des exécutions. Le bourreau stocke tout le matériel nécessaire à sa fonction, et dont il est le propriétaire, dans une remise qui donne sur la cour devant sa maison : roue, potence, planches, échelles, outils, cordes ainsi que la charrette, essentielle pour transporter ce matériel et les cadavres des condamnés à mort.

Joachim pénètre dans la remise, suivi de sa sœur, pour y chercher les fers. Céleste ramasse les seaux et prend le chemin de la fontaine Saint-Avoye[1], en face du couvent des jeunes filles du même nom. Trois personnes patientent devant elle, car le

1. Ancien nom de la rue du Temple.

débit de la fontaine est faible et il lui faudra bien six bonnes minutes pour remplir ses deux récipients.

Debout dans la file d'attente, Céleste croise le regard d'une nonne qui sort du couvent. Celle-ci baisse aussitôt les yeux, confuse d'être regardée par ce qu'elle pense être un homme.

Céleste l'observe marcher avec un mélange de pitié et d'admiration. Il en faut du courage pour supporter les privations, une vie de recluse et de pénitente rythmée par les prières et les tâches domestiques ! Telle aurait pu être la vie de Céleste, si son père en avait décidé ainsi. Le bourreau a pourtant choisi une autre prison pour sa fille : celle du mensonge et du déguisement.

Mais quelle liberté lui offre par ailleurs cette condition ! Là où les hommes ont beaucoup de droits, les femmes ne semblent avoir que des devoirs : se marier, enfanter, tenir le logis. Si une femme de plus de vingt-cinq ans n'a pas d'époux, elle paraît louche, alors qu'un homme peut justifier de nombreuses manières son célibat : il a combattu, voyagé ou consacré sa vie à son métier. Une femme sans enfants est une mauvaise femme. Un homme sans descendance n'a pas trouvé la bonne concubine. Une femme vit sous la houlette de son père, puis de son mari. Le garçon, lui, s'émancipe à l'âge de treize ans et n'a de compte à rendre à personne, sinon au roi et à Dieu. Non, vraiment, Céleste n'échangerait pour rien au monde sa place contre celle de la petite nonne !

La discussion des deux femmes qui patientent devant elle attire son attention.

— Sais-tu que le remède de madame de Maupeou a fait des miracles sur ma fille ? La petite a perdu sa fièvre et sa toux au bout de deux jours !

— Est-ce la Dame de la Charité que tu as rencontrée à l'Hôtel-Dieu ?

— Celle-là même, une sainte femme ! Ma petite Louise ne mangeait plus tant sa gorge lui faisait mal. Madame de Maupeou l'a examinée et, grâce à ses remèdes, mon enfant était guérie le lendemain même.

— Il paraît qu'elle a un laboratoire dans sa maison où elle confectionne ses propres médecines.

Céleste a déjà entendu parler de ces « Dames de la Charité » qui interviennent auprès des malades. Elles doivent leur confrérie à un certain Vincent de Paul, un prêtre qui a consacré le principal de son action aux œuvres de bienfaisance.

— Il faut que ta fille se fortifie. Elle est bien maigrelette.

La mère de la petite Louise secoue la tête, la mine défaite.

— As-tu vu le prix des œufs ce matin au marché ? À croire que les poules avaient pondu de l'or !

— J'ai entendu mon maître causer tantôt. Le roi et la cour ont fui Paris cette nuit. Il nous a ordonné, à moi et à Honoré, d'aller faire des provisions. « Il faut remplir le garde-manger. Je veux pouvoir tenir un siège ! » qu'il a dit. Tu ferais bien d'en faire de même, Anne. Les prix n'ont pas fini de monter.

Les mots du roi résonnent à nouveau aux oreilles de Céleste : « Nous le ferons couler, le navire parisien, s'il refuse de m'obéir. » Se pourrait-il que Paris soit menacée ? Son ventre se noue. Une bourrade la tire de ses pensées. La place est libre à la fontaine et les personnes derrière elle s'impatientent. Sa corvée accomplie, elle rentre à la maison, soucieuse.

Dans la pièce principale au rez-de-chaussée, une longue table à manger, en bois sombre, occupe presque toute la place devant la cheminée. Tout de suite à droite après l'entrée se trouve la chambre d'Octave. C'est une pièce exiguë percée d'une petite fenêtre à verres colorés. Un lit, un tabouret et une table de chevet composent l'unique mobilier.

On accède au grenier par une trappe et une échelle de meunier. Là, sous les toits, Joachim et Céleste se sont aménagé deux espaces, séparés l'un de l'autre par des tentures épaisses clouées à la charpente. Leurs matelas de paille sont posés sur des sommiers rudimentaires. Quant à leurs affaires respectives, elles sont rangées dans deux gros coffres. Céleste a installé un petit secrétaire près du chien-assis[1] découpé dans le toit.

Une fois l'eau versée dans le réservoir, Céleste va prêter main-forte à son frère pour la préparation du repas. Elle tisonne les braises dans l'âtre. Joachim tranche un chou, des oignons et un morceau de lard. La viande grésille dans la marmite chauffée à blanc. Un fumet appétissant emplit la pièce. Octave distribue un gros morceau de pain à chacun, verse trois verres de vin qu'il coupe avec de l'eau. Puis il pousse un soupir, s'aide de sa main pour soulever sa jambe torturée par la goutte et la ramène sous la table. Après quoi, il récite le bénédicité. Alors, chacun se rue sur son assiette.

Mais le bourreau repose bientôt sa cuillère et joint les mains devant sa bouche.

— Les enfants… Demain sera pour vous un jour un peu particulier.

Joachim et Céleste s'interrompent en pleine bouchée. Octave s'éclaircit la voix, reprend.

— Je commence à me faire vieux. Mes crises de goutte sont de plus en plus fréquentes. Je ne sais pas encore combien de temps je vais pouvoir assurer ma charge. Aussi, j'aimerais que vous procédiez vous-même au supplice.

---

1. Un chien-assis est une lucarne qui n'épouse pas la pente du toit. Posée verticalement, elle a sa propre charpente et son propre toit. Son nom vient de sa forme qui rappelle la position d'un chien assis.

V

6 janvier 1649

Céleste ne s'attendait pas à ce que son père leur demande, de son vivant, d'endosser une telle responsabilité. Elle échange un regard avec son frère et croit y déceler une étincelle de joie, avant de se tourner de nouveau vers Octave.

— Tu souhaites donc que l'on assure le marquage au fer rouge de demain ?

— Oui. Il est temps pour vous de passer à l'acte...

Il plante ses yeux dans ceux de sa fille.

— ... et de vous salir les mains.

Un silence s'abat sur la maison du bourreau. Chacun réfléchit aux paroles qui viennent d'être prononcées et à leurs conséquences. Joachim réagit le premier.

— Tu peux compter sur moi, papa. S'il le faut, je m'occuperai même des trois larrons.

Octave lève les mains pour calmer les ardeurs du jeune homme et lui offre un sourire plein de gratitude.

— Je voudrais que vous vous occupiez chacun d'un condamné. Je ferai le troisième.

Le bourreau se tourne vers sa fille.

— Qu'en dis-tu, Céleste ?

Cette dernière ne répond rien. Une boule s'est installée dans sa gorge. Elle est émue par la proposition de son père. C'est une preuve de confiance et d'estime, mais aussi un aveu de faiblesse et de fragilité. Son père, qui a tout supporté et supporté tout le monde, ose demander de l'aide pour la première fois de sa vie.

Octave se penche un peu plus en avant, pose sa large main tachée par la vieillesse et marquée par le travail sur celle de sa fille.

— Tu veux bien ?

Derrière le brouillard de ses larmes, Céleste distingue le visage préoccupé de son père. Elle se précipite dans ses bras, enfonce le nez dans son cou.

— Oui, papa. Bien sûr, papa.

Octave lui dépose un baiser sur le front.

— Il se fait tard. Allez vous coucher ! Nous partons à l'aube. Je m'occupe de tout ranger.

En effet, le lendemain, le soleil n'est pas encore levé sur la place de Grève qu'Octave et ses deux aides sont déjà à l'œuvre. Chacun connaît son rôle. La mécanique est bien huilée. Céleste entretient un grand feu dans un brasero. Joachim y plonge les fers. Octave, escorté d'une dizaine d'archers, est chargé de mener les condamnés à leur supplice.

La loi n'oblige plus le bourreau à afficher les insignes de sa charge et à revêtir un habit spécifique. Mais Céleste a noué derrière sa nuque un masque en feutre écarlate qui lui recouvre tout le haut du visage. Elle a appliqué un peu de poudre grise sur ses joues pour parfaire son déguisement, recréant ainsi l'ombre d'une barbe fictive fraîchement rasée.

Avec l'aube, les premiers spectateurs arrivent sur la place qui bruisse de mille chuchotements. Pour tuer le temps, ils observent les aides du bourreau et tentent de deviner leur vie.

Ont-ils une femme ou une fiancée ? Fréquentent-ils les filles de joie ? Quel est leur plat préféré ? À quoi occupent-ils leurs soirées ? Quel âge ont-ils ?

Au loin, des sabots résonnent contre les pavés. C'est le convoi qui amène les trois condamnés. Malgré le froid, les deux hommes et la femme sont vêtus d'une simple vareuse blanche en toile grossière, qui leur tombe jusqu'en bas des cuisses. Ils ont les mains ligotées dans le dos, se tiennent à genoux sur le tombereau[1] et les cahots de la route les jettent les uns contre les autres. Dans un second véhicule suivent le lieutenant criminel et un greffier. Le bourreau marche en tête.

Une onde parcourt la foule. Céleste sent sa main trembler. Son regard croise celui de son père qui lui glisse un bref sourire et, d'un battement de paupière, lui signifie que tout se passera bien. Elle détourne les yeux, concentre son attention sur les fers qui rougissent dans les braises.

Le convoi s'arrête. La foule se met à huer les trois condamnés tandis qu'ils descendent du tombereau, surveillés de près par les archers. Ces derniers les font s'agenouiller. Octave s'avance vers le public, lève les deux bras en l'air et pousse un tonitruant « Silence ! ». L'effet est immédiat. Le greffier peut enfin lire l'arrêt de condamnation. La chose faite, il se tourne vers le bourreau afin qu'il exécute la sentence. Joachim fait un pas vers le brasier où reposent les fers, mais Octave le stoppe d'un geste de la main.

— Attends ! Je voudrais que Céleste puisse commencer.

Vexé, Joachim se recule, les sourcils froncés et glisse à sa sœur, le ton âpre :

— Honneur aux dames...

---

1. Charrette utilitaire destinée généralement au transport de matériaux de chantier ou agricoles.

Céleste prend une grande inspiration et, le dos bien droit suivant l'exemple de son père, tire le fer des braises. L'extrémité est en forme de fleur de lys. La fleur a troqué son blanc légendaire contre la teinte rouge des enfers.

Il faut aller vite pour ne pas laisser au fer le temps de se refroidir. Céleste se dirige vers le premier condamné. Ce dernier tourne la tête. Une mèche brune balaye son front. Une barbe de quelques jours grignote ses deux joues creusées et sa mâchoire volontaire. Une pluie fine s'est mise à tomber. Son vêtement détrempé lui colle à la peau et laisse deviner ses larges épaules, ses cuisses épaisses, le dessin de ses muscles sur son ventre.

Impressionnée par la beauté du condamné, Céleste a la gorge sèche, le visage livide et le geste fragilisé. L'homme qu'elle doit marquer au fer rouge affiche aussi une pâleur extrême. Mais nulle angoisse ne se lit dans ses yeux. Il porte la tête haute, regarde au-dessus de la foule qui maugrée tout autour.

Octave se place devant le condamné, lui dénude l'épaule d'un geste bref et le maintient contre sa cuisse pour lui éviter de se débattre. D'un signe de la tête, il invite sa fille à apposer le fer. L'homme contracte les mâchoires et ferme les yeux.

Céleste ne veut pas décevoir son père. Sa main tremble, mais elle serre le poing de toutes ses forces sur le manche du fer et applique la fleur de lys sur la peau mise à nu. Le condamné pousse un cri rauque tandis qu'une écœurante odeur de viande grillée emplit l'atmosphère. La fille du bourreau compte cinq longues secondes avant d'ôter l'instrument du supplice. Sur l'épaule du condamné, une fleur de lys sanguinolente s'est dessinée. L'homme gémit. Par la main de Céleste, le roi a imprimé son sceau dans la chair de son sujet.

C'est ensuite au tour de Joachim. Sa sœur flotte dans un ailleurs. À travers sa brume, elle le voit saisir le fer, se diriger sans une once d'hésitation vers le deuxième homme qu'Octave a mis en condition. Un deuxième cri. Une deuxième odeur infecte. Alors, il ne reste plus que la femme à marquer. S'emparant du troisième fer, Octave fait signe à sa fille de se placer devant la condamnée qui patiente à genou, tremblant des pieds à la tête. Céleste obéit.

La femme lève sur elle un regard apeuré. Sa bouche se tord sur un sanglot contenu. C'est un coup de poignard dans le cœur de Céleste. Avec délicatesse, elle abaisse la chemise qui dévoile la maigreur d'une épaule. Octave s'approche, fronce les sourcils devant la mine défaite de sa fille. Cette dernière tremble autant que la condamnée et peine à avaler sa salive. Mais elle tente de se ressaisir, agrippe la femme des deux mains. Elle ne peut s'empêcher de comprimer son bras, essayant de lui communiquer ainsi un peu de courage. Le bourreau procède au supplice. La femme hurle. Son cri vrille les tympans de Céleste qui serre de plus belle les bras de la malheureuse.

Le spectacle est fini. Les condamnés se relèvent, pantelants. Après avoir appliqué sur leurs plaies un onguent à base de saindoux et de poudre à canon, le bourreau les fait remonter dans le tombereau pour les mener aux portes de la ville. La sentence est sans appel : ils sont bannis. La foule se disperse avec lenteur, comme à contrecœur. Joachim verse de l'eau sur le brasier, Céleste range les fers et se remet doucement de ses émotions. Ce n'est pourtant pas la première fois qu'elle assiste à ce genre de supplice. Elle en a vu des dizaines, et des plus sanglants. Mais c'est la première fois qu'elle en est l'instrument. Et cette nuance change tout.

Ce soir-là, Céleste peine à trouver le sommeil. Alors qu'elle se tourne et se retourne dans son lit, elle entend grincer les marches qui mènent à sa chambre.

— Céleste ? Tu dors ?

Le visage de son père danse dans la lueur d'une chandelle qu'il pose sur la table de chevet. La fille du bourreau se redresse. Octave s'assoit dans la ruelle de son lit mais garde le silence. Il passe les mains sur ses cuisses, cherche ses mots.

— Ma mission, en tant que bourreau, est de faire passer de vie à trépas ceux que la justice du roi a condamnés, ou de leur faire subir le supplice. Mais elle ne s'arrête pas là. J'ai… Comment dire ? Un rôle de représentation.

Octave étend devant lui ses jambes qui le font de plus en plus souffrir.

— Le bourreau est le seul habilité à donner la mort en toute légalité, ailleurs que sur un champ de bataille. Il est bien plus qu'un simple officier du souverain. Il incarne son pouvoir de vie ou de mort ! As-tu remarqué comment les exécutions suivent toujours le même cérémonial ? La mise à mort n'est pas un spectacle anodin. C'est la mise en scène de la justice implacable du roi.

Il se penche en avant, son regard doux toujours posé sur sa fille, et reprend :

— Qu'advient-il alors si le bourreau tremble devant les condamnés ? Où est sa crédibilité ? Quelle image renvoie-t-il de la toute-puissance du roi ? De sa justice et de son bien-fondé ? Pourquoi crois-tu que je me tiens debout, le dos si droit et les jambes écartées comme si je venais de descendre de cheval ? Ce n'est pas par plaisir ! Nous devons impressionner ! Notre silhouette doit marquer les esprits, hanter le peuple pour rejaillir dans ses cauchemars, terroriser les honnêtes gens pour qu'ils veillent à le rester.

Octave saisit la main de sa fille et adoucit son discours.

— Si je te raconte tout ça, c'est que j'ai bien vu la compassion dans ton regard à l'instant où je marquais la femme.

Céleste secoue la tête pour chasser le souvenir.

— Depuis ma naissance je t'ai vu officier, papa, et ça ne m'a jamais dérangée. La mort s'est toujours invitée à notre table. Elle fait partie de notre famille. Mais… j'ai toujours eu plus de peine à supporter la souffrance. Et ce matin, cette femme me paraissait si fragile…

— J'entends, Céleste. Mais trouve le moyen de t'armer face à la douleur des suppliciés, car tu ne pourras pas supporter de souffrir à la place des autres. Le bourreau peut atténuer la souffrance du condamné, si elle ne fait pas partie du châtiment. Pourquoi crois-tu que le greffier me lit toujours l'arrêt de condamnation, alors qu'il suffirait de me dire : « celle-là, on lui coupe l'oreille » ou « celui-ci, on le pend » ? C'est que la justice souhaite ainsi que je n'omette rien des obligations qui m'incombent et que j'applique la sentence à la lettre. J'essaye d'être un bourreau humain. Je réalise les exécutions le plus rapidement possible. Je fais subir les supplices sans faire souffrir le condamné au-delà de ce qui a été convenu lors de son jugement. Et c'est ce qu'attend le peuple. Certains bourreaux se sont fait lyncher pour ne pas avoir exécuté leurs patients dans les règles de l'art. Mais la souffrance fait et fera toujours partie de notre métier. Nous devons vivre avec elle et l'accepter. Tu comprends ?

Céleste opine du chef. Ses yeux se perdent dans le vague. Octave dépose un baiser sur le front de sa fille avant de se retirer. Il réprime un bâillement et soupire. Malgré l'heure tardive, il doit encore rédiger le mémoire qui détaille son intervention du jour. Demain, il ira le porter aux autorités pour recevoir ses gages. Mais avant cela, Céleste l'accompagnera au marché.

VI

20 janvier 1649

Sous les gros souliers en cuir d'Octave, la neige crisse à chaque pas. Engoncée dans un épais manteau en laine, un chapeau à large bord rabattu sur ses yeux afin qu'on ne distingue pas ses traits, Céleste suit son père. Ils longent l'église Saint-Eustache, bifurquent rue de la Tonnellerie avant de passer sous un haut porche. Ils débouchent sur une vaste place triangulaire ceinte par un ensemble de bâtisses à greniers. D'ordinaire, il y a foule au marché au blé qui se tient deux fois par semaine. Les charrettes chargées de farine ou de grains peinent à se frayer un passage parmi les étals, les hommes et les chiens errants. Les cris des marchands résonnent sur les façades et les voix mêlées des clients leur répondent en écho. Il faut jouer des coudes et s'armer de patience pour atteindre les denrées entassées dans des paniers ou sur des toiles tendues, posées à même le sol si le temps le permet.

Mais en ce 20 janvier 1649, les marchands ont déserté les lieux. Seuls trois étals se disputent la clientèle, là où en temps normal sont vendus pas moins de cent muids[1] de farine en

1. Cent muids équivalent à 180 mètres cubes environ.

un jour. Et pour cause, les troupes royales, sous la houlette de leurs capitaines, empêchent l'arrivée des denrées jusqu'à Paris. Le Grand Condé, cousin du roi, tient Saint-Denis. Monsieur d'Erlach occupe Aubervilliers. Le comte d'Harcourt est au Bourget et bloque le pain de Gonesse. Le maréchal de Gramont tient Ivry. Les hommes du duc d'Orléans sont à Saint-Cloud. Et le maréchal du Plessy est à Charonne. Seules les routes d'Orléans, de Rouen et de la Beauce restent encore ouvertes, ce qui est bien peu.

D'un pas lent, Octave remonte la longue file d'attente qui s'est formée devant les étals. Sur son passage, certains reculent, d'autres murmurent une prière ou un juron. Indifférent aux réactions de son entourage, Octave plonge sa louche en fer-blanc dans le maigre tas de farine et en verse le contenu dans le sac que lui tend Céleste, sous l'œil noir du marchand.

En effet, le droit de havage l'autorise à prélever avec cet instrument ou avec la main toute marchandise qui entre dans la ville le jour de marché. Des denrées alimentaires comme des biens de première nécessité : charbon, chandelles, laine, poteries... Ce privilège est d'un grand secours pour Octave quand ses gages peinent à subvenir aux besoins de sa famille.

Le bourreau sort une craie de sa poche et marque d'une croix blanche l'épaule du commerçant, qui se laisse faire de mauvaise grâce. En temps normal, ce signe lui permet de se souvenir des étals qu'il a visités. Mais aujourd'hui, vu le peu de marchands présents, c'est davantage par habitude que par nécessité qu'il a agi.

Sans un mot, Octave reprend son chemin. Avec le temps, il a appris à ne plus remarquer les silences qui s'installent à son apparition. L'exécuteur public connaît son droit. Il se sait utile, craint et respecté. Il accepte sa solitude : la rançon de sa singularité.

Sur les autres étals du marché des Halles, les clients sont aux abois. Suivant le même procédé, Octave se saisit d'un lapin, d'une cuillère de fèves, d'un céleri, d'un chou. Mais bientôt, il n'y a plus rien à saisir, et père et fille sont contraints de rentrer, leur panier à moitié vide.

Octave observe avec déception les victuailles déposées sur la table à manger.

— Nous tiendrons deux jours à peine avec ça !

Le bourreau s'effondre sur sa chaise et prend sa tête à deux mains. Céleste s'assoit en face de lui.

— Nous avons économisé avec Joachim. Et avec de l'argent, on arrive toujours à trouver ce que l'on souhaite.

Octave jette à sa fille un regard soupçonneux.

— Et d'où vient-il cet argent ?

— D'un marchand de meubles.

— Où avez-vous trouvé des meubles à revendre ?

— Pas des meubles, un meuble, sur la route de Suresnes.

— Et ce meuble se promenait donc tout seul sur la route de Suresnes. Tu me prends pour un sot ?

D'un revers de la main, Céleste chasse les réprimandes de son père.

— Le meuble appartenait à l'un de ceux qui bloquent l'arrivée des denrées sur Paris. Ce n'est que justice si nous parvenons à trouver notre pitance indirectement grâce à lui. Et là n'est pas la question !

Céleste pianote sur le bois de la table. Un sourire se dessine peu à peu sur ses lèvres. Octave n'a pas le temps de l'interroger qu'elle s'est déjà levée et a saisi le lapin par les oreilles.

— Je te prends le lapin. Il me sera utile.

Elle dépose un baiser sur le crâne dégarni de son père avant d'ébouriffer les rares cheveux qu'il lui reste.

— Ne nous attends pas pour dîner ce soir, papa. Et surtout, mange à ta faim.

Octave tente de retenir sa fille.

— Céleste, attends ! Quelle idée as-tu encore trouvée ? Ce n'est pas dangereux au moins ? Céleste !

Il se précipite sur le pas de la porte, mais sa fille a déjà disparu dans la rue. Octave soupire. Malgré l'injonction de Céleste, ce soir, il jeûnera. Ce ne sera pas la première fois de sa vie.

La jeune fille court à la Seine où son frère est parti pêcher dans l'espoir de remplir le garde-manger. Le fleuve toujours en crue a débordé dans les rues qui avoisinent son lit et charrie parfois des morceaux de glace. Pataugeant dans l'eau froide, Céleste retrouve Joachim juché sur un arbre, au bout du port Saint-Paul. Il peste contre le poisson qui vient d'emporter pour la sixième fois consécutive son appât.

— Oublie tes asticots et pense plutôt au faux-monnayeur que papa avait ébouillanté. T'en souviens-tu ?

— Gaspard ?

— Oui ! Tu étais resté en contact avec son fils. Dans mon souvenir, il avait suivi la même voie que son père, mais en se spécialisant dans les faux papiers, c'est bien ça ?

Joachim acquiesce de nouveau.

— Il vend des images pieuses le jour, au cimetière des Saints-Innocents. Et la nuit, il se consacre à son activité clandestine.

— Tu me mènerais jusqu'à lui ? Nous avons un petit service à lui demander.

— Comment ça « nous » ?

Le frère et la sœur se mettent en route et Céleste expose son plan à Joachim. Puisque le pain ne peut venir à eux, eux pourraient aller à lui.

— Supposons que tu empruntes à Octave une de ses tenues de bourreau, que tu doives aller chercher du bois à l'extérieur de Paris pour ta potence ou ton bûcher, tu vas me rétorquer que le bourreau n'a pas le droit de quitter la ville sans autorisation du roi. Supposons alors que le roi te donne ce fameux sauf-conduit. Et mieux encore ! Que le Châtelet t'autorise de son côté à sortir de la capitale.

Joachim lisse les poils de sa barbe naissante.

— Qu'as-tu à offrir au faussaire en échange des deux passeports ?

Céleste tire de sa besace la bestiole par les oreilles.

— Ce magnifique lapin ! Je suis sûre que cela fait plus d'un mois que notre ami n'a pas croqué une belle viande.

— Et où comptes-tu aller chercher le pain ?

— À Gonesse ! Le cousin de Lilas y est meunier. Il acceptera de nous vendre un peu de sa farine sans nous trahir.

Joachim éclate de rire, impressionné par les stratagèmes que sa sœur est capable d'inventer. Sa proposition n'est pas sans risques : croiser les troupes du roi, être jugés et châtiés ensuite. Malgré le danger, il lui voue une confiance aveugle. Jusqu'à présent, elle a toujours réussi à éviter les foudres de la justice. Les enfants du bourreau ont tant tutoyé la mort qu'elle ne les impressionne plus beaucoup. Quant à la justice des hommes, ils la côtoient de si près qu'ils ont bien conscience de sa partialité. Ils ont appris très tôt qu'une règle se contourne, qu'elle s'oublie ou qu'elle peut tolérer de petits arrangements. Pour toutes ces raisons, Joachim s'enthousiasme du projet de Céleste qui reprend :

— Nous emprunterons la charrette de papa. Mais il nous faudra trouver un mulet pour ramener notre chargement. Demain se tient le marché aux chevaux, près de la porte Richelieu. Avec l'argent du buffet, nous pourrons louer une bête pas trop mal en point.

Céleste revoit la mine dépitée de son père, le matin même, devant leur panier de commissions à moitié vide. Cette image lui est insupportable. Elle sait qu'Octave souffre davantage de ne pouvoir nourrir ses enfants que de la faim en elle-même, qu'il a consacré toute sa vie à leur offrir le meilleur, ne s'accordant que de rares loisirs. Alors, comme à son habitude, Céleste échafaude un nouveau plan pour trouver cet argent qui leur fait tant défaut. Cette manne lui permettrait, à son tour, de subvenir aux besoins de son frère et de son père vieillissant.

Les deux jeunes gens arrivent devant l'enceinte des Saints-Innocents. C'est un grand terrain vague piqué çà et là de tombes. D'autres monuments le jalonnent : des chapelles, des grandes croix et une construction octogonale, baptisée Notre-Dame-des-Bois, qui sert de lanterne la nuit tombée. Dans les greniers qui font le tour du cimetière sont stockés des ossements, extraits des fosses communes. Les fossoyeurs les vident régulièrement pour laisser la place à de nouveaux morts. Mais la terre n'a pas le temps de digérer les cadavres qu'on lui a confiés. Trop de morts pour si peu d'espace. Une épouvantable odeur de putréfaction plane ainsi au-dessus des charniers. Les jours de chaleur, l'air devient quasi irrespirable. Cela n'empêche pas toute une frange de la population d'y faire commerce. Les écrivains publics et marchands d'images pieuses s'y sont ainsi installés, à l'abri des galeries.

Céleste traverse le terrain vague, la manche sous le nez. Elle bute sur un fémur fiché dans le sol dont la tête affleure, et manque de s'étaler de tout son long.

— La peste soit de ce cimetière ! Il y règne une puanteur pire que chez les tanneurs des bords de Bièvre.

Joachim sourit et lui désigne l'os coupable.

— C'est peut-être celui d'un homme qu'a pendu papa et qui se venge sur la fille du bourreau.

Céleste hausse les épaules.

— Qu'il brûle aux enfers ! Il n'avait qu'à se tenir tranquille. Si on l'a pendu, c'est qu'il a dû commettre un crime.

Joachim guide sa sœur sous les galeries qui entourent le cimetière et sur lesquelles reposent les greniers à ossements. Ils longent la fresque de la danse macabre. Des squelettes représentant la mort entraînent des hommes et des femmes de tous âges et de toutes conditions. « Souviens-toi que tu vas mourir », chantent-ils. « Alors, souviens-toi que tu dois vivre », se répète Céleste, quitte à enfreindre certaines règles, à jouer avec son identité et à flirter avec le danger. Elle ne se sent jamais aussi vivante que lorsqu'elle frôle la mort.

Un jeune homme se balance sur une chaise et trompe l'ennui en fumant une pipe de tabac. Joachim s'approche à pas de loup et lance un tonitruant « Bonjour, Jean ! » qui manque de faire basculer le vendeur d'images. L'air hagard, ce dernier dévisage les nouveaux venus.

— Vous êtes les fils du bourreau, c'est bien cela ?

Joachim acquiesce. Céleste s'avance.

— Jean, je suis navrée de ce qui est arrivé à votre père.

Elle s'accroupit pour se mettre à la hauteur de son interlocuteur et reprend d'un ton plus bas.

— Mais il avait du talent et je suis certaine qu'il a pris soin de vous transmettre tout son savoir. J'aurais besoin de vos services, Jean. Deux petits sauf-conduits de rien du tout. Octave Clercy, bourreau de Paris, a besoin d'aller pendre un vaurien à Gonesse. Sans l'autorisation du roi, il ne peut quitter Paris. Et comme le roi et les Parisiens sont fâchés, il lui faudrait aussi l'accord du Châtelet. Vous pourriez lui procurer cela ?

À voix haute, elle fait mine de changer de sujet.

— Comment va le commerce des images ? Mal, je présume. Avec le blocus de Paris, les bonnes gens ont l'estomac vide comme leur porte-monnaie.

— Céleste, as-tu vu le joli bestiau que papa a attrapé au marché ce matin ? s'enquiert Joachim en montrant le lapin récupéré tantôt. Avec des herbes et un peu de beurre, ce sera un délice.

Jean, qui écoutait au préalable Céleste sans bien comprendre où elle voulait en venir, observe maintenant la bestiole avec de grands yeux émerveillés. Joachim le lui tend.

— Il est à vous !

N'écoutant que les plaintes de son ventre creux, Jean tente de l'attraper, mais Joachim l'éloigne aussitôt.

— Holà ! Pas si vite ! Je passerai demain chercher les papiers, ici, à la même heure, c'est entendu ? Alors seulement je vous donnerai le lapin. Je sais tenir ma langue, sauf quand on me déçoit. Puis-je vous faire confiance ?

Jean acquiesce de nouveau.

— À demain donc !

Le jour suivant, à peu près à la même heure, tandis que Céleste balaye la maison, Joachim passe le pas de la porte, les papiers à la main et le sourire aux lèvres.

— À nous le pain de Gonesse !

Céleste lâche son balai et saute dans les bras de son frère.

— Et le mulet ? As-tu trouvé le mulet ?

Joachim grimace et se gratte le sommet du crâne. Suspicieuse, Céleste sort dans la cour.

— Joachim, qu'est-ce que ce cheval nain ?

Ce dernier se plante devant l'animal pour en défendre les mérites.

— Si nous voulions garder de quoi acheter de la farine, nous n'avions pas assez pour un mulet. J'ai cru que j'allais repartir bredouille quand l'un des marchands m'a proposé cet animal dont personne ne voulait. On appelle ça un poney. C'est un duc qui l'a fait venir d'Écosse pour amuser son fils. Mais le fils a grandi, pas le cheval. Alors le duc s'en est débarrassé. Il paraît cependant que le poney a une force impressionnante pour sa petite taille. De toute façon, nous n'avons pas le choix.

Céleste observe la bête occupée à mâchonner les herbes entre les interstices des pavés de la cour d'un air débonnaire. Elle soupire.

— C'est bien notre veine… On ne va pas passer inaperçus avec ce canasson ! Tant pis, nous partons sur-le-champ !

Une dizaine de minutes plus tard, les deux jeunes gens parviennent à la porte du Temple, tenant par la bride le poney attelé à la charrette. Quatre hommes de la milice bourgeoise surveillent l'entrée. L'un baye aux corneilles. Les trois autres passent le temps en lançant des dés. Céleste encourage son frère.

— Joachim, à toi de jouer !

VII

21 janvier 1649

— Halte-là ! Qui êtes-vous ? Où allez-vous ?

Un des gardes s'approche, la mine patibulaire. Sur les conseils de sa sœur, Joachim tourne la tête avec lenteur vers celui qui l'a interpellé et s'adresse à lui d'une voix lugubre. Après quoi il s'approche, le pas lourd, jusqu'à n'être plus qu'à quelques pouces de l'importun. Ce dernier se tasse sur sa chaise, car il n'a pas pris la peine de se lever, fainéantise qu'il regrette désormais. Du regard, il cherche le secours de ses confrères, mais ceux-ci ont repris leur jeu avec un zèle suspect. Pour se donner une contenance, il tripote le manche de sa pertuisane[1].

— Je suis le bourreau de Paris.

Le garde se racle la gorge et bredouille sans conviction :

— Je vous demandais où vous alliez. Les soldats du roi encerclent Paris, vous devez le savoir.

Joachim ne le lâche pas des yeux.

— Nous avons un sauf-conduit du Châtelet.

1. Hallebarde terminée par un fer triangulaire muni à sa base de deux crocs symétriques.

Il lui tend le papier d'un geste sec. Le garde n'ose s'en saisir. Son visage dissimulé par son large chapeau, Céleste prend le relais de son frère et le même ton lugubre.

— Il n'y a plus de bois à Paris. Or, nous devons brûler une sorcière. Vous n'avez pas entendu parler de son procès ? Elle est accusée d'avoir transformé trois membres de la compagnie du guet en pourceaux. Les animaux erraient dans les rues de la ville et importunaient les habitants, qui les ont égorgés. Mais à peine avait-on suspendu les bêtes par les pattes qu'elles reprenaient forme humaine...

Céleste laisse planer un silence pour soigner sa chute.

— Une femme a été arrêtée et jugée. Pendant la question, elle a avoué s'être adonnée à des pratiques de sorcellerie. Pour ma part, je suis sûre qu'elle n'agissait pas seule... Méfiez-vous !

Sans attendre la réaction du garde, Joachim range le sauf-conduit dans son manteau et reprend sa marche. Céleste suit le bourreau, non sans administrer au garde un dernier avertissement par-dessus son épaule.

— Faites attention ! Elle logeait non loin d'ici, près de la Tour du Temple.

Les deux garnements, en dépassant les remparts de Paris, peinent à garder leur sérieux. Ce n'est qu'une fois passé l'hôpital Saint-Louis qu'ils s'autorisent à laisser libre cours à leur hilarité.

— La tête du garde quand tu lui as dit qu'elle habitait dans les parages ! Il ne va pas dormir de la nuit.

— On rentrera par une autre porte. Je ne serai pas capable de supporter son regard sans rire. En tout cas, ils ont été tellement impressionnés par ton costume qu'ils n'ont même pas remarqué le poney.

Céleste flatte l'encolure de la bête qui avance d'un pas régulier. En chemin, l'équipage dépasse une ferme. Assise devant sa porte, une femme vêtue d'un chaud manteau de laine, profite d'un rayon de soleil. Elle berce son bébé emmitouflé dans une épaisse fourrure tandis qu'un deuxième enfant, âgé de quatre ans tout au plus, s'amuse à pousser du bout d'un bâton des coquilles de noix vides à la surface d'une flaque d'eau. Céleste l'observe longtemps, un sourire triste passe sur ses lèvres.

— Te souviens-tu de ta mère, Joachim ?

— Je n'ai gardé qu'une seule image d'elle : son visage figé par la douleur à l'instant où elle est morte. J'avais cinq ans.

Céleste pose une main dans le dos de son frère en guise de consolation.

— Moi, ma mémoire n'a rien conservé de la mienne.

— Lequel de nous deux est le plus à plaindre, selon toi ?

— Le plus à plaindre, c'est papa ! Imagine-toi ! Ma mère vient de mourir. Il doit trouver une nourrice qui accepte de me donner son lait. Mais alors, il lui faudra se justifier de son mensonge ! Il peut aussi décider de me nourrir au lait de chèvre avec le risque que cela représente pour ma santé. Dilemme ! Une troisième issue se présente à lui. C'est à ce moment que ta mère intervient.

Rosane, la mère de Joachim, est blanchisseuse et couturière. C'est une fille-mère qui vit dans une étroite bicoque de deux étages, toute de guingois, à la périphérie de la ville. Au rez-de-chaussée, elle a installé son minuscule atelier encombré de fils et de tissus. Rosane se charge de nettoyer et rapiécer le linge du bourreau. Elle est d'ailleurs la seule à l'accepter comme client et ne s'en plaint pas. Ostracisée par son statut de fille-mère, elle est aussi de confession juive, ce qui n'arrange rien à ses affaires : les gens se méfient toujours de l'inconnu. Octave, qui ne tremble pas devant la douleur et la mort, rougit devant ce petit morceau de femme qui a le pouvoir d'effacer le sang. Une tendre relation se noue entre le bourreau et la blanchisseuse. Cette dernière accueille Céleste et la soigne comme son propre enfant.

Un après-midi, après avoir pendu un condamné et changé de costume, Octave rend visite à Rosane qu'il découvre effondrée sur son ouvrage. Derrière elle, Joachim se tient debout, terrifié. Sa mère a succombé à une crise cardiaque.

Céleste lève les yeux vers son frère

— Et cela fait maintenant seize ans que je dois te supporter au quotidien !

Un sourire espiègle illumine son visage. Joachim donne une bourrade à sa sœur qui éclate de rire. Soudain, elle se fige au milieu du chemin.

— Si un jour j'ai un enfant, je jure qu'il aura tout pour s'épanouir. Une éducation, un toit, le boire, le manger, la sécurité et surtout, surtout l'amour. Comme celui dont papa nous a comblés. Grâce à lui, le vide laissé par nos mères a paru moins grand et c'est sur ce socle solide que nous avons pu nous construire.

La jeune fille reprend sa marche d'un pas ferme, déterminée. Joachim lui jette un regard en biais.

— Où grandira cet enfant ? Au milieu du sang, des supplices et de la mort ?

Céleste ne dit rien. Joachim comprend cependant, à la contraction de sa mâchoire, que sa remarque a fait mouche.

— Peut-être que je ne serai pas bourreau toute ma vie, murmure-t-elle enfin.

La réponse de Céleste provoque en Joachim un plaisir coupable. À l'inverse de sa sœur, lui n'a jamais envisagé un autre métier. De toute façon, il ne sait faire que ça. Et il ne s'est jamais senti plus heureux que dans le rôle d'Octave. Que c'est agréable d'impressionner, d'être craint et respecté !

Il faudra bien qu'ils en parlent un jour, de la succession paternelle. Qui de lui ou de Céleste récupérera les lettres patentes du bourreau ? Céleste, la fille de sang ? Ou Joachim, l'aîné des deux enfants ? L'idée que sa sœur puisse devenir bourreau à sa place le rend nerveux, acariâtre et jaloux, bien qu'il tente de repousser ces sentiments. Il trouve son comportement puéril, indigne de l'affection et de l'attention que lui a témoigné Octave. Et pourtant, quand Céleste s'est vue offrir la primeur du marquage au fer rouge, c'est sa propre frustration qui lui a infligé la plus vive brûlure.

Le frère et la sœur parviennent enfin au village de Gonesse, alors que le soleil est sur le point de se coucher. La température commence à se faire glaciale. Par bonheur, ils n'ont rencontré personne. Mais ils ont mal aux pieds et, fatigués par la marche, se sont tus. Ils avisent une villageoise qui balaye son seuil et lui demandent de les guider jusqu'au moulin de Saint-Nicolas, propriété du cousin de Lilas. Le meunier ouvre sa porte, dévisage les deux jeunes gens, puis le poney avec étonnement. Céleste les présente, son frère et elle, en amis de Lilas.

— Nous venons de Paris où le pain manque, comme vous devez le savoir. Nous aurions un marché à vous proposer.

Céleste frotte ses mains insensibilisées par le froid, tandis que Joachim renifle et s'essuie le nez du revers de sa manche. Le meunier ouvre grand sa porte.

— Rentrez vous mettre au chaud, mes enfants. Je m'occupe de dételer votre cheval miniature.

Quelques minutes plus tard, le meunier rejoint Céleste et Joachim, assis devant la cheminée. Il apporte sur un plateau un flacon de vin, trois verres et une grosse miche de pain.

— Tenez ! Mangez et buvez ! Vous en avez parcouru du chemin !

Il remplit les verres, découpe trois belles tranches du pain blanc et en trempe un morceau dans son vin avant de le porter à la bouche. Son index tendu vers Céleste, il plisse les yeux.

— Tu es Céleste, n'est-ce pas ?

Céleste acquiesce, étonnée. Le meunier se tourne vers le second jeune homme.

— Et toi, Joachim. Lilas m'a beaucoup parlé de vous. Avec affection, hein !

Il enfourne une deuxième bouchée.

— Je m'appelle Maximilien.

Céleste s'incline.

— Merci pour votre accueil. Sans votre générosité, nous serions morts de froid !

Maximilien tape sur ses genoux du plat de ses mains.

— Eh bien, que puis-je faire pour vous ?

— Nous souhaiterions vous acheter de la farine pour la revendre un bon prix à Paris. Vous pourriez ainsi écouler une partie de votre marchandise. Avec le blocus, les affaires ne vont pas fort, n'est-ce pas ?

Le meunier hoche la tête.

— En effet, le grain menace de pourrir dans mes greniers.

Maximilien passe la main dans sa barbe.

— Mais c'est risqué votre marché !

— Nous n'avons pas vraiment le choix si nous voulons manger à notre faim. Cependant, si nous étions arrêtés par les soldats du roi, je jure que je ne vous trahirais pas. Cela dit, c'est peu probable : nous avons les sauf-conduits qu'il faut !

— Vous ne parleriez pas, même sous la torture ?

Céleste hausse les épaules.

— Qui peut en être sûr ? En tout cas, pas moi. Mais pour Lilas, je me tairais aussi longtemps qu'il me le sera possible !

Maximilien rit de l'assurance de ce jeune homme plein de bonne volonté. Mais il se fait peu d'illusions sur sa résistance à la torture : nul ne tient sa langue, les genoux brisés par les brodequins.

— Le bourreau, c'est votre père, n'est-ce pas ? Peut-être qu'il se montrera plus clément avec ses fils.

Le meunier s'accorde encore quelques instants de réflexion, le temps d'évaluer le danger. Puis il hoche la tête et sourit.

— Je vous indiquerai un boulanger à qui vous pourrez revendre votre farine sans crainte. C'est un ami à moi.

Le lendemain, après une nuit passée au chaud sur des lits de paille devant les braises de la cheminée, Céleste et Joachim chargent leur charrette avec les sacs de farine et les dissimulent sous des branchages. À la porte Saint-Louis, ils présentent leur sauf-conduit et entrent dans Paris sans encombre. Ils vont alors trouver le boulanger recommandé par Maximilien. L'artisan est ravi de pouvoir rallumer son four. Et c'est la bourse garnie et la charrette lestée d'un boisseau[1] de farine que les jeunes gens rentrent enfin chez eux.

Enchantés par leur aventure, Céleste et Joachim la renouvellent plus d'une fois. Ce qu'ils ignorent cependant, c'est que leur petit commerce va brutalement prendre fin.

1. Environ 12 litres.

VIII

10 février 1649

Voilà quatre fois que les enfants du bourreau parcourent le chemin jusqu'à Gonesse, quatre fois qu'ils chargent leur charrette avec des sacs de farine, quatre fois qu'ils quittent le moulin Saint-Nicolas pour reprendre la route de Paris. Mais c'est la fois de trop. À peine ont-ils marché un quart d'heure qu'ils voient venir à leur rencontre un carrosse escorté de six chevaux montés par des soldats.

Céleste sent son ventre se nouer. Joachim a le visage soudain aussi blanc que la neige qui recouvre la campagne. Les deux premiers hommes s'arrêtent à leur hauteur. L'un d'entre eux porte un mousquet en bandoulière, en plus de l'épée accrochée à sa ceinture. Les plumes de leurs chapeaux s'égayent dans la bise. Leurs plastrons étincellent dans la lumière glacée.

— Cinquième compagnie du régiment des Gardes françaises. Qui êtes-vous et où allez-vous ?

Joachim s'éclaircit la gorge pour tenter de masquer sa peur, tandis que Céleste s'enfonce dans le large col de son manteau en rabattant son chapeau sur le front.

— Je suis le bourreau de Paris, où je vais porter ce bois. Les troupes de Sa Majesté bloquent l'acheminement des denrées. Alors il faut bien que j'aille me servir moi-même.

Le cavalier fronce les sourcils.

— Et vous allez chercher du bois jusqu'à Gonesse ? Pourquoi si loin ? Avez-vous un sauf-conduit ?

Essayant de contenir le tremblement de sa main, Joachim fouille dans son manteau et en retire le faux qu'il donne au soldat. Celui-ci l'examine, puis observe le poney avant de poser à nouveau ses yeux sur le papier.

— Attendez-moi là.

Il se dirige vers le carrosse arrêté quelques toises en arrière et frappe à la portière. Cette dernière s'ouvre. Un homme tout de noir vêtu descend du véhicule et saisit le papier que lui tend le cavalier. Il le parcourt des yeux, le tourne et le retourne entre ses mains avant de le froisser et de le jeter par-dessus son épaule.

Céleste se penche vers son frère et lui murmure :

— Ton faussaire n'a visiblement pas les mêmes talents que son père.

Joachim lève les yeux au ciel. Hélas, il est trop tard pour regretter ! Près du carrosse, le cavalier les désigne à l'homme en noir. Celui-ci hoche la tête puis s'avance, les mains dans le dos. Céleste se tasse un peu plus encore dans ses vêtements. Ses mains tremblent, mais cette fois-ci, ce n'est pas le froid. Elle jette un rapide coup d'œil à la silhouette qui se rapproche, craint soudain pour sa vie et pour celle de son frère. Elle se sent responsable de l'avoir amené dans ce guêpier. La tête baissée, elle est rongée par la culpabilité.

L'homme s'arrête à quelques pas des deux jeunes gens. Céleste distingue ses souliers plantés dans la neige, aussi noirs que le lourd manteau en laine bouillie. Ses yeux remontent vers le col blanc à large bord noué par des aiguillettes à franges, avant de se poser sur le visage de l'inconnu.

Céleste se fige devant cette bouche aux lèvres charnues fendues d'un sourire que l'on dirait indélébile, par ces pommettes hautes, ce nez fin, ces yeux sombres et vifs, ces longs cils qui adoucissent son regard. L'homme doit avoir une trentaine d'années.

Le cavalier désigne Joachim de sa main gantée.

— Monsieur Fouquet, cet homme était porteur du faux que je vous ai amené.

Puis il se tourne vers les autres soldats, descendus entre-temps de leurs chevaux.

— Fouillez la charrette !

Pendant que les hommes vérifient le chargement, Fouquet observe les jeunes gens sans se départir de son sourire.

— Recrute-t-on désormais les bourreaux au berceau ? Vous me paraissez bien jeune...

Ses yeux se posent sur Céleste. Le cœur de celle-ci tonne jusque dans ses oreilles. Elle ne peut détacher son regard de ce monsieur Fouquet. Il s'avance, lève la main et écarte une mèche derrière laquelle Céleste tente de se dissimuler. Le contact de ses doigts sur son front la fait frissonner. Fouquet se rapproche davantage, se penche à son oreille. Elle sent la chaleur de son souffle dans son cou.

— Et vous, jeune homme, qu'avez-vous à cacher ?

L'un des soldats se plante devant son chef.

— Nous avons trouvé des sacs de farine sous les branchages.

Fouquet hausse les sourcils. Une moue admirative se dessine sur ses lèvres. Il s'éloigne d'un pas pour embrasser du regard les deux prévenus.

— Je suppose que vous envisagiez de revendre votre chargement à Paris ?

Passé les premiers instants de stupeur, Joachim a retrouvé un peu d'assurance. Il toise Fouquet et, d'un ton glacial, se permet une insolence.

— Si fait. Nous comptions ainsi manger à notre faim et en faire profiter nos voisins. Vous devez certainement être informé du blocus qui empêche le ravitaillement de Paris. Mais à votre carrosse et à votre mise, je doute que vous ayez déjà eu à souffrir de la famine.

Un corbeau croasse quelque part dans la campagne, brisant le silence que la réponse de Joachim a installé. Mais Fouquet ne s'est pas départi de son sourire. Il se tourne vers Céleste.

— Votre ami a la langue bien pendue. Et vous, qu'avez-vous à dire pour votre défense ? Car je ne vous apprends rien si je vous annonce que votre petit commerce sera, aux yeux de la justice, considéré comme un acte de haute trahison envers Sa Majesté.

Céleste peine à rassembler ses esprits. Derrière son front, ses émotions se livrent bataille. « Ressaisis-toi ! » lui hurle sa raison, « Tu ne vas pas te laisser impressionner par ce freluquet ! ». Pourtant, en présence de ce Fouquet inconnu il y a quelques minutes encore, elle sent sa volonté fondre, son sens de la repartie s'émousser, sa capacité de discernement s'évanouir. Il lui faut néanmoins garder la face devant son frère. Elle réunit ses dernières forces et, d'une voix rauque qu'elle reconnaît à peine, lâche :

— La fin et la faim justifient les moyens.

Elle a pris garde d'épeler les deux homonymes. Fouquet éclate de rire. Le cavalier saisit Joachim au col.

— Qui t'a vendu cette farine ?

Le jeune homme reste coi.

— Réponds, gredin !

Le cavalier, n'obtenant toujours pas de réponse, lève le poing. Fouquet s'interpose.

— Tout doux ! Nous laisserons ces messieurs les juges s'occuper d'eux. Faites-les monter dans mon carrosse et reprenons notre chemin. Je dois être à Gonesse avant neuf heures. Vous les mettrez sous bonne garde au village avant que la justice ne se penche sur leur cas.

Le cavalier se raidit, outré.

— Ces gueux dans votre carrosse ? Vous n'y pensez pas !

— Regardez leur attelage… Ce poney va crever en chemin si l'on ajoute à son chargement ces deux drôles. Et j'ai assez perdu de temps comme cela pour les faire trotter derrière mon véhicule. Avec les poings liés, ils ne seront pas d'un grand danger.

Il se tourne vers les deux jeunes gens et agite son index en signe d'avertissement.

— Vous promettez de ne pas me mordre ? Allez, en route. Pressons, pressons !

Sans attendre de réponse ni de réaction, Fouquet regagne sa banquette. Les soldats saisissent Joachim et Céleste pour leur attacher les mains et, d'une bourrade dans l'épaule, les font avancer jusqu'au carrosse.

— Pas de blague, les petits bourreaux. Si vous touchez à un cheveu de monsieur Fouquet, je vous garnis le cul avec du plomb !

Sa menace proférée, il les pousse vers le marchepied. Fouquet est déjà installé dans le sens de la marche. Plongé dans la lecture d'un papier tiré d'un épais portefeuille, il ne lève même pas les yeux quand les enfants du bourreau font irruption dans l'habitacle et s'assoient en face de lui. Le véhicule s'ébranle quelques secondes plus tard et prend le chemin de Gonesse. La campagne gelée défile derrière les vitres, étincelante sous les rayons du soleil. Mais Céleste n'a que faire des beautés du paysage. Le chapeau enfoncé sur la tête, le col relevé, elle n'a d'yeux que pour l'homme concentré sur sa lecture, assis devant elle. Les plus insignifiants détails sont passés en revue et gravés dans sa mémoire : le pouce et l'index droits tachés d'encre, le battement nerveux de sa paupière, la légère rougeur des narines provoquée par le froid, un accroc à sa manche. Céleste ne saisit pas bien l'émotion qui la traverse, sans pouvoir nier cette attirance, subite et irrationnelle.

Fouquet glisse la lettre dans son portefeuille et range ce dernier dans un volumineux sac en cuir noir. Il se passe une main sur le visage pour chasser les stigmates de la fatigue, se carre sur la banquette et sombre dans ses pensées, les yeux perdus sur l'horizon. Déséquilibré par un cahot, il se rattrape à la portière. Son genou cogne contre celui de Céleste. Leurs regards s'accrochent. Malgré le froid qui règne dans le carrosse, la fille du bourreau est en nage. Fouquet penche la tête sur le côté, hausse un sourcil.

— Pourquoi me fixez-vous de la sorte ?

Céleste rougit violemment et baisse les yeux. À ses côtés, Joachim ne s'est pas départi de son air renfrogné. Vexé d'avoir été arrêté avec autant de facilité, il en veut par ailleurs à Fouquet de ne pas l'avoir considéré comme un bourreau plausible. Aussi s'empresse-t-il de saisir la perche qui lui est tendue.

— Mon frère grave dans sa mémoire les traits de celui qui le conduit vers la mort.

Fouquet sourit. Ce n'était pas la réaction attendue par Joachim, qui brûle de faire ravaler son rictus à ce gratte-papier goguenard, à ce petit pantin de l'administration.

— Pourquoi mordre la main de celui qui a le pouvoir d'influencer votre sort ? Ce n'est pas un fin calcul, jeune homme.

— Je ne suis pas un ambitieux, encore moins un courtisan. Je préférerais me balancer au bout d'une corde que d'avoir à ramper pour obtenir la moindre de vos miettes.

— Décidément, je ne regrette pas de vous avoir accueilli dans mon carrosse. Votre compagnie est pour le moins distrayante !

Joachim fulmine. Fouquet se tourne vers Céleste.

— Êtes-vous dans de meilleures dispositions que votre ami ?

Elle prend une grande inspiration.

— Quel est votre prénom ?

Fouquet ne dissimule pas sa surprise. Il ne s'attendait pas à une question si innocente.

— Nicolas.

Céleste répète ce prénom dans sa tête, détachant chaque syllabe. Pour la première fois, derrière son col relevé, elle lui sourit. Fouquet, quelque peu déstabilisé par cette marque de sympathie, lui répond par un sourire maladroit à son tour. Joachim jette un regard noir à sa sœur et s'exclame :

— Qu'est-ce que cela peut bien te foutre ?

Les deux hommes guettent la réaction de Céleste, mais celle-ci garde le silence. Joachim se détourne avec un soupir de dédain. Au même instant, le carrosse pénètre dans le village de Gonesse et fait halte devant un colombier en apparence abandonné.

Le cavalier frappe à la portière avant de l'ouvrir et passe une tête à l'intérieur du véhicule, l'œil suspicieux. Rassuré par le calme apparent de ses prisonniers, il leur fait signe de descendre. Le frère et la sœur obéissent. Céleste jette un dernier regard à Fouquet. L'intendant croit déceler une lueur d'appréhension dans ses yeux. En posant le pied à terre, Céleste a la sensation que l'on vient de lui arracher une partie d'elle-même. Elle est la première surprise par la violence de ses émotions.

Le cavalier pousse les deux prisonniers à l'intérieur du colombier et tranche leurs liens. Le claquement de la serrure résonne contre les centaines de nichoirs aménagés dans les parois courbes. Au sommet du toit, recouvert de tuiles, un lanternon apporte un peu de lumière du jour. Dans un rayon de soleil danse la poussière, soulevée du sol en terre battue par les semelles des prisonniers.

Céleste s'effondre, enlace ses jambes repliées et pose la tête sur ses genoux. Joachim fait le tour du colombier comme un animal en cage, puis se lance dans l'escalade de la paroi. Les nichoirs lui servant d'appui, il parvient ainsi jusqu'au lanternon. En équilibre sur une poutre, il passe une tête dans un des fenestrons découpés dans la pierre. Mais ce dernier est trop étroit pour espérer une évasion. Dépité, Joachim redescend et s'assoit dos contre le mur, face à sa sœur.

— Céleste ? Pourquoi ne lui as-tu pas tenu tête, à ce corbeau de malheur ?

Céleste se redresse avec lenteur. Ce geste semble lui coûter.

— Je ne sais pas.

Joachim étend ses jambes et laisse retomber ses bras le long de son corps.

— La farine que nous avions achetée sur nos deniers nous a été confisquée. Nous pouvons dire adieu à la charrette de papa et à notre poney. Nous sommes enfermés à double tour. Nous serons jugés, condamnés et peut-être même exécutés par la main de notre père. Nous sommes dans le pétrin jusqu'au cou. Mais toi, tout ce qui t'importe c'est de demander son prénom à ce faraud de Fouquet.

Joachim imite sa fameuse bouche imaginaire avec ses doigts, et emprunte tour à tour une voix suraiguë et nasillarde : « C'est quoi votre petit prénom ? », « Je m'appelle Nicolas. Nicolas ! Nicolaaaaaaaaaaaaas ». Sa voix s'inspire maintenant du croassement d'un corbeau. Céleste ne peut s'empêcher de pouffer et offre à son frère un sourire triste.

Elle est complètement dépassée par la situation, comprend la rage de Joachim et s'indigne de sa propre faiblesse. Comment peut-elle avoir perdu le contrôle de ses pensées ? Mais rien n'y fait. Elle ne peut effacer le visage de Nicolas Fouquet de son esprit. Céleste secoue la tête. « Ridicule », ainsi résume-t-elle la situation.

Vers la fin du jour, tandis que la lumière commence à faiblir, le grincement de la porte fait sursauter les deux prisonniers. Un homme leur amène un seau d'eau et une louche, un deuxième, deux gros quignons de pain et des couvertures. Le troisième se contente de les observer. Céleste croise son regard. Malgré la pénombre qui s'installe, elle reconnaît ses traits. Son cœur se met à battre la chamade. C'est l'un des hommes qui accompagnait le roi la nuit de l'Épiphanie quand le carrosse de ce dernier avait versé dans la Seine. L'a-t-il lui aussi reconnue ? Elle se redresse, veut l'interpeller pour réclamer sa clémence. Mais la porte s'est déjà refermée sur eux.

Céleste jette un œil à son frère, occupé à ronger son quignon, les yeux dans le vague. Il ne semble pas avoir reconnu l'individu ni remarqué le mouvement de sa sœur. Elle décide de ne pas lui toucher mot de cette coïncidence. À quoi bon lui donner de faux espoirs ? Son pain laissé intact, elle jette l'une des deux couvertures sur ses épaules. Le tissu est rêche, pue la sueur et les pieds sales. Mais il fait trop froid pour faire la difficile. En silence, elle se pelotonne contre son frère et s'endort aussitôt, vaincue par les émotions de la journée.

Joachim se blottit à son tour contre sa sœur, mais se tourne et se retourne sur le sol gelé du colombier. Le froid et la peur le maintiennent éveillé. Quelle sera l'issue du jugement ? Le bannissement ? Les galères ? Très certainement la mort. Le blocus de Paris est une stratégie militaire. On ne triche pas avec les armées du roi impunément.

À l'aube, deux soldats pénètrent à grand fracas dans la prison improvisée.

— Debout ! Nous partons.

Céleste et Joachim se dressent sur leur séant et peinent à ouvrir les yeux, éblouis par la lueur des torches qui font danser leurs ombres sur les murs. Des brins de paille se sont logés dans leurs cheveux emmêlés. Leurs vêtements, comme les couvertures qu'ils serrent contre leurs corps frigorifiés, sont couverts de poussière.

Les soldats les empoignent et les poussent vers la sortie. Hagards et grelottants, hébétés de sommeil, le frère et la sœur se laissent faire. On les hisse chacun sur un cheval avant de leur lier les mains, sur le devant cette fois-ci, afin qu'ils puissent se retenir à leurs selles respectives. Quatre cavaliers s'apprêtent à les escorter. Deux à l'avant, pour mener chacun à la longe le cheval d'un prisonnier, et deux qui fermeront la marche.

Éclairée par la lumière pâle de l'aurore, la campagne autour d'eux s'est parée de givre. Céleste observe les moindres détails du paysage, comme pour s'en imprégner. Combien de temps lui reste-t-il à vivre ? Aura-t-elle encore l'occasion d'admirer la beauté simple du petit matin ? De sentir dans ses poumons la brûlure de l'air glacé ? De contempler les arabesques de vapeur qui s'échappent des naseaux des chevaux ?

L'appréhension ne la quitte pas. Ces soldats vont-ils les soustraire à un jugement dans les règles et les abattre au détour d'un bois ? Peut-être qu'elle et son frère en savent trop finalement. Qu'ils n'auraient pas dû croiser le chemin du roi le soir de l'accident !

Derrière le colombier, Céleste aperçoit le carrosse de Fouquet. Son cœur fait un bond. Elle le cherche des yeux, le trouve enfin. Dans son costume sombre, il se confond avec les silhouettes des arbres d'un bosquet. L'homme qu'elle a reconnu la veille comme faisant partie de l'entourage du roi s'entretient avec lui à voix basse.

Elle ne perd rien des expressions de Fouquet. Le regard de ce dernier passe de Céleste à Joachim avec incrédulité. Les deux prisonniers partagent la même perplexité, ignorant tout du sort qui leur est réservé, de leur destination et de qui émanent les ordres les concernant.

Fouquet tient un papier dans sa main et interroge son interlocuteur, qui nie d'un mouvement de tête. Nicolas insiste, mais ne semble pas obtenir plus de succès. D'un haussement d'épaules il abandonne la partie et, d'un geste du bras, invite l'homme à s'avancer en premier vers le groupe que forment soldats et prisonniers. L'inconnu remonte en selle, tandis que Fouquet s'approche de Céleste d'un pas lent et les mains dans le dos. Parvenu au niveau de son cheval, il lève le visage vers elle et, les yeux plissés, l'observe avec attention.

— Qui êtes-vous exactement ?

Au même instant, les soldats éperonnent leurs chevaux et l'équipage s'éloigne au galop. Céleste suit du regard la silhouette de Nicolas Fouquet, immobile au milieu de la route. Mais elle est bientôt contrainte de se retourner pour ne pas tomber de sa selle.

Les chevaux traversent la ville de Saint-Denis, un pont jeté sur la Seine, puis ils longent le fleuve. Au village de Bezons, les hommes décident de faire une pause pour que les bêtes puissent s'abreuver. Après quoi l'équipage reprend sa route, bifurque au village de Chatou et file vers le château de Saint-Germain. Le soleil est presque à son zénith quand Céleste aperçoit les premières pierres de la résidence royale. Elle n'en croit pas ses yeux. Un fil ténu se tisse dans son esprit entre l'homme qu'elle a reconnu, le roi, les événements de la nuit de l'Épiphanie et leur présence à Saint-Germain.

Le convoi rejoint l'écurie de l'élégant château neuf[1].

L'homme invite les deux prisonniers à descendre de selle et défait leurs liens. Céleste et Joachim échangent un regard surpris. Puis il les mène d'un pas vif dans un dédale de couloirs sombres réservés aux domestiques. La fille du bourreau accélère le train pour se mettre à sa hauteur.

— Vous faisiez partie de l'équipage du roi, la nuit de l'Épiphanie, n'est-ce pas ? Qui êtes-vous ?

L'homme avance toujours d'un bon pas, sans même détourner les yeux de sa route.

— Basile Fouquet. Et vous pouvez me remercier de vous avoir libérés des griffes de mon frère Nicolas ! Je n'aurais pas donné cher de votre peau si vous aviez dû être jugés.

Céleste sursaute en entendant le nom de Fouquet.

— C'est donc votre frère ? Que fait-il au juste ?

— Il est maître des requêtes et intendant de police, justice et finances auprès de l'armée royale. Il perçoit les taxes sur les bourgeois qui possèdent des maisons autour de Paris en échange de la protection de leurs biens par les soldats du roi. Le cardinal Mazarin l'a aussi chargé de faire provision de blé et d'avoine pour la subsistance de l'armée. Il sillonne l'Île-de-France pour lever ces contributions sur les paysans. Votre petit commerce a dû bien l'amuser.

— Comment avez-vous su que nous étions retenus à Gonesse ?

— Je l'ignorais. Mais le hasard, pour vous, a bien fait les choses. J'avais un courrier à transmettre à mon frère. Pendant que vous croupissiez dans votre pigeonnier, ce dernier m'a fait

1. Le château de Saint-Germain-en-Laye que l'on connaît actuellement était appelé à l'époque le château vieux, car de construction médiévale, par opposition au château neuf dont la construction débute au milieu du XVIe siècle. Ce dernier est démoli à la fin du XVIIIe.

part de votre arrestation. Quand il a évoqué un jeune bourreau, j'ai voulu vérifier de mes propres yeux s'il s'agissait de vous. Voilà, vous en savez déjà bien assez.

Du coin de l'œil, Céleste dévisage Basile. Il a les traits fins et réguliers, les yeux rieurs, le nez légèrement retroussé, un sourire ironique gravé sur les lèvres. Et surtout, sa personne est d'une suffisance qui agace Céleste. Plus jeune que son frère, il est aussi plus coquet.

À mesure qu'ils avancent, le décor embellit. Après un long couloir, ils débouchent sur une grande salle lumineuse, agrémentée d'une imposante cheminée où brûlent de belles bûches. Les enfants du bourreau n'ont jamais eu l'occasion de fouler le sol d'un château et observent chaque pièce avec émerveillement. L'homme désigne à Joachim une chaise tapissée d'un joli tissu bleu.

— Attendez-nous là.

Joachim hésite, puis s'assoit à même le sol, près du feu.

— Je préfère vous attendre ici.

Et pour justifier son choix, il tape du plat de la main sur son vêtement d'où s'élève un nuage de poussière. L'homme hoche la tête, tourne les talons, et s'adresse à Céleste :

— Vous, suivez-moi !

— Où emmenez-vous mon frère ? s'interpose Joachim.

Basile ne prend même pas la peine de répondre et fait signe à deux gardes en faction.

— Je suis l'abbé Fouquet. Surveillez ce jeune homme, je ne veux point qu'il nous suive ni qu'il sorte. Ordre de Son Éminence !

Puis il saisit Céleste par le bras, malgré les protestations de Joachim. La fille du bourreau essaye de se dégager de l'étreinte de Basile, mais ce dernier la tient d'une poigne de fer.

Ils traversent encore une salle et se retrouvent dans un petit cabinet aux murs tendus de tapisseries. Basile referme la porte derrière lui et s'avance vers Céleste, un sourire carnassier sur les lèvres.

— Enfin seuls !

IX

11 février 1649

Effrayée, Céleste recule jusqu'à toucher le mur. Ses mains tremblent.

— Que voulez-vous ?

Basile approche son visage de la jeune fille. Elle sent son souffle sur ses joues.

— Êtes-vous bien l'homme que vous prétendez être ?

Céleste peine à avaler sa salive. Mais elle relève le menton et affronte son assaillant.

— Et vous ? Vous vous présentez comme un abbé, mais vos manières ne sont pas celles d'un homme d'Église. Plutôt celles d'un vaurien.

Le sourire de Basile s'élargit.

— Ne vous en déplaise, je suis bien abbé de Noailles, de Barbeau et de Notre-Dame de Rilly. Et j'en tire de confortables revenus. Par contre, vous, vous n'êtes point un homme. C'est ce que je souhaiterais vérifier.

Il se redresse, les traits soudain durcis.

— Déshabillez-vous !

Son ton est devenu autoritaire. Céleste ne peut cacher sa surprise. Basile s'agace, saisit le chapeau de la jeune fille et le jette à terre. Il hausse la voix.

— Déshabillez-vous !

Une étincelle sauvage brille dans les yeux de l'abbé. Une grimace féroce déforme sa bouche et lui donne un air mauvais. Céleste observe Basile avec frayeur. D'un geste brusque, elle retire sa chemise qui dévoile sa poitrine bandée. Un feu lui brûle les joues. Elle a envie de sauter à la gorge de l'abbé, de le mordre. Mais ce dernier ne semble pas satisfait. D'une voix rauque, méconnaissable, il lui demande d'ôter ses bandages. Céleste hésite un temps, puis s'exécute de mauvaise grâce, partagée entre la rage et la honte.

Basile ne peut détacher son regard des deux seins blancs. Avec lenteur, il tend la main, la pose sur un des globes, enfonce ses doigts dans la chair. Céleste frémit. Un réflexe animal la saisit. De toutes ses forces, elle repousse Basile qui manque de tomber à la renverse.

— Êtes-vous suffisamment convaincu ? Si vous tenez à pousser votre examen...

Elle prend une grande inspiration et serre le poing qu'elle brandit devant ses yeux.

— Je promets devant Dieu que, tôt ou tard, je vous tuerai.

Basile éclate de rire.

— Quelle ardeur ! Quelle virulence ! Cela me plaît.

Il s'approche à nouveau. Un sourire narquois est réapparu sur ses lèvres.

— Je parie qu'un de ces jours prochains, vous rêverez de coucher avec moi.

Céleste plisse le nez, les mâchoires crispées.

— Plutôt mourir !

Il l'observe des pieds à la tête.

— Rhabillez-vous ! Vous êtes ridicule.

Les larmes aux yeux et mortifiée, Céleste enfile ses vêtements. Elle se mord les lèvres pour ne pas hurler ou éclater en sanglots. Ses pensées se tournent vers Lilas. Comment la mère maquerelle a-t-elle fait pour subir les assauts de tous ces hommes sans éprouver pour eux ni désir ni envie ? Pour garder la tête haute, ne pas se sentir souillée, salie, avilie ? Sait-elle pourtant ce qu'a vraiment pu ressentir Lilas ? Ses vêtements remis, Céleste croise les bras sur son ventre. Dans son dos, elle devine Basile qui l'attend.

— Personne ne connaît mon secret.

— Sauf le roi. Et moi.

— Comment l'avez-vous appris ?

— J'adore écouter aux portes. C'est ce que j'ai fait, le soir de l'accident.

Elle entend le cliquetis de la serrure. La main de Basile s'est resserrée comme un étau sur le bras de Céleste, et il l'entraîne hors du cabinet, à travers un corridor. Ils passent une double porte. L'abbé pousse Céleste en avant. La pièce est vaste et lumineuse. Près de l'entrée se dresse un imposant lit à baldaquin tendu de velours rouge et brodé d'or. Sur un tabouret, face à la fenêtre, un enfant joue de la guitare. Sa musique a cessé à l'annonce du valet. Il se lève, pose son instrument et vient à la rencontre d'une Céleste abasourdie.

— Vous faites une de ces têtes, Céleste ! N'êtes-vous point contente de revoir votre roi ?

La jeune fille est stupéfaite. Avec maladresse, elle s'agenouille, mais le roi lui saisit les mains et la fait se relever.

— Vous devez une fière chandelle à l'abbé Fouquet. Sans lui, vous et votre frère auriez fini au gibet.

Le roi sourit à Basile qui a ôté son chapeau et salue Louis en inclinant la tête. En guise de provocation, il hausse un sourcil à l'adresse de Céleste.

— Avant mon coucher, l'abbé Fouquet m'a fait parvenir un courrier. J'y ai appris la situation délicate dans laquelle vous vous trouviez. Dans cette même lettre, il se proposait de remettre votre sort entre mes mains.

Céleste s'inquiète. Pourquoi l'abbé Fouquet s'est-il donné tant de mal pour les secourir ? Par bonté d'âme ? Elle en doute.

— Vous êtes libres.

Louis croise les bras et toise Céleste le menton haut, le sourire aux lèvres.

— Vous m'avez sauvé la vie. Je viens de sauver la vôtre. Pourtant, nous ne sommes pas quittes.

Le roi s'approche, mais faisant un pied de moins que Céleste, il doit lever la tête pour lui parler.

— J'ai un avantage sur vous !

Il tend l'index et la frappe au plexus.

— Je connais votre secret.

« Nous y voilà ! Décidément, c'est mon jour ! », songe Céleste. Elle croise le regard de l'abbé, rayonnant. Maintenant, elle comprend : elle est un pion sur l'échiquier du roi. Qui tire les ficelles ? Certainement pas Louis, âgé de dix ans à peine et qui est tenu à l'écart de tout. Il ne fait que répéter sa leçon apprise de Basile Fouquet. Alors pour qui œuvre l'abbé ? « Ordre de Son Éminence ! » Ses mots, prononcés tantôt, résonnent dans la tête de Céleste. Basile est une créature du cardinal. Une sueur froide dégouline dans son dos. Que va-t-on lui demander désormais ? Dans quel pétrin va-t-elle encore se retrouver ?

— Sire, qu'attendez-vous de moi ?

Le roi fronce les sourcils. Sa bouche se tord. Vexé d'avoir été deviné si vite, déçu de voir ses effets de surprise gâchés, Louis boude. Il tourne le dos à Céleste, saisit un bilboquet qui traînait au sol et s'applique à empaler la boule dans le manche.

Basile tousse pour attirer son attention.

— Si vous le souhaitez, Sire, je peux exposer à Céleste la mission imaginée pour elle.

— Faites, monsieur l'abbé, faites.

La fille du bourreau a enfin sa confirmation : c'est Basile Fouquet qui a tout manigancé. Celui-ci s'approche de Céleste, les mains dans le dos, et se fend de lui rappeler les désaccords qui opposent la régence et Paris, désaccords qui ont mené à l'actuelle guerre civile et au blocus de la capitale. En conséquence de quoi, la reine, le cardinal et Sa Majesté essayent par tous les moyens de ramener à la raison les Parisiens.

— Le 27 janvier dernier, le secrétaire au commandement du roi, Henri du Plessis-Guénégaud...

Céleste interrompt Basile.

— Du Plessis-Guénégaud dites-vous ?

— Vous le connaissez ?

Céleste ne peut retenir un sourire.

— J'ai assisté à la saisie de ses meubles. Mais poursuivez...

Basile raconte de quelle manière Henri du Plessis-Guénégaud a fait imprimer deux pamphlets intitulés *Lis et fais* et *À qui aime la vérité*, particulièrement virulents envers Gondi et le duc de Beaufort, tous deux grands ennemis de Mazarin. Le chevalier de La Valette s'est porté volontaire pour les distribuer dans Paris, et le cardinal a toute confiance en lui. Mais il faut acheminer lesdits pamphlets jusqu'à la capitale, puisqu'ils ont été imprimés à l'Orangerie du château où monsieur Théophraste Renaudot a installé ses presses.

— Qui plus est...

Basile cherche ses mots.

— Il a... disons... un caractère entier. Et je crains, si nous le laissons partir seul, qu'il ne se fasse immédiatement repérer. Je ne vous cache pas que la mission comporte des risques, car le blocus de Paris a exacerbé les rancœurs contre le cardinal.

Mais le roi a pu apprécier votre talent dans l'art du déguisement, et j'ai moi-même constaté que vous n'aviez rencontré aucune difficulté à entrer et sortir de Paris. Vos compétences nous seront utiles, ainsi qu'au chevalier de La Valette.

Céleste jette un œil au roi qui s'exerce toujours au bilboquet. Il feint le désintérêt pour la conversation.

— Tout ce que l'on vous demande, c'est de récupérer les tracts chez l'imprimeur, de trouver le meilleur moyen d'entrer dans Paris, puis d'accompagner le chevalier dans la distribution. Vous pourrez ainsi l'assister dans sa tâche et tenter de calmer ses ardeurs s'il faisait preuve d'un peu trop de zèle.

Céleste réfléchit aux risques encourus.

— Et qu'adviendra-t-il de moi si l'on m'arrête ? Les galères ? La mort ? Aurez-vous un moyen d'intercéder en notre faveur ?

— Certes. Vous avez ma parole !

D'un geste théâtral, Basile pose la main sur son cœur. Céleste ne fait pas grand cas de la promesse de l'abbé. Deux personnes connaissent son secret en dehors de sa famille. Deux personnes de trop. Elle baisse la voix pour ne pas être entendue du roi.

— Aurais-je au moins une récompense, vu l'ampleur du péril ? En espèces sonnantes et trébuchantes, j'entends.

— Nous mettrons à votre disposition une trentaine de livres pour les besoins de votre mission.

Céleste hoche la tête, amère. Ce n'est pas exactement ce qu'elle espérait. Basile fait alors un pas vers elle. La fille du bourreau a un mouvement de recul. Il lui chuchote :

— Il va de soi que c'est un ordre du roi.

Céleste opine du chef. Basile s'avise de la position du soleil par la fenêtre.

— Retrouvez votre frère et allez aux cuisines ! On vous fera servir un repas. Vous devez mourir de faim. Je vous y rejoindrai pour vous expliquer où récupérer les tracts et comment vous rendre ensuite chez le chevalier de La Valette avec votre chargement.

— Et mon frère ?

— Il est libre. Il peut rentrer chez lui. D'autres questions ?

— Puis-je l'informer de la mission que vous m'avez confiée ?

— Bien entendu, il pourrait même vous prêter main-forte pour acheminer les libelles jusqu'au chevalier.

L'abbé se tourne vers le roi.

— Sire, puis-je me retirer ?

— Au revoir, monsieur l'abbé.

Une fois Basile parti, Louis pose son bilboquet et s'avance jusqu'à la fenêtre, tournant ainsi le dos à Céleste.

— Vous pensez que je suis une marionnette, manipulée par les adultes qui m'entourent, ma mère, le cardinal, Basile Fouquet…

Il fait volte-face.

— Et vous avez tout à fait raison ! Pour eux, je ne suis qu'un prétexte. Ils agissent en mon nom pour justifier leurs actes. Mais que peut faire un roi sans sceptre, sans armée, sans argent, sans pouvoir ? Je n'ai du souverain que le sang et la couronne.

Louis s'assoit à une table, manipule ses soldats en argent avec désinvolture et soudain, d'un revers de main, renverse toutes les figurines qui s'éparpillent sur le parquet dans un grand fracas. Céleste sursaute. Dans un élan spontané, elle entoure le souverain de ses bras. Il lève vers elle ses yeux brillants. Même s'il a déjà le regard grave, conscient du poids de la charge qui pèse sur lui, son visage présente encore toutes les rondeurs de l'enfance.

— Parfois, je vous envie d'être la fille du bourreau.

Il soupire, pose le front contre l'épaule de Céleste qui se laisse attendrir par ce jeune roi et son ambition, étouffés dans ce corps trop étroit.

— Je ne sais si mon sort est enviable. Nous avons cela en commun de devoir dissimuler qui nous sommes vraiment. Vous, à cause de votre naissance, moi, à cause de mon secret. Un sourire malicieux se dessine sur ses lèvres.

— Mais je dois vous avouer quelque chose, Majesté. J'ai un autre secret.

Elle fouille dans sa poche et en retire un collier.

— Ce camée[1] ne me quitte jamais. C'est un confident exceptionnel. Et accessoirement, un parfait porte-bonheur !

— Et d'où vous vient-il ?

— C'est tout ce qu'il me reste de ma mère. La pauvre est morte en me mettant au monde. C'est cela qu'il vous faut, Majesté. Un confident et un porte-bonheur !

Louis relève la tête. Son visage, soudainement plus grave, tranche avec la bonne humeur de Céleste.

— Vous êtes tout cela pour moi, Céleste.

Cette dernière reste sans voix. Elle se sent pleine de gratitude pour le jeune monarque.

— Sire, c'est bien trop d'honneur ! Mais je ne rentre pas dans votre poche !

L'enfant éclate de rire, imité par la fille du bourreau, ravie de son bon mot. Puis il observe le relief sur le collier : une femme, un arc dans la main gauche, tient sa main droite posée sur le cœur. Dans son dos, un carquois. À ses pieds, un bouclier et un cerf aux abois.

— Comme c'est étrange ! Vous voyez sur le blason, ces fleurs de lys, et ici, ces seize aigles répartis autour de la croix ? Ce sont les armoiries de ma marraine, Charlotte-Marguerite de

---

1. Le camée est une technique de gravure en bas-relief, souvent appliquée sur une pierre dure ou précieuse. Les personnages représentés, plus clairs, se détachent du fond plus foncé.

Montmorency, la mère de mon cousin le Grand Condé. Ce bijou lui a forcément appartenu.

— C'est impossible. Je jure qu'il était à ma mère !

— Alors votre mère le tenait de Charlotte-Marguerite de Montmorency. Il ne peut en être autrement, sauf si c'est un faux... Mais le bijou est de trop belle facture. Cela semble improbable.

Céleste fronce les sourcils en récupérant le collier qu'elle observe à son tour. Elle n'avait jamais cherché à comprendre ces armoiries auparavant. Soudain une lueur d'espoir traverse ses pupilles. Si le roi dit vrai...

— Majesté, il faut que je m'entretienne avec votre marraine.

— Madame de Montmorency est une grande amie de ma mère. Je ne manquerai pas de lui parler de vous à sa prochaine visite. Pour être certain qu'elle vous accorde une audience, j'évoquerai ce collier. Et j'appuierai ma requête en lui apprenant que vous m'avez sauvé la vie !

Louis jette un œil à une pendule posée sur une cheminée. Spontanément, il enlace la fille du bourreau avant de s'installer à sa table de travail. L'heure de sa leçon de géographie a sonné.

Quelques minutes plus tard, Céleste retrouve son frère à qui elle raconte son entretien, tous deux assis devant un beau poulet et une assiette de navets rôtis. Secouée par tant de péripéties, elle peine encore à réaliser où Basile Fouquet l'a menée et ce qu'il attend d'elle. Hier encore, elle se croyait vouée à la mort. Aujourd'hui, son avenir reste plus qu'incertain. Pourtant, au-delà de tout cela et quoiqu'elle en pense, elle a trouvé, à Gonesse, une nouvelle soif de vivre.

X

12 février 1649

Céleste ouvre un œil, mais ne distingue rien. Elle est plongée dans l'obscurité. Seul un maigre filet de lumière passe sous ce qui doit être une porte. Sa joue repose sur une pierre glaciale et humide. Un frisson la traverse. Son corps est transi de froid. Elle veut se redresser, mais une douleur atroce lui transperce le crâne. Elle tâte son front, devine sous ses doigts du sang séché. D'un coup de talon, elle se tourne sur le dos. Ses membres endoloris lui arrachent un gémissement.

— Vous êtes revenu à vous ?

Céleste tente de distinguer d'où provient la voix. Une vague silhouette se meut dans la pénombre.

— Qui êtes-vous ? Et où sommes-nous ?

— Je suis le chevalier de La Valette. Et nous sommes dans une des souricières de la Conciergerie[1].

---

1. La Conciergerie est intégrée au Palais de la Cité, demeure au Moyen Âge des rois de France. La Garde du palais étant confiée à un concierge, on donne le nom de Conciergerie aux bâtiments gérés par ce dernier. Le rez-de-chaussée est transformé en prison. Le Parlement s'installe au premier étage.

Céleste connaît bien cette partie du Palais de la Cité pour y avoir souvent accompagné son père. Pendant que les détenus passaient à la question, elle et son frère s'aventuraient dans les bas étages réservés aux cachots. Si les souricières s'appellent ainsi, c'est qu'elles tiennent davantage du trou à rat que de la prison. On y accède en grimpant à une échelle, que l'on retire ensuite. Ainsi, tout prisonnier qui chercherait à s'évader se briserait le cou. Situées sous les réservoirs du palais, dont l'étanchéité n'a pas dû être vérifiée depuis Saint Louis, ces geôles subissent de continuelles infiltrations. L'humidité qui suinte des murs et des voûtes sature l'atmosphère.

Malgré l'obscurité, Céleste ferme les yeux, tente de se remémorer les circonstances qui l'ont jetée au cachot. Les souvenirs reviennent peu à peu. Elle quitte le château de Saint-Germain dans l'après-midi et mène une charrette dans laquelle ont été dissimulés, sous un monceau d'herbes et de plantes séchées, les pamphlets que doit distribuer le chevalier. Elle se mord l'intérieur des joues pour ne pas éclater de rire. À quelques pas devant elle, juché sur un mulet, son frère tente de faire avancer sa bête à grand renfort de talonnades et de noms d'oiseaux. Afin d'entrer dans Paris sans être inquiétés par les gardes des portes, ils se sont tous deux déguisés en religieux franciscains. Ils ont dissimulé leurs cheveux sous de gros bonnets de laine, justifiés par les frimas de l'hiver, et rabattu leurs capuches sur leurs fronts.

Céleste rouvre les yeux, rampe sur le dos jusqu'à buter contre la paroi. Avec précaution, elle se redresse et s'y adosse, les jambes tendues devant elle, les bras étalés de part et d'autre de son corps, paumes ouvertes.

Une nouvelle image lui revient. La nuit est tombée. Le chevalier de La Valette est debout dans la cour de son hôtel particulier, vêtu d'un élégant ensemble en velours pourpre, agrémenté de rubans blancs. À son flanc, bat une épée à la garde finement ciselée, et sur sa tête repose un large chapeau au panache vermillon. Céleste lui demande s'il n'a pas une tenue moins voyante pour la distribution des tracts. Ce à quoi il répond avec morgue qu'il porte le pourpre parce qu'il s'agit de la couleur du roi, et qu'il tient à affronter ses ennemis à visage découvert.

Une grimace déforme les traits de Céleste et la ramène dans sa geôle humide. La douleur afflue par vagues derrière son front. Les événements de la veille commencent à se préciser dans son esprit et il apparaît clairement que l'inconséquence du chevalier est à l'origine de leurs blessures et de leur emprisonnement.

À peine le carrosse avait-il passé le porche que le chevalier s'était empressé de jeter ses tracts par la portière laissée ouverte. Les feuilles s'envolaient, soulevées par le vent de la course, et venaient s'échouer tantôt dans la boue du chemin, tantôt aux fenêtres des maisons. Après avoir sillonné en grande partie la rive gauche, le carrosse avait traversé le Pont-Neuf. Blottie dans le fond du véhicule, Céleste, toujours déguisée en franciscain, observait avec appréhension La Valette distribuer les libelles à pleines poignées. On pouvait les suivre à la trace. Parvenu au quartier des Halles, il s'était agrippé au montant de la portière et, au comble de l'excitation, s'était mis à haranguer les passants.

Céleste avait bien tenté de le ramener à la raison, mais il était resté sourd à ses implorations. Un attroupement s'était formé autour du carrosse. Le peuple, mécontent de se voir ainsi incriminé, avait commencé par secouer le véhicule en tous sens. Puis une pierre avait jailli, brisé la vitre du carrosse et frappé Céleste à la tempe. Après cela, c'était le trou noir.

— Que s'est-il passé ensuite, chevalier ?

La voix de La Valette perce l'obscurité.

— La foule nous a tirés hors du carrosse. Inconscient, vous avez chu sur le pavé. Puis elle s'est saisie des tracts, les a piétinés.

Certains y ont mis le feu. J'ai voulu me débattre, mais je me suis vu gratifié d'une série de coups de pied et de poing. Nous avons ensuite été portés jusqu'à l'Hôtel de Ville où l'on nous a jetés sur les marches. Là, le peuple a réclamé le prévôt des marchands. Mais c'est le coadjuteur Gondi qui est apparu.

Basile Fouquet avait déjà évoqué ce Gondi, mais Céleste n'avait pas osé l'interrompre en avouant ignorer qui il était.

— Qui est ce Gondi que vos tracts assassinent ?

— Le coadjuteur[1] de l'archevêque de Paris. C'est un intrigant, anti-Mazarin convaincu qui prêche à ses fidèles, et avec virulence, la haine de l'Italien. C'est ainsi qu'il appelle Son Éminence. Hier au soir, il était sans doute venu rendre visite à la duchesse de Longueville, la sœur du Grand Condé. Je ne crois pas me tromper si je dis que Gondi a été séduit par ses charmes et son esprit de frondeuse. Juste avant le blocus de Paris, la duchesse s'était installée, avec la duchesse de Bouillon et leurs enfants respectifs, dans l'Hôtel de Ville. Quelle meilleure preuve de fidélité à la cause des frondeurs que de se constituer otages volontaires des Parisiens ?

— Et comment s'est comporté Gondi en vous apercevant ?

— Sans lui, nous aurions été lynchés. Il a apaisé la foule, arguant que je faisais partie de ses connaissances, et a condamné les violences que nous avions subies. Ce à quoi j'ai répondu que je ne craignais rien. Je ne faisais que servir mon roi.

Céleste lève les yeux au ciel. L'honneur des grands de ce monde est parfois bien encombrant. Le chevalier poursuit.

— Le coadjuteur ne s'est jamais départi de son ton affable. Mais ses idées différant des miennes, et les propos tenus dans

1. Un archevêque coadjuteur est l'auxiliaire ou l'adjoint d'un évêque. Il bénéficie du droit de succession immédiate sur le siège de l'évêque après la démission ou le décès de ce dernier.

mes tracts n'étant pas pour lui plaire, il a fait quérir Jérôme Le Féron, le prévôt des marchands. C'est lui qui nous a jetés dans cette cellule.

Le cliquetis de la serrure attire l'attention de Céleste. La porte s'ouvre sur le geôlier qui tient dans une main un flambeau et dans l'autre un trousseau de clefs, tandis qu'un garde apporte un broc d'eau et deux miches de pain. Céleste dévisage l'homme à la torche. Un franc sourire se dessine sur ses lèvres.

— Hector !

Le geôlier laisse à ses yeux le temps de s'adapter à l'obscurité. De surprise, il manque de faire tomber son flambeau.

— Céleste ? Mon garçon, dans quel pétrin t'es-tu fourré ? T'es pas du bon côté des verrous !

Il l'observe des pieds à la tête.

— Te voilà rentré dans les ordres ? Et quelle est cette méchante blessure que tu as à la tempe ?

— C'est une longue histoire. Je promets de te la raconter à l'occasion. Mais puisque tu es le geôlier de la Conciergerie, crois-tu pouvoir me rendre quelques services ? demande Céleste, pragmatique.

— Je vais déjà commencer par t'apporter un meilleur déjeuner.

Hector se tourne vers le garde.

— Blaise, va chercher deux bols de soupe à la cuisine ! Et veille à les remplir à ras bord.

Il se penche sur la plaie de Céleste.

— Et ramène un flacon d'esprit-de-vin pour nettoyer cette plaie !

Hector s'apprête à se relever mais Céleste le retient par la manche.

— Par pitié, installe-nous dans une autre geôle ! Nous allons pourrir sur pied si nous restons ici.

Hector fronce le nez, embarrassé.

— Je n'ai pas reçu d'instructions sur ce point. Comment vais-je le justifier aux autorités ?

Céleste désigne à Hector le chevalier prostré contre la paroi humide. Ce dernier a perdu tout son panache. Son œil valide est enfoncé dans son orbite, le sang a séché autour de ses lèvres tuméfiées. Il a le teint pâle, les cheveux en désordre, les vêtements sales et déchirés.

— Monsieur est un gentilhomme. Vois comment il est traité ! Crois-tu que cette souricière soit digne de son rang ?

Hector grommelle et réfléchit. Peut-être que Céleste n'a pas tort et que laisser croupir un gentilhomme dans les pires geôles de la Conciergerie pourrait lui porter préjudice.

— Il y a, à l'étage, des cellules avec des soupiraux qui laissent passer la lumière du jour et qui sont éloignées du réservoir. Je vais voir ce que je peux faire.

Hector se redresse mais, de nouveau, Céleste s'agrippe à son vêtement, l'obligeant à se pencher vers elle.

— Pourrais-tu nous apporter des couvertures et des chandelles, une plume, de l'encre et du papier ?

Hector écarquille les yeux, effaré.

— Et la couronne du roi de France pendant que tu y es ! Je suis sûr que tu n'as pas un sol vaillant sur toi !

— Moi non, mais le chevalier, oui. Monsieur souhaiterait rédiger une lettre à l'intention de Basile Fouquet pour l'informer de notre situation. Crois-tu pouvoir la porter à mon frère Joachim ? Et lui donner des nouvelles de notre situation par la même occasion ? Il se chargera de faire la commission.

— Ton chevalier n'a pas l'air en état d'écrire quoi que ce soit.

Céleste balaye la remarque du geôlier d'un revers de la main.

— Bah ! S'il le faut, je la rédigerai moi-même, cette lettre !

Hector grommelle dans sa barbe et tend la main vers La Valette.

— Cela vous fera cinquante sols. Et je ne rends pas la monnaie.

Le chevalier puise dans sa bourse et tend la somme au geôlier qui recompte les pièces avec méticulosité. Hector se tourne vers Céleste.

— Tu as gagné. J'irai rendre visite à ton frère. Mais uniquement parce que c'est toi.

La fille du bourreau se retient à temps de l'embrasser. Un pareil geste n'a pas lieu d'être entre hommes, et Hector ignore lui aussi la vérité sur son sexe. Elle se contente d'une accolade qui arrache un sourire au geôlier, bien heureux de rendre service à son protégé.

La porte se referme. Le claquement des semelles d'Hector s'éloigne sur le pavé. Du fond de la cellule, Céleste entend le chevalier remuer.

— Vous avez l'air de bien le connaître, ce geôlier. Ce n'est pas votre premier séjour en prison, ma parole !

Le chevalier n'a pas tout à fait tort. Céleste a rencontré Hector Valset à son entrée en fonction, sept ans plus tôt. Joachim et elle n'étaient encore que des enfants. Quand Octave pratiquait la question sur les prisonniers à qui l'on souhaitait extorquer des aveux, le frère et la sœur patientaient dans l'antichambre de la salle de torture, là où flambait un bon feu censé réconforter le prisonnier, une fois le supplice achevé. Âgé d'une vingtaine d'années, Hector leur tenait compagnie en attendant de pouvoir raccompagner le malheureux, ou ce qu'il en restait, dans sa cellule.

Céleste appréciait ces instants, sans doute parce que le confort de l'antichambre contrastait avec l'horreur que les cris du supplicié laissaient augurer de l'autre côté de la porte. La petite fille admirait la barbe fournie et soignée du geôlier. Elle aimait ses yeux rieurs et sa voix douce. Rien en lui ne s'accordait à la rudesse des lieux. Mais Céleste était encore plus impressionnée par l'imposant trousseau de clefs. À chacun de ses pas, il rebondissait contre sa hanche dans un cliquetis que l'on entendait de loin.

Pour passer le temps, Hector, Céleste et Joachim jouaient aux dominos, aux dés, aux échecs. Hector agrémentait souvent leurs entrevues de quelques beignets, petits pains ou biscuits achetés au boulanger des Halles le matin même.

Octave était reconnaissant au gardien de la Conciergerie de divertir ses enfants. Certes, il ne les a jamais préservés de la violence de sa charge, afin de les y préparer, mais il était heureux lorsque ces derniers s'occupaient à des jeux de leur âge et retrouvaient ainsi un semblant de normalité.

Quand Hector revient dans la souricière avec les objets demandés, il est aussi porteur d'une bonne nouvelle.

— Je vais pouvoir vous installer à l'étage. Je repasserai dans une demi-heure récupérer la lettre pour ton frère.

Le geôlier promet que le courrier sera porté le soir même à Joachim.

Pour autant, l'information concernant leur éventuelle libération tardent à parvenir aux prisonniers. Si le chevalier a retrouvé sa suffisance, c'est au tour de Céleste de se morfondre. L'inactivité lui pèse et elle s'en veut de ne pouvoir aider son père et son frère dans les tâches qui remplissent leur quotidien. De plus, la vigilance qu'elle doit exercer pour ne pas révéler son véritable sexe l'épuise.

Pour supporter le poids de l'enfermement, Céleste convoque le souvenir de Nicolas Fouquet. Elle se remémore l'intendant, sa silhouette noire découpée sur le blanc immaculé de la neige, son sourire espiègle. Pourquoi lui a-t-il fait si forte impression ? Est-ce le détachement, la désinvolture avec laquelle il semblait traiter toute chose ? L'étincelle qui faisait pétiller ses yeux ? Quand le garde a voulu molester Joachim, Nicolas Fouquet s'est interposé, répugnant à tout usage de la force, même avec le vaurien que son frère devait être à ses yeux. Ce geste l'a profondément marquée. Dans l'obscurité de sa prison, elle échafaude mille et un stratagèmes pour le recroiser, imagine leurs échanges, rêve d'une plus grande intimité. Et les minutes sont alors moins lentes à s'égrener.

Hector aussi se désole de voir Céleste dépérir ainsi. Hélas, il n'a pas le pouvoir d'accélérer les choses, jusqu'à ce qu'il découvre, dans une des geôles à l'étage supérieur, un prisonnier qui ressemble drôlement à Céleste : même âge, mêmes cheveux bruns, mêmes traits fins, mêmes yeux bleus. Une aubaine ! Enfermé la veille pour une dette de jeu, il a été amené à la Conciergerie, couvert d'épluchures et d'immondices. Soupçonné de montrer son vit aux enfants, il avait reçu un traitement particulier de la part de son voisinage. Pour autant, les chefs d'accusation ne portant que sur sa dette, il devrait être relâché sous peu le temps de trouver les fonds nécessaires.

Quand Hector va porter sa pitance au nouveau détenu, il l'observe, la mine songeuse. Qui se souvient du visage de Céleste déguisée en franciscain, que l'on a portée dans l'ombre du chevalier, en pleine nuit, éclairée tantôt par un rayon de lune, tantôt par la flamme d'une mauvaise torche ? Et qui se soucie du sort réservé à ce jeune pervers désargenté ? Personne ne viendra le réclamer.

Hector court chercher Céleste et prévient le chevalier qu'ils seront désormais dans deux geôles séparées. Il installe son protégé dans celle de l'autre prisonnier qui est déplacé à son tour dans une des souricières à l'étage inférieur. Deux jours plus tard, Céleste rembourse ses supposées dettes de jeu grâce aux sous donnés par Basile, et retrouve la lumière du jour en même temps que le sourire.

Le chevalier de La Valette, lui, est contraint de prendre son mal en patience. Il n'est libéré que le 4 avril 1649, soit un mois plus tard. Son argent, ses bagues, joyaux, diamants et deux coffres pleins de vaisselle d'argent ont été saisis et mis en garde à l'Hôtel de Ville. Il ne doit la vie sauve qu'à l'intervention du Grand Condé. Le cousin du roi a menacé le Parlement de faire subir à tous les prisonniers qu'il prendrait pareil traitement que celui qui serait réservé au chevalier. Car ce dernier n'a rien fait que par ordre et commandement du roi, à qui tous ses sujets doivent obéir. Quant à l'exhibitionniste, peut-être a-t-il été oublié…

Le jour de sa libération, Céleste remercie son geôlier avec chaleur.

— Dieu merci, tu as pu faire passer le courrier à Joachim. Quel sort nous auraient réservé nos juges ? J'ai sûrement frôlé la mort.

Hector serre le bras de Céleste avec affection.

— En dernier recours, j'aurais trouvé une belle âme pour te demander ta main, une fois la corde au cou. Comme l'a fait ton père avec ta mère !

Céleste se fige.

— Qu'as-tu dit ?

Hector fronce les sourcils.

— Je… je disais que nous aurions bien fini par trouver une femme qui veuille bien se marier avec toi, et te gracier par la même occasion ! Ç'aurait été cocasse puisque c'est dans ces circonstances que Jeanne a eu la vie sauve.

— Ma mère était fille de bourreau. Quand ses parents sont morts par accident, Octave a dû remplacer mon grand-père au pied levé. C'est ainsi qu'elle a rencontré mon père.

Hector observe Céleste, interdit.

— Non, Céleste. Les choses ne se sont pas passées de cette façon.

XI

8 mars 1649

Cela fait près d'un mois que Céleste n'est pas rentrée chez elle. Lorsqu'elle pousse enfin la porte de sa maison, elle découvre son père, les deux pieds dans une bassine d'eau tiède et de vinaigre blanc pour soigner sa goutte. Céleste se fige sur le seuil. Le plaisir des retrouvailles est balayé par la colère. Pourquoi lui a-t-il menti ?

En voyant arriver sa fille, le bourreau se lève d'un bond, renversant la cuvette, et se précipite pour la serrer contre lui. Il n'a pas besoin de mots pour lui témoigner son soulagement. Son étreinte prolongée et ses yeux embués en disent bien assez long. Quand il s'écarte enfin, il recoiffe Céleste d'une main tremblante, écartant son habituelle mèche sur le front.

— As-tu été bien traitée ?

Céleste acquiesce. Mais les questions qui brûlent sa langue l'empêchent de s'abandonner à la joie de retrouver son père et son logis. Octave lui frotte les épaules.

— Viens, je vais te préparer à manger. Tu as maigri.

Céleste s'assoit à table tandis que le bourreau jette un oignon découpé et quatre œufs dans une poêle chaude.

— Joachim m'a expliqué votre arrestation à Gonesse. Mais il est resté très évasif sur votre libération et ta seconde arrestation.

Quelques minutes plus tard, il dépose devant sa fille une omelette fumante.

— Mange. Tu me donneras les détails ensuite.

Céleste avale quelques bouchées, mais sans grand appétit.

— Tu n'as pas faim ? s'étonne Octave.

La jeune fille repose son couteau et plante ses yeux dans ceux de son père.

— Comment as-tu rencontré ma mère ?

Octave sursaute. Céleste répète sa question en détachant chaque syllabe.

— Comment as-tu rencontré ma mère ?

Elle continue de fixer son père, le poing serré sur le manche de son couteau posé droit sur la table. Sans doute Octave préfèrerait-il, à cet instant, la tenaille ou le fer rouge au regard inquisiteur de Céleste. La torture s'éternise et le bourreau n'est pas habitué à en être la victime. Il se dandine d'un pied sur l'autre, ouvre la bouche, se ravise, lève la tête, la baisse, hésite. Ses yeux se posent sur son auriculaire qui porte jour et nuit l'alliance de sa femme. Il fait tourner le bijou entre son pouce et son index.

— Je t'ai toujours fait croire que Jeanne était la fille du bourreau de Chartres, que ses parents étaient morts dans un incendie et que c'est en remplaçant son père pour une exécution que je l'avais rencontrée.

Octave soupire.

— Tout n'était qu'un mensonge, tu t'en doutes à présent.

Le ventre de Céleste se tord. Pour calmer ses nerfs, elle saisit la pierre à feu sur la table et la fait rouler entre ses doigts. Octave tire une chaise à lui et s'effondre. Il reprend son souffle, comme s'il avait retenu sa respiration trop longtemps. Céleste est suspendue aux lèvres de son père.

— J'ai rencontré ta mère le jour où je devais la pendre.

De surprise, Céleste lâche la pierre à feu qui rebondit sur les tomettes. Octave jette un rapide coup d'œil à sa fille. Alors d'une traite, il avoue tout :

— C'était le 14 avril 1629. J'avais trente et un ans. Jeanne en avait dix-neuf.

Le bourreau ferme les yeux.

— Il faisait beau ce matin-là. Gontran et moi, nous nous étions levés à l'aube. Nous savions que nous aurions à pendre une femme, car j'avais croisé la veille Edmond, le geôlier du Châtelet. Il m'avait décrit la condamnée comme une charmante demoiselle aux yeux bleus pareils à ces pierres taillées des orfèvres du Marais. Avec cette introduction, ma curiosité était pour le moins attisée. Et elle n'a pas été déçue ! Quand je l'ai vue sortir de sa cellule, mon cœur a fait un bond. Je l'ai ensuite guidée jusqu'au tombereau. Ta mère, ballottée par les cahots de la route, avait les mains liées dans le dos, son corps frêle noyé dans sa chemise trop large. Ses joues étaient creusées et ses yeux cernés, enfoncés dans leurs orbites. Malgré tout, elle était éblouissante. J'étais subjugué. Et plus nous nous rapprochions de la place de Grève, plus l'appréhension me gagnait. La réalité s'imposait à moi : j'allais devoir pendre, haut et court, cette merveilleuse jeune femme.

Plongé dans ses souvenirs, Octave sourit.

— Le greffier a lu la condamnation. Et quand la lecture s'est achevée, il a fallu mener la condamnée à la potence. Je tremblais autant que Jeanne au moment de lui passer le nœud coulant. Elle a alors levé vers moi ses yeux implorants.

La voix du bourreau se brise. Il s'interrompt quelques instants.

— Je me répétais que, tout de même, le bourreau a une manière bien étrange de passer la bague au doigt de sa femme. J'ai alors réalisé qu'il était dans mon droit de demander la main de cette jeune fille que je devais pendre. Mon seul moyen de la sauver. Comme tu le sais sans doute, quiconque demande en mariage un condamné peut ainsi lui accorder la grâce. À cet instant, je n'habitais plus mon corps. Je me suis vu interpeller le greffier et lui hurler, pour qu'il m'entende malgré la distance, que je souhaitais épouser la condamnée. Il était tellement étonné qu'il a fallu reformuler deux fois de suite ma demande. Gontran m'observait perplexe, les bras ballants. Pour lui, j'étais devenu fou. Le public ne se tenait plus de joie. Autant les badauds sont les premiers à invectiver les condamnés et à réclamer que le châtiment soit correctement appliqué, autant ils sont friands de ces retournements. Ça brise la monotonie des exécutions.

Céleste est abasourdie par ces révélations. Elle a depuis longtemps lâché son couteau et posé la main sur sa bouche.

— Ta mère était libre de refuser, mais j'aurais alors dû la pendre. Cela s'est déjà vu. Certains préfèrent conserver leur liberté, même si le prix à payer est la mort. Sur la place de Grève régnait un silence inédit étant donné la foule réunie. Après ma demande en mariage, tous retenaient leur souffle, suspendus aux lèvres de Jeanne.

Octave laisse échapper un rire.

— Passé les premiers moments d'étonnement, ta mère m'a offert son plus beau sourire et, comme un cri de soulagement, a prononcé ce « oui » qui allait la sauver. Des tonnerres d'applaudissements et des éclats de joie ont fusé de toutes parts. Les gens étaient heureux. Ils s'embrassaient. Ceux-là mêmes qui, l'instant d'avant, attendaient de voir la condamnée se balancer au bout de la corde, se réjouissaient désormais de ses noces à venir. Voilà pourquoi je te dis de te méfier de la foule, Céleste. Elle est versatile, impulsive, imprévisible et surtout, décérébrée.

Octave n'a pas cessé de tourner son alliance autour de son doigt.

— Je ne suis pas certain que ta mère ait jamais été amoureuse de moi. Mais je sais qu'elle m'a toujours témoigné une immense gratitude. Et le plus beau cadeau qu'elle m'ait fait, Céleste, c'est toi.

La voix du bourreau se brise. Il tousse pour dissimuler son émotion.

— Ta mère était orpheline, alors elle se réjouissait de pouvoir offrir à son enfant tout ce qu'elle n'avait pas reçu de la part de ses parents.

Céleste avale avec peine sa salive, sonnée. Dans sa poche, sa main rencontre la nacre du collier de Jeanne.

— Maman t'a-t-elle déjà parlé de Charlotte-Marguerite de Montmorency ?

Elle sort le bijou et le tend à son père.

— Ce sont ses armoiries sur le camée qu'elle m'a légué, reprend-elle.

Octave se penche, mais hausse les épaules en signe d'ignorance. Déçue, Céleste range le collier.

— Pour quel crime maman a-t-elle été condamnée ?

— Elle était accusée de meurtre, mais je ne me souviens plus des détails. Trop obnubilé par ta mère, je n'écoutais déjà plus le greffier quand il a lu la sentence. Nous n'en avons jamais reparlé. Tacitement, le sujet était devenu tabou. Peut-être que l'amour m'a aveuglé, peut-être que je ne suis qu'un naïf, mais dès le premier regard, j'ai été intimement convaincu que ta mère était innocente.

— Pourquoi m'avoir caché la vérité ?

Octave secoue la tête et tente de se dédouaner.

— Quand ta mère est tombée enceinte, elle m'a fait promettre de ne jamais évoquer les accusations qui pesaient sur elle, pour notre sécurité et celle de l'enfant qui allait naître. J'ai compris qu'il fallait enterrer mes questions et oublier. Surtout, oublier.

Céleste fronce les sourcils. Quelle menace pesait sur sa mère et les siens pour qu'elle décide de faire table rase de son passé ? Quelle douleur, quelle blessure ou quelle tragédie cherchait-elle à enfouir ? Octave semble épuisé, mais soulagé.

— Je t'ai caché la vérité, car je craignais, et je crains toujours, ton insatiable curiosité.

Il se penche vers elle, un coude sur la table.

— Céleste, promets-moi que tu n'iras pas déterrer le passé de ta mère.

Son ton est suppliant. Céleste s'avance vers son père et lui enfonce les doigts dans la barbe, comme elle le faisait petite. Mais elle garde le silence. Octave ferme les yeux. Il n'a pas fini de s'inquiéter pour sa fille.

— Parle-moi de maman. Comment était-elle ?

— Avec le dos de ses mains, elle avait une manière bien à elle de soulever ses longs cheveux, châtains comme les tiens, pour qu'ils retombent par vagues sur ses épaules. Elle riait souvent. Puis d'un coup, elle sombrait dans la mélancolie. Ça lui tombait dessus comme une trombe d'eau glacée sur la tête. Elle aimait chanter. Quand tu étais dans son ventre, elle te fredonnait des comptines. Je voyais que tu y réagissais en tapant du pied. Elle raffolait des cerises, qu'elle pouvait dévorer jusqu'à s'en rendre malade. À part moi, elle n'avait ni famille ni ami. Que te dire d'autre ?

— Était-elle heureuse quand elle a appris qu'elle était enceinte ?

Octave acquiesce, incapable de parler. Céleste reste muette, concentrée sur la pointe de ses souliers. Un gouffre vient de s'ouvrir sous ses pieds. Elle n'en veut pas à son père, qui a agi avant tout dans le souci de la protéger, mais le mystère autour de son identité s'épaissit. Qui est-elle vraiment ? D'un bond, elle se lève.

— Assez ressassé le passé ! Je vais porter un poulet à Hector pour le remercier. Je m'occupe de rapporter le dîner.

Octave n'a pas le temps de réagir que sa fille, déjà, s'est évaporée. Il contemple la chaise vide, le fond de vin dans le verre, la pierre à feu abandonnée à terre et, soudain, réalise que Céleste ne lui a rien expliqué de son arrestation.

XII

13 mars 1649

— Où est le bourreau ?

Un homme a fait irruption dans la maison d'Octave sans même prendre la peine de frapper. Il est escorté d'une quinzaine d'autres qui vocifèrent dans la cour. Son œil gauche est recouvert d'un bandeau noir et sa tête est coiffée d'un bonnet en velours rouge. Dans sa main, il tient un poignard.

Le bourreau, occupé à graisser son épée, pointe sa lame vers l'intrus, la mine furieuse.

— Qui vous a donné le droit d'entrer chez moi ? Sortez sur le champ de ma maison !

Céleste entend le vacarme au rez-de-chaussée et descend de sa chambre en quatrième vitesse. Par chance, elle avait déjà revêtu son long manteau et son chapeau à large bord.

— Je ne sortirai pas sans toi, bourreau ! Nous avons besoin de ta main pour brûler le maudit traité de paix que le Parlement veut enregistrer. Ce papier est souillé par la signature de Mazarin !

Près de trois mois se sont écoulés depuis la fuite du roi à Saint-Germain. Les soldats du Grand Condé ont ravagé les environs de Paris, pillant, tuant, massacrant, incendiant tout sur leur passage, aggravant la famine à laquelle le blocus a réduit les Parisiens. Le mécontentement règne chez ces derniers, faisant craindre au Parlement un soulèvement populaire. Des pourparlers de paix ont donc été entamés le 4 mars 1649 entre la cour et une délégation parlementaire au château de Rueil. Le 11 mars 1649, ils ont débouché sur un accord de paix qui a pris la forme d'une déclaration royale.

Mais les frondeurs les plus convaincus s'opposent violemment à ce traité. Parmi eux, Gondi et Beaufort. Le premier persiste dans ses prêches à fustiger Mazarin. Le second emploie des crieurs à gage pour marteler ses idées dans le crâne des Parisiens. La harengère Dame Anne et l'agitateur Pesche ont si bien échauffé les esprits qu'une foule de mécontents s'est ruée sur le Palais de la Cité, siège du Parlement. C'est cette même populace qui a fait irruption dans la cour et la maison du bourreau.

Octave vitupère pour chasser les importuns mais Céleste tente d'apaiser son père.

— Papa, obéis, même si tu désapprouves le comportement et les intentions de ces hommes. C'est un moindre mal que de perdre la vie.

Octave se contient et accepte de se laisser guider par le borgne.

Céleste suit le cortège à distance pour ne pas se faire remarquer. Dans la cour du Palais de la Cité, une foule compacte a envahi les degrés qui mènent, par la galerie des Merciers, à la Grand'Salle et à la Grand-Chambre[1]. Un homme juché sur le perron harangue l'auditoire tout acquis à sa cause et part dans une diatribe contre Mazarin et les parlementaires. Tous semblent décidés à en découdre.

1. La Grand-Chambre est la chambre principale du Parlement de Paris. C'est là que se tiennent les Lits de justice, séances en présence du roi.

Céleste s'approche d'une femme au sourire édenté, qui bat des mains comme au spectacle.

— Qui est cet homme ?

— C'est l'avocat Du Boile.

Céleste dévisage le magistrat en question. Une verrue plantée sur son nez le défigure. De longs cheveux gras dégringolent sur ses épaules. Son vêtement est déchiré par endroits et taché. Mais l'homme ne manque pas de charisme. Hâbleur, il a le verbe haut et ses mots font mouche.

La foule, excitée au plus haut point, exige le duc de Beaufort. Ce dernier finit par se présenter dans la cour du Palais, en haut des marches. La clameur un instant se tait, mais Céleste est trop loin pour entendre ses propos. Elle se faufile et gravit les escaliers.

Comme son père, elle craint ces mouvements de masse, ces corps décérébrés qui, à la moindre étincelle, retrouvent leurs instincts primaires sans aucune capacité de discernement. De plus, elle ne partage pas leur opinion. Céleste a toujours suivi ses intérêts, surtout financiers, et c'est bien là sa seule conscience politique. Aussi voit-elle d'un bon œil la promesse de ce traité de paix à propos duquel les conseillers du roi, les parlementaires acquis plus ou moins à la Fronde et le peuple s'écharpent. Son commerce pendant le blocus s'est révélé infructueux. Elle ne voit donc plus aucun avantage à tirer de la situation : la guerre n'est décidément pas bonne pour ses affaires.

Céleste parvient au sommet des marches. Elle n'est qu'à quelques pieds de l'un des présidents[1]. L'avocat Du Boile s'avance, l'air hautain, et se plante devant ce dernier venu se livrer en pâture à la hargne populaire.

1. Le Parlement était constitué de plusieurs chambres (Grand-Chambre, chambre de la Tournelle, Chambre des enquêtes, Chambre des requêtes, Chambre de la Marée), et chaque chambre avait son président.

— Où est le traité ? Je le veux ! Le bourreau doit le brûler en place de Grève ! Il porte la signature de l'Italien.

Il laisse passer un silence pour que la foule puisse propager ses propos jusqu'au fond de la cour du Palais et reprend.

— Si les députés ont signé, nous les pendrons ! S'ils ont été forcés, alors nous les désavouerons !

L'avocat toise le président qui peine à dissimuler sa peur. Une idée lui vient. Il tente de la négocier.

— Si vous brûlez le traité, certes, vous brûlerez la signature de Mazarin, mais vous brûlerez la signature du duc d'Orléans, l'oncle du roi, et celle du prince de Condé par la même occasion. Cela ne se peut.

La foule retient son souffle, attentive aux réactions de son meneur. Le président enchaîne :

— Nous allons faire le nécessaire pour que les députés réforment les articles du traité.

Sur ces mots, il tourne les talons, trop heureux de s'éloigner de la meute enragée. Mais ses paroles n'ont pas suffi à calmer les esprits. De toutes parts, les cris fusent à nouveau.

— Point de paix ! Point de Mazarin !

— Allons à Saint-Germain chercher notre bon roi !

— Noyons tous les « Mazarins » !

— Vive le roi !

Le Palais, ses salles et ses galeries sont bientôt envahis. Céleste jette un œil à son père qui se tient en retrait, les bras croisés et adossé au mur d'enceinte, attentif aux événements qui se déroulent autour de lui. Mais pour l'heure, plus personne ne lui prête attention. Rassurée et portée par sa curiosité naturelle, Céleste suit le mouvement de la foule et pénètre pour la première fois au Parlement. À l'entrée de la Grand-Chambre, les huissiers repoussent, comme ils peuvent, cette foule toujours plus pressante, toujours plus bouillonnante. La confusion est telle que Céleste parvient à se glisser derrière l'un des huissiers affolés.

Le nez en l'air, indifférente à l'agitation qui l'entoure, la fille du bourreau ouvre de grands yeux émerveillés. D'imposantes voûtes en croisées d'ogives, sculptées dans du bois de chêne, composent le plafond. Les murs de la Grand-Chambre sont agrémentés de lambris dorés et de tapisseries bleues ornées de fleurs de lys. Au fond de la pièce est accroché un retable tout encadré d'or. Sous un dais tissé de couronnes se tient un trône recouvert de satin vert. Des banquettes sont disposées tout autour de la pièce, laissant un carré vide au centre.

Il règne un grand désordre dans la salle. Parmi les robes rouges des parlementaires, une tache noire se distingue. Céleste se rapproche, la gorge sèche. Sa respiration s'accélère. Nicolas Fouquet écoute avec attention le discours du premier président. Malgré les événements, Mathieu Molé fait preuve d'un flegme admirable. Sous les huées des conseillers extrémistes et sous les accusations de trahison des généraux, il prononce d'une voix posée l'arrêt formé suite aux délibérations : les députés retourneront à Rueil afin d'obtenir que le cardinal Mazarin ne signe point ce nouveau traité.

Céleste est envoûtée par Nicolas. On la bouscule, on la pousse, mais rien ne peut détourner son attention du maître des requêtes. Fouquet, observateur, finit par remarquer cet homme immobile, debout près de l'une des hautes fenêtres, qui le fixe. Son visage lui dit vaguement quelque chose, sans qu'il parvienne à l'identifier. Dans le doute, et devant l'insistance de ce regard, il lui adresse un léger signe de tête. Céleste y répond d'un geste précipité de la main. Ils demeurent ainsi, les yeux dans les yeux, quelques longues secondes avant que Nicolas reporte de nouveau son attention sur Mathieu Molé.

L'attitude du premier président du Parlement suscite en effet l'admiration de Fouquet. Lui aussi, lorsqu'il était intendant du Dauphiné, a déjà été confronté à la fureur populaire exacerbée par le poids des impôts et le sentiment d'injustice. C'est alors par le verbe qu'il a réussi à ramener le calme, et à sauver sa peau.

Céleste est de nouveau percutée par trois parlementaires et manque de perdre l'équilibre. Quand elle relève la tête, Nicolas a disparu. Au même instant, cinq heures sonnent au clocher de la Sainte-Chapelle. Un magistrat soupire :

— Voilà dix heures que la séance a commencé ! Il était grand temps qu'elle s'achève !

Un conseiller propose à Molé de sortir par les greffes afin de lui éviter la foule. Mais ce dernier écarte l'homme d'un large mouvement du bras.

— La cour ne se cache jamais. Si j'étais assuré de périr, je ne commettrais pas cette lâcheté qui, de plus, ne servirait qu'à donner de la hardiesse aux séditieux ! Ils me trouveraient bien dans ma maison s'ils croyaient que je les eusse appréhendés ici.

Un homme s'approche et retient le premier président par le bras. Il porte une croix autour du cou et la robe des ecclésiastiques. Son ton est mielleux, ses manières empruntées.

— Attendez encore un peu ! Il est inutile de vous exposer de la sorte. Laissez-moi tenter d'apaiser le peuple.

Molé n'est pas dupe des simagrées de Gondi. Il le toise, moqueur.

— Ah ! Mon bon seigneur, dites le bon mot !

Le coadjuteur accuse le coup d'un sourire pincé puis se rend dans la Grand'Salle où le peuple vocifère toujours autant. Céleste l'a suivi dans l'espoir fou de retrouver Fouquet parmi la foule. Elle se fraye un passage parmi les hommes et les femmes armés et en colère, se retrouve bientôt dehors où son père la hèle depuis les premières marches du Palais.

— Céleste, tout va bien ? Tu as l'air complètement perdue.

L'inquiétude se lit sur ses traits. Octave n'apprécie pas ces troubles. Il aime l'ordre, la routine, la quiétude. Il exècre le chaos, la violence, l'emportement. Céleste, quant à elle, cherche des yeux Nicolas, en vain. Résignée, elle se laisse choir sur les marches et appuie son front sur l'épaule de son père.

— Je viens de retrouver l'homme qui nous a arrêtés à Gonesse.

Octave sursaute.

— Et il t'a fait du mal ? Réponds-moi !

Céleste secoue la tête.

— Papa, crois-tu qu'un jour je pourrai me marier ?

Octave, abasourdi par cette question jaillie de nulle part, reste coi. Céleste poursuit sans apercevoir le trouble de son père.

— Si je reste un garçon aux yeux de tous, je ne pourrai jamais en épouser un. Je n'avais jamais réalisé cela.

Le bourreau ne sait que dire. Des hommes courent devant ses yeux, le poignard à la main, mais il n'y prête plus attention. Il se revoit à la naissance de Céleste prononcer ces mots à Gontran : « Un garçon ! C'est un garçon ». Il n'avait pas anticipé toutes ces questions et s'était endormi sur son secret, comme un avare sur son trésor. Mais Céleste ne lui appartient pas. Un jour viendra où sa vraie nature se rappellera à elle. Ce jour semble arrivé.

Un mouvement de foule oblige le bourreau et sa fille à quitter les marches. Gondi est apparu en haut des degrés, au bras de Mathieu Molé. Ils s'avancent parmi le peuple, suivis de près par les huissiers et les membres du Parlement sous les cris et les huées.

Céleste se hisse sur la pointe des pieds dans l'espoir d'apercevoir Nicolas. Elle le voit enfin, devisant avec un de ses collègues et jetant un œil méfiant à la populace qui les entoure, les invective et les menace du poing. La fille du bourreau le contemple jusqu'à ce qu'il passe le porche du Palais et disparaisse rue de la Barillerie. Alors, un vide se creuse en elle. Ses forces la quittent. Elle se laisse glisser le long du mur de l'enceinte contre lequel son père et elle se sont réfugiés pour s'écarter de la masse hurlante.

Octave est désemparé. Aveuglé par sa culpabilité, il ne conçoit pas que le désarroi de sa fille puisse tirer sa source d'autre chose que de son travestissement et ses conséquences. Il s'accroupit, lui saisit les mains.

— Enfin Céleste, que t'arrive-t-il ? Parle-moi !

Céleste pose sur son père ses yeux humides.

— Je ne plairai jamais à aucun homme.

Un tel aveu, au milieu de cette foule portée par des sentiments d'une tout autre nature, aurait de quoi surprendre. Mais pour Octave seule compte sa fille. La voir plongée dans une souffrance dont il se sent à l'origine est une torture insupportable pour celui qui a consacré sa vie à sa famille.

Pour autant, il ne sait que répondre. Par son mensonge, il a voulu améliorer la condition de sa fille, mais l'a condamnée à une vie d'ombre et de secrets. Son métier est aussi un lourd héritage. Il assure une situation à ses enfants mais les contraint à une existence âpre où l'argent fait souvent défaut tandis que le labeur, lui, ne manque jamais.

Alors le bourreau serre sa fille dans ses bras. Affection et sécurité, ce sont les meilleures réponses qu'il puisse apporter en cet instant. La foule évacue peu à peu le Palais de la Cité. Octave et Céleste enlacés se retrouvent bientôt seuls dans le crépuscule. Le vide est partout, autour d'eux et en eux.

Il faut attendre le 1er avril 1649 pour que la paix soit finalement déclarée. Mais la tension à Paris reste palpable. La vindicte populaire est sans cesse attisée par des harangueurs à la solde des principaux dirigeants de la Fronde. Le bourreau observe la situation avec une certaine défiance. Il n'a pas digéré l'incursion des frondeurs chez lui. Sa maison, c'est son sanctuaire. Un espace inviolable, un rempart dressé entre sa famille et l'extérieur, un cocon pour mettre les siens à l'abri et en sécurité.

Le 20 juillet 1649, le bourreau est appelé à pendre l'imprimeur Claude Morlot, condamné trois jours plus tôt pour avoir publié un violent pamphlet contre le cardinal Mazarin et la reine Anne d'Autriche. Il paraît bien inoffensif, ce vieillard chenu, brinquebalé par les cahots du tombereau sur lequel il est juché. Au regard ahuri qu'il pose sur les hommes et les choses de la place de Grève, il semble s'interroger encore sur les raisons qui l'ont mené au pied de la potence.

Si l'essentiel des combats de la Fronde se mène à coups de canon, d'épées et de mousquets, une part non négligeable de la bataille se tient sur le terrain de l'écrit. Les mazarinades[1] fleurissent par centaines. Et fleuri, leur langage l'est souvent, car elles ne sont pas tendres envers l'Italien.

La paix de Rueil signée, les autorités ont entrepris de museler l'opposition. Le Parlement a ainsi rendu un arrêt visant à « informer, saisir et emprisonner ceux qui imprimeraient sans permission de la cour. » Mais les pamphlets font l'objet d'un commerce fort lucratif, et rares sont les imprimeurs qui n'entendent pas profiter de cette manne, malgré les risques encourus. Claude Morlot ne fait pas exception. Quelques semaines après avoir publié une *Ode Royale et pacifique dédiée au roi et au Monseigneur le duc d'Anjou*, il change son fusil d'épaule et diffuse un texte virulent contre Anne d'Autriche et

1. Une mazarinade est un pamphlet ou un libellé, en vers ou en prose, publié du temps de la Fronde à l'encontre du cardinal Mazarin.

son supposé amant, Jules Mazarin, qu'il intitule : *La custode*[1] *du lit de la reine.*

Peuple n'en doutez plus, il est vrai qu'il la fout,
Et que c'est par ce trou que Jules nous canarde.
Les grands et les petits en vont à la moutarde,
Respect bas, il est temps qu'on le sache partout.
Son crime est bien plus noir que l'on ne pense pas,
Elle consent l'infâme vice d'Italie[2]*,*
Et croirait sa débauche être moins accomplie
Si son cul n'avait part à ses sales ébats.

Les tirages saisis par les sergents du Châtelet, Morlot tente de se défendre : le texte a été écrit aux Pays-Bas, il n'en est pas l'auteur, juste l'imprimeur. Mais rien n'y fait. Pour l'exemple, il est condamné à être pendu et la sentence est confirmée par le Parlement.

Escorté par le bourreau et une douzaine d'archers, le tombereau roule avec lenteur jusqu'à la place de Grève. Céleste jette un œil inquiet à son père. Octave est nerveux, et les muscles de sa mâchoire se contractent sans arrêt. Un calme suspect règne parmi les spectateurs. Claude Morlot n'est plus qu'à quelques pieds de la potence quand un premier cri fuse.

— Libérez-le !

C'est l'étincelle qui met le feu aux poudres. D'autres cris suivent.

— C'est Mazarin qu'il faut pendre !

— Vive l'imprimeur !

— Sus aux archers !

— Sauve ! Sauve !

1. Custode : rideau.
2. La sodomie était également appelée vice italien.

Dans un mouvement général, la foule encercle le tombereau qui ne peut plus avancer. Les archers observent, affolés, le peuple en nombre qui les accule. L'un d'eux lâche son arme et se jette dans la masse qui le laisse s'échapper. Ce qu'elle désire, c'est libérer l'imprimeur. Bientôt, les autres archers imitent leur compagnon et s'enfuient, suivis de près par le greffier et le sergent. Le condamné, hagard, observe incrédule ses gardiens l'abandonner. Il se croyait voué à la mort. Le voici ressuscité.

Le bourreau et ses enfants assistent à l'émeute sans savoir quelle attitude adopter. D'abord surpris par la rapidité avec laquelle l'imprimeur a été libéré, ils ne tardent pas à voir le danger se rapprocher. Le plus excité de la troupe, un gros homme à la mine rougeaude et aux bajoues flasques, se tourne vers Octave et, d'un cri, entend sceller le sort de l'exécuteur public.

— Mort au bourreau !

Les archers s'étant évaporés, Octave est le dernier représentant de l'autorité contestée. Le bouc émissaire parfait. Qui n'a pas, parmi la foule, un ami, un parent, une connaissance que le bourreau et ses aides ont envoyé ad patres ? Il en faut peu pour motiver les émeutiers au lynchage en règle.

Un homme s'en prend d'abord à Céleste. Il la saisit par le col et tente de lui arracher son masque. Le sang du bourreau ne fait qu'un tour. On ne touche pas à un cheveu de sa fille ! Dans un rugissement, il saisit l'importun à la gorge et, d'une force décuplée par la rage, l'envoie s'assommer contre le montant de la potence. Témoin de la scène, Joachim se rue vers l'Hôtel de Ville, bien décidé à chercher du renfort.

Octave est aussitôt assailli par un deuxième homme qui lui saute sur le dos pour venger son comparse désormais inerte. Le bourreau se démène comme un beau diable, tourne sur lui-même pour tenter, avec l'élan, d'éjecter la vermine qui s'accroche à lui. Pendant ce temps, Céleste essuie un second assaut, mais ses dents s'enfoncent dans la main qui tente à nouveau de la démasquer. Le mordu pousse un cri qui attise la hargne des émeutiers.

— Cessez, manants ! Et dispersez-vous !

Céleste relève la tête dans un élan d'espoir. À la fenêtre de l'Hôtel de Ville, le prévôt des marchands, Jérôme Le Féron, montre le poing. Mais il est aussitôt arrosé d'une pluie de pierres qui brise toutes les vitres du premier étage. La violence ne fait que redoubler. Octave est frappé à la pommette et tombe à la renverse. Céleste se recroqueville, mais une volée de coups s'abat sur ses flancs et son dos.

Dans un geste désespéré, voyant sa dernière heure arriver, le bourreau tend le bras pour chercher le contact de sa fille. Quelle fin avilissante ! Lynchés par la lie de Paris... Son amertume le fait davantage souffrir que les coups qu'il continue d'encaisser.

Quant à Céleste, elle a cessé de penser. Devant ses yeux, des images défilent. Son père est au pied de la potence, son frère éclate de rire, Lilas lui caresse les cheveux, le roi bat des mains en l'écoutant narrer son histoire, Nicolas Fouquet, le sourire aux lèvres, dégage la mèche qui recouvre ses yeux.

XIII

20 juillet 1649

Céleste a le goût ferreux du sang et celui écœurant de la terre au fond de la bouche. Elle veut se redresser, mais une douleur au thorax lui arrache un cri. Elle doit avoir les côtes cassées. Devant elle, les sabots d'un cheval piétinent dans la boue. Son œil droit a disparu sous sa paupière gonflée et un voile rouge brouille sa vue. La foule s'est dispersée comme une volée de moineaux.

Joachim s'agenouille à ses côtés et tente, à l'aide de son mouchoir, d'éponger le sang qui dégouline de l'arcade sourcilière de sa sœur. Voyant le bourreau s'avancer d'une démarche boiteuse, il grimace.

— Vous voilà bien amochés…

Derrière eux, un hennissement de cheval retentit. Le prévôt des marchands, Jérôme Le Féron, descend à bas de sa selle et s'approche du bourreau, dont il se garde bien de serrer la main.

— Un peu plus, et c'était à votre tour de nourrir les pissenlits ! Heureusement pour vous, votre aide est allé prévenir mes gardes à temps.

Il jette un œil à Céleste, mais le visage de cette dernière est si abîmé qu'il n'y a aucun risque qu'il reconnaisse en elle le franciscain arrêté six mois plus tôt à la lueur hésitante des torches.

— Mes hommes vous escorteront pour conduire le blessé jusque chez vous.

Octave remercie le prévôt d'un mouvement de tête, trop choqué pour formuler la moindre phrase. Sur le chemin de la maison, accompagné par le grincement des roues de la charrette qui transporte son enfant, il doute. Malgré ses choix et sa bonne volonté, il est incapable de protéger sa fille. Quel héritage va-t-il lui laisser ? S'ajoutent à ces sombres réflexions des considérations plus terre à terre. Comment pourra-t-il réclamer son salaire auprès de l'autorité judiciaire alors que le condamné doit parader dans les rues de Paris au lieu de se balancer au bout d'une corde ?

Il faut près d'un mois à Céleste pour être complètement remise sur pied. Octave, lui, a conservé une jolie cicatrice sur la pommette. Le 20 août 1649, ce dernier est informé par le lieutenant criminel que deux hommes devront être pendus dans trois jours. Depuis les émeutes qui ont failli lui coûter la vie et celle de ses enfants, il n'a exécuté personne. Pour ce retour à l'œuvre, il a pris une grande décision : ce seront Céleste et Joachim qui s'en chargeront.

Attablé devant le dîner, Octave partage son expérience avec ses enfants.

— Toute ma vie, je me souviendrai de ma première exécution. On ne sort jamais indemne de ce moment-là. Il y a toujours un avant et un après. Avant, tu es innocent. Ensuite tu sacrifies, au pied de la potence, un peu de ton intégrité. Ton âme s'use. Ta bonté et ton cœur avec. Tu ne sais plus admirer la beauté comme avant, car tu sais que, quelque part, il y a ce que tu as fait sur l'échafaud. Dans tes cauchemars, c'est ton cou que l'on coupe.

C'est ton corps qui danse au bout de la corde. Parfois, c'est celui du premier condamné que tu as envoyé ad patres. Moi, c'était un gamin de dix-huit ans à peine. Il avait une gueule d'ange. Le corps chétif. Quand je lui ai ôté le médaillon de la Vierge qu'il portait autour du cou et qui, de fait, m'appartenait, ses grands yeux bleus ont dévoré mon visage. Il m'a fait promettre de lui rendre la chaîne une fois qu'il serait mort. Des larmes mouillaient ses longs cils. À l'instant précis où je l'ai poussé dans le vide, je vous jure que mon cœur s'est arrêté de battre quelques secondes. Il s'est recouvert d'une croûte dure et épaisse. Pourtant, au fond de moi, une flamme continue de brûler et me permet, malgré tout, d'avancer.

Il étire ses jambes sur une chaise devant lui, le visage déformé par la douleur et l'effort.

— Mais voilà, je commence à me faire vieux. Mon corps est fatigué. Céleste, tu viens d'avoir seize ans, et toi, Joachim, dix-sept. Il est temps que je m'efface pour vous laisser prendre peu à peu les rênes de ma charge. Vous avez réalisé votre premier marquage au fer. Voyez cela comme un entraînement. Demain, vous donnerez la mort.

Le bourreau jette un rapide coup d'œil à ses enfants. Une lueur d'excitation brille dans la pupille de Joachim tandis que Céleste affiche un visage sévère.

— L'exécution n'aura pas lieu en place de Grève, mais place de la Croix du Trahoir, à deux pas de là où les condamnés ont commis leur crime. Ce n'est pas plus mal. Les souvenirs de l'émeute ne viendront pas vous perturber.

Octave regarde ses mains. Combien d'hommes et de femmes ont-elles pendus, décapités, essorillés, démembrés, bouillis, marqués ? Bientôt, ce seront les mains de ses enfants qui seront tachées d'un sang indélébile, malgré les gants.

Son regard s'assombrit. Les doutes, à nouveau, l'assaillent. S'il avait éloigné Céleste et Joachim de sa maison, peut-être auraient-ils eu un meilleur destin. Mais il les aurait aussi privés de son attention et de son affection. Petit, Octave a trop souffert de ne recevoir de la part de son père ni sécurité ni amour. Toute sa vie, il a été condamné à chercher une béquille auprès des femmes et auprès des siens.

Les yeux d'Octave passent de Céleste à Joachim.

— Vous avez encore le droit de refuser. L'exécution est dans trois jours. En attendant, demain, nous vérifierons l'état de la potence.

Le 23 août 1649, Joachim et Céleste prennent le chemin de la place de la Croix du Trahoir. Cette dernière, qui a donné son nom au lieu, est destinée aux condamnés afin qu'ils puissent adresser au ciel leurs ultimes prières.

Les aides du bourreau se sont installés devant la potence, mains derrière le dos. Céleste dissimule mal son trac. Sa jambe trépigne et ses doigts crispés sont blancs aux jointures. Joachim semble, quant à lui, détendu malgré la responsabilité qui pèse sur ses épaules. Il se tient droit, le menton haut, le regard fier. Soudain, son visage s'éclaire.

— Tiens, les voilà !

Une dizaine d'archers escortent le tombereau toujours guidé par Octave. Ils sont suivis par le lieutenant criminel, le greffier et un aumônier. Les deux condamnés, livides, les mains liées dans le dos, sont vêtus de simples chemises. Ce sont deux frères. L'un est blond, l'autre est brun. L'un est petit, l'autre est grand. Céleste se chargera du blond, Joachim s'occupera du brun. Le bourreau a convenu avec ses enfants que, cette fois-ci, ce serait Joachim qui commencerait.

La fille du bourreau ne quitte plus des yeux le blond. Céleste en a croisé des centaines, de ces hommes dans les dernières minutes de leur vie. Elle connaît le parfum aigre de la peur, leur regard hébété ou cette incroyable étincelle qui enflamme parfois leur pupille. Leur agitation ou leur apathie. Leur râle, le ronflement de l'air quand il passe le nœud de leur gorge. Leurs tremblements et leurs cris.

Il y a celui qui appelle sa mère, celui qui invective, accuse ses proches, ses juges, Dieu. Celui qui renie sa foi, ses parents, ses enfants, ses amis, ceux qui l'ont trahi, ceux qui tardent à venir le sauver. Et dans leurs visages levés vers le ciel, dans leurs lèvres tremblantes qui articulent une ultime prière, il y a l'espoir qui s'effrite à mesure que les secondes défilent. Quelque chose va se passer, quelqu'un va venir. Le juge s'est trompé. Le roi va les gracier. Un complice va intervenir, sauter sur les planches de l'échafaud, enfoncer sa dague dans la gorge du bourreau, trancher les liens qui les retiennent encore prisonniers. Alors ce sera la liberté, la vie retrouvée. Mais l'espoir, bien souvent, reste déçu.

Ces scènes, Céleste les a vues et revues derrière son masque rouge. Et pourtant, ce matin, elle a la chair de poule. Cette exécution ne sera pas comme toutes les autres. Ce sera sa première.

Le ciel s'est teinté de rose. L'air ambiant est trop doux pour envoyer un homme à la mort. Quel paradoxe de mourir en été alors que la lumière a pris le pas sur la nuit, que la chaleur fait danser les pavés et les cailloux des chemins, que la nature résonne du chant assourdissant des oiseaux ! Partout, la vie a repris ses droits.

Céleste se rend à l'évidence. Ce n'est jamais le bon moment pour mourir. Les bourreaux en savent quelque chose, eux qui voient sans cesse les condamnés retarder l'instant fatidique.

Il y a toujours une dernière prière, une dernière accolade, un dernier regard avant le grand saut.

Octave a bien récité la leçon à ses enfants : l'exécution est une cérémonie avec ses codes et ses rituels. Les gestes du bourreau se répètent d'une mise à mort à l'autre. Il a un rôle à jouer. Il doit être appliqué, rapide, soigneux. Il doit faire preuve de fermeté, mais jamais de cruauté.

Les deux frères se tiennent debout devant la potence. Le blond est hagard, le dos voûté. Des larmes coulent, silencieuses, sur ses joues. Le brun tremble, mais concentre ses dernières forces pour rester digne.

Octave lève les bras et réclame le silence. Le greffier lit à forte et intelligible voix le jugement de condamnation. Les deux frères sont accusés d'avoir commis le meurtre d'un voisin pour une dette de jeu. Ils doivent donc être pendus le 23 août 1549 place de la Croix du Trahoir.

Les yeux baissés, concentrés, Céleste et Joachim opinent du chef pour signifier qu'ils ont bien entendu les obligations qui leur incombent. Le public aussi tend l'oreille, avide de connaître l'origine du spectacle auquel il va assister. Il y a, derrière cette mise en scène de la mort et son exposition en place publique, l'ambition de décourager chez le commun des mortels toute velléité de crime.

La lecture s'achève dans un silence quasi religieux. Céleste croit entendre les dents du blond claquer. D'un signe de la tête, Octave invite ses enfants à entamer l'exécution. Joachim s'approche du brun, le pas décidé, et le saisit par le bras. Céleste le suit pour l'aider si le condamné se montrait récalcitrant. Ce dernier marque une légère résistance mais, d'une secousse, Joachim parvient à l'entraîner jusqu'à la potence. Il monte sur le premier barreau de l'échelle posée contre le montant, fait demi-tour et agrippe le brun sous les aisselles. Bourreau et condamné grimpent les degrés avec lenteur et précaution, formant un étrange animal à huit pattes.

L'aumônier a suivi le condamné sur les premiers barreaux de l'échelle. Une croix à la main, il lui demande s'il souhaite se confesser. L'homme, pour gagner du temps, entame une longue confession, indifférent à la position inconfortable dans laquelle il se trouve. Mais en équilibre précaire sur son échelle, le bourreau fatigue. Joachim jette un œil à son père. Ce dernier, d'une rotation de l'index, lui fait signe qu'il doit accélérer les choses. Aussitôt, Joachim saisit l'extrémité de la corde qui pend au cou de l'homme et la noue à la poutre. Puis il demande au religieux de redescendre. Brusqué, ce dernier interrompt la confession.

— *Deus, Pater misericordiarum, qui per mortem et resurrectionem Filii sui...*

Mais le condamné ne l'entend pas de cette oreille et commence à protester. Il exige le retour de l'aumônier. Celui-ci abrège sa formule qu'il clôt d'un « Et Filii et Spiritus Sancti Amen » étouffé. En dérapant sur le dernier barreau, il a manqué de s'étaler de tout son long.

D'un coup de genou, Joachim pousse le condamné dans le vide. La corde grince, étrangle le cou. Le corps du brun est agité de spasmes. L'homme se tortille dans l'espoir fou de se défaire de ce lien qui l'étouffe. Mais ses mouvements ne font que resserrer le nœud sur sa nuque. Son visage a pris une couleur violacée. Ses yeux semblent vouloir sortir de leurs orbites et sa langue gonflée pend hors de sa bouche, cherchant l'air qui lui manque. Joachim s'agrippe des deux mains à la poutre et se laisse tomber sur les épaules du pendu. Un craquement se fait entendre. Une vertèbre a cédé. Le corps, jusqu'alors parcouru de soubresauts, adopte l'immobilité de la mort. C'est fini.

Un gémissement brise le silence. C'est le blond qui tend vers son frère un visage baigné de larmes. Sa bouche déformée par les pleurs est restée ouverte sur un sanglot muet. Il est tombé à genoux, ses jambes ne parvenant plus à porter le poids de sa peine. Joachim grimpe à l'échelle et tranche, à l'aide d'un couteau bien aiguisé, la corde au bout de laquelle se balance le macchabée. Céleste entoure les jambes du cadavre de ses bras pour lui éviter, une fois libéré, de s'écraser dans la boue. À travers sa chemise en toile, elle perçoit encore la tiédeur du corps et son début de rigidité. Avec l'aide de son père, elle dépose le mort dans leur charrette.

Par-dessus les pieds du cadavre, Céleste jette un coup d'œil au bourreau, le cœur battant. Ce dernier l'encourage d'un hochement de la tête. Elle prend une grande inspiration, s'approche du blond et le saisit par le bras. Il pousse un hurlement sinistre et tente de se dégager de son étreinte. Céleste est obligée de le ceinturer pour le forcer à rejoindre l'échelle. Par bonheur, il est fluet de constitution et les forces restent égales. Mais il continue de se démener, ce qui complique l'ascension. Joachim doit intervenir et saisit l'homme par les pieds. Ainsi, le frère et la sœur parviennent à le hisser jusqu'au sommet de l'échelle. D'une voix sévère, Céleste s'adresse au blond.

— Si vous souhaitez vous confesser, il faudra vous calmer. Car si vous continuez à vous agiter de la sorte, vous mourrez sans salut.

Le corps jusqu'alors tendu du blond se relâche et s'affaisse. Joachim peut laisser la place à l'aumônier. Mais le condamné pèse désormais de tout son poids sur les bras de Céleste. Si elle lâche, il emportera dans sa chute le religieux. La confession s'éternise. Céleste sent ses muscles se tétaniser. Elle jette un œil affolé à l'ecclésiastique.

— Achevez ou je le lâche !

Effrayé, le religieux s'interrompt une nouvelle fois et récite, en accéléré, la formule d'absolution, oubliant d'articuler un mot sur deux. Le « Amen » résonne comme l'annonce de la libération. Dans un dernier effort, coinçant le condamné entre ses genoux, Céleste jette l'extrémité de la corde par-dessus la poutre de la potence. L'aumônier ayant libéré l'échelle, Joachim vient à la rescousse de sa sœur et retient celui qu'elle doit pendre. Céleste dispose ainsi de ses deux mains pour nouer la corde autour de la poutre.

Elle croise alors le regard brouillé de larmes du blond et c'est un coup de poignard dans son ventre. Aura-t-elle le cœur d'envoyer un homme à la mort ?

L'échange de regard s'éternise. Céleste reste immobile, une main sur la poutre, l'autre agrippée à la chemise du condamné. Un murmure parcourt la foule. Octave serre les dents. Une sueur froide coule entre ses omoplates. Joachim, au pied de l'échelle, presse sa sœur d'un chuchotement agacé.

— Pousse-le, Céleste !

Céleste ne bronche toujours pas. Joachim insiste :

— Céleste ! Réagis ! Le public s'impatiente !

En effet, des cris irrités fusent dans l'assistance. Mais Céleste semble sourde aux voix qui s'élèvent, aux injonctions de son frère. Elle fixe l'homme blond, sidérée. Ce dernier retrouve un peu de sang-froid. L'éclair d'un espoir traverse ses yeux. Il ébauche un sourire. Peut-être sera-t-il gracié ?

XIV

23 août 1649

Joachim dévore à belles dents une cuisse de poulet. Il a les mains grasses et son menton luit. La bouche encore pleine, se pourléchant les doigts, il lorgne l'assiette de Céleste qu'elle a à peine touchée. Octave verse un verre de vin à sa fille qui a disparu sous son grand chapeau à large bord et lui étreint le bras.

— Bois. Ça t'aidera à oublier son visage.

Mais Céleste n'oubliera pas. Les yeux allumés par la terreur. Le corps agité de spasmes de longues secondes durant. Le contact de ses mains sur le tissu rêche de la chemise. L'air soulevé par le condamné jeté dans le vide. Comme l'avait prédit son père, la vie de Céleste ne sera jamais plus la même. Elle vient de tuer un homme.

Comme le veut la tradition, le bourreau, ses aides, le greffier et le lieutenant criminel sont allés déjeuner dans une taverne en face du Grand Châtelet. Le repas est offert par l'autorité judiciaire, ce qui, en ces temps difficiles, est apprécié des convives. Octave a garé sa charrette et son chargement macabre sous la surveillance des archers de la forteresse. Ses enfants retrouvés, il les a serrés dans ses bras, les yeux embués. Le bourreau ne tarissait pas d'éloges quant à la façon dont les exécutions avaient été menées. La scène aurait eu de quoi surprendre. Quel père féliciterait son enfant d'avoir si bien tué son prochain ? Octave n'est pas revenu sur les hésitations de sa fille. Peut-être même que, tout à sa joie, il les a oubliées.

Céleste boit une gorgée de vin, essuie ses lèvres à sa manche. Une lueur farouche allume ses yeux. Elle a pris une grande résolution et tient à s'en ouvrir à son père.

— Ne pourrait-on trouver un moyen d'atténuer leur angoisse et leur souffrance ?

Octave fronce les sourcils. Ce n'est pas la première fois que sa fille lui expose sa lubie. Il jette un œil alarmé au greffier et au lieutenant criminel, mais ces derniers discutent entre eux sans leur prêter attention. Le bourreau répond à voix basse.

— De qui parles-tu ? Qu'entends-tu par-là ?

Dans le gobelet qu'elle tourne entre ses mains, le vin ressemble à du sang.

— Des condamnés, évidemment ! Tu te plains sans cesse d'avoir toutes les peines du monde à obtenir tes gages auprès de l'autorité judiciaire, n'est-ce pas ?

Octave hausse les épaules.

— Oui, mais je ne vois pas le rapport.

— Que dirais-tu si les condamnés participaient eux-mêmes aux frais de leur exécution ?

— Ce serait un brin vicieux, mais pour nous plus avantageux, réplique Octave, prudent

— Je crois avoir trouvé un moyen pour qu'ils souffrent moins tout en nous garantissant une confortable source de revenus. Nous n'aurons plus jamais le ventre vide !

Octave tourne la tête en tous sens et fait signe à sa fille de parler moins fort.

— Veux-tu nous faire dénoncer par le lieutenant criminel ? Enterre cette idée ! La souffrance fait partie de la peine et nul ne peut contrevenir à l'autorité de la justice. Arrête de chercher par tous les moyens à te faire de l'argent !

Céleste hausse les épaules et vide son verre d'un trait. Octave finit son assiette en silence, agacé. Sa bonne humeur l'a quitté. Il connaît trop bien sa fille pour croire qu'elle en restera là.

Le repas achevé, Octave, ses enfants et les deux macchabées chargés dans la charrette traversent la Seine sur le Petit Pont, passent sous les voûtes obscures du Petit Châtelet avant d'arriver rue de la Harpe. Adossée à l'église Saint-Côme se tient l'école de chirurgie. Le bourreau sait qu'il pourra tirer un bon prix des deux cadavres, qui serviront de cobayes aux étudiants. Il doit cependant négocier ferme avec le chirurgien de Saint-Côme, car ce dernier aurait préféré des femmes, dont les corps sont plus rares à trouver. Quant aux dépouilles des femmes enceintes, il serait prêt à donner cher pour en avoir. À défaut de mieux, il finit par accepter les cadavres.

Sur le chemin du retour, les Clercy sont freinés par une foule compacte qui envahit la rue Sainte-Opportune. Céleste avise une petite femme, hissée sur la pointe des pieds.

— Qu'essaies-tu ainsi d'apercevoir, ma mie, à te tordre le cou ?

La femme tourne ses joues grasses et rouges vers la fille du bourreau.

— Le roi, pardi ! Le voilà qui revient à Paris, avec la reine, le cardinal et toute la cour. Nous allons enfin pouvoir manger à notre faim.

Elle s'appuie sur son voisin de devant, puis lâche un cri d'allégresse.

— Je vois son carrosse !

Le cœur de Céleste fait un bond. Le roi ! Tandis que l'homme bousculé chasse l'importune qui se retrouve le cul dans la poussière, la fille du bourreau se tourne vers son père.

— Papa, avance avec ton chargement ! La foule te laissera forcément passer : tu repousses tous ceux que tu approches !

Octave hoche la tête et se saisit des bras de sa charrette.

— Faites place au bourreau ! Allez, faites place !

Les Parisiens se sont répartis des deux côtés de la rue de manière à laisser le passage aux véhicules et aux chevaux. En découvrant l'exécuteur public, la foule, effectivement, s'écarte. Octave réussit ainsi à atteindre le premier rang, Joachim et Céleste dans son sillage.

Le cortège parvient à leur hauteur. Ce sont les gardes du roi. La foule, excitée à l'idée d'apercevoir le jeune Louis XIV, a déjà oublié le bourreau et s'est refermée autour de la charrette. Céleste et Joachim sont juchés dessus. De là-haut, ils distinguent parfaitement les carrosses qui s'avancent avec précaution au milieu de l'assistance.

Il est sept heures du soir et une chaleur accablante écrase toujours Paris. L'absence du moindre souffle d'air ne fait qu'amplifier la pestilence des rues où s'entassent immondices et déjections. Malgré la température élevée, Céleste a conservé son chapeau et relevé le col de sa veste comme à son habitude.

Le premier carrosse arrive à son niveau. La fille du bourreau reconnaît le roi, assis près de la vitre. Derrière Anne d'Autriche, un homme vêtu de rouge se tient caché. Céleste en déduit qu'il s'agit du cardinal Mazarin. Tout autour d'eux, le peuple en liesse hurle « Vive le roi ! ».

Une bouffée de fierté envahit Céleste lorsqu'elle aperçoit le jeune Louis. « J'ai sauvé le roi ! », se répète-t-elle à l'infini, un sourire triomphant sur les lèvres. Un pied sur le rebord de la charrette, toute à son bonheur de revoir celui qu'elle a tiré des flots, elle est la seule à ne pas saluer le souverain par de grands gestes de la main. Juchés sur leur piédestal, elle et son frère dépassent d'au moins trois têtes la foule.

Dans ces conditions, le roi finit par remarquer Céleste malgré l'ombre de son chapeau et lui adresse un discret signe de la main. Un large sourire illumine le visage de la jeune fille. Cette marque d'attention la transporte de joie. Longtemps, ils se suivent du regard jusqu'à ce que le carrosse tourne à l'un des angles du cimetière des Saints-Innocents pour emprunter la rue de la Ferronnerie.

Le reste du cortège royal défile, mais Céleste, indifférente, est descendue de la charrette, abandonnant son père et son frère fascinés par le spectacle. Sans savoir où ses pas la mènent, elle s'éloigne de la rue Sainte-Opportune par la rue Troussevache, portée par un petit nuage. La voie est déserte, le peuple s'étant concentré sur le trajet de la cour. Elle n'a pas fait vingt pas qu'une main s'abat sur son épaule. Sans réfléchir, et comme le lui a enseigné Joachim, elle saisit le bras inconnu auquel elle imprime une torsion et se dégage ainsi de l'étreinte. Un cri de douleur retentit.

— C'est ainsi que vous saluez vos connaissances ? Vous me faites mal.

Céleste sursaute. Cette voix lui est familière. Elle relâche la pression de ses doigts. Basile Fouquet masse son poignet endolori.

— Joli réflexe ! Un peu plus, et vous me plaquiez au sol. Un vrai bonhomme !

— Que me voulez-vous ? s'enquiert Céleste. La dernière fois que je vous ai rendu service, puisque c'est ainsi que vous considérez les choses, cela a failli me coûter la vie. Le chevalier et moi avons été lynchés, après quoi nous avons croupi plusieurs semaines en prison.

— Mais vous avez été libérés, c'est là le principal.

De sa main gantée, il saisit le menton de Céleste.

— C'eût été dommage de sacrifier un jouvenceau avec des formes si alléchantes.

Céleste se dégage avec humeur de ses doigts. Basile esquisse un sourire malicieux.

— Si je vous dis que, dans quelques instants, vous boirez mes paroles, me croyez-vous ?

Céleste observe le frère de Nicolas d'un œil méfiant. Il poursuit :

— Je chevauchais tout à l'heure aux côtés du carrosse de Sa Majesté. Il semblerait qu'il vous ait aperçue sur votre charrette, car il m'a fait signe d'approcher, et a souhaité vous livrer un message par mon truchement.

Le cœur de Céleste bat si fort qu'elle l'entend résonner jusque dans ses tempes. Elle se tord les mains, impatiente de connaître les intentions du roi. Mais Basile reste muet, une moue amusée sur les lèvres. Elle s'agace.

— Eh bien ! Dites !

L'abbé secoue la tête en claquant plusieurs fois la langue.

— À genoux !

Céleste lève les yeux au ciel et rugit, exaspérée.

— Vous êtes un rustre !

Sourd à l'insulte proférée par la jeune fille, Basile insiste.

— À genoux, vous ai-je dit.

À contrecœur, Céleste s'exécute. Un sourire victorieux éclaire le visage de Basile.

— Le roi souhaite que vous vous rendiez, ce soir, onze heures, rue du Mail. Un morceau de la rue donne sur l'enceinte du jardin. Je vous y attendrai.

Basile Fouquet lui tire son chapeau qu'il secoue avec exagération.

— À ce soir ! Et n'oubliez pas de laver ces genoux !

XV

23 août 1649

Le soir même, Céleste se rend au lieu convenu. Dans la rue il n'y a pas âme qui vive, sinon un chat famélique qui trottine la queue basse. Quelque part dans un arbre, une chouette hulule. La lune éclaire la scène de ses rayons blafards. Les minutes s'écoulent. Céleste fait les cent pas quand soudain, on la hèle. Une porte creusée dans le mur d'enceinte s'est ouverte sur Basile Fouquet qui lui fait signe de le rejoindre.

Une fois à l'intérieur, Céleste distingue tout au bout du jardin l'imposante silhouette du Palais Royal. Après avoir dépassé les bassins, les bosquets et les parterres de buis taillés, ils atteignent enfin le bâtiment, traversent une étroite galerie, puis une cour. Basile saisit la main de Céleste et emprunte un escalier de service qui monte en colimaçon vers les étages du palais. Les marches se distinguent à peine, mais le frère de Nicolas ne semble pas avoir besoin de lumière pour se déplacer. Il évolue dans les couloirs d'un pas rapide et assuré, et s'arrête soudain devant une porte close. Basile toque trois coups espacés. Le roi apparaît alors, pieds nus et en chemise de nuit.

Instinctivement, il ouvre grand les bras et serre Céleste contre lui. La fille du bourreau dépasse le jeune souverain d'une tête. D'abord interdite, ne sachant que faire de ses mains, elle répond à son étreinte et va jusqu'à poser les lèvres sur ses cheveux bouclés. Le temps reste suspendu à cette tendre étreinte puis Louis se souvient qu'il est un roi. Se dégageant des bras de Céleste, il se tourne vers Basile Fouquet, un masque grave sur le visage.

— Je vous remercie monsieur l'abbé pour le service que vous m'avez rendu. Vous pouvez vous retirer.

En s'éclipsant, Basile adresse un furtif clin d'œil à Céleste. C'est lui qu'elle doit craindre, elle le sait. Dans les mains de cet homme, son secret devient une terrible monnaie d'échange. Que sera-t-elle prête à accepter pour maintenir sa véritable identité cachée ?

Louis chuchote.

— Ne faites pas de bruit ! Monsieur de la Porte, mon premier valet de chambre, dort à côté. Je ne voudrais pas qu'il nous surprenne.

Céleste acquiesce en souriant, heureuse de retrouver le jeune roi.

— Vous avez bonne mine, Majesté.

— C'est que nous avons profité de l'air pur de Saint-Germain et de Compiègne. J'ai même participé à ma première chasse à courre. Un cerf immense !

D'un large mouvement des bras, il dessine la carrure de la bête dans les airs.

— Ma cousine, la Grande Mademoiselle[1], m'a aussi félicité pour mon teint.

Sa lippe se fait boudeuse.

---

1. La fille de Monsieur, frère de Louis XIII et oncle du roi. Marie-Louise d'Orléans, duchesse de Montpensier est la cousine de Louis XIV.

— Mais elle me court tant après que je n'ai qu'une envie : la fuir. Elle s'est mis dans la tête qu'un jour elle deviendrait ma femme !

Louis se tait, le visage soudain plus sombre.

— Avez-vous entendu parler du roi Charles Ier d'Angleterre ?

Céleste lui signifie que non.

— Il a été décapité le 19 février dernier sur ordre du Parlement.

Le roi lève alors un regard inquiet sur Céleste.

— Me couperez-vous la tête un jour ? En serez-vous capable ?

Céleste ne sait quoi répondre tant la question de Louis lui paraît incongrue. Décapiter le roi ! Elle bredouille :

— Nous n'arriverons jamais, dans le royaume français, à une telle extrémité.

— Si les Anglais l'ont fait, les Français le pourront aussi. Et mon parrain, le cardinal, même s'il se veut rassurant, n'a de cesse de lutter contre les velléités de pouvoir étendu de notre Parlement.

— Il ne faut pas craindre…

Céleste n'a pas le temps de finir sa phrase.

— Qui vous dit que j'ai peur ?

Louis a relevé le menton. Malgré sa chemise de nuit élimée, il a l'aplomb d'un roi. Céleste sourit, admirative.

— Je ne doute pas de votre courage, Majesté.

— Je ne serai pas toujours un enfant. Alors, tous ces coquins verront qui est le roi. Ils ne feront pas longtemps la loi. Je les châtierai tous comme ils le méritent.

— Il vous faut juste… de la patience. Observez et apprenez. Vous pourrez ensuite gouverner. Je suis certaine que vos précepteurs et Son Éminence sont de bons enseignants.

Louis arpente sa chambre comme un lion en cage.

— Observer. Patienter. Apprendre. Vous n'avez tous que ces mots-là à la bouche. En attendant, je n'ai de roi que le nom. Même mes coffres sont vides. Mes vêtements sont usés jusqu'à la corde et mes draps sont troués[1]. Dois-je aussi tirer une leçon de cela ?

Céleste devine, derrière l'enveloppe fragile de l'enfant qu'il est encore, une grande force de caractère. Avec les troubles qui agitent le royaume, il est à rude, mais bonne école. À cet instant, la flamme de la chandelle vacille. Elle se sera bientôt entièrement consumée.

— Sire, pourquoi m'avoir demandée ? Qu'attendez-vous de moi ?

— On n'attend rien de ses amis, sinon leur présence.

Louis s'assoit dans un fauteuil près de la fenêtre, les yeux soudain pétillants.

— Racontez-moi votre aventure avec le chevalier de La Valette ! J'aime la façon dont vous narrez les histoires. Et jamais je ne pourrai vivre ces situations. Je suis le roi.

Céleste entame le récit de la soirée du 11 février, son arrestation, sa détention. Louis l'écoute, captivé. Il est aussi friand de ses histoires de bourreau qu'elle l'était, enfant, des contes de princes et de princesses. Ils sont chacun l'extraordinaire de l'autre. La fille du bourreau et le roi échangent un regard complice. À cet instant, le gouffre de leurs naissances est comblé.

Un sourire espiègle éclaire le visage de Céleste. Sa Majesté voudrait-elle se voir raconter les émeutes qui ont agité le

1. Ruiné par les guerres avec l'Espagne, le royaume vit à crédit. Et, si l'on en croit Pierre de La Porte, le premier valet de chambre de Louis XIV, le cardinal Mazarin se contente de ne fournir que le strict nécessaire à son filleul, alors que lui se sert généreusement dans les caisses.

Parlement après la signature de la paix de Rueil ? Ou comment elle, la fille du bourreau, a failli perdre la vie en place de Grève, jetée en pâture à la vindicte populaire ? Le roi écarquille les yeux, ouvre la bouche de surprise et rebondit d'excitation sur son fauteuil. Peut-être souhaite-t-il entendre la façon dont, ce matin même, elle a pendu son premier condamné ? À ces mots, le visage de Louis redevient grave.

— Quelle émotion vous a alors traversée ?

Céleste invoque le souvenir des derniers instants de l'homme blond. Elle explique au roi son hésitation et ses doutes, son empathie et sa culpabilité.

— C'est un vertige que vous aurez à affronter, Sire. Tous les rois ont, un jour ou l'autre, du sang sur les mains. Vous enverrez des hommes à l'échafaud. Vous lancerez vos soldats dans la bataille[1].

Louis baisse la tête, songeur.

— Ce jour-là, Céleste, je viendrai vous trouver, et je m'épancherai à mon tour. Votre oreille amie saura alors m'écouter sans jugement. Vous seule serez à même de me comprendre.

Il reste silencieux, avant de se redresser tout soudain et de se diriger vers sa table de travail. Là, il saisit une plume et griffonne quelques mots sur un papier qu'il plie, avant de le tendre à Céleste.

— Voici l'adresse du couvent des Carmélites où Charlotte-Marguerite de Montmorency a ses appartements. Elle a coutume de s'y rendre le mercredi ou le jeudi après-midi pour assister les sœurs. Vous pourrez l'y trouver à ces moments-là. Je vous ai présentée comme le fils du bourreau.

1. En 1649, Louis n'a que onze ans. Il n'atteindra sa majorité que le 5 septembre 1651, à treize ans. Bien qu'on l'appelle le roi, le pouvoir est, dans les faits, confié à la régence.

— Elle n'a pas été rebutée à l'idée de me recevoir ? s'étonne Céleste.

— C'est une femme très pieuse et humble. Elle n'a de mépris que pour la bêtise et la méchanceté. À dire vrai, elle s'est davantage étonnée du fait que je vous connaisse plutôt que de votre souhait de la rencontrer.

Céleste saisit les mains de Louis avec chaleur.

— Vous n'aviez donc pas oublié...

Un franc sourire illumine le visage du jeune roi.

— Comme je n'oublierai jamais ce que vous avez fait pour moi.

Le lendemain, en début d'après-midi, Céleste se rend au couvent des Carmélites. Elle a revêtu son pourpoint le plus neuf pour rendre visite à madame de Montmorency et transpire sous l'épais tissu noir. Mais il serait impensable de se présenter en chemise chez ces dames du couvent.

Quand elle parvient devant la porte de l'établissement, rue d'Enfer, celle-ci est ouverte. Cela permet aux passants de se rendre plus facilement de l'autre côté, rue Saint-Jacques, en traversant la cour. Sur la droite, de vastes jardins s'étendent au pied du monastère. En face se dresse l'église d'où s'élèvent des chants. Attirée par ces derniers, Céleste entre et retire son chapeau. Debout devant le chœur, une dizaine de sœurs unissent leurs voix et font résonner un *Te Deum* a cappella sous les voûtes en pierre. La fille du bourreau s'adosse à un pilier et les écoute, fascinée. Dès lors qu'elle entend chanter, elle songe à sa mère. C'est par ce moyen qu'elles ont pu échanger toutes deux, quand Céleste se lovait encore dans le ventre maternel, avant que la mort ne les éloigne pour toujours l'une de l'autre.

Le *Te Deum* achevé, les sœurs entonnent le *Magnificat*. Céleste ne bouge toujours pas. Elle a oublié les raisons qui l'ont poussée jusqu'au faubourg Saint-Jacques, au-delà des remparts. Les paupières closes, elle laisse le chant résonner en elle et se trouve plongée dans un état de béatitude. Sentant une présence à ses côtés, Céleste rouvre les yeux. Une femme la dévisage, quelques pieds devant elle. Du voile noir qui couvre sa tête et retombe sur ses épaules, s'échappe une mèche de cheveux encore blonds. Elle doit être âgée d'une cinquantaine d'années, mais a conservé sa fraîcheur et sa beauté. Ses yeux bleus reflètent une grande douceur.

— Vous êtes le fils du bourreau, n'est-ce pas ?

Céleste s'incline.

— Je suis Charlotte-Marguerite de Montmorency.

— Pardonnez-moi. J'aurais dû me rendre aussitôt à votre rencontre après avoir passé le porche du couvent. Mais... je pensais à ma mère.

— Ainsi votre mère aimait chanter ?

Céleste est surprise. Charlotte-Marguerite a posé sa question d'une voix étonnamment faible, comme si elle manquait de souffle.

— À vrai dire, je ne l'ai pas connue. C'est mon père qui me l'a raconté.

La mère du Grand Condé observe Céleste, en silence, avant de lui tourner le dos d'un mouvement brusque et de s'engager dans la travée.

— Ne restons pas là. Nous risquons de gêner les sœurs. Une église n'est pas un lieu pour faire la conversation.

Céleste lui emboîte le pas. Les deux femmes déambulent sous les galeries voûtées du cloître. Les mains jointes dissimulées sous ses amples manches, Charlotte-Marguerite jette un œil à l'imposante croix en pierre érigée au centre du jardin intérieur, avant de reporter son regard sur cet étrange jeune homme.

— Vous avez sollicité le roi pour cette rencontre. Ce que vous avez à me dire doit être de la plus haute importance.

Malgré sa robe noire, qui lui donne un air sévère, Charlotte-Marguerite est d'une grande courtoisie. Ses manières sont simples, sans affectation. D'abord intimidée, Céleste gagne en confiance.

— Il semblerait que les armoiries représentées sur ce camée soient les vôtres.

Elle tire de sa poche le collier et le présente à plat dans sa paume. En découvrant le bijou, madame de Montmorency est stupéfaite. Elle voudrait le saisir, mais y renonce en l'effleurant. Lui a-t-il brûlé les doigts ? Céleste observe, perplexe, l'émotion qui bouleverse la marraine du roi. De la sidération, cette dernière est maintenant passée à la méfiance.

— Où avez-vous trouvé ce collier ?

— C'est tout ce qu'il me reste de ma mère.

Charlotte-Marguerite porte la main à sa bouche.

— Vous êtes donc bien le fils de Jeanne ?

Une lueur d'espoir éclaire le visage de Céleste.

— Ainsi, vous la connaissiez ?

Elle tombe à genoux et saisit un pan de la robe noire pour retenir près d'elle cette femme qui a vu sa mère.

— S'il vous plaît, dites-moi tout ce que vous savez d'elle !

Charlotte-Marguerite ferme les yeux. Elle fait un pas, chancelle. D'un bond, Céleste se redresse et la rattrape de justesse. Elle la soutient jusqu'à un banc de pierre où, souffrante, Madame de Montmorency se laisse tomber.

— Pardonnez-moi, monsieur. Ce doit être la chaleur !

— Voulez-vous que j'aille chercher un peu de vin aux cuisines ? Ou des sels à l'infirmerie ?

— Ce ne sera pas nécessaire, me voilà déjà mieux.

Charlotte-Marguerite rouvre les yeux.

— Quel âge avez-vous ?

— Je vais avoir dix-sept ans.

— Et vous assistez le bourreau dans sa tâche ?

— Oui.

— Votre père est-il gentil avec vous ?

— C'est l'homme le plus bienveillant que je connaisse.

Madame de Montmorency soupire, étrangement soulagée.

— Aimait-il votre mère ?

— Il en était si fou que sa mort l'a dévasté. Je crois qu'il a essayé de me laisser d'elle l'image la plus jolie qui soit, celle que son cœur et sa mémoire avaient conservée.

Charlotte-Marguerite se décale alors sur le banc et invite le jeune homme à s'asseoir à ses côtés. Céleste obéit.

— S'il vous plaît, Madame, racontez-moi ce que vous savez de ma mère. Comment l'avez-vous connue ? Est-ce bien vous qui lui avez donné ce collier ?

La marraine du roi s'adosse au mur et redresse le menton. Ses yeux se perdent dans le carré de ciel qui se découpe entre les galeries du cloître.

— Je risque hélas de vous décevoir ! Je ne l'ai croisée qu'une seule fois et mes souvenirs sont incertains.

Son ton devient ferme. Son débit s'accélère. Son regard se durcit. Céleste est destabilisée par à ce brusque changement d'humeur.

— Votre mère devait avoir six ou sept ans. Elle accompagnait une bienfaitrice du couvent, une de mes connaissances il me semble, tandis que je rendais visite à la mère supérieure. Nous nous sommes saluées et Jeanne s'est extasiée sur le collier que j'arborais. Je l'ai trouvée si charmante que je le lui ai cédé, voilà tout.

Un silence plane. Est-ce donc vraiment tout ? Céleste insiste.

— À quoi ressemblait-elle, pour que vous soyez à ce point touchée ?

— Elle avait deux grands yeux bleus comme vous. Des fossettes quand elle souriait et un teint d'une blancheur de porcelaine.

Charlotte-Marguerite passe une main sur son front.

— Comment était-elle ? Comment a-t-elle réagi ? Que vous a-t-elle dit ? supplie la jeune fille.

La mère du Grand Condé se lève d'un bond.

— Je ne sais plus !

Elle se tourne vers l'église, en proie à une vive agitation, avant de reporter son attention sur Céleste.

— J'ai promis aux sœurs de me joindre à leurs prières. Pardonnez-moi de ne pouvoir vous aider davantage.

Charlotte-Marguerite baisse la tête, détourne les yeux pour cacher son visage et sa honte. À son tour, Céleste se remet sur ses jambes. La marraine du roi lui a caché l'essentiel, elle en est persuadée. Mais quelles sont les raisons de ce silence ? Résignée, Céleste prend le chemin de la sortie, précédée par madame de Montmorency. Un malaise s'est installé entre les deux femmes qui ne disent mot.

Quand Céleste la salue en lui tirant son chapeau, elle croise son regard embué. Son humeur s'est considérablement dégradée depuis le début de leur entretien. La fille du bourreau s'éloigne, le pas lent. Parvenue au bout de la rue, elle se retourne. Charlotte-Marguerite est toujours là, debout devant la porte.

CHARITÉ BIEN ORDONNÉE

XVI

28 août 1649

Il n'est pas encore midi. Pourtant, le soleil écrasant de la fin d'été rend les températures difficilement supportables. Profitant de la fraîcheur des salons du Palais des plaisirs, Céleste se contemple des pieds à la tête dans un long miroir ovale. Elle a enfilé une robe bleu ciel, brodée de fil blanc, avec un col en dentelle qui descend assez bas pour découvrir la naissance de sa poitrine. Sa forme cintrée met en valeur la finesse de sa taille. La jupe aux reflets satinés tombe jusqu'à ses chaussures à courts talons du même coloris. Les manches bouffantes sont resserrées au niveau du coude et laissent les avant-bras dénudés. Céleste passe un doigt curieux sur les perles de nacre qui ornent son décolleté. Dans son dos, Lilas peste.

— Tu veux être coiffée à la Garcette, oui ou non ? Alors, cesse de gigoter en tous sens, sinon je ne pourrai jamais y arriver !

Un fer à la main, la mère maquerelle essaye, tant bien que mal, de rouler les cheveux de Céleste en serpenteaux. Ces derniers tomberont des deux côtés de sa tête sur ses épaules et un large chignon rond retiendra les cheveux à l'arrière.

Une vingtaine de minutes plus tard, Céleste est parfumée, habillée, parée et coiffée.

Lilas ajoute une dernière touche à son œuvre : deux rubans bleus assortis à la robe et noués au sommet des boucles. Puis elle replace une mèche, ajuste le col et recule enfin pour contempler Céleste. Les yeux brillants d'émotion, elle joint les mains devant celle qu'elle vient de révéler.

— Tu es magnifique.

La fille du bourreau observe, silencieuse, cette femme qui vient de naître. C'est à peine si elle reconnaît son reflet.

— J'ai demandé conseil à Belfond, poursuit Lilas, le tailleur rue du Roy de Sicile. Il m'a orientée vers un de ses apprentis qu'il dit talentueux.

— Comment as-tu pu payer tout ça ?

— Belfond m'a offert le patron de la robe en échange d'une faveur de Valentine, notre nouvelle recrue. Quant au petit apprenti, il m'a fait la robe à moitié prix contre une nuit avec Catherine. C'est la plus vieille de mes filles, mais le jouvenceau ne voulait qu'elle.

Céleste dépose un baiser sur la joue de Lilas.

— Que ferais-je sans toi ? En attendant de pouvoir te rembourser...

La jeune fille fouille dans son sac et tend une petite bourse en cuir à Lilas.

— Tiens, c'est pour toi. De la corne de pied de pendu !

Toute autre personne que Lilas aurait battu en retraite, dégoûtée. Mais la mère maquerelle se réjouit de ce cadeau insolite et embrasse son amie.

— Tu y as pensé ! Merci, ma Céleste. C'est la Crochue qui sera contente !

Si la Crochue s'appelle ainsi, c'est à cause de ses doigts déformés par l'arthrose. Elle habite au village de Chaillot, entre

Paris et le Palais des plaisirs. Pour les villageois, c'est une sorcière. Mais tous la consultent, car elle connaît les plantes et leurs bienfaits.

— Pourquoi lui offres-tu toujours ce que je te ramène des pendus ? Tu pourrais le monnayer très cher, tu sais !

— La Crochue m'a rendu un service que je n'oublierai jamais.

Sans en dire plus, Lilas indique la porte d'entrée à Céleste.

— Va !

— Tu me chasses ?

— Mais non, sotte ! Je veux te voir marcher.

Céleste obéit et fait un aller-retour. Lilas soupire.

— Tu marches avec la grâce d'un soldat, la légèreté d'une vache et l'élégance d'un ours.

La veille, Lilas avait été fort impressionnée par la corpulence du plantigrade qu'un montreur d'ours tenait en chaîne sur la place de son village. Céleste lève les yeux au ciel, mais Lilas lui assène un coup d'éventail sur le bout du nez.

— Promène-toi aux Tuileries et observe les dames. Je connais tes talents pour le déguisement et la comédie. Tu devrais rapidement leur ressembler. Si tu ne deviens pas l'une d'elles, tu deviendras comme elles.

Au Palais des plaisirs, les règles de bienséance sont respectées. Lilas enseigne à Céleste les mêmes conseils de beauté qu'elle livre à ses filles. Se coiffer, se farder, assortir les rubans et les bijoux à sa toilette, placer la goutte de parfum si précieuse et si chère entre les deux seins où elle se diffusera le mieux. Une femme doit se déplacer avec grâce, rire, mais pas trop fort, sourire sans montrer ses dents... La mère maquerelle donne un nouveau coup d'éventail à Céleste, sur le genou cette fois-ci.

— ... Et s'asseoir sans se vautrer ! Veux-tu bien te redresser et resserrer ces jambes ?

Céleste s'exécute.

— Tu dois t'éventer d'un poignet souple, comme ceci...

Puis elle s'assoit aux côtés de Céleste et se relève aussitôt.

— ... Te lever comme si tu t'envolais !

Essoufflée, Lilas s'autorise une rasade d'eau fraîche avant de livrer deux derniers conseils : porter son verre à sa bouche d'une main délicate et converser de tout et de rien sans être sotte ni pédante. Après quoi, elle conclut ses leçons par quelques usages de cour, glanés au fil de ses rencontres.

Lilas range ses fers à onduler dans un coffre et jette un œil suspicieux à Céleste.

— Est-ce pour un homme que tu t'es faite belle comme ça ?

Troublée, Céleste nie en bafouillant. Pourtant, elle s'est imaginée ainsi vêtue devant Nicolas Fouquet. Pourrait-elle lui plaire ? Le sourire aux lèvres, Lilas n'insiste pas. Elle connaît suffisamment les femmes pour renifler, derrière la gêne de Céleste, les premiers soubresauts des sentiments.

À cet instant, monsieur Proudot, un client fidèle du Palais des plaisirs, s'apprête à quitter l'établissement et salue Lilas : il rentre à Paris. La mère maquerelle intercède auprès de ce dernier pour que Céleste puisse profiter de son carrosse. L'homme accepte de bon gré la compagnie de cette charmante jeune fille le temps d'un trajet. En tout bien tout honneur, cela s'entend.

— Et où doit-on vous déposer, mademoiselle ?

— À l'Hôtel-Dieu, si vous le voulez bien.

Monsieur Proudot ne cache pas sa surprise. Que peut bien avoir à faire une jouvencelle dans un hôpital où ne règnent que la maladie et la mort ? Sans poser de questions, car c'est un homme bien élevé, il indique la destination à son cocher. Pour la conversation, Céleste satisfait la curiosité de son compagnon de voyage et peaufine ainsi son rôle.

— J'assiste les Filles de la Charité dans leur mission de bienfaisance auprès des pauvres et des malades. Mais j'ai besoin de remèdes pour atténuer leurs maux. Le père Vincent de Paul m'a recommandé un entretien avec madame de Maupeou. Elle œuvre à l'Hôtel-Dieu. Elle est, paraît-il, une spécialiste des remèdes en tous genres et se targue d'avoir son propre laboratoire dans lequel elle confectionne elle-même ses potions.

Céleste, qui n'a évidemment jamais mis les pieds chez les Filles de la Charité, a gardé dans un coin de sa tête les détails d'une discussion surprise entre deux commères à la fontaine Saint-Avoye quelques mois plus tôt. Il y était question des talents de chimiste de cette dénommée Maupeou que la fille du bourreau entend bien exploiter à son profit.

Monsieur Proudot gratifie Céleste d'une moue admirative.

— Donner de votre temps aux nécessiteux est fort charitable de votre part.

L'homme fouille dans ses poches et en extrait une bourse d'où il sort un louis d'or rutilant.

— Tenez, mademoiselle, pour vos malades!

Les yeux de Céleste se mettent à briller, mais la jeune fille se ressaisit, baisse la tête avec une gratitude feinte et récupère la pièce.

— Vous êtes trop bon, monsieur Proudot.

Ce dernier sourit, flatté. La générosité a cela de bon qu'elle satisfait autant l'escarcelle de celui qui reçoit que l'orgueil de celui qui donne.

Par la fenêtre du carrosse, Céleste reconnaît les maisons étroites jalonnant, de part et d'autre, le pont Notre-Dame qui mène à l'île de la Cité. Le véhicule s'immobilise rue du Marché Palu, devant l'Hôtel-Dieu. Des statues de saints abritées dans des niches, ainsi que des vitraux en losanges jaunes et bleus, agrémentent sa haute façade. La chapelle Saint-Agnès est accolée à l'hôpital. On y entre par deux portails de style gothique aux tympans richement ornés.

Céleste remercie et salue son généreux compagnon de voyage avant de pénétrer dans l'Hôtel-Dieu. Elle passe une petite porte en bois et manque de renverser une religieuse, les bras chargés de linges souillés.

— Pardonnez-moi, ma sœur. Savez-vous où je puis trouver madame de Maupeou ?

Le visage à moitié dissimulé par son répugnant fardeau, la nonne indique du regard une salle derrière son dos. Céleste devra traverser la salle du Légat, la salle Saint-Louis, l'Infirmerie, puis la salle Saint-Thomas. Elle accédera alors à la salle Saint-Denis où se trouve généralement Marie de Maupeou, là où l'on a le plus besoin d'elle.

La salle du Légat, longue de cent quarante pieds environ, communique avec la salle Saint-Louis par une série de piliers ornés de chapiteaux. Au plafond, un plancher laisse deviner un deuxième étage. Dans le mur de gauche en pierre nue, douze baies ont été aménagées en hauteur pour amener de la lumière dans la salle. Une centaine de lits sont alignés en quatre rangées réparties autour de deux travées. Sur chaque grabat reposent pas moins de trois ou quatre malades, serrés sous les draps. La pâleur des visages se confond avec la blancheur de la literie. Certains dorment, d'autres patientent, les yeux au plafond. L'immobilité de certains les ferait passer pour morts. De toutes ces formes allongées s'élève un concert de gémissements qui se répondent en écho. Dans les ruelles des lits, les sœurs s'affairent, portant remèdes, repas, soins ou réconfort. Un médecin pratique une saignée sur un malade blafard, déjà exsangue. Un prêtre donne les derniers sacrements à un infirme, à la bouche ouverte et aux yeux creusés.

Céleste débouche dans la seconde salle. Une puissante odeur d'urine et d'excréments lui saute aux narines. Des vieillards se tiennent serrés les uns contre les autres pour maintenir leur chaleur, malgré la température clémente de l'été. Pour la plupart édentés, ils font tremper leur pain dans la soupe claire que l'on vient de leur servir. Beaucoup n'ont plus toute leur tête et errent entre les rangées de lits, à moitié nus. Un vieux, le corps décharné et le pénis à l'air, s'agrippe à Céleste. Il a les ongles si longs et si sales que l'on dirait des griffes. Ses lèvres semblent aspirées par ses gencives sans dents. Ses yeux sont noyés de folie. Un cauchemar? Avec douceur, Céleste se dégage de son étreinte, concentrée sur son objectif. Le pauvre fou, lui, continue sa lente promenade vers la mort.

Dans la troisième salle ont été entassés les cas nécessitant l'intervention de chirurgiens. Ce sont des abcès à crever, des membres infectés qu'il faut amputer, des cancers qu'il faut inciser, des épaules démises à remettre en place. Sous les voûtes en pierre résonne plaintes et cris en tous genres.

Un homme est amené sur un brancard de fortune. Il hurle comme un beau diable. Et pour cause, sa jambe a été écrasée par un tonneau. Son mollet n'est plus qu'un magma de chair et d'os mêlés. On lui a administré une bonne rasade d'eau-de-vie avant de lui fourrer un chiffon roulé en boule dans la bouche. Le chirurgien s'approche, une scie à la main. Céleste détourne les yeux et s'éloigne des hurlements du pauvre homme. La violence de ce spectacle scelle son souhait d'atténuer les souffrances, quelles qu'elles soient.

Dans la dernière salle règne un surprenant silence. Les malades entassés ici sont plus proches de la mort que de la vie. Ce ne sont que masques livides, joues décharnées, corps amaigris, membres déjà raides, muscles paralysés.

Parmi les moribonds, une femme d'une soixantaine d'années se déplace d'un lit à l'autre, aidant les sœurs à la toilette de l'un, aux soins d'un autre. Elle se distingue des religieuses par sa tenue colorée. Sans aucun doute, il s'agit de madame de Maupeou.

Celle-ci s'approche d'un mourant, haletant. À en juger par les grimaces qui déforment ses traits, il semble souffrir atrocement. Elle lui saisit la main et se tourne vers une des sœurs.

— Lui avez-vous donné de la potion à base de pavot blanc pour calmer les douleurs ?

La sœur opine.

— Mais rien n'y fait. Son abcès le tourmente de trop. Le chirurgien est hélas affairé ailleurs !

Elle poursuit à voix basse pour ne pas être entendue du grabataire.

— Les médecins le disent condamné. Voilà pourquoi il n'a pas été soigné en priorité.

Céleste s'approche et, d'une voix timide, interrompt les deux femmes.

— Madame, si vous me permettez de porter assistance à cet homme, je pense être capable de le soulager avant que Dieu ne le rappelle à lui.

La bienfaitrice dévisage Céleste, prise au dépourvu.

— Ma foi... Dans ce cas... J'espère que vous êtes sûre de vous. N'allez pas provoquer des douleurs inutiles !

Céleste baisse la tête avec humilité en fermant les yeux.

— Laissez-moi réunir le matériel et je suis à vous.

Sans demander son reste, Céleste s'éloigne, le sourire au coin des lèvres. Et pour s'encourager, elle se murmure :

— Ma grande, à toi de faire tes preuves !

XVII

28 août 1649

Auprès d'une religieuse occupée à récurer le sol, Céleste s'enquiert du chemin des cuisines. Sur place, elle demande un couteau effilé, une bassine ainsi qu'un linge propre, puis, les bras chargés de tout ce matériel, rejoint le moribond.

Avec précaution, elle incise l'abcès placé à l'intérieur de la cuisse d'où s'écoule du pus jaunâtre. Les sœurs et madame de Maupeou, surprises malgré l'habitude par l'odeur fétide, reculent. Mais Céleste ne bronche pas, concentrée sur sa tâche. Elle a tant vu de mains, d'oreilles ou de langues coupées, tant reniflé le sang, les cadavres et la peur, qu'un peu de pus ne peut plus guère l'impressionner. Elle prend garde cependant d'éviter tout contact avec les excrétions du mourant. Ce dernier laisse échapper un soupir avant de sombrer dans le sommeil, délivré.

Céleste se relève et croise le regard plein d'admiration de madame de Maupeou.

— Où avez-vous appris à faire cela, mademoiselle ?

— Chez les Filles de la Charité, rue du Faubourg-Saint-Denis, à qui je rends de menus services... quand je le peux.

Elle lève alors sur madame de Maupeou des yeux embués par une émotion feinte.

— Je les assiste auprès des mourants. Mais j'ai toutes les peines à atténuer leurs souffrances. C'est pourquoi je suis venue à vous, sur les recommandations du père Vincent de Paul. J'ai bon espoir que vous pourrez m'indiquer une potion qui adoucirait leurs maux, mais aussi leurs angoisses.

Céleste se rapproche et poursuit d'une voix plus basse :

— Je ne supporte plus de lire dans leurs yeux, la terreur de la mort. Car je ne sais, hélas, comment les réconforter. C'est à Dieu qu'ils doivent s'adresser... mais je me sens si impuissante !

Sur ses mots, elle se signe, tête basse, puis se tait. Madame de Maupeou lui saisit les mains.

— J'entends vos difficultés. Mais à chaque mal son remède, vous avez frappé à la bonne porte, mademoiselle !

Les sœurs se déplacent vers un autre lit, où elles abreuvent les malades entassés. Madame de Maupeou s'interrompt pour les suivre. De son cabas, elle retire un sachet d'une poudre qu'elle verse dans un verre avant de le tendre à l'un des malades.

— Pour soulager les migraines dont vous m'aviez parlé la dernière fois !

Elle se tourne de nouveau vers Céleste.

— Le marché aux herbes se tient dans trois jours, place Maubert. Je dois m'y rendre pour acheter de quoi fabriquer les remèdes. Venez m'y retrouver. Je vous montrerai les ingrédients nécessaires à l'élaboration de votre potion. Je partirai d'une base de laudanum que j'agrémenterai de quelques plantes aux vertus calmantes. Après quoi, nous passerons aux travaux pratiques dans mon laboratoire. Cela vous conviendrait ?

Céleste se confond en remerciements. Madame de Maupeou les balaye d'un revers de la main.

— Vous me remercierez davantage en me tenant compagnie ce matin auprès des malades. D'ailleurs, quel est votre nom ?

— Céleste, Madame.

— Enchantée, Céleste. Et appelez-moi Marie.

La matinée durant, Céleste assiste madame de Maupeou dans son œuvre à l'Hôtel-Dieu. Elle lave, panse, réconforte, soulage avec une patience et une douceur qui forcent le respect de Marie. Sur les coups de midi, un homme se présente avec une épaule démise. Céleste se propose de la lui remettre en place. Faute de trouver un chirurgien, il arrive qu'en dernier ressort, l'on s'adresse au bourreau et à ses connaissances du corps humain. Elle a vu son père répéter ce geste des dizaines de fois.

Une fois l'épaule remise avec succès, madame de Maupeou ne tarit plus d'éloges sur sa nouvelle recrue. Quant à la fille du bourreau, elle est impressionnée par le savoir de Marie qui le partage avec naturel, pédagogie et sans la moindre fatuité. Son humour fait même rire les moribonds ! Céleste est conquise. Au moment de se séparer, et malgré leur différence d'âge et de condition, les deux femmes échangent un regard plein d'estime et de promesses d'amitié. Le rendez-vous est ainsi pris trois jours plus tard place Maubert.

Le jour dit, Céleste enfile une robe corail. Lilas n'étant pas à Paris, c'est son frère qui l'aide à se coiffer. Il est devenu un expert dans l'art de faire onduler les cheveux après s'être entraîné sur un cobaye un peu particulier : un pendu, récupéré après négociations auprès de leur père. Les enfants du bourreau s'engageaient à le vendre par la suite aux étudiants en chirurgie. Devinant une nouvelle combine de sa fille, le bourreau avait fermé les yeux. Quelle n'aurait pas été sa surprise s'il était monté dans la mansarde ! Car une après-midi durant, Joachim avait coiffé le cadavre. Malgré son visage figé et sa grimace crispée, le pendu s'était ainsi retrouvé, au crépuscule, coiffé des plus belles anglaises de tout le royaume. Frère et sœur avaient tout de même pris soin de raser le macchabée avant de le livrer à l'école de médecine.

Pour se rendre au marché, Céleste s'offre une chaise à porteurs afin de ne pas crotter le bas de sa robe. Un luxe qu'elle peut s'accorder grâce au louis d'or de monsieur Proudot ! Les étals débordent d'herbes de toutes sortes, vendues sous divers aspects : séchées, réduites en poudre, en lotion, en crème, en pâte, en essence... Marie de Maupeou lui a donné rendez-vous à dix heures au pied de la croix qui se dresse à un bout de la place Maubert. Pour patienter, Céleste détaille les statues de reines qui ornent la façade de l'église des Carmes.

— Céleste ! J'espère ne pas vous avoir trop fait attendre.

Marie de Maupeou lui offre une accolade spontanée, et la fille du bourreau s'en trouve toute décontenancée.

— J'ai la liste des ingrédients qu'il faut pour soulager vos malades. Mais ne réservez ce traitement qu'à ceux que vous savez condamnés, car ils risqueraient de développer une sévère accoutumance au laudanum, et vous ne pourriez plus vous en débarrasser.

Son œil s'est allumé d'une étincelle d'espièglerie.

— Suivez-moi ! Je connais bien les marchands, surtout ceux qui sont honnêtes !

Elle saisit Céleste par le bras et l'attire parmi les étals. Puis elle s'empare d'un bouquet de fleurs séchées, le hume et le présente au nez de Céleste.

— Sentez-moi ces immortelles ! Ne dirait-on pas des épices ?

Elle se tourne vers la bonne qui les suit.

— Prenez-en cinq, Madeleine. Cela me donne une idée, nous en ferons une eau de toilette !

Elle continue son marché, butinant telle une abeille d'un éventaire à l'autre. Le large panier en osier se remplit de bourraches, de chardons bénis, de roses séchées, de bâtons de cannelle, de dictames blancs, d'angéliques, de feuilles de pied-de-lion. Les importantes sommes réclamées à madame de Maupeou par les commerçants n'atténuent en rien sa frénésie d'achat. Céleste observe, ébahie, les denrées s'amonceler. Pour finir, Marie s'avance vers un marchand, assoupi devant une natte au sol, jonchée d'herbes dont Céleste ignore le nom et l'origine. Elle toussote dans sa main pour attirer son attention. Ce dernier lève un regard las sur l'importune.

— Avez-vous quelques pistils de pavot blanc frais à me céder ?

L'homme tire d'une besace posée derrière son dos un sac en toile rempli de petites boules vertes.

— J'ai tout cela, madame. Faites votre marché.

Un sourire illumine le visage de Marie qui pêche une belle poignée de têtes de pavot. Puis elle annonce à Céleste, la mine satisfaite :

— Nous avons tous les ingrédients. Allons à mon laboratoire si vous le voulez bien !

Céleste saisit la main de madame de Maupeou dans la sienne.

— Je ne sais à nouveau comment vous remercier. Vous me direz la somme que je vous dois.

— Oubliez vos dettes, le temps que vous consacrez aux malades m'est un remboursement plus précieux. Madeleine, faites avancer mon carrosse. Nous rentrons rue de Jouy.

Sur le trajet du retour, le véhicule de madame de Maupeou se retrouve coincé dans une ruelle. L'essieu d'une charrette a cédé sous le poids de son chargement de légumes et bloque le passage. Les deux femmes qui, il y a trois jours, ne se connaissaient pas, en profitent pour converser comme deux vieilles amies. Elles s'écoutent avec un intérêt et une curiosité partagés. Céleste livre ses conseils pour arracher les dents, immobiliser un membre cassé, replacer un os dans son axe tout en maintenant le patient. Marie de Maupeou raconte sa passion pour la chimie et l'herboristerie. Elle lui décrit les remèdes contre la colique, les ulcères, les maux de ventre ou les poux avec un enthousiasme débordant. Savait-elle que le clou de girofle permet d'atténuer les rages de dents ? Que la fiente de cheval noir guérit les blessures par le feu ? Lorsque le carrosse s'arrête devant l'appartement de la rue de Jouy, Céleste en est à écouter le moyen de guérir les personnes souffrant d'énurésie[1].

Par politesse, madame de Maupeou propose à Céleste une collation. Malgré les gargouillis de son ventre, cette dernière refuse. Au regard que Marie pose sur le panier rempli d'herbes, Céleste devine son impatience à retrouver ses cornues et son athanor[2].

La maîtresse de maison invite Céleste à la suivre et fait signe à la bonne de se charger du panier. Un escalier en colimaçon les mène à une vaste cave voûtée et dallée. Sur de larges tables en bois massif repose tout le matériel nécessaire aux opérations de chimie. Des chaudrons en cuivre noircis par le feu, des fioles remplies de liquides aux teintes pastel, des ballons de verre, des mortiers en granit. Un alambic en cuivre rutilant trône au milieu de la pièce. Au fond de la cave, dans une cheminée aménagée dans un angle, brûle un feu. Une marmite où bouillonne un liquide inconnu est pendue à la crémaillère. Sur une étagère des bocaux en verre ou en porcelaine s'alignent. Les étiquettes collées dessus annoncent leur contenu : marjolaine, sauge, fleur de ronce, ortie séchée, violette de mars, millepertuis... Dans

1. L'énurésie est appelée avec plus de simplicité le pipi au lit.
2. Grand four ou alambic à combustion lente.

des paniers en osier posés à même les tables s'entassent des montagnes de feuilles, d'écorces et de lianes.

Céleste remarque un homme de dos, penché et affairé à quelques travaux dont elle ne distingue qu'un nuage de vapeur. Madame de Maupeou indique à Madeleine où déposer son fardeau puis interpelle celui qui ne semble pas les avoir entendues arriver :

— Mon fils, j'ignorais que vous travailliez au laboratoire

Sans se retourner, ce dernier poursuit son ouvrage.

— Bonjour, ma mère. Je suis à vous dans une minute.

— Que faites-vous donc ?

— La confection de votre cataplasme que vous appelez *Manu Dei.* Je me dois de finir d'ajouter l'aristoloche, la myrrhe et le bdellium si je ne veux pas gâcher ma préparation.

— Et n'oubliez pas l'oliban ou votre mélange sera incomplet !

Marie de Maupeou se tourne vers Céleste.

— Ce cataplasme est un véritable miracle, d'où son nom ! Appliquez-le sur toutes sortes de plaies ou enflures et elles guériront comme si vous y aviez apposé la main de Dieu. Sur la poitrine, il soigne la toux. Sur la tête des enfants, il chasse la teigne. Et j'en passe.

Quelques secondes plus tard, l'homme repose ses ustensiles et se redresse. Enfin, il fait volte-face et s'avance vers sa mère pour lui déposer un baiser sur le front. Alors Céleste sent la terre se dérober sous ses pieds. Elle doit se retenir de justesse à un pilier de la cave pour ne pas tomber.

XVIII

31 août 1649

Nicolas Fouquet, debout devant Céleste, son éternel sourire aux lèvres et l'œil toujours aussi pétillant, est le fils de Marie de Maupeou. Ignorant tout de la tempête intérieure que son apparition a provoquée chez la jeune fille, Nicolas entame la conversation :

— Marie tousse depuis hier et je ne voudrais pas voir le mal s'installer dans ses bronches.

Marie de Maupeou s'inquiète.

— Pauvre petite. Elle n'a pas de fièvre au moins ?

— Je n'en ai pas l'impression.

Nicolas jette un regard à Céleste avant de le reporter sur sa mère. Son sourire s'accentue. Marie réalise alors sa bévue et se tourne brusquement vers son amie.

— Excusez-moi, Céleste. Je manque à tous mes devoirs mais je m'inquiétais pour ma petite-fille. Je vous présente Nicolas, mon fils. Je...

Elle s'interrompt, soudain alarmée par le teint blafard de la jeune fille, et pose la main sur son bras.

— Tout va bien Céleste ? Vous êtes pâle à faire peur. J'aurais dû insister pour que vous mangiez un morceau !

Céleste tente par tous les moyens de calmer sa respiration et de reprendre ses esprits. Le choc a été si violent que son cœur peine à retrouver un rythme normal.

— Ce n'est rien. La chaleur à l'extérieur et la fraîcheur soudaine de la cave ont certainement provoqué mon vertige.

— Nicolas, versez-lui un peu de vin sucré, voulez-vous ?

Fouquet obéit et tend à Céleste un verre qu'elle saisit en lui effleurant les doigts. Un fard lui colore aussitôt les joues. Nicolas s'en amuse.

— Vous retrouvez vos couleurs. Voilà qui est mieux.

Céleste baisse les yeux et trempe ses lèvres dans le spiritueux. Elle se sent ridicule. Marie présente un tabouret à son amie et s'adresse à son fils.

— Céleste apporte son aide aux Filles de la Charité. C'est le père Vincent de Paul qui l'a envoyée à moi, car la petite souhaiterait apaiser les souffrances de ses cas les plus désespérés.

Elle pose une main sur sa bouche.

— Pardonnez-moi, Céleste. Ce « petite » est sortie tout seul.

Nicolas rit, une main sur l'épaule de Marie.

— Ma mère semble vous avoir prise en réelle affection puisqu'elle se permet quelques familiarités. C'est étrange, mais votre visage ne m'est pas inconnu. Se pourrait-il que nous nous soyons déjà rencontrés ?

Céleste, que le vin a revigorée, parvient à soutenir le regard de Nicolas.

— Je n'en ai pas le souvenir et j'ignore à quelle occasion c'eût été possible.

— Mon fils est intendant de la généralité de Paris et maître des requêtes, intervient Marie. Il court tout le temps et partout. Peut-être l'avez-vous croisé et aussi vite oublié !

À ces mots, Céleste ne peut s'empêcher d'esquisser un sourire. Si elle savait! Nicolas ne l'a pas quittée des yeux, avisant sa réaction. Quelque chose l'intrigue chez cette jeune fille. Est-ce la détermination qu'il lit dans son regard et qui tranche avec son apparente fragilité? Cette impression de déjà-vu qui instille en lui un léger malaise? Ou encore ce sourire qu'elle a laissé échapper? Marie poursuit:

— Nicolas travaille sans relâche. Trop même. Et je ne suis pas la seule à m'en plaindre! Sa fille aussi. Il ne la voit qu'à de trop rares occasions. La pauvrette n'a que huit ans et a perdu sa mère quand elle avait six mois à peine.

— Assez parlé de moi! Vous importunez notre hôte, l'interrompt son fils.

Il reporte son attention sur Céleste, curieux d'en savoir plus sur la jeune fille.

— Vous connaissez donc le père Vincent de Paul? Comment se porte-t-il?

Céleste se tient sur le qui-vive. Fouquet cherche-t-il à savoir si elle dit la vérité? Elle reste sur des généralités.

— Le révérend père Vincent de Paul est toujours très occupé par ses œuvres de charité. Un saint homme! Hélas, je n'ai pas le plaisir de le connaître assez pour pouvoir vous en dire davantage. Mais vous qui semblez attaché à sa personne, comptez-vous parmi ses amis?

Répondre à une question par une autre est une méthode imparable pour mener à bien n'importe quelle conversation.

— Ma mère le connaît mieux que moi, et il accapare d'ailleurs tout son temps. Elle se plaint de mes absences, mais je pourrais aussi me plaindre d'elle qui fréquente plus ses malades que son propre fils!

D'une botte de sauge séchée, Marie de Maupeou donne une tape sur l'épaule de Nicolas.

— Vous n'avez pas besoin de moi. Mes malades, si.

Fouquet s'empare du récipient dans lequel il a préparé le cataplasme.

— Mesdames, vous m'excuserez, mais je dois, moi aussi, rendre visite à une petite malade.

— Et nous, nous avons un remède à composer !

Nicolas offre son sourire aux deux femmes ainsi qu'un profond salut de la tête. Tandis que Marie s'affaire déjà à sélectionner ses herbes, Céleste et Nicolas échangent un dernier regard. Un frisson parcourt la jeune fille des pieds à la tête. Elle détourne les yeux.

Madame de Maupeou détaille à voix haute les quantités de chaque variété de plantes qu'il leur faudra prélever. Mais la fille du bourreau peine à se concentrer. Son esprit est parti avec Nicolas.

Pendant ce temps, la mère de Fouquet s'active. Elle épluche le dictame blanc et l'angélique, et les coupe en petits morceaux. Puis elle concasse la cannelle et demande à Céleste de passer tout cela au bain-marie tandis qu'elle se charge d'extraire le latex des têtes de pavot.

Céleste obéit, le geste mécanique. Son œil est attiré malgré elle par l'escalier qui mène aux étages et par où a disparu Nicolas. Au moment de confectionner le sirop qui servira de base à la potion, Céleste manque de faire brûler le sucre. Marie de Maupeou se précipite, juste à temps pour éviter la perte totale de la préparation.

— Où avez-vous la tête, Céleste ? Je vous ai vue plus habile !

Malgré les étourderies de la jeune fille, la préparation est prête vers le milieu de l'après-midi. Marie de Maupeou verse le remède dans une petite fiole en verre qu'elle tend à Céleste.

— Une cuillère, pas plus. À ne renouveler qu'une fois, et à plus de deux heures d'intervalle, c'est entendu ?

Céleste recueille le récipient avec délicatesse.

— Merci infiniment, Marie. Vous allez épargner, par votre science, bien des souffrances inutiles. Accepterez-vous de m'ouvrir à nouveau votre laboratoire quand la fiole sera vide ?

— Ma porte vous est grande ouverte, Céleste. Venez quand vous le souhaitez, que votre fiole soit pleine ou non.

Madame de Maupeou et Céleste s'embrassent. Grâce à Marie, la fille du bourreau va enfin pouvoir développer ce nouveau commerce qu'elle devine déjà très lucratif! Et elle a un moyen parfait pour approcher Nicolas. Elle meurt d'envie de renouveler l'expérience. Gare cependant à ce qu'il ne devienne pas une drogue, comme celle qu'elle emporte.

XIX

5 septembre 1649

Un hurlement de douleur résonne sous les voûtes humides de la salle des tortures du Châtelet. Un homme barbu, échevelé, se tient assis sur un large fauteuil. Il est quasi nu, le corps recouvert d'une simple chemise. La béance du col laisse entrevoir sa maigreur extrême, ses côtes saillantes, son plexus creusé. Ses jambes sont enserrées chacune entre deux planches de bois. Les quatre planches sont maintenues entre elles par de solides cordes.

D'un dernier coup de maillet, Octave vient d'enfoncer un premier coin. La pression exercée sur le bois se reporte sur la jambe. La peau est comprimée, les os manquent d'éclater. Le prisonnier laisse échapper un rugissement. Jugé pour un crime, il subit la question préalable avant son exécution[1]. L'autorité judiciaire attend de lui qu'il livre d'éventuels complices.

Céleste se tient derrière Octave et lui tend les coins au fur et à mesure. Elle observe le condamné avec attention. Quand

1. La question préparatoire, elle, était appliquée au prévenu avant le jugement pour obtenir des aveux.

ce dernier rouvre les yeux, il croise ceux de Céleste. D'un léger mouvement du menton, elle l'interroge. L'homme cligne des yeux et acquiesce d'un imperceptible hochement de la tête. Céleste esquisse un sourire avant de disparaître à nouveau dans l'ombre de son père.

D'une voix forte, le lieutenant criminel reprend son interrogatoire.

— Louis-Germain Delaporte, vous êtes accusé d'avoir poignardé madame Louison Bertoux le 28 août dernier dans sa demeure de la rue de la Harpe à Paris. Sur les lieux du crime, vos empreintes de pas ont été relevées. Vous avez été confondu par vos chaussures tachées de sang. Mais d'autres empreintes ont été remarquées. Vous n'étiez donc pas seul. Qui vous accompagnait ?

Le prisonnier répond d'une voix faible et éraillée :

— J'étais seul. Ce sont celles des voisins qui ont découvert le corps. Je vous l'ai dit ! Ils se sont précipités sur le cadavre sans réaliser qu'ils pataugeaient dans le sang.

Le greffier note les réponses de l'accusé tandis que le lieutenant criminel croise les bras et affiche une moue dubitative.

— Pourtant, parmi ces traces de pas, certaines appartenaient peut-être à vos complices...

Il fait signe au bourreau de prolonger la séance de torture. Céleste tend un second coin à son père qui l'enfonce de plusieurs coups de maillets. Louis-Germain ferme les yeux. Ses traits se tordent sur une grimace de douleur. Ses lèvres mordues étouffent une longue plainte.

Céleste échange un nouveau regard avec le prisonnier qui acquiesce discrètement. Le chirurgien présent dans la salle de torture pose l'index et le majeur sur la carotide du supplicié pour vérifier son pouls.

— Son cœur bat normalement.

Satisfait de ce constat, le lieutenant criminel poursuit. Il repose sa question, une fois, deux fois, trois fois, consent juste à en changer la formulation. Mais l'homme s'obstine à nier. Alors Octave enfonce un troisième puis un quatrième coin. Le tibia gauche ne résiste pas à pareil traitement. Un sinistre craquement se fait entendre. Le chirurgien reprend le pouls du supplicié.

— Le cœur bat un peu plus vite cette fois.

Céleste observe d'un œil inquiet la goutte de sueur qui perle le long de la tempe du condamné.

Son remède ne ferait-il plus effet ?

La veille, à la nuit tombée, elle s'est présentée au geôlier du Châtelet. C'est un vieillard perclus de rhumatismes qui traîne ses sandales en corde, été comme hiver, sur les pierres froides de sa prison, et qui répond au prénom d'Edmond. Bien avant la naissance de Céleste, il hantait déjà les couloirs de la prison.

Si le corps d'Edmond est fatigué, ses yeux conservent une étonnante acuité. Il n'a pas son pareil pour reconnaître les locataires de ses geôles. À leur arrivée, les prisonniers sont mis à nu, observés sous toutes les coutures par le gardien des lieux, et leurs images archivées dans son impressionnante mémoire.

En dehors de ses prisonniers, Edmond n'a aucune curiosité, sinon pour les femmes. Le barbon n'en demeure pas moins un homme. Hélas, coincé entre les murs de son Châtelet, il n'a jamais trouvé d'épouse. C'est donc aux filles de joie qu'il confie le soin de satisfaire son besoin quand il aspire à la bagatelle. Une alternative coûteuse qui fait d'Edmond quelqu'un d'aisément corruptible, d'autant que son petit vice est de notoriété publique. Céleste lui a donc proposé un marché.

La veille d'une séance de question, le geôlier extrait le prisonnier de sa cellule et le mène dans une pièce éloignée des oreilles indiscrètes. Céleste propose au futur supplicié un peu de sa potion miraculeuse en échange de quelques pièces. S'il accepte, elle lui donne ses consignes : prendre la dose une demi-heure avant la séance de torture pour atténuer ses peurs et ses souffrances, s'engager à simuler la douleur sous peine de voir le supplice durer et s'aggraver. Edmond note sur son registre que le prisonnier lui doit quatre livres de fournitures diverses : bougies, papiers, plumes, ou tout autre objet que, bien sûr, il ne lui fournira jamais. Ce dernier verse la moitié de la somme à Céleste, ramène le prisonnier à sa cellule et le tour est joué.

Et c'est ainsi que Louis-Germain Delaporte est devenu le premier bénéficiaire des potions de Céleste. Si cette dernière a mis Joachim dans la confidence, et l'invite lui aussi à faire commerce du laudanum, elle en a tenu Octave écarté. Elle ne tient pas à ce que son père soit impliqué dans cette affaire. Il pourrait changer d'attitude vis-à-vis des condamnés et attirer ainsi les soupçons sur eux.

Louis-Germain Delaporte a pu témoigner, par un léger signe de tête adressé à Céleste, de l'efficacité de la potion. Mais la séance s'éternise et Céleste craint qu'avec le temps, ses effets disparaissent tout à fait. Elle observe le lieutenant qui réfléchit. Un mauvais pressentiment la gagne.

— Ajoutez un coin, ordonne-t-il.

Le bourreau proteste.

— Mais... Il était prévu de faire subir au prisonnier la question ordinaire à quatre coins. Si je poursuis, nous passons à la question extraordinaire, à huit coins, donc.

Le lieutenant plante son regard dans celui d'Octave, puis se tourne vers le greffier avec nonchalance.

— Vous n'aurez qu'à omettre de noter cela.

De l'index, il désigne les jambes meurtries du prisonnier.

— Bourreau, poursuivez.

Octave hésite puis, écœuré, saisit le coin que Céleste lui tend en tremblant. Il le place loin des précédents pour éviter d'exercer une trop grande pression au même endroit, mais le lieutenant le remarque.

— Arrêtez ! Placez ce coin plus haut s'il vous plaît.

Le bourreau se redresse avec lenteur, toise le lieutenant. Les deux hommes se font face dans un silence pesant. Avec discrétion, Céleste pose sa main dans le dos de son père pour tenter de l'apaiser. Au contact de sa fille, Octave pousse un grognement et se résigne. Il n'est qu'un exécutant. Alors il agit avec rapidité, pour se débarrasser de cet acharnement qu'il réprouve. Le coin enfoncé, c'est au tour du genou droit d'éclater. Le prisonnier pousse un hurlement de douleur et sombre aussitôt dans l'inconscience.

Le chirurgien se précipite pour le retenir et lui éviter de s'effondrer au sol. L'oreille contre sa poitrine, il vérifie que le cœur bat toujours.

— Il vit.

Le lieutenant apprécie la conclusion d'un hochement de tête puis tourne les talons. Par-dessus son épaule, il jette au bourreau :

— Vous pouvez ôter les brodequins. La séance est levée.

Il disparaît sans accorder ni regard ni salut à personne.

De rage, Octave jette son maillet à terre qui rebondit sur les dalles. Avec précaution, Céleste dénoue les liens qui retiennent les brodequins entre eux. Elle se réjouit que son frère n'ait pas assisté à la scène. Elle n'aurait pas réussi à l'apaiser avec autant de facilité que son père. Le chirurgien immobilise les deux jambes du supplicié avec des attelles. Puis, avec l'aide du bourreau, il le porte, toujours évanoui, dans la pièce attenante que l'on appelle la cuisine. Là, un bon feu brûle dans une imposante cheminée. Les deux hommes installent le supplicié devant l'âtre, sur un matelas. Céleste lui enveloppe les épaules d'une épaisse couverture en laine.

Quand Louis-Germain retrouve ses esprits, Octave lui tend un verre de vin et une belle tranche de pain blanc. Le greffier, qui a patienté pendant tout ce temps dans un coin de la pièce, s'avance et, à la lumière des flammes, fait la lecture du compte rendu de l'interrogatoire.

— Pouvez-vous apposer votre signature sur cette déposition, s'il vous plaît ?

Il lui tend une plume. Louis-Germain, emmitouflé dans la couverture, lève sur le greffier des yeux vides. Ce dernier insiste.

— S'il vous plaît ?

Mais il n'obtient pas plus de réactions du supplicié. Agacé, il baisse le bras et désigne la porte de la salle de torture avec ses papiers.

— Si vous reniez votre déclaration, nous serons contraints de vous passer de nouveau à la question. Épargnez-moi d'avoir à courir tout le Châtelet pour aller quérir le lieutenant criminel !

Maigre punition au regard du supplice qui pourrait bien se répéter ! Un silence stupéfait accueille la tirade du greffier qui fourre la plume dans la main du prisonnier. Louis-Germain finit par griffonner quelques lettres illisibles au bas du parchemin. Après quoi, il s'abîme de nouveau dans la contemplation des flammes, épuisé par la douleur ressentie malgré la potion de Céleste. Le greffier rassemble ses papiers avec célérité.

Le prisonnier sera pendu le lendemain. Octave et Céleste récupèrent leur matériel – coins, brodequins, cordes, maillet – saluent geôlier, chirurgien, greffier et prisonnier avant de quitter les murs sinistres du Châtelet.

Pendant tout le trajet du retour, Octave ne fait que pester contre le lieutenant criminel.

— Ce butor n'a d'humain que l'apparence. Il aime le sang et la souffrance. Et dire qu'il exerce au nom de la justice ! Tout bourreau que je suis, j'ai plus de bienveillance que ce maraud. Si un jour, il finit sur ma roue, je prendrai plaisir à lui briser les membres, un à un, à ce coquin !

Céleste a le sourire amer.

— Calme-toi donc ! Tu ne voudrais pas devenir comme lui. Tu n'es pas cruel, et ce serait ton pire ennemi sur la roue que tu aurais encore de la clémence.

— Sauf si cet homme vous avait fait du mal, à toi et à ton frère.

— Tiens, j'aperçois justement Joachim devant nous ! Vois comme il se précipite vers la maison ! Je parie un sou qu'il n'a rien préparé pour le déjeuner, mais qu'il va trouver une histoire à dormir debout pour se justifier.

Quand le bourreau et sa fille passent le pas de la porte, Joachim leur tourne le dos, debout au milieu de la pièce principale. Octave et Céleste échangent un regard amusé.

— Alors Joachim, le repas n'est pas encore prêt ? Ta sœur et moi sommes pourtant affamés !

Joachim leur fait face, la mine contrariée.

— J'étais à l'étage quand j'ai entendu du bruit au rez-de-chaussée. Je me suis rué au bas de l'échelle, mais je n'ai trouvé personne. Par contre, sur la table, il y avait ça.

Il désigne d'un mouvement du menton un volumineux paquet.

— Je me suis précipité dans la rue. Là, j'ai aperçu un homme, le pied déjà pris dans l'étrier de son cheval. Je lui ai couru après, mais il est parti au galop et je l'ai perdu de vue. Je n'ai rien pu distinguer de ses traits.

La fille du bourreau s'approche de la table. Une enveloppe est glissée sous la cordelette qui ferme le colis. Dessus, en belles lettres fines, est inscrit son nom. Elle affiche un visage perplexe.

D'où provient-il ? Et que peut-il bien contenir ? Céleste appréhende de l'ouvrir.

Depuis qu'elle sait son secret éventé, elle n'apprécie plus guère les surprises.

XX

5 septembre 1649

Céleste est invitée à la fête qui sera donnée à l'Hôtel de Ville, à l'occasion des onze ans de Sa Majesté, le 5 septembre prochain. Ses yeux s'écarquillent. Le 5 septembre ? C'est ce soir ! Un post-scriptum complète les quelques lignes : « Un carrosse viendra vous chercher à dix-neuf heures à l'angle de la rue du Vertbois et de la rue de la Croix. » Céleste tourne le papier en tous sens, mais ne trouve nulle signature. D'une main fébrile, elle défait le paquet d'où elle tire et déploie une robe en soie jaune pâle ornée de broderies et de perles. Une paire de chaussures à talons l'accompagne ainsi que des bas de coton finement tissés. Une écharpe du même coloris et une broche sertie de pierres d'ambre complètent la tenue.

Céleste lève les yeux de la lettre et croise ceux, perplexes, de son père.

— Qu'est-ce que tout cela ? D'où proviennent ces effets ? Qui t'a écrit cette lettre ?

Céleste cherche un secours auprès de Joachim. Mais son frère, d'ordinaire si prompt à l'affabulation, est à court d'idées. Octave durcit le ton.

— Céleste, cesse de me prendre pour un sot ! Qui t'offre une robe ? Et de grande valeur en plus ! Qui connaît ton secret ?

Elle baisse les yeux, la tête, les bras, avoue.

— Le roi.

Les joues d'Octave s'empourprent. Sa fille se moque ! Mais elle semble soudain si désemparée que le bourreau se tourne vers son fils, incrédule.

— Céleste a-t-elle bien dit le « roi » ? Ai-je bien entendu ?

Inquiet, Joachim acquiesce tout en retenant son souffle. Le bourreau regarde, l'un après l'autre, le frère et la sœur d'un regard suspicieux. Puis il se laisse choir sur une chaise avant de cogner du poing sur la table avec une violence qui fait trembler assiettes et verres.

— J'exige des explications !

Son ton ne souffre aucune discussion. La colère est si rare chez Octave que les deux enfants se tiennent cois. Vaincue, Céleste s'assoit à son tour et elle raconte. L'accident, le sauvetage du roi, la menace d'Anne d'Autriche, l'arrestation par Nicolas Fouquet, leur libération par l'entremise de Basile Fouquet, la distribution des tracts avec le chevalier de La Valette, la prison, la seconde entrevue avec le roi.

Quand sa fille a terminé son récit, Octave reste silencieux. Il encaisse le choc. Tout autre père aurait été ravi que sa fille, de si basse condition, soit devenue l'amie intime du roi en personne, mais pas lui ! Le bourreau ne voit que la brèche dans le bouclier érigé autour de ses enfants. Le secret éventé est une menace. Ils sont désormais soumis au bon vouloir des puissants.

— Il est inutile de te demander si tu comptes te rendre à la fête, Céleste.

Octave soupire, préoccupé. Joachim tape du plat de la main sur la table.

— Céleste, je t'accompagnerai.

— Et comment feras-tu ?

— Je serai ton valet.

La fille du bourreau éclate de rire.

— Toi, mon valet ? Méfie-toi de ce que tu dis, je vais profiter de la situation !

— Je suis sûr que le buffet sera somptueux, et je ne vois pas pourquoi tu serais la seule à en profiter. En attendant, il va me falloir te coiffer.

— Et toi, il faut te trouver un habit neuf ! Tu ne peux pas m'accompagner avec ces hardes sur le dos.

Céleste ouvre de grands yeux effarés.

— Dépêchons-nous ou nous ne serons jamais prêts à temps !

Octave retient Céleste par la manche.

— Et si les voisins t'aperçoivent dans ta robe, que vont-ils penser ?

— Comment veux-tu qu'ils me reconnaissent ? Ils se diront que mon frère s'est enfin trouvé une fiancée, voilà tout !

Céleste éclate de rire tandis que Joachim hausse les épaules. Octave observe avec mélancolie ses enfants vaquer à leurs préparatifs. Ils osent, s'ouvrent aux possibles et vont de l'avant. Ils ont soif d'ailleurs, de nouveautés et d'aventures. Ils débordent de jeunesse. Le bourreau baisse les yeux vers ses mains tachées, marquées par les cicatrices. Il se fait vieux maintenant. Il préfère le confort de sa maison au monde extérieur, craint l'inattendu, se recroqueville, à l'image de son corps que le temps fait plier et que la goutte martyrise.

— Soyez prudents !

Mais emportés par leur excitation, Céleste et Joachim ne l'ont pas entendu.

Le soir même, le carrosse se trouve à l'heure dite sur le lieu de rendez-vous. Quand ce dernier s'immobilise devant l'Hôtel de Ville, toutes les fenêtres en façade sont illuminées et projettent sur la place leur lumière mordorée. Des hommes et des femmes, élégamment vêtus de justaucorps[1] de velours et de robes de brocart de soie, se pressent sur les degrés qui mènent à la porte principale surmontée par un bas-relief représentant Henri IV à cheval. Céleste prend une grande inspiration. Elle échange un regard avec Joachim pour se donner du courage, et gravit les marches de l'Hôtel de Ville, son frère à sa suite.

À l'entrée, un homme contrôle les invitations. Céleste tend d'une main peu assurée le mot anonyme glissé dans le paquet. Pourquoi Louis n'y a-t-il pas apposé son sceau ? Elle est certaine que c'est le roi qui lui a fait parvenir les vêtements et les bijoux. Qui d'autre ? Le garde la dévisage, puis ses yeux se posent sur le courrier sans signature. Un sourire se dessine sur ses lèvres et il s'écarte pour laisser le passage aux deux jeunes gens. Au sommet de leur excitation, ces derniers montent les escaliers qui les mènent à la cour intérieure, puis au premier étage. Là, un laquais les accueille.

— Bienvenue dans la salle du Trône.

Céleste lève les yeux au plafond à caissons richement décoré. Elle est éblouie par les deux rangées de lustres qui illuminent la vaste salle, impressionnée par les boiseries et les fresques qui ornent les murs. D'épais rideaux en velours bleu, aux bas cousus de fils d'or, tombent des hautes fenêtres. De part et d'autre de la salle se dressent deux majestueuses cheminées sculptées de faunes, de satyres, de déesses et d'allégories. Elles sont surmontées de tableaux représentant pour l'un Louis XIII et pour l'autre, le prévôt et ses échevins.

Au pied de l'une d'elles, un orchestre joue un menuet. Des tables dressées le long des murs, couvertes de nappes

---

1. Veste longue qui descend jusqu'au genou dont les manches sont ajustées à la forme du bras.

blanches, croulent sous des montagnes de mets fins et variés : pâtés, viandes, légumes rôtis, confitures, crèmes, fruits confits. Des laquais évoluent parmi les invités pour leur servir des sirops ou des vins.

Céleste est d'abord intimidée par tout ce luxe et par les convives qui s'esclaffent, s'apostrophent et conversent autour d'elle. Les bijoux des femmes scintillent de mille feux. Les habits des messieurs bouillonnent de dentelles et de rubans. Céleste se sent soudain bien seule et le doute la taraude. Elle ne sait quelle attitude adopter, embarrassée de sa personne dans cette robe trop serrée qui l'étouffe. À cet instant, elle regrette le confort de ses amples vêtements d'homme. Elle observe les femmes, tente d'imiter leurs expressions, d'adopter leurs manières. Mais elle se sent gauche et son jeu lui semble forcé. Elle a l'impression d'être nue malgré son déguisement, et d'attirer à elle les regards suspicieux. Un homme la bouscule sans s'excuser. La panique commence à la gagner.

Par bonheur, Joachim se présente à elle, un plateau garni de verres à la main. Il est vêtu du costume des laquais qui servent à l'Hôtel de Ville.

— Un peu de vin, mademoiselle ?

Céleste saisit un verre, qu'elle descend d'un trait avant d'en prendre aussitôt un second. La douce ivresse qui ne tarde pas à l'envahir chasse son malaise et lui fait recouvrer son naturel insouciant. Elle détaille son frère des pieds à la tête avant de se souvenir qu'elle doit faire preuve de discrétion. Alors, elle lui tourne le dos et chuchote :

— Tu n'as pas perdu de temps ! Où as-tu trouvé ce costume ?

— Je l'ai troqué en échange d'une bouteille chapardée et d'un peu de repos. La négociation a été facile. À l'heure qu'il est, le bougre doit déjà être en train de cuver son vin quelque part.

Céleste gratifie son frère d'une moue admirative. Soudain, la musique cesse. Un frémissement parcourt la foule près de l'entrée de la salle du Trône. Une voix forte retentit.

— Le roi !

Aussitôt, tous les hommes se décoiffent et courbent l'échine tandis que les femmes font la révérence. Céleste suit le mouvement, le cœur battant, mais elle s'aperçoit trop tard qu'elle imite la gent masculine. Avec maladresse, elle corrige sa posture. La honte lui brûle les joues.

Le roi s'avance d'un pas sûr parmi les convives qui font tous au moins deux têtes de plus que lui. Il est suivi de son frère, le duc d'Anjou, de la reine et du cardinal Mazarin, qui lui se tient en retrait. Son Éminence se sait peu en odeur de sainteté auprès des Parisiens et fait profil bas.

Louis, vêtu d'un élégant pourpoint bleu et argent, salue d'un signe de tête son oncle, le duc d'Orléans, et invite sa cousine, la Grande Mademoiselle, à son bras. L'orchestre se met à jouer un branle et le roi et sa cavalière ouvrent le bal. Céleste s'est faufilée au premier rang pour admirer la danse. À ses côtés, deux gentilshommes font leurs commentaires.

— Avez-vous vu, monsieur de Roquelaure, comme le roi danse avec grâce et adresse ?

— On dit qu'il adore ça. Cela se voit ! À défaut de gouverner...

— Taisez-vous, on pourrait vous entendre !

— Mieux vaut m'entendre qu'avoir à me regarder. J'en sais quelque chose.

L'ami de Roquelaure s'esclaffe, bientôt rappelé à l'ordre par sa voisine immédiate. En effet, l'homme est laid.

— Cessez de pouffer comme un sot ! Si le roi vous voyait, il pourrait croire que vous vous moquez. Tenez, le duc d'Anjou a choisi la petite de Montbazon pour cavalière !

Le branle s'achève. Louis remercie sa cousine et invite madame Le Féron, la femme du prévôt des marchands, pour la prochaine danse. L'orchestre entame une courante. Roquelaure se penche vers sa coquette voisine.

— Vous espériez que le roi vous invite, n'est-ce pas ? Attendez-vous à être déçue. Malgré vos grands charmes, chère comtesse de Frontenac, j'ai entendu dire que notre petit roi n'était pas indifférent à ceux des nièces du cardinal. Je parie même mon chapeau que Marie Mancini sera sa prochaine partenaire. Mais vous, qu'avez-vous à offrir, comtesse ?

— Une danse avec vous, Roquelaure. Et c'est cher payé.

La comtesse accompagne sa pique d'un charmant sourire. Le duc avale la couleuvre aigre-douce avec bonne humeur, car un bon mot prévaut toujours sur son orgueil. La courante s'achève. Le roi s'approche de mademoiselle Mancini et l'invite à danser. L'orchestre entame une gavotte. Le duc sourit en tendant la main à sa voisine.

— Votre punition commence, comtesse. Souffrez que je danse avec vous !

Les voisins turbulents de Céleste se dispersent comme des étourneaux. Pour ne pas courir le risque d'être conviée à la prochaine passacaille[1], la fille du bourreau se dirige vers le buffet. Quel régal pour les sens ! Un fumet appétissant s'élève d'une montagne de poulets rôtis préalablement découpés. Le sucre des fruits confits fait briller le rouge des cerises, l'orange des abricots, le vert des rhubarbes. Les confitures de framboises, de myrtilles et de cassis sont une caresse pour la langue et le palais. Céleste n'a jamais goûté à tant de merveilles. Après ces mois de disette, cette profusion de mets lui donne le vertige. Alors qu'elle croque à belles dents dans un chausson à la viande, doré et croustillant

1. La passacaille est une danse baroque à trois temps.

à souhait, tout en s'offrant une nouvelle rasade de vin, une voix contrefaite l'arrache à sa gourmandise.

— Mademoiselle va se rendre malade si elle continue à se gaver comme une vache.

Céleste renverse son verre sur le vêtement du laquais qui n'est autre que son frère, et feint la confusion.

— Pardonnez ma maladresse. Je suis navrée ! Voudriez-vous bien me servir à nouveau, mon brave ?

Joachim serre les mâchoires et obéit. Céleste lui lève son verre avec un regard plein de malice.

— Prenez garde à ce que le vin ne vous monte pas à la tête, mademoiselle, riposte-t-il en s'essuyant avec un mouchoir. Bien qu'elle soit à moitié vide, vous en aurez encore besoin.

Céleste s'éloigne en haussant les épaules, grisée par l'alcool. Derrière les fenêtres de l'Hôtel de Ville, la nuit est tombée. Une voix tonitruante annonce que des feux d'artifice vont être lancés depuis la place de Grève. Les convives se pressent aussitôt devant les vitres, le roi, à qui l'on a réservé le premier rang, en tête. Excitée par cette perspective, la fille du bourreau, restée à l'arrière de la foule, se hisse sur la pointe des pieds et lève le nez en l'air. Elle écarquille les yeux pour ne rien perdre du spectacle. Les premières gerbes lumineuses s'élèvent dans le ciel noir avec un sifflement aigu. Puis une explosion assourdissante fait trembler les carreaux. C'est la première fois que Céleste assiste à pareil divertissement. Fascinée, elle ne peut plus quitter des yeux les étincelles de couleur qui s'éparpillent, retombent et s'éteignent. À cet instant, Céleste est si absorbée par le spectacle qu'elle a oublié tout son entourage. Elle bat des mains et s'extasie avec la spontanéité d'une enfant.

— Vous êtes en beauté ce soir. La robe vous va à ravir.

Céleste sursaute. Elle jette un rapide coup d'œil à son côté droit et découvre le roi, les yeux braqués sur le feu d'artifice.

Se sachant continuellement observé, Louis a prétexté être incommodé par le bruit des pétarades pour se retrancher derrière les spectateurs et rejoindre ainsi son amie. Cette dernière reporte aussitôt son regard sur le ciel illuminé. Émue par l'apparition du roi, elle reste silencieuse face à son compliment.

— Avez-vous dansé, Céleste ?

La jeune fille cligne plusieurs fois des yeux pour s'assurer qu'elle n'est pas en train de rêver. Danser ? Elle en serait bien incapable.

— Non, Majesté, car je ne connais pas assez bien les pas. Mais vous, vous dansez à merveille.

— Je vous apprendrai lorsque nous nous reverrons.

Céleste s'imagine la scène : le roi tenant la fille du bourreau par la main pour un menuet. Un vertige la saisit. Le feu d'artifice se reflète dans ses pupilles et le vin fait danser, à son tour, les lumières dans sa tête. Les explosions de poudre résonnent jusque dans sa poitrine. Le roi poursuit :

— J'ai eu du mal à vous reconnaître, et si je ne vous avais vu échanger avec votre frère, je ne vous aurais point remise.

Céleste essaye de rassembler ses esprits.

— Pourtant, vous saviez que je viendrais ce soir.

— Non, je l'ignorais. Comment aurait-il pu en être autrement ?

Céleste se tait. Un doute l'assaille.

— N'est-ce pas vous, Sire, qui m'avez fait parvenir un paquet contenant, entre autres, une invitation ?

Le feu d'artifice vient de se taire. Louis bat des mains et la salle entière se met à applaudir. Le roi doit hausser un peu la voix pour se faire entendre de Céleste.

— Non.

Le rouge monte aux joues de Céleste, mortifiée. Comment a-t-elle pu croire que le roi la convierait en personne ? Comme s'il devinait le trouble de Céleste, Louis tient à la rassurer.

— Mais celui qui vous a invitée savait très certainement qu'il me ferait là une bien belle surprise.

Les yeux baissés, la fille du bourreau incline légèrement le chef pour remercier le roi qui s'éloigne déjà et rejoint sa mère. Tandis que les convives se dispersent, Céleste reste immobile, face à la fenêtre. Les pensées virevoltent dans sa tête. Si ce n'est pas le roi qui l'a invitée, c'est donc Basile Fouquet, il n'y a plus de doute. Mais pourquoi ne s'est-il pas encore manifesté ? Céleste imagine ce que pourraient être ses intentions et l'angoisse la saisit.

Au même instant, elle sent une présence dans son dos. Ses membres se raidissent. Un souffle chaud balaye sa nuque. Quelqu'un lui murmure à l'oreille.

— Ainsi donc, vous avez l'honneur de connaître le roi ?

Comment Céleste aurait-elle pu oublier cette voix ? Avec lenteur, elle se retourne.

Il est là, devant elle, son éternel sourire aux lèvres.

Nicolas Fouquet.

Pour l'occasion, il a troqué la robe noire des maîtres des requêtes contre un élégant pourpoint gris perle rehaussé de broderies d'argent et d'un col de fines dentelles. L'intendant de la généralité de Paris a plissé les yeux comme pour mieux réussir à percer le mystère qui s'épaissit autour de Céleste. En premier lieu, c'est avec stupeur qu'il l'a découverte à la fête d'anniversaire du roi. D'ordinaire, les Dames de la Charité fréquentent peu les mondanités. Intrigué, Nicolas n'a alors plus quitté Céleste des yeux de la soirée. Et c'est d'un œil amusé qu'il l'a ainsi vu descendre cul sec deux verres de vin, en vider un troisième délibérément sur la jaquette d'un laquais avec qui d'ailleurs elle semblait avoir quelques accointances, puis s'extasier avec un émerveillement naïf devant le feu d'artifice. Tant de malice et de spontanéité chez une jeune fille pieuse et rangée avaient de quoi étonner. Mais Nicolas n'était pas au bout de ses surprises : Céleste et le roi avaient échangé quelques mots comme s'ils se connaissaient tous deux depuis longtemps.

Devant l'intendant, la jeune fille se devine livide, à moins qu'un fard ne colore ses joues, tant elle a chaud et froid en même temps. Elle doit trouver quelque chose à dire. N'importe quoi, mais vite.

— Ces feux d'artifice étaient fort beaux, n'est-ce pas ? Je dois avouer que je n'en avais jamais vu auparavant.

— J'oserais même dire que vous faisiez preuve, à cet instant, de beaucoup de ferveur dans votre extase.

Un silence s'installe. Céleste peine à avaler sa salive. Elle se revoit rire et battre des mains avec insouciance, à dix mille lieues de son rôle de Dame de la Charité. Il ne fait plus aucun doute que Nicolas a flairé sa duplicité. Aussitôt, Céleste change de sujet.

— Je ne vous ai pas vu danser, monsieur Fouquet.

— Je suis un piètre danseur. Et comment rivaliser avec le roi ? J'espère que vous l'avez félicité à ce propos !

Le sourire de Nicolas s'accentue. Il s'évertue à ramener la conversation sur ce terrain glissant que Céleste s'empresse d'éviter.

— Votre cataplasme a-t-il eu l'effet escompté sur votre fille ? Est-elle guérie de sa fluxion de poitrine ?

— Oui, les remèdes de ma mère sont miraculeux.

— Votre mère est admirable dans sa science. Le remède qu'elle a eu la bonté de mettre au point pour moi fait des merveilles.

— Je serais curieux d'en voir l'effet sur vos patients.

Céleste soutient son regard avec difficulté, tiraillée entre la nécessité de garder la face et le trouble que provoque en elle Nicolas.

— Un intendant est certainement plus utile à sa charge qu'au chevet des malades. Mais si vous tenez à nous apporter votre concours, vos aumônes seront toujours les bienvenues.

Nicolas ne peut s'empêcher d'éclater de rire. Céleste redresse le menton, offensée. Celui-ci retrouve son sérieux et saisit la main de la jeune fille qu'il porte à ses lèvres.

— Pardonnez ma bonne humeur, vous mettrez cela sur le compte du grand plaisir que j'ai à vous revoir.

Nicolas garde la main de Céleste un peu trop longtemps dans la sienne pour que son geste soit tout à fait innocent. La fille du bourreau sent le rouge lui monter à nouveau aux joues, et sa sensibilité l'exaspère. Elle songe soudain à Basile, à cause ou grâce à qui elle est là, et le cherche des yeux parmi les convives.

— Votre frère M. l'Abbé est-il ici ?

— Je ne l'ai pas vu. Mon frère a lui aussi le plaisir de vous connaître ? Décidément !

— Nous avons eu l'occasion de nous croiser, mais votre compagnie m'est de loin plus agréable.

Alors qu'elle vient à peine de terminer sa phrase, Céleste se mord les lèvres. Quelle sotte ! Elle en a beaucoup trop dit. La faute à tout ce vin qu'elle a bu ! L'intendant accueille sa remarque avec surprise. Pris au dépourvu, il ne sait que répondre et se contente d'incliner la tête pour lui marquer sa gratitude. Céleste, de plus en plus nerveuse, cherche une échappatoire. Elle aperçoit Joachim, derrière Nicolas, qui lui fait de discrets signes de la main.

— Vous m'excuserez, monsieur Fouquet, j'étais ravie de converser avec vous.

Céleste a prononcé ces derniers mots en toute hâte, et c'est avec le même empressement qu'elle fuit, laissant l'intendant perplexe mais sa curiosité piquée. Elle s'approche de Joachim qui fait mine de ramasser des verres.

— Que t'a dit le roi ? Et que voulait Fouquet ?

Céleste boit un énième verre et le repose avec méchante humeur sur le plateau porté par son frère.

— Je me suis ridiculisée devant eux. Je crois que nous ferions mieux de rentrer.

— Ah ça ! Tu avais en effet l'air bien ridicule devant *môssieur* Fouquet. Un coup, tu étais rouge cardinal, la seconde d'après livide. Un vrai feu d'artifice toi aussi !

— La paix Joachim !

— En tout cas, je ne regretterai pas d'avoir profité du buffet. Le faisan farci valait le déplacement, dit-il en abandonnant son plateau en plein milieu d'une table.

— Pour ma part, je digère fort peu cette farce...

Le frère et la sœur dévalent les marches de l'Hôtel de Ville. Un cliquetis résonne contre les voûtes de l'escalier.

— Joachim, d'où provient ce bruit ? s'enquiert Céleste.

La bouche pleine de fruits confits, Joachim tire une dizaine de cuillères en argent et une bouteille de ses chausses déformées.

— Ch'ai fait quelques provichions.

Céleste lève les yeux au ciel et reprend sa descente avant de buter contre une silhouette debout au milieu des marches.

— Vous n'allez pas nous quitter si vite ! Quel dommage !

L'ombre s'avance et le visage de Basile Fouquet apparaît dans le halo d'un candélabre.

XXI

5 septembre 1649

L'air bravache, Céleste se fige, les poings sur les hanches.

— Ah ! Vous voilà enfin !

Ce dernier éclate de rire.

— Et revoilà notre vraie Céleste ! La robe vous va à merveille, mais ne fait, hélas, pas longtemps illusion. À la moindre distraction, vous reprenez vos vilaines manières.

La fille du bourreau rougit, vexée. Basile la rejoint.

— Avez-vous croisé le roi ?

— Allons à l'essentiel, si vous le voulez bien. Vous ne m'avez pas fait venir jusqu'ici pour que je puisse admirer les talents de danseur de Sa Majesté.

— Ni pour que vous vous gaviez comme des pourceaux. N'est-ce pas, Joachim ?

Basile Fouquet observe le frère de Céleste qui avale sa bouchée d'un coup.

— Au fait, monsieur l'abbé ! Venez-en au fait !

— Suivez-moi.

Basile sort de l'Hôtel de Ville et se dirige vers la Seine. Il s'avance sur la grève et entre dans l'eau jusqu'à mi-cuisse afin de rejoindre une barque arrimée à un piquet.

— Je vous invite à une petite promenade, Céleste.

Il lui tend la main, mais la jeune fille hésite. Elle jette un coup d'œil à son frère. Ce dernier la rassure à voix haute pour se faire entendre de l'abbé.

— Je te suivrai depuis la rive. Au moindre signe de ta part, j'interviens.

Rassurée par la proximité de Joachim, Céleste relève ses jupes, accepte la main de Basile et grimpe dans la frêle embarcation. En quelques coups de rame, ils se retrouvent au milieu des flots.

Bien qu'elle tente d'afficher son sang-froid, Céleste n'en mène pas large et observe, d'un œil inquiet, les eaux noires qui les ceignent.

— À Paris, les murs ont des oreilles. Mais le fleuve est une tombe qui n'entend et ne répète rien, précise Basile.

L'embarcation passe sous les arches du pont Notre-Dame. Les clapotis de l'eau résonnent contre les voûtes en pierre. Céleste devine l'ombre de son frère qui longe la rive. L'abbé poursuit :

— Sous le banc sur lequel vous êtes assise, vous trouverez une caisse. Prenez-la et ouvrez-la.

Intriguée, Céleste obéit et pose la boîte en bois ouvragée sur ses genoux. Elle fait basculer les deux fermoirs, soulève le couvercle mais le referme aussitôt comme s'il lui avait brûlé les doigts. Elle darde sur Basile des yeux méfiants.

— Qu'est-ce que cela veut dire ?

— Vous n'avez jamais tiré au pistolet ?

— J'ignore dans quelles circonstances j'en aurais eu l'occasion !

— Je vous laisse quatre mois pour vous entraîner et tuer le prince de Condé.

Céleste pense avoir mal entendu. Basile reprend avec un naturel désarmant.

— Vous avez parfaitement compris.

Seules les rames qui s'enfoncent à intervalles réguliers viennent rompre le silence. Sonnée, Céleste reste immobile, les mains posées sur le coffre. Passé les premiers moments de stupeur, elle l'ouvre à nouveau. Deux pistolets sont rangés tête-bêche dans un écrin en velours.

— Vous verrez, c'est très simple.

Basile mène la barque jusqu'au Pont-Neuf où il noue l'amarre à un anneau scellé dans un des piliers puis va s'asseoir à côté de Céleste. Il bat un briquet et allume une petite lanterne, saisit les deux pistolets et en tend un à sa voisine.

— Dans cette poire, vous trouverez la poudre, à tenir éloignée de l'humidité. Vous ouvrez le robinet de la poudrière, vous placez le doigt à l'extrémité du bec doseur, vous retournez la poudrière et vous pourrez ainsi doser la poudre nécessaire pour un tir, comme ceci.

Basile joint le geste à la parole. Puis il décrit la suite des opérations : verser la poudre dans le canon du pistolet, envelopper la balle dans un morceau de tissu que l'on appelle canepin et faire choir la balle dans le canon.

— Vous tassez avec ce bâton. Il ne vous reste plus qu'à verser la charge d'allumage, c'est-à-dire un peu de poudre ici, dans le bassinet. Vous refermez le bassinet. Vous armez le chien.

Avec le pouce, il fait reculer le silex.

— Vous visez. Et vous tirez.

Basile tend le bras vers la silhouette d'un chien errant sur la rive. Son index appuie sur la gâchette. Une flamme apparaît à l'embouchure du canon et au niveau du bassinet. Une explosion retentit, amplifiée sous les voûtes du pont. Au même instant, la bête émet un jappement, vacille et tombe dans le fleuve. Une onde noire se propage de l'endroit où le chien a coulé jusqu'à la barque qui oscille légèrement.

— À vous de jouer. Je vous regarde.

Céleste baisse les yeux sur le pistolet qu'elle tient dans ses mains. Sans bien savoir les raisons qui la poussent à agir, elle met en pratique les explications que vient de lui délivrer Basile Fouquet. La poudre, la balle. Tasser l'ensemble. Armer le chien.

Tremblante, elle lève son arme et vise son voisin. Ce dernier l'observe, le sourire aux lèvres, nullement impressionné.

— Eh bien ? Vous ne tirez pas ?

Céleste ne répond rien, ne pense à rien. Elle n'entend que son cœur qui résonne et son frère resté sur la rive qui l'exhorte à baisser son pistolet. Sa voix est étouffée pour ne pas attirer l'attention d'éventuels passants sur eux. Et ses mots ne parviennent à Céleste qu'à travers le bourdonnement de ses oreilles. Le rictus de Basile s'accentue. L'abbé s'avance, frotte sa joue contre le canon dans un mouvement lascif, approche son visage de celui de Céleste. Sa bouche n'est plus qu'à quelques pouces des lèvres de la jeune fille. Cet homme est encore plus fou qu'elle ne l'imaginait.

— Tirez Céleste ! Vous serez débarrassée de moi. J'en sais beaucoup trop, n'est-ce pas ?

La main de Céleste tremble de plus en plus sur le manche du pistolet qui pèse au bout de son bras. Alors, elle laisse échapper un cri de rage, repousse Basile avec véhémence. Elle dévie le canon, vise l'obscurité, appuie sur la gâchette. Mais seul le déclic du chien heurtant la batterie du pistolet se fait entendre, suivi aussitôt du rire de Basile. Mortifiée, Céleste regarde son arme inutile pendre au bout de ses doigts.

— Vous avez omis de verser la charge de poudre dans le bassinet pour l'allumage. Sans cela, les étincelles provoquées par le frottement du silex sur la batterie ne servent à rien.

L'abbé saisit les deux pistolets et les range dans leur écrin, puis sort une bourse de sa veste qu'il lance à Céleste.

— Voici quelques sols, s'il venait à vous manquer de la poudre ou des balles. J'ai pu constater, dans un pigeonnier de Gonesse, à quelles extrémités vous vous étiez rendue pour gagner un peu d'argent et je ne veux pas que vous soyez distraite de votre mission pour quelques pièces. Comme je vous le disais, vous avez quatre mois.

Une bourrasque humide s'engouffre sous le pont. Un frisson parcourt Céleste qui rabat son écharpe autour de ses épaules. Sur la berge, elle distingue son frère, le visage tendu vers le canot, cherchant à deviner ce qui s'y trame. Elle se passe une main sur le front.

— Pourquoi moi ?

— Le sang ne vous fait pas peur. Vous avez plusieurs identités. Vous êtes habile et dégourdie. Vous avez de la sympathie pour le roi. Et surtout...

Il approche son visage de celui de la jeune fille, caresse sa joue du bout de ses doigts et lui susurre :

— Votre secret vous rend docile. Vous tremblez à l'idée que je raconte votre histoire au Saint-Office. Pour vous ce serait le bûcher. Pour votre père, le même type d'interrogatoire que ceux qu'il fait passer.

Céleste se dégage avec humeur.

— Est-ce le cardinal qui souhaite la disparition de...

Basile Fouquet lui coupe la parole.

— Ni Son Éminence ni moi-même ne souhaitons la disparition de personne, bien entendu. Tenez-le-vous pour dit et cessez de proférer de telles billevesées. Elles risqueraient de vous coûter cher.

Il jette un regard plein de fausse compassion vers la rive où se baladait tantôt le chien errant.

— Une balle perdue, et c'est une vie qui bascule… dans le fleuve.

La menace est à peine déguisée. Non seulement Céleste est sommée d'assassiner un homme, mais en plus, les commanditaires se dédouanent de toute responsabilité. Si elle venait à être arrêtée et à subir la question, il lui faudrait bien évidemment se taire pour protéger son père.

Elle pose son menton sur la poitrine, se pelotonne dans son écharpe. Malgré les chaudes températures de cette fin d'été, un froid glacial la saisit soudain. C'est une chose de distribuer des tracts en compagnie d'un royaliste chevronné, c'en est une autre de tuer un homme de sang-froid et sans jugement. Surtout quand cet homme n'est autre que le cousin du roi.

Vainqueur des Espagnols à la bataille de Rocroi il y a de cela six ans, le Grand Condé est un brillant chef militaire, capable à la guerre du meilleur comme du pire. Le 8 février dernier, il a fait jeter nus dans les eaux glaciales de la Seine en crue, les captifs faits lors de la prise de Charenton. Ses soldats ont ravagé les campagnes, volé, forcé, pillé, incendié sans merci et sans que leur chef n'y mette un terme. Descendant de Saint Louis et du grand-père d'Henri IV, le Grand Condé a une haute opinion de lui-même et de son rang. En récompense des services rendus à la couronne, il réclame encore et toujours plus d'honneurs, pour lui et ses proches : des titres, des terres, des charges. À la cour, ses exigences et revendications agacent, et sa disparition en réjouirait plus d'un ; Mazarin le premier.

En quelques coups de rame, Basile échoue la barque sur la grève. La fille du bourreau atterrit dans la vase et s'éloigne, bientôt rejointe par son frère.

— Céleste, que t'a-t-il dit ? Pourquoi l'as-tu visé avec un pistolet ?

Elle se tait, mais Joachim insiste.

— Nous nous sommes toujours tout dit. Tu peux me faire confiance.

— Pas cette fois-ci. S'il te plaît, ne me pose plus de questions.

Céleste continue à avancer, la tête traversée par des dizaines d'interrogations, épouvantée surtout par la gravité de la mission que Basile Fouquet lui a confiée. Tenu à l'écart des affaires du cardinal le roi n'est sans doute pas au courant de ce projet d'attentat.

Désormais, elle est seule. Seule face à sa conscience. Seule face à ses choix. Elle peut obéir et assassiner le Grand Condé. Mais c'est prendre le risque d'être arrêtée, torturée de la main de son père, alors qu'elle n'a que ce moyen pour protéger sa famille. Elle peut aussi refuser, jeter le coffret dans les eaux troubles de la Seine. Mais là, l'issue est certaine : son père torturé et banni, comme son frère ; elle, humiliée et tuée.

Céleste privilégiera toujours ses intérêts et ceux de ses proches. Pour eux, elle tuera un innocent, quitte à y perdre elle-même la vie. Elle en assumera les conséquences.

Le frère et la sœur avancent dans un Paris désert et obscur, elle serrant la boîte contenant les pistolets contre sa poitrine, lui guettant le danger à chaque coin de rue, la main sur le poignard qui ne le quitte jamais. Les feux d'artifice, les buffets débordants de douceurs, les ors des plafonds de l'Hôtel de Ville : tout leur paraît soudain très loin et aussi irréel qu'un rêve dont ils auraient été violemment tirés.

Parvenus chez eux, les deux enfants Clercy retrouvent leur père toujours assis à la table de la salle à manger, mais le front posé sur son avant-bras. Octave a veillé tant qu'il a pu, curieux d'entendre le récit de la soirée d'anniversaire du roi. Mais le sommeil a eu raison de sa patience.

Céleste monte se coucher. Elle n'a pas lâché le coffret. Demain, après la pendaison de Louis-Germain Delaporte, elle ira s'entraîner quelque part où personne ne pourra la surprendre, sinon la mort ou quelques fantômes.

XXII

Octobre 1649

Un corbeau croasse, juché sur la branche d'un arbre mort. Céleste le vise de son pistolet et appuie sur la détente. L'oiseau s'envole, effrayé, mais indemne. La fille du bourreau abaisse son arme, courroucée.

Dans son dos se dresse le gibet de Montfaucon, abandonné depuis une vingtaine d'années. Trois rangées de six piliers forment un *U* sur trois étages. Tous les piliers sont reliés entre eux par des poutres en bois où étaient pendus les condamnés. Pour accéder aux premières rangées, il faut gravir un escalier. Une cave a été aménagée dans les vides laissés sous la structure. C'est là que les ossements étaient jetés, une fois les dépouilles nettoyées par le temps, la vermine et les oiseaux. Les os blanchis des derniers cadavres ont depuis longtemps rejoint les sous-sols, et ne subsistent, attachés aux poutres, que quelques morceaux de cordes recouverts de mousse. Montfaucon n'est plus qu'une décharge à ciel ouvert, où tout Paris vient déposer ses immondices. Les chiens errants sont les seuls visiteurs, ainsi que de rares chiffonniers ayant le cœur suffisamment accroché pour surmonter les relents fétides des lieux.

Ce sont donc ces abords peu accueillants que Céleste a choisis comme terrain pour s'entraîner à tirer au pistolet. Elle se remémore les instructions de Basile Fouquet, et recharge son arme. Le museau d'un rat surgit derrière une assiette cassée. Céleste vise, appuie sur la gâchette. Une motte de terre est arrachée du sol. Mais le rat, sain et sauf, se faufile parmi les débris qui jonchent le lieu. Céleste soupire, découragée.

Combien de poires à poudre a-t-elle vidées ? Elle a cessé de compter. Mais tous les matins, la fille du bourreau reprend le chemin du gibet abandonné et s'exerce, encore et toujours, jusqu'à ce que les rats et les corbeaux de Montfaucon commencent à craindre ses visites. La dernière balle qu'elle tirera sera pour le Grand Condé.

Ce dernier possède un vaste hôtel particulier situé dans une rue à son nom, à deux pas du palais du Luxembourg. Céleste y fait le guet, tantôt déguisée en vendeuse de petits pains, tantôt en mendiant, en chiffonnier ou encore en marchande d'images pieuses. En premier lieu, elle grave ses traits dans sa mémoire, car elle ne l'a jamais vu. Mais comment les oublier ? Un nez aquilin, des petits yeux rusés, des joues décharnées, des dents de cheval, un visage oblong. Puis elle apprend à reconnaître son carrosse, à apprivoiser ses habitudes, à anticiper ses déplacements, à la messe, chez la reine, chez sa maîtresse, chez ses proches, au Parlement. Céleste ne quitte plus Condé, à moins que ce ne soit l'inverse. Car le prince commence à se faire une place dans la tête de la jeune fille. À force de l'accompagner dans son quotidien, elle finit par éprouver de l'attachement pour celui qui n'était avant cela qu'une cible. Elle rit avec lui quand il se saoule avec ses amis, s'amuse de le voir sortir tout guilleret de chez son amante, s'agace lorsqu'un manant touche son pourpoint de sa main crasseuse pour lui réclamer quelques pièces.

Elle pense aussi à Charlotte-Marguerite de Montmorency. Comment réagira la mère du Grand Condé en apprenant la mort de son fils ? Céleste a-t-elle le droit d'infliger pareille souffrance à cette femme aimable, qui avait accepté de la recevoir au couvent des Carmélites ?

Les mois passent et la fin de l'ultimatum posé par Basile Fouquet approche. Pour autant, la fille du bourreau est de plus en plus indécise. Elle n'aura plus seulement le sang d'un innocent sur les mains, mais aussi celui d'un homme dont elle aura un peu partagé l'intimité. Il lui sera alors inutile de changer de gant, car ce sang restera indélébile.

Une nuit, Céleste se réveille en hurlant. Dans son cauchemar, elle était prise dans un sable mouvant qui l'engloutissait peu à peu. Le roi la regardait sombrer sans broncher depuis la berge. Il se penchait soudain pour cueillir une fleur à côté de l'oreille de Céleste, sans l'apercevoir pour autant. Il s'extasiait ainsi : « Une fleur de mandragore ! La fleur des pendus. Je l'offrirai à Céleste. » La vase recouvrait ses yeux, entrait dans sa bouche. Elle plongeait vers la mort, asphyxiée.

Au cri poussé par sa sœur, Joachim surgit, inquiet. Il la découvre en pleurs, le visage enfoui dans ses mains. Alors, il dépose sa chandelle sur la table de chevet, déplace une chaise, et s'assoit à ses côtés. Céleste sent sa main sur son épaule.

— Basile Fouquet t'a demandé d'assassiner le prince de Condé, n'est-ce pas ? Je t'ai suivie et t'ai vue t'entraîner au pistolet, puis espionner Condé. C'était un jeu d'enfant de tout deviner. Tu étais tellement obnubilée par ta mission que tu n'as jamais fait attention à moi.

Hagarde, Céleste redresse la tête et laisse retomber ses bras sur sa couche. Elle est vaincue.

Une immense lassitude s'abat sur ses épaules. Maintenant qu'elle partage son secret, ce dernier pèse un peu moins lourd sur sa conscience. Joachim prend une grande inspiration et étire ses jambes devant lui.

— Ce n'est pas dans notre genre d'obéir à contrecœur et surtout, sans contrepartie, n'est-ce pas ? Tu n'as aucune envie de tuer le prince. Par contre, tu possèdes une information qui vaut mille pièces d'or ! Tu sais exactement le jour et l'heure où quelqu'un doit tirer sur le Grand Condé. Tu aurais tort de passer à côté de cette manne : beaucoup des partisans du prince seraient prêts à payer cher pour lui sauver la vie.

Céleste secoue la tête.

— Tu n'y penses pas. Je dois vous protéger. Si je ne tue pas Condé, l'abbé dévoilera mon secret. Et tu devines les conséquences, n'est-ce pas ?

— Tu oublies que tu as un allié de poids : le roi !

— Un enfant... Il ne pourra rien faire pour moi. Je dois tuer le prince, voilà tout.

— Et tu le tueras... Ou tout du moins, tu feras comme si. Car de mon côté, j'aurai vendu la mèche. C'est sur un leurre que tu seras amenée à tirer.

— Basile Fouquet m'accusera d'avoir trahi son secret !

— Allons sœurette ! Tu plaideras l'innocence ! Avant ce soir, tu étais bien partie pour ne rien dévoiler. Ce n'est pas moi qui vais t'apprendre à jouer la comédie !

Céleste réfléchit. Joachim n'a peut-être pas tort. Elle s'est laissée facilement impressionner, alors qu'il y a sans doute là une affaire à mener. Un plan commence à s'échafauder dans sa tête. Son frère l'observe, le sourire aux lèvres. Il sait qu'il a convaincu sa sœur.

— Joachim, tu te souviens de ce que papa m'a raconté sur la condamnation de ma mère ? Je n'arrête pas d'y penser. Il faut que je comprenne ce qu'il s'est réellement passé.

— Certes... mais quel est le rapport avec le Grand Condé ?

— Je dois trouver un moyen d'accéder aux archives du procès. Plutôt que de l'argent, voilà ce que nous pourrions négocier : une information contre une autre ! Toutefois...

Elle s'interrompt, gênée.

— Hélas, toi tu n'auras rien à gagner dans cette histoire.

Joachim dépose un baiser sur le front de sa sœur.

— Qu'importe, tu auras une dette envers moi !

— Et je m'en souviendrai ! Maintenant, nous pourrions informer un des partisans de Condé, reprend Céleste qui a retrouvé son éternel entrain. Son secrétaire par exemple.

— Et tu sais qui c'est ?

— Non. Mais je connais un homme qui, en tant que maître des requêtes, a sa place sur les bancs du Parlement et doit forcément le croiser.

— Nicolas Fouquet !

Le lendemain, il est encore tôt lorsque Céleste prend la direction du Parlement. Elle traverse le pont au Change, le long duquel s'entassent les boutiques des joailliers et orfèvres, et débouche rue de la Barillerie. Là, ce sont les tonneaux qui encombrent la chaussée. L'horloge installée sur le flanc de la tour éponyme indique sept heures quarante-cinq.

Céleste s'avance le long des échoppes adossées à la muraille du Palais de la Cité, et pénètre dans l'enceinte où de nombreux commerçants proposent leurs denrées à même les pavés de la cour. La fille du bourreau s'avance aux pieds de l'imposant escalier qui mène à la galerie des Merciers et achète à un vendeur ambulant deux petits pains blancs qu'elle mange avec appétit. Par peur de manquer l'arrivée de Nicolas Fouquet au Parlement, elle n'a pas pris le temps de déjeuner ce matin. Sans doute eût-il été plus simple de prendre rendez-vous auprès du maître des requêtes, mais Céleste n'a plus beaucoup de temps avant l'échéance imposée par Basile. Et bien que cela lui coûte de se l'avouer, elle est pressée de revoir Nicolas.

Les premières robes rouges et noires arrivent dans la cour du Palais. Céleste plisse les yeux pour mieux distinguer les visages de chacun. Soudain, elle aperçoit celui de Nicolas. Il a revêtu le vêtement de velours sombre des magistrats. Sous son bras, il tient serré contre lui le portefeuille bien garni qu'elle lui avait vu à Gonesse. D'un mouvement du menton, il salue un confrère et s'avance vers les escaliers où Céleste fait les cent pas. L'appréhension la tenaille. Elle se souvient comme, en sa présence, elle n'est plus tout à fait la même. D'ailleurs, pour rencontrer le maître des requêtes, elle a troqué ses vêtements d'homme contre une modeste robe de coton bleu. Ses cheveux tombant sur ses épaules sont couverts par un fin bonnet blanc. Tandis que Nicolas commence à gravir les degrés, Céleste vient à sa rencontre.

— Monsieur Fouquet !

Tiré de ses pensées, ce dernier lève vers Céleste un visage surpris, puis la gratifie d'un large sourire.

— Bonjour mademoiselle... Céleste ? Vous m'excuserez, je ne crois pas connaître votre nom.

N'ayant aucune intention de lui livrer le patronyme de son père, Céleste élude la question.

— Je suis désolée de la manière un peu abrupte avec laquelle je vous ai quitté à l'Hôtel de Ville.

— C'était une agréable surprise de vous y croiser, mais une déception de vous voir effectivement partir si vite.

Céleste replace la mèche qui lui tombe sur les yeux derrière son oreille et cherche le courage de le questionner, sans détour aucun.

— Monsieur Fouquet, je souhaiterais m'entretenir avec le secrétaire du Grand Condé.

Le sourire de Nicolas s'estompe. Il plisse les yeux. Allons bon… Que peut avoir à faire cette jeune Fille de la Charité avec Jean Perrault ? Le comportement de Céleste n'a de cesse de le surprendre et d'aiguiser son intérêt. Sa spontanéité tranche avec les poses affectées des demoiselles de son âge et de sa condition. Ses manières sont parfois brusques et peu distinguées, sa démarche trop décidée. Nicolas a toutes les peines à cerner sa personnalité. Mais surtout, il réalise peu à peu qu'il n'est pas insensible à la fraîcheur de ses traits et au bleu profond de ses yeux qui justifie, à lui seul, son prénom.

— Monsieur le Prince ferait-il partie des potentiels donateurs pour vos œuvres de charité, mademoiselle ? Vous visez haut.

Céleste se contente de sourire. Nicolas capitule.

— Attendez-moi ici.

Le maître des requêtes monte les degrés et disparaît dans la galerie des Merciers. Il revient quelques minutes plus tard et tend un papier à Céleste. Sur la feuille sont inscrits d'une écriture fine le nom de Jean Perrault et son adresse, quai Malaquais.

— Merci infiniment, monsieur Fouquet.

Elle veut s'enfuir. Il la retient par le bras.

— Vous ne me ferez pas l'affront de vous dérober comme la dernière fois ! Pas comme ça ! À mon tour de vous poser une question. Qui était cet homme avec qui vous vous entreteniez à l'Hôtel de Ville ?

Céleste feint la surprise.

— Un laquais, rien de plus.

— À d'autres, Céleste. Je serais très vexé si vous me preniez pour un sot.

Ses yeux étudient les traits de la jeune fille comme s'ils cherchaient une réponse. Céleste a noté qu'il n'a plus employé le « mademoiselle » de rigueur. Elle s'en agace – pour qui se prend-il ? – mais s'en réjouit en son for intérieur. En supprimant sa dénomination, Nicolas a effectué un rapprochement notable. D'ailleurs, il a fait un pas vers elle, si bien qu'elle peut désormais respirer son parfum. Troublée, elle cherche à rassembler ses esprits. Elle s'en veut terriblement de son imprudence et de ses maladresses. Le soir de l'anniversaire du roi, elle aura décidément manqué de la discrétion la plus essentielle : se comporter en femme de bonnes mœurs ! Elle qui entendait passer inaperçue n'a cessé de se faire remarquer.

La main de Fouquet exerce une pression sur son bras pour l'inviter à répondre. Le visage de la fille du bourreau se décompose. Nicolas rit.

— Pourquoi cette gêne, Céleste ?

Il incline légèrement la tête.

— Ah, je vois ! Un prétendant ?

Comment peut-il formuler pareille supposition ? Céleste fronce les sourcils et proteste de façon un peu trop virulente à son goût.

— Bien sûr que non ! C'est mon frère.

Nicolas sourit, satisfait de cette réponse, alors que Céleste s'aperçoit de sa nouvelle bévue : elle vient de livrer à Fouquet le lien qui l'unit à Joachim. Il est grand temps de se ressaisir avant qu'elle ne dévoile tous ses secrets de famille aux frères Fouquet. Au même instant, la cloche de la Sainte-Chapelle sonne la demie de huit heures.

— Merci encore pour votre précieuse aide. C'était un plaisir de vous revoir, monsieur Fouquet.

— Plaisir partagé, Céleste.

Elle s'arrache à Nicolas qui la regarde partir, dévale les degrés et se rue à l'extérieur du Palais.

Céleste court jusque chez elle, tiraillée par l'ambivalence de ses sentiments. À l'euphorie provoquée par son entrevue avec le maître des requêtes a succédé un profond agacement : en sa présence, force est de constater qu'elle perd tous ses moyens. Elle s'empresse cependant de chasser ces pensées, monte à l'étage où son frère ronfle encore et le secoue par l'épaule.

— Réveille-toi, Joachim ! J'ai tout ce qu'il nous faut !

XXIII

11 décembre 1649

La capuche rabattue sur les yeux, Céleste égrène un chapelet. Elle a retrouvé la tenue de moine franciscain qu'elle avait déjà enfilée quelques mois plus tôt pour accompagner le chevalier de La Valette. Tandis qu'elle fait les cent pas entre la fontaine de la Samaritaine et la statue d'Henri IV, un vent glacial s'engouffre dans les plis de sa robe de bure et la fait frissonner.

En ce samedi 11 décembre 1649, à vingt heures, un calme relatif règne sur le Pont-Neuf. Tondeurs d'animaux, arracheurs de dents, vendeurs de victuailles, bonimenteurs, bouquinistes bravant l'arrêté royal qui interdit leur concurrence déloyale aux libraires du quartier : tous ont déjà plié boutique, poussés par l'obscurité et les frimas de l'hiver vers la chaleur de leurs foyers.

Des claquements de sabots sur le pavé du pont retentissent derrière Céleste. Elle se retourne. Fausse alerte. C'est la charrette d'un vendeur de bois. La fille du bourreau a suivi le prince tout ce jour. Elle sait qu'il passera tôt ou tard par là pour revenir de chez la reine, à qui il est allé rendre visite.

Céleste reprend sa déambulation, le pas lent, sereine. Elle a répété la scène dans sa tête des centaines de fois, elle connaît son rôle à la perfection. Les bras croisés à l'abri de ses larges manches, elle vérifie que les deux pistolets sont toujours en place et qu'elle peut facilement les détacher. Éclairé par la lueur d'une pauvre chandelle de suif, un joueur de dés pipés, assis dans une des corbeilles en pierre qui jalonnent le parapet, propose sans conviction une partie à ce moine esseulé. Céleste le dépasse sans même lui répondre. Elle se désaltère à la fontaine – l'eau a un goût de vase – et s'essuie la bouche d'un revers de la manche. C'est alors qu'elle l'aperçoit. Le carrosse du Grand Condé vient de s'engager sur le pont. Il traîne dans son sillage les gerbes d'étincelles rouges jaillies de deux torches fixées de part et d'autre du véhicule.

Céleste s'adosse au parapet en pierre et attend que l'équipage s'avance jusqu'à elle. Seule la moiteur de ses mains trahit sa tension. Autour d'elle, quelques passants traversent le pont, têtes baissées, frigorifiés, sans lui prêter attention.

Le véhicule, tiré par quatre chevaux, dépasse la Samaritaine puis la statue d'Henri IV. Il roule à vive allure, profitant de la faible fréquentation du pont. Quand les naseaux des premiers chevaux arrivent à la hauteur de Céleste, elle se lève d'un bond, saisit les pistolets et les tire de ses manches. Le bras droit tendu, elle vise la portière, adaptant son mouvement à la vitesse du carrosse, et tire un premier coup. La vitre se brise et les morceaux s'éparpillent sur la chaussée. Des cris retentissent. Un second attelage suit le premier. Un homme, debout sur la plateforme arrière, est sur le point de se jeter sur elle. Sans réfléchir, elle ajuste la deuxième arme et tire. Brisé dans son élan, l'homme s'effondre sur la chaussée.

À la lueur des torches, Céleste regarde le corps rouler sur le pavé, incrédule. Mais quand il s'immobilise enfin sur le dos, du sang s'échappe d'une plaie béante à la gorge. Son visage, figé sur une grimace de stupeur, a adopté la pâleur de la mort. Sans plus attendre, Céleste s'enfuit, cette image cauchemardesque gravée dans ses yeux. Elle emprunte la rue de l'Arbre sec, bifurque à droite. Là, elle escalade un muret et atterrit dans un petit jardin. Une femme, debout sur le pas de sa porte, lève les yeux vers l'intrus. Éclairée par un rayon de lune, Céleste braque son arme déchargée sur elle.

— Rentrez chez vous !

La femme pousse un cri et disparaît dans sa maison sans se faire prier. Haletante, Céleste ôte sa robe de bure qu'elle jette dans le puits avec les deux pistolets et lâche ses cheveux sur ses épaules. Sous son déguisement, elle avait enfilé une robe sombre pour ressembler à n'importe quelle Parisienne d'humble condition. Alors, d'un pas assuré qui contraste avec son tumulte intérieur, elle traverse le jardin commun et pénètre dans une des maisons au hasard, pour ensuite regagner la rue.

L'intérieur est plongé dans la pénombre. Seules des braises rougeoient dans l'âtre. Des yeux, Céleste cherche la sortie, mais son regard tombe sur une forme humaine ratatinée dans un fauteuil. La jeune fille s'approche et distingue le visage ridé d'une vieille tendu vers le sien. Le reste de son corps a disparu sous une épaisse couverture en laine. Ses pupilles brillent dans le noir. Céleste s'accroupit pour se mettre à sa hauteur.

— Avez-vous besoin de quelque chose, grand-mère ?

Cette dernière mâchonne une réponse muette dans sa bouche édentée. Céleste sourit, pose les mains sur celles de la vieille femme. Sa peau est aussi sèche qu'un morceau de parchemin. La grand-mère caresse la joue de Céleste d'un geste maladroit. La fille du bourreau s'effondre en pleurs.

Elle vient de tuer un innocent.

S'arrachant aux mains de la femme, Céleste court jusque chez elle, les larmes brouillant sa vue. Elle monte se coucher sans dîner ni donner d'explications, et se glisse tout habillée dans son lit. Joachim passe une tête par la trappe qui mène à leur chambre.

— Tu vas bien, Céleste ?

Cette dernière lui tourne le dos.

— À la place du Grand Condé, j'ai tué un laquais.

Joachim reçoit l'information dans un silence consterné. Par réflexe, il pose une main sur l'épaule de sa sœur. C'est là un maigre réconfort, mais il ne trouve pas les mots pour la consoler. Il se retire, laissant Céleste seule avec sa douleur et sa culpabilité.

La nuit de la jeune fille est traversée de cauchemars. Arrêtée, elle est jetée dans une geôle suintante d'humidité, jonchée d'immondices et de déjections. Elle subit la question extraordinaire de la main de son propre père qui, en frappant sur les coins, lui crie au visage « Tu as tué un homme ! Tu es comme ta mère, une meurtrière ! ». Accusée de tentative d'assassinat sur un prince du sang, elle est ensuite traînée sur l'échafaud et y subit le même sort que Ravaillac[1]. Main brûlée au soufre, corps tenaillé puis écartelé. Sa dépouille démembrée est ensuite réduite en cendres. Celles-ci seront jetées au vent.

À l'aube, Céleste se dresse dans son lit, la chemise trempée de sueur. La maison est encore endormie. Heureuse de n'y croiser personne, la fille du bourreau enfile, au-dessus de ses vêtements d'homme, son long manteau noir, coiffe son chapeau à large bord et court prendre le poûls de la ville aux Halles. La tentative d'assassinat sur le Grand Condé commence-t-elle à faire parler ?

---

1. Ravaillac est l'assassin d'Henri IV. Il a poignardé le souverain dans son carrosse, rue de la Ferronnerie à Paris. Son supplice a été particulièrement éprouvant.

Malgré l'heure matinale, une grande agitation règne sur le quartier. Les charretiers s'invectivent parce que leurs véhicules bloquent les rues. Les commerçants s'époumonent parce qu'ils vantent les mérites de leurs denrées et dénigrent celles de leurs voisins. Les harengères hurlent, mais c'est à Mazarin qu'elles s'en prennent.

Céleste pousse sa promenade jusqu'au lieu du crime. Sur le Pont-Neuf, marchands et charlatans installent leurs étals, déplient leurs présentoirs. La fille du bourreau flâne d'un bout à l'autre du pont, l'oreille à l'affût. Une discussion entre deux commerçants attire son attention.

— J'ai assisté à une bien étrange scène, hier, rue des Bernardins. Un cavalier a tenté d'assassiner Guy Joly.

— Connais pas.

— Mais si ! Le secrétaire du coadjuteur Gondi. Il est aussi conseiller au Châtelet. En passant à côté de son carrosse, l'homme a visé la portière, a tiré une balle, puis s'est échappé au triple galop. Monsieur Joly n'a été blessé qu'au bras, mais il poussait de tels cris d'orfraie qu'on le croyait mortellement touché.

L'homme plisse les yeux et prend un ton de conspirateur.

— Si l'on me disait qu'il s'agissait d'un coup monté par les Frondeurs, cela ne m'étonnerait pas. Tous jouaient mal la comédie. Même le chirurgien à qui l'on a porté Guy Joly, insistait trop sur l'importance de la blessure pour être crédible.

Des clients ont pris la conversation en cours de route. L'un d'entre eux interpelle le vendeur.

— L'avez-vous vue, cette blessure ?

— Une égratignure ! Mais Guy Joly avait perdu toute dignité. Il aurait rendu sourd un arracheur de dents !

Des rires fusent de l'attroupement qui s'est peu à peu formé autour des commerçants.

— On raconte que le président aux requêtes Charton, de chez qui Guy Joly sortait avant de se faire tirer dessus, a été si effrayé qu'il est venu, en équipage de guerre, supplier le Parlement de lui donner des gardes. Le pauvre homme pensait qu'on en voulait à sa vie parce qu'il est collègue de Guy Joly. Ses pairs se sont bien moqués de lui !

Les rires reprennent de plus belle. Un homme se faufile parmi l'auditoire et se place au milieu du cercle. Une femme reconnaît l'individu et chuchote à l'oreille de son mari suffisamment fort pour que Céleste entende :

— C'est le sieur de la Pesche. Il est tailleur à la ville, mais il gagne mieux sa vie à exciter les foules. Il paraît qu'il se vante de pouvoir rassembler, d'un coup de sifflet, plus de huit cents criailleurs. En ce moment, il défend les intérêts de Condé !

Le sang de Céleste ne fait qu'un tour. Elle s'approche un peu plus de ce nouveau venu qui apostrophe la foule.

— Que nous importe cette mascarade inventée par Gondi et sa clique ! Savez-vous, bonnes gens, que, pas plus tard qu'hier, là où vous êtes précisément, monsieur...

Par un malheureux hasard, il pointe du doigt Céleste qui se liquéfie sur place.

— ... un homme déguisé en religieux a tenté d'assassiner le Grand Condé, le cousin du roi ! Oui, monsieur ! Là où vous avez posé le pied, ce prince du sang a failli verser...

Il garde le silence et le doigt en l'air.

— Son sang ! Et c'est cet homme-là qui aurait pu mourir hier sous les balles d'un félon, d'un traître, d'un scélérat !

Céleste reçoit chaque injure comme un coup de poing à l'estomac. Un murmure horrifié parcourt l'assistance. L'orateur lève son index vers le ciel.

— Mais !

Le public retient sa respiration. Pesche poursuit sa harangue.

— Le Grand Condé a été informé à temps de l'odieux destin qu'on lui réservait. Il a donc envoyé son carrosse vide sur le pont, avec pages et valets, suivi d'un autre à la livrée du comte de Duras. Les voyant arriver, le religieux tend son arme.

L'assistance est suspendue à ses lèvres. Céleste tient ses mains cachées sous son manteau pour ne pas dévoiler leur tremblement.

— Et il tire une balle sur le premier carrosse ! Mais voilà que le second véhicule arrive à sa hauteur ! Sans pitié, il décharge son autre pistolet et blesse à mort un laquais du comte de Duras.

La fille du bourreau en a assez entendu. Elle s'éloigne, sonnée. Ses pensées divaguent comme ses pas qui la mènent au hasard des rues. La culpabilité la ronge à l'étouffer. Elle a beau se répéter qu'elle n'a fait que se défendre, l'image de l'homme qu'elle a tué, la gorge béante, ne cesse de la hanter. Céleste se fige soudain et pousse un cri de rage, surprenant les passants autour d'elle qui s'éloignent par prudence. Elle serre les poings. Pourquoi diable cet imbécile a-t-il voulu lui sauter dessus ? Ne pouvait-il se conduire en pleutre comme le font tous les domestiques ?

XXIV

25 décembre 1649

Les jours passent. Mais rien ne se passe. Céleste attend, terrorisée à l'idée que l'on vienne la chercher pour la jeter dans les geôles du Châtelet avant de la juger. Elle craint tout autant la réaction de Basile Fouquet. Le Grand Condé est encore de ce monde, le contrat n'a pas été rempli. La fille du bourreau réussira-t-elle à convaincre l'abbé qu'elle n'a pas trahi leur secret ? Sa vie est en sursis. L'incertitude est la pire des tortures.

Un matin qu'elle erre aux Halles, Céleste apprend de la bouche des harengères que le roi va faire sa première communion à Saint-Eustache, le jour de Noël. Elle entend les paroles de Joachim résonner dans sa tête : « N'oublie pas que tu as sauvé la vie du roi. ». Un espoir éclaire son visage en même temps qu'une idée folle lui traverse l'esprit. Mais pour cela elle a besoin de la complicité de Joachim.

Le 25 décembre, à l'aube, le frère et la sœur se rendent à l'église en question. À l'intérieur, Céleste se met en prière devant la chapelle Saint-Joseph pendant que Joachim s'accroupit au pied du portail à l'entrée. Seule sa main tendue dépasse de son ample manteau pour quémander quelques pièces. Depuis son poste d'observation, il peut ainsi guetter les allées et venues. Un clerc ne tarde pas à approcher et à franchir le seuil, sans prêter attention au mendiant à ses pieds. Aussitôt, Joachim se lève et marche à ses côtés, les yeux rivés sur lui.

Surpris, l'homme observe les alentours, constate qu'il est seul avec ce fou, hormis la présence d'un jeune homme en prière quelques pas plus loin, et accélère. Mais Joachim ne le quitte pas d'une semelle.

— Vous êtes le prêtre ?

L'homme nie d'un mouvement de la tête. Joachim insiste.

— Le thuriféraire[1] alors ?

Le clerc jette un coup d'œil effrayé à Joachim et presse le pas.

— Non. Le naviculaire[2].

Joachim, toujours à ses côtés, imprime une moue admirative sur ses lèvres.

— Et vous allez célébrer la première communion du roi ? Quel honneur ! Comment vous appelez-vous ?

Le clerc lâche son nom à contrecœur, cherchant des yeux un secours qui ne vient pas.

— Étienne.

Étienne et Joachim ont encore accéléré le train. Affolé, le clerc s'arrête net devant l'autel.

— Que me voulez-vous à la fin ?

Le frère de Céleste hausse les épaules.

— Juste vos habits.

Les yeux du naviculaire roulent dans leurs orbites.

1. Le thuriféraire est le porteur de l'encensoir.

2. Le naviculaire est le porteur de la navette qui contient l'encens.

— Calmez-vous, Étienne. Si vous vous montrez coopératif, tout devrait bien se passer ! Deux options s'offrent à vous. La première : vous buvez ceci...

Joachim extrait de son manteau un flacon de laudanum.

— ... vous me donnez vos habits et vous patientez sagement quelque part dans l'église.

Joachim se tait. Étienne hausse un sourcil.

— Et la deuxième option ?

Joachim saisit le lourd crucifix en bronze posé sur l'autel.

— Je vous frappe l'arrière du crâne avec ceci, prends vos habits et vous fais toujours patienter sagement quelque part dans l'église.

La panique et l'indignation se livrent bataille dans le cœur d'Étienne. La peur le paralyse. L'indignation l'étrangle. Le choc émotionnel est trop fort. Ses yeux se révulsent et il tombe raide évanoui aux pieds de Joachim, perplexe.

— Diantre ! Je n'aurais pas cru la tâche si facile.

Céleste accourt, effarée.

— Malheureux ! Tu l'as assommé ? J'avais dit pas de violence !

— Je ne l'ai pas touché, et à peine menacé !

La fille du bourreau se penche sur l'homme inconscient et lui prend le pouls. Rassurée, elle saisit ce dernier par les pieds.

— Aide-moi à le porter derrière l'autel.

Une fois à l'abri des regards indiscrets, Céleste verse le contenu d'une fiole de laudanum entre les lèvres d'Étienne.

— Avec ça, il devrait dormir au moins jusqu'à cet après-midi.

Joachim s'attelle alors à le défaire de son aube pour l'enfiler à son tour et coiffe sa calotte. Le matin même, sa sœur s'était fait un malin plaisir de lui tondre l'arrière du crâne. Joachim contemple le clerc en chemise et toujours inerte.

— Qu'en fait-on maintenant ?

Céleste avise le confessionnal.

— On pourrait peut-être le cacher là-dedans ? Personne n'ira à confesse pendant la messe.

S'étant assurés que la voie était libre, les deux garnements déposent leur fardeau dans sa cachette. Il était temps. Le prêtre a passé le portail, suivi d'un clerc et de deux enfants de chœur. Ils traversent la nef et pénètrent dans la sacristie tout au fond de l'église.

Céleste va se cacher derrière le chœur. Joachim quant à lui prend une grande inspiration pour se donner du courage et, à son tour, pousse la porte de la sacristie. Des armoires en bois brut sont alignées le long des murs. Sur une table sont disposés les objets du culte : ciboire, encensoir, navette garnie d'encens, calice, goupillon… À l'arrivée de Joachim, le prêtre, le clerc et les enfants de chœur relèvent la tête et dévisagent le nouveau venu. Celui-ci joint les mains avec componction devant son ventre et, d'une voix qu'il rend la plus grave possible, justifie sa présence :

— Étienne était souffrant. Il m'a demandé de le remplacer pour la messe de ce matin.

Le prêtre l'observe, les yeux plissés, laissant deviner à Joachim une sévère myopie.

— Je ne vous ai jamais vu auparavant.

— Nous étudions ensemble avec Étienne. J'ai été amené à vous croiser quelques fois.

Joachim serre les mâchoires et parie sur l'embarras du religieux, honteux de ne pas bien distinguer les traits et de ne reconnaître personne, pour trouver une issue à sa situation délicate. Et sa technique fonctionne. Ce dernier grommelle et retourne à ses calices. Joachim ouvre un placard au hasard et tombe, par bonheur, sur les vêtements liturgiques. Il saisit un surplis qu'il enfile par-dessus son aube et va quérir la navette remplie d'encens. Après quoi il attend avec impatience que la cérémonie commence, le cœur battant. Il craint le faux pas.

Quand neuf heures sonnent aux cloches de Saint-Eustache, l'église est pleine de gentilshommes et de dames de la cour venus assister à la première communion du roi. Joachim ne quitte pas d'une semelle le thuriféraire qui se rapproche du portail de l'entrée par le bas-côté pour rejoindre le souverain. Précédé de la compagnie du Grand prévôt[1] et des Cent-Suisses tambour battant, ce dernier est arrivé en grande pompe.

Aux côtés du prêtre, le thuriféraire ouvre la procession et remonte la nef jusqu'au chœur en maniant l'encensoir. Joachim se tient derrière lui, se retrouvant ainsi au même niveau que le roi. Le regard braqué devant lui, il chuchote du plus fort qu'il peut sans se trahir.

— Majesté ! Céleste a besoin de vous parler à tout prix, seule à seul.

Le roi conserve un silence qui fait douter Joachim. L'a-t-il bien entendu ? Ils ont presque atteint l'autel quand Louis lui murmure enfin :

— Hélas, je crains que ce ne soit point le meilleur jour ! Tous les yeux sont braqués sur moi. Je doute pouvoir échapper à la vigilance d'autant de monde.

Joachim réprime une grimace de déception. Le thuriféraire se place sur le côté de l'autel. Le fils du bourreau est contraint de le suivre et de s'éloigner du roi. À plusieurs reprises, il croise son regard mais Louis arbore un masque d'indifférence tout le long de la cérémonie. Quand cette dernière touche à sa fin, le monarque s'avance vers sa mère, qui se tient debout au premier

1. Officier de la Maison du roi, le Grand prévôt de France assure la police de la cour du roi. Il est assisté, pour la police, d'une compagnie militaire.

rang, et lui glisse un mot à l'oreille. La reine acquiesce, un large sourire sur les lèvres. Puis elle se tourne vers l'assistance et déclare à voix haute :

— Mon fils réclame quelques instants pour prier. Je vous invite à faire de même.

Un murmure d'approbation traverse le public. Le roi, solennel, contourne le chœur par la droite et va s'agenouiller devant la chapelle de la Vierge au fond de l'église, à l'abri des regards. Les membres de la cour ferment alors les yeux, baissent la tête et entrent en prière. Pour ne pas attirer les soupçons si l'on venait à les surprendre, le souverain s'agenouille à quelques pas de Céleste, suffisamment proche cependant pour l'entendre. Les mains jointes devant son visage, Louis jette un coup d'œil à la jeune fille.

— Que me voulez-vous, Céleste ? Cela ne pouvait donc attendre un moment plus opportun ?

— Majesté, avez-vous eu vent de la tentative d'assassinat sur le Grand Condé ?

— Oui, et ceux qui ont manigancé ce crime odieux contre mon cousin méritent un lourd châtiment.

Céleste cherche ses mots.

— Savez-vous qui pourrait en vouloir au prince ?

Louis affiche un visage sombre.

— Vous connaissez son nom, n'est-ce pas Céleste ? Parlez !

Cette dernière hésite. Les accusations qu'elle s'apprête à proférer sont d'une extrême gravité.

— Selon mes sources, ce serait votre parrain.

— Comment pouvez-vous en être si sûre ?

— Parce que c'est moi qui ai tiré sur le carrosse.

Le roi se redresse, horrifié. Sans lui laisser le temps de formuler la moindre question ou protestation, Céleste lui explique la situation d'un phrasé rapide, trop rapide. Le chantage de Basile

Fouquet, l'homme du cardinal. Les pistolets. Son entraînement et l'espionnage du Grand Condé. Les renseignements livrés à Jean Perrault. Le faux attentat perpétré contre le carrosse vide.

— Je vous dois la vérité, Majesté. Par mon geste, je me suis mise en danger. Je ne sais quelles sont les réelles intentions de Basile Fouquet, mais vous seul avez désormais le pouvoir de me protéger.

Louis détourne le visage, pas assez vite cependant. Céleste a perçu des larmes de rage briller dans ses yeux. Il serre tant les poings que la peau de ses doigts blanchit aux phalanges.

— Je ne suis qu'un enfant, à qui l'on cache tout et qui ne décide de rien. Quelle protection espérez-vous de moi ?

D'un bond, Louis se remet sur ses jambes et s'éloigne vers la nef d'où, heureusement, personne n'a pu apercevoir son mouvement d'humeur. La fille du bourreau se retrouve désemparée. Fallait-il révéler la vérité au roi de façon si brutale et le confronter ainsi à l'impuissance de sa jeunesse ? Louis doit pouvoir lui faire confiance en toutes circonstances. N'est-elle pas son amie ? Ces pensées la rassurent : elle a fait le bon choix en optant pour l'honnêteté. L'entrevue lui laisse un goût amer.

Céleste attend que l'église se vide avant de sortir de sa cachette. À peine a-t-elle fait un pas dans la travée qu'une main se plaque sur sa bouche pour étouffer son cri. Un bras la ceint et l'emporte derrière un pilier.

XXV

25 décembre 1649

La fille du bourreau essaye de se dégager de l'étreinte de son agresseur. Un déclic se fait entendre. Céleste devine le canon froid d'un pistolet pointé sur sa gorge.

— Je suis très fâché contre vous.

Sans réelle surprise, la voix de Basile Fouquet, anormalement paisible, ronronne à ses oreilles. Céleste tente de garder son calme. Mais la peur l'étouffe.

— Je me suis entraînée à tirer tous les jours. J'ai espionné les faits et gestes du Grand Condé. Et j'ai tiré sur son carrosse. J'ai même tué un laquais. Qu'y puis-je si le prince n'était pas là où il devait être ?

— Vous l'avez averti.

— Je ne suis pas inconsciente ! Jamais je n'aurais fait une chose pareille et j'ignore comment il aurait pu être mis au courant.

— Vous avez monnayé l'information.

La pression du canon se fait plus forte sur sa gorge. Céleste peine à respirer. D'une voix rauque, elle tente une ruse.

— Peut-être que Mazarin s'est joué de vous.

Basile la secoue.

— Ne prononcez pas son nom !

— Peut-être a-t-il lui-même éventé le projet pour s'attirer les faveurs du Grand Condé ?

L'immobilité et le silence de Basile Fouquet indiquent à Céleste que ses arguments ont fait mouche. Encouragée dans sa manipulation, elle poursuit :

— Croyez-vous sincèrement que le Grand Condé aurait offert une récompense à celui qui voulait l'assassiner ? Au fait de mon dessein, il m'aurait fait disparaître sans me laisser le loisir de tirer sur son carrosse.

Céleste se contorsionne pour tenter de se dégager du canon qui appuie sur sa gorge. Basile Fouquet ne la retient pas. Son absence de réaction conforte Céleste dans son intuition.

— Depuis ce 11 décembre, je ne vis que dans l'angoisse de vous rencontrer. Voilà chose faite. Peut-être que je ne parviendrai pas à vous convaincre de mon innocence, mais si vous me tuez aujourd'hui, vous perdrez un outil précieux. Parce qu'il est certain que vous aurez encore besoin de moi, monsieur l'abbé.

Elle se masse le cou. Basile Fouquet, le pistolet pendant au bout de son bras, darde sur elle des yeux brillants. Le doute s'est immiscé en lui. Céleste s'éloigne de quelques pas prudents, guettant l'arme à feu.

— Et si vous désirez tout de même me confondre, vous trouverez rue de l'Arbre Sec, dans le puits d'un jardin ceint par une haute clôture, les pistolets et mon déguisement. Une femme qui vit là m'a surprise. Vous pourrez obtenir son témoignage.

Céleste recule davantage. Constatant que Basile Fouquet n'a aucune réaction, elle s'enfuit, pantelante, et rejoint son frère qui l'attend sur le parvis de l'église.

Les mois qui suivent n'invitent guère aux réjouissances. La fille du bourreau craint toujours les représailles de Basile.

Si elle a peut-être réussi à le convaincre de sa bonne foi, elle n'est pas à l'abri de son éventuelle dénonciation. L'hiver s'éternise. Le prix des denrées reste élevé. Et la défiance des Parisiens envers la régence est intacte. Le 18 janvier 1650, sans réel motif sinon de freiner leur ambition, le cardinal Mazarin fait arrêter le Grand Condé, son frère le prince de Conti et le duc de Longueville, leur beau-frère. La nouvelle provoque à Paris des feux de joie sur les places et devant les maisons. Les Parisiens fêtent l'arrestation de celui qui les a affamés l'hiver durant.

Céleste rend très souvent visite à sa nouvelle amie, Marie de Maupeou. Le mercredi 9 février 1650, en début d'après-midi, la fille du bourreau est occupée à couper des têtes de pavot dans le laboratoire de la rue de Jouy. Elle guette comme à l'accoutumée les dernières marches de l'escalier dans l'espoir de voir surgir, d'un moment à l'autre, le maître des requêtes. En vain, car Marie de Maupeou lui apprend que son fils a quitté Paris.

Les partisans du prince de Condé et sa sœur, la duchesse de Longueville en tête, tentent d'embraser la Normandie. Le marquis du Plessis-Bellière, un officier-général proche de Mazarin, a été envoyé dans la province avec pour objectif d'éteindre le feu de la révolte. Nicolas Fouquet compte parmi les membres de l'expédition.

— Le marquis connaît les talents de mon fils comme intendant. C'est donc à lui qu'il a fait appel afin que ces messieurs ne manquent de rien pour mener à bien leur mission.

Savoir Nicolas loin de la capitale plonge Céleste, bien malgré elle, dans une profonde mélancolie. Et ni la discussion divertissante de Marie de Maupeou, ni les formules piquantes et savoureuses des harengères des Halles, qui colportent les dernières nouvelles du royaume, ne réussissent à lui faire retrouver sa bonne humeur.

La rébellion normande matée, la cour doit repartir pour la Bourgogne, où d'autres foyers de révolte s'allument. Combien de guerres, de campagnes ravagées faudra-t-il encore supporter pour des rivalités au sommet ?

Il n'y a que le commerce florissant des drogues de Céleste pour lui mettre un peu de baume au cœur. Les condamnés à la peine capitale comme les suppliciés acceptent volontiers de dépenser des sommes rondelettes pour atténuer leurs angoisses face à la mort ou leurs souffrances, quitte à devoir, en contrepartie, jouer un peu la comédie. Céleste n'a pas encore croisé de mauvais payeurs ou de condamnés ayant refusé de donner le change.

Au mois de mars 1650, un second événement vient éclairer la grisaille qui ternit le quotidien de Céleste. Elle a rendez-vous quai Malaquais chez le secrétaire du Grand Condé et président à la Cour des comptes, Jean Perrault. Joachim l'avait rencontré, trois mois plus tôt, déguisé en religieux. Après avoir patienté une matinée entière dans son hôtel particulier, il avait été reçu de très mauvaise grâce. Joachim n'y était pas allé par quatre chemins dans ses explications. Il avait appris que l'on en voulait à la vie du Grand Condé. Du moins l'avait-il deviné à la description qui lui en avait été faite, car le prince n'avait jamais été nommé. Il connaissait la date à laquelle l'assassin envisageait de passer à l'acte, l'heure et le lieu prévu. Et s'il brisait aujourd'hui le secret de la confession, c'est parce qu'il avait besoin, à tout prix, de documents concernant le procès d'une certaine Jeanne Avril, que lui, Jean Perrault, ou ses secrétaires, seraient à même de lui fournir. Il ne demandait pas d'argent. Dans cette affaire, il avait tout à perdre et les partisans du Grand Condé, tout à gagner. Tels étaient les arguments de Joachim pour convaincre le président à la Cour des comptes de sa sincérité.

Jean Perrault l'avait écouté sans broncher, la mine grave. Pendant tout le temps de l'exposé, son index n'avait cessé de s'impatienter sur le sous-main. Puis il avait conclu l'entretien en frappant du plat de la paume sur son bureau. Contraint de s'en remettre à la parole du secrétaire du Grand Condé, Joachim n'avait eu d'autre choix que de lui révéler ce qu'il savait.

Jean Perrault a attendu cependant la date du 11 décembre 1649, et la confirmation qu'on ne lui avait pas menti, pour charger son propre secrétaire, monsieur Morton, d'effectuer les recherches promises en contrepartie. Morton avait fixé le rendez-vous de restitution au mois de mars 1650 afin de se laisser le temps nécessaire pour réunir les pièces. En retour, Joachim avait prévenu monsieur Morton que sa sœur prendrait le relais. Ainsi, vêtue en femme, Céleste n'aurait aucune chance d'être confondue avec l'aide du bourreau.

Et c'est ainsi que le 10 mars 1650, Céleste se présente à l'hôtel Perrault, un vaste bâtiment large de cinq balcons, donnant d'un côté sur la Seine, et de l'autre sur un agréable jardin agrémenté de statues antiques. Au fond, une grotte a été reconstituée et une fontaine gazouille en son milieu. Fait rare, le jardin est ouvert au public et les allées, à cette heure tardive de la matinée, sont fréquentées par quelques promeneurs.

Un domestique mène Céleste dans l'antichambre attenante au cabinet du secrétaire Morton.

— Auriez-vous l'obligeance d'attendre Monsieur ici ?

Tandis que le laquais s'éloigne, Céleste avise, au centre de la pièce, un imposant globe terrestre. Elle n'en a jamais vu et, fascinée, fait tourner la boule avec délicatesse. Les yeux plissés, elle déchiffre les noms des mers et des pays aux sonorités exotiques. *Barbarie, pays des cafres, isles Moluques, Tartarie chinoise, mer des Indes*. Une voix chevrotante la tire de sa rêverie.

— Entrez donc, mademoiselle, et oubliez ces contrées lointaines. Je vous invite plutôt à un voyage dans le temps !

Monsieur Morton darde ses yeux malicieux sur Céleste. C'est un vieillard tout recroquevillé qui se déplace en traînant les pieds, et si courbé qu'il regarde toujours ses interlocuteurs par en dessous. Sa peau a pris la texture des papiers qu'il passe sa vie à compulser. Rat de bibliothèque, il n'a plus du rongeur qu'une seule dent. Mais ses yeux, enfoncés dans les plis de sa peau, brillent d'un éclat vif. Si le corps est fatigué, la tête a conservé toute sa vigueur et l'esprit du vieillard gambade quand ses jambes peinent à le porter.

Céleste suit le vieil homme dans son cabinet. La pièce, pourtant vaste, est encombrée d'étagères croulant sous les ouvrages, de tableaux posés à même le sol, de rouleaux de parchemin rangés dans des coffres béants, de tables recouvertes de papiers, de plumes, de fioles d'encre, de buvards, d'objets hétéroclites comme une statuette de lion en bronze ou un astrolabe en laiton.

Monsieur Morton rejoint son secrétaire et se laisse tomber sur son fauteuil. D'une main tremblante, il saisit un dossier qu'il ouvre, fait pivoter et pousse vers Céleste.

— Vous cherchiez des informations sur Jeanne Avril ? Les voici.

Céleste se penche sur le document. Il s'agit du compte rendu du procès intenté contre sa mère. La date inscrite sur l'acte est le 15 mars 1629. Céleste parcourt les lignes et retient un cri de surprise.

Infanticide.

Le cadavre de son fils, d'une dizaine de mois, a été retrouvé, un poignard fiché dans le cœur. La porte du petit appartement que Jeanne occupait, rue de la Tisseranderie, était restée ouverte. Ce sont des voisins qui ont trouvé le corps. Jeanne rentrait chez elle quand elle a été interpellée. Du sang tachait son tablier et un couteau était glissé à sa ceinture.

La mère de Céleste a toujours clamé son innocence, mais elle a été jugée et condamnée à être pendue. La fille du bourreau connaît la suite. Octave, qui devait lui passer la corde au cou, lui a finalement passé la bague au doigt.

Céleste, abasourdie, relève la tête du dossier. Le vieillard l'observe de ses yeux rusés.

— Qui était Jeanne Avril pour vous ?

— Ma mère. Je savais qu'elle avait été condamnée, mais j'en ignorais la cause.

Elle secoue la tête.

— Cette histoire... est impossible ! Ma mère, tuer son propre enfant ? Pourquoi aurait-elle laissé la porte de son appartement ouverte après son crime ? Pourquoi se serait-elle promenée avec le sang de son fils sur son tablier et le couteau du crime à la ceinture ? Était-ce vraiment le sang de son fils, d'ailleurs ? Le compte rendu dit qu'elle rentrait chez elle à ce moment-là !

— Le procès contient des zones d'ombre, je vous l'accorde.

Il pointe l'index sur une ligne.

— Avez-vous noté cette information ? Votre mère est née de parents inconnus. Son patronyme est également une indication. Jeanne a sans doute été prise en charge par un établissement religieux ou à destination des enfants trouvés, et baptisée en avril. Peut-être devriez-vous creuser cette piste si vous souhaitez d'autres renseignements sur votre mère.

Il referme le portefeuille d'un coup sec.

— Voilà mademoiselle, tout ce que j'ai pu trouver sur Jeanne Avril. Maintenant, vous allez devoir mener votre propre enquête.

Céleste se lève, encore sonnée par ces révélations. Avant de quitter le cabinet, elle se retourne vers le secrétaire Morton, déjà penché sur un ouvrage, une loupe à la main.

— Merci infiniment, monsieur Morton.

Il relève avec lenteur le nez de son livre.

— J'aurais donné beaucoup pour obtenir la moindre information sur mon père que je n'ai pas connu, savoir s'il était encore en vie ou de quoi il était mort. Alors je vous comprends, et je vous souhaite bonne chance dans vos recherches.

L'après-midi même, vêtue de sa robe de coton bleu ciel, Céleste se précipite chez Lilas. En la voyant arriver, cette dernière abandonne son cahier de comptes pour l'accueillir à bras ouverts. La jeune fille se blottit contre la mère maquerelle et fond en larmes, le nez dans son corsage. Surprise, Lilas reste quelques secondes les bras ballants, avant de lui déposer un baiser sur le front et de l'enlacer à son tour. Céleste n'avait pas agi ainsi depuis l'enfance.

— Là, là, ça va aller.

Quand Céleste parvient enfin à se calmer, elle lève vers Lilas ses yeux rougis par les pleurs. La mère maquerelle lui pose un doigt sur les lèvres.

— Tu m'expliqueras ce chagrin tout à l'heure, car avant, tu vas me faire le plaisir de manger un morceau. Ernest a préparé de la truite aux amandes. Je vais gronder ton père qui ne te nourrit pas assez bien. Tu es toute maigrelette !

Les talents du cuistot du Palais des plaisirs aident Céleste à retrouver le sourire. Alors, elle raconte à Lilas. L'anniversaire du roi. Le simulacre d'attentat. Sa culpabilité d'avoir tué un innocent. Les larmes de rage de Louis XIV. Les révélations autour de la condamnation de sa mère. Son amie lui saisit les mains.

— En effet, c'est beaucoup pour tes frêles épaules.

Céleste renifle, soulagée d'avoir partagé un peu de son fardeau.

— Papa a été incapable de me dire par qui ma mère avait été recueillie. Monsieur Morton m'a donné une idée : aller toquer à la porte des orphelinats. Sottement, je n'y avais pas songé.

Lilas lève les yeux au plafond, pensive.

— Il me semble qu'un de nos clients enseigne aux enfants de l'hôpital de la Grève. Il a peut-être connu Jeanne ? Son jour, c'est le mercredi. Il est régulier et passera donc après-demain. Reste ! Tu pourras ainsi le croiser et te reposer d'ici là. Tu en as bien besoin.

Céleste recoiffe une mèche grise derrière l'oreille de Lilas.

— Heureusement que tu es là.

Un léger fard colore les joues de la mère maquerelle. Une buée fait briller ses yeux. Les deux femmes s'étreignent. Le menton posé sur l'épaule de Lilas, Céleste observe la statuette d'un chérubin joufflu.

— Lilas, aurais-tu voulu avoir des enfants ?

Cette dernière se raidit. Avec lenteur, elle se défait des bras de la jeune fille et s'éloigne.

— J'aurais dû en avoir un. Mais je ne l'ai pas gardé.

Par pudeur, Lilas tourne le dos à Céleste et fixe, derrière la fenêtre, un point à l'horizon.

— Je suis tombée enceinte d'un de mes clients, à vingt-trois ans. J'ignore duquel. Mais je ne pouvais pas devenir mère. J'avais besoin d'argent, je ne connaissais personne. Comment aurais-je pu continuer à exercer, le ventre rond et plus tard, un nourrisson vagissant contre mon sein ?

Elle croise les bras sur sa poitrine.

— J'ai fait appel à la Crochue, celle à qui je donne ta corne de pendu. Beaucoup de femmes ont eu recours à ses services. C'est une faiseuse d'anges.

Lilas s'est retournée et fait face à Céleste. Son visage est bouleversé. Malgré les années, la blessure ne s'est pas refermée et la douleur reste toujours aussi intense.

— Après son intervention, j'ai eu de fortes fièvres qui ont failli me tuer. Mais la Crochue a pris soin de moi, j'ai survécu. Je ne suis plus jamais tombée enceinte.

Lilas pose ses yeux brillants d'émotion sur Céleste.

— Alors, oui, j'aurais aimé avoir un enfant, et je pense que j'aurais fait une bonne mère. Mais comment ? Ma vie, c'était et c'est toujours ce lupanar. Ce n'est pas le lieu idéal pour élever un petit.

Céleste se redresse.

— J'y ai bien grandi, moi, au Palais des plaisirs ! Pire ! J'ai fait mes premiers pas sur un échafaud.

— Toi, tu es là, cela me suffit. Viens m'aider à préparer ta chambre. Ce soir, nous jouerons au « Trente et un » avec Ernest et les filles. Tu pourras te joindre à nous, à condition de ne pas tricher comme la dernière fois !

XXVI

26 novembre 1650

Elle a de longs et beaux cheveux de cendre, des yeux bleus comme de la glace, un visage émacié, un nez fin. Le visage tendu vers le ciel, elle marmonne une interminable prière. Ses mains sont liées dans le dos et accrochées à un poteau. Le vent soulève un nuage de fumée qui la fait tousser et rabat sur elle la chaleur brûlante des flammes. Elle pousse un cri qu'un sanglot étouffe. Elle va mourir dans d'atroces souffrances et cette perspective la terrifie.

La Crochue a été condamnée à être brûlée vive par le diocèse de Paris, le 26 novembre 1650. Elle a été menée ce matin même au pied de Notre-Dame sous les huées de l'assistance. Son crime ? La sorcellerie. Elle aurait fait boire à un de ses voisins un philtre « magique ». Mais ce dernier n'aurait pas résisté au poison et serait mort dans la nuit qui a suivi. Un flambeau dans une main, Octave fait le tour du bûcher et enflamme le petit bois enduit de poix placé sous les fagots.

Les mâchoires serrées, Céleste observe le corps frêle de la supposée sorcière qui disparaît peu à peu derrière un rideau de flammes. Les yeux de la fille du bourreau brillent d'une émotion mal contenue derrière son masque rouge. Elle laisse échapper un claquement de langue courroucé. Jusqu'au fond de ses tripes, elle ressent la morsure de l'injustice. Car pour la fille du bourreau, il n'y a aucun doute que la victime présumée de la Crochue, souffrant d'un mal incurable, est allée frapper à la porte de la guérisseuse dans l'espoir d'un remède de dernière chance. Mais les talents de la vieille femme n'auront pas suffi à garder en vie l'infortuné, déjà condamné par la maladie.

Une nouvelle bourrasque rapproche les flammes de ce petit bout de femme usée par la vie. Elle ferme les yeux, tente de se libérer de ses liens par des contorsions désespérées, en vain. La voilà bien récompensée de tous les services qu'elle a rendus à ses semblables. Céleste songe aux centaines de femmes et d'hommes que la présumée sorcière a soignés par ses remèdes et ses plantes. Combien ont pris la défense de leur voisine, de la guérisseuse, de la faiseuse d'anges ? Aucun. Tous ont fermé les yeux, tous ont chassé de leur mémoire celle qui y prenait un peu trop de place. Tous ont enterré celle qui avait sauvé ou changé leur vie.

Céleste serre les poings et trépigne. Ses ongles s'enfoncent dans la chair de sa paume. Elle imagine maintenant sa mère, au pied de la potence, condamnée pour ce crime qu'elle n'a sans doute pas commis.

Quand la Crochue était encore dans sa geôle, Céleste lui avait proposé un peu de sa potion pour atténuer ses angoisses plus que la douleur. Quel remède pourrait lutter contre la puissance du feu ? C'était la première fois depuis le début de son commerce que la jeune fille ne demandait pas d'argent en retour. Pour l'amie de Lilas, elle aurait fait tout son possible. Mais la Crochue avait refusé. Ses prières, disait-elle, lui suffiraient.

Des volutes de fumée noire s'élèvent désormais du bûcher rongé par les flammes. Au gré des mouvements du vent, Céleste aperçoit des sillons de larmes sur les joues de la vieille femme. Est-ce la fumée qui lui pique les yeux ? La morsure du feu ? La terreur de cette mort imminente ? Céleste n'y tient plus. Malgré l'appel de son père, elle se rue vers le bûcher, le contourne et grimpe sur un fagot encore épargné par le brasier, derrière le poteau où est attachée la Crochue. À l'abri des regards, dissimulée par l'écran de fumée, elle ceint le cou de la vieille femme de ses deux mains et serre de toutes ses forces.

— Pardonnez-moi.

Elle lui a murmuré son excuse à l'oreille malgré les sanglots qui altèrent sa voix. Mais la Crochue se laisse faire, sans remuer. Longues sont les secondes que Céleste passe à étrangler ladite sorcière. La chaleur est insupportable, l'air irrespirable. Sous ses doigts, la fille du bourreau peut compter chaque pulsation. Ses bras se tétanisent. Mais elle serre, encore et plus fort, avec une vigueur désespérée. Quand elle sent les mâchoires peser sur ses paumes, quand le corps entier, pourtant léger comme une plume, s'affaisse, appuyant sur les liens, Céleste comprend alors que la vie l'a définitivement quittée. Sans plus attendre, la fille du bourreau saute hors du bûcher, juste avant que les flammes n'atteignent ses vêtements. Elle tousse, s'essuie les yeux. Son visage est couvert de suie. Aussitôt, son père la saisit par le bras et la secoue avec énergie.

— Tu as failli te faire rôtir avec la sorcière ! Et qui t'a autorisée à abréger ses souffrances ? L'arrêt ne précisait aucun *retentum*[1]. J'espère pour toi que personne ne t'a vue !

Il jette un œil autour de lui et marmonne entre ses dents :

---

1. Le *retentum* traduisait un geste d'humanité de la part des juges. Une note manuscrite, non communiquée au condamné, indiquait au bourreau de lui épargner des souffrances atroces lors des supplices en lui donnant au préalable la mort.

— N'oublie jamais que tu ne fais qu'appliquer la justice du roi et de Dieu. Pour qui te prends-tu ? Dois-je te rappeler comment l'autorité judiciaire m'a remis les lettres patentes d'exécuteur des hautes et basses œuvres ? En me les jetant sous la table pour que je m'humilie à les ramasser ! Reste à ta place ou il t'arrivera des ennuis.

Il s'éloigne de sa fille d'un pas rapide, pour ne pas attirer l'attention sur eux. Céleste hausse les épaules. Une abominable odeur de chair grillée commence à se mêler à celle du bois brûlé. Elle réprime un haut-le-cœur et s'enfuit, incapable de demeurer une seconde de plus à côté du bûcher. Elle ne veut pas assister à la fin du spectacle, ni voir Joachim récupérer les restes de la Crochue. Les cendres de sorcière se revendent à prix d'or. Elles entrent dans la composition de philtres ou de potions créés par d'autres sorcières. Ces dernières connaîtront peut-être le bûcher, verront leurs résidus vendus à leur tour, et ainsi de suite.

De retour chez elle, Céleste arrache son masque et se débarbouille au baquet d'eau de la cour. Puis elle enfile une robe, se coiffe et prend la direction de la rue de Jouy. Pour chasser sa nausée, elle a besoin d'entendre le rire de Marie de Maupeou, de s'apaiser au contact des plantes, d'échanger les fumées noires chargées de mort contre les vapeurs des potions qui sauvent la vie.

Mais un autre motif, bien plus impérieux, la pousse vers le laboratoire : l'espoir d'y rencontrer Nicolas Fouquet. Elle a appris son retour à Paris en mai 1650 par la bouche même de madame de Maupeou. Depuis leur entrevue sur les marches du Parlement de Paris, il y a un an de cela, elle n'a trouvé ni moment ni occasion pour croiser Nicolas. En effet, dans les premiers jours de juin, Joachim a fait une mauvaise chute et s'est cassé la jambe. Une de ses plaies s'est infectée, et le fils du bourreau s'est retrouvé cloué au lit avec une forte fièvre. Il est resté entre la vie et la mort jusqu'au début du mois de juillet, plongeant son père et sa sœur dans un gouffre d'angoisses. La convalescence du malade s'est prolongée durant l'automne. Céleste n'a donc pas chômé, passant du chevet de son frère à l'échafaud, de la potence aux corvées quotidiennes. Néanmoins, poussée par une irrépressible curiosité et désireuse de dissiper le mystère autour de sa mère suite aux révélations du secrétaire Morton, elle a tout de même prospecté les orphelinats parisiens. Mais nulle part, elle n'a trouvé trace de Jeanne.

Malgré ses journées harassantes, la fille du bourreau n'oublie pas Nicolas Fouquet. Bien au contraire, les mois passés n'ont fait qu'aggraver le manque né de son absence. À chacune de ses visites rue de Jouy, au détour de la discussion, Céleste demande à Marie de Maupeou des nouvelles de son fils. Cette dernière profite des longues heures de travail au laboratoire pour conter par le détail à son amie les remous qui agitent la vie de la régence et du Parlement, occupant de ce fait Nicolas.

Ainsi Céleste a-t-elle suivi de loin les nombreux allers-retours que la cour n'a cessé d'effectuer depuis le mois de février entre Paris et la province, en proie aux guerres menées par les partisans du Grand Condé. D'abord la Normandie, puis la Bourgogne où le roi a fait ses premières armes. Les frondeurs sont allés loin dans la rébellion : pour faire jouer les alliances, Turenne a pactisé avec l'Espagne. Après un séjour à Compiègne, le jeune souverain s'est rendu en Guyenne. Bordeaux la rebelle donne du fil à retordre à Mazarin. Son Éminence n'obtient la paix que le 1er octobre 1650, et à des conditions extrêmement arrangeantes pour les séditieux.

Pendant tout ce temps, le Grand Condé, son frère Conti et Longueville sont restés sous les verrous. Après le château de Vincennes, ils ont été transférés au château de Marcoussis. Mais par sécurité, pour les éloigner davantage de Paris et de toute velléité de libération par la force, la reine les a transférés au Havre. Cet éloignement attise la colère des partisans du prince, qui redoublent d'efforts auprès de l'autorité royale pour obtenir la grâce des trois prisonniers. Leur haine pour Mazarin n'en est qu'attisée. Dans le courant du mois d'août 1650, des mannequins à l'effigie de l'Italien ont ainsi été pendus aux carrefours des rues de Paris. Au Parlement, il est traité de faquin au quotidien.

Quand Céleste se présente chez Marie de Maupeou après cet été mouvementé, celle-ci a pour une fois lâché ses cornues et c'est autour d'une tasse de chocolat qu'elle reçoit son amie.

— Goûtez-moi cette merveille ! C'est un vendeur d'épices qui m'a recommandé ces fèves d'une plante que l'on appelle cacao. Il paraîtrait que c'est au mariage de Louis XIII et d'Anne d'Autriche qu'elles ont été consommées pour la première fois en France. Elles valent une fortune ! Mélangée avec un peu de sucre et de lait chaud, la poudre de ces fèves est un régal pour les papilles.

Céleste trempe ses lèvres dans la tasse et, la bouche encore pleine, confirme d'un hochement de tête prononcé. C'est un délice !

— J'ai une autre surprise pour vous, Céleste.

La mère de Fouquet se lève de son fauteuil pour saisir dans le tiroir d'une commode une fiole qu'elle tend à la jeune fille.

— Vous aviez tant apprécié la senteur des immortelles que je vous ai confectionné un parfum à partir de ces fleurs.

Céleste débouche le flacon et hume le liquide. Un parfum épicé lui remplit les narines. Elle se confond en remerciements, puis sourit. Une fille de bourreau parfumée à l'immortelle, c'est un mariage pour le moins incongru.

Comme à son habitude, Céleste ne résiste pas à la tentation d'amener la conversation sur Nicolas. D'ordinaire, Marie de Maupeou maugrée contre la frénésie de travail dans laquelle est plongé son fils ou contre les difficultés qu'il rencontre, comme en Normandie où, chargé d'approvisionner les troupes du roi, il manquait de tout. Mais aujourd'hui, elle affiche une mine radieuse.

— Céleste, je vais vous apprendre une bonne nouvelle ! Mon fils s'est offert la charge de procureur général. Les lettres patentes de nomination ont été signées ce matin même. Il a obtenu l'accord de la reine, de Mazarin, et surtout de Monsieur[1] qui faisait des difficultés. Nicolas prêtera serment dans trois jours.

Céleste félicite son amie. Mais, si elle se doute que la charge de procureur général est importante, elle en ignore le rôle exact. Marie de Maupeou semble avoir deviné l'embarras de Céleste. L'air de rien, elle lui détaille les nouvelles attributions de son fils.

— Nicolas a le profil idéal pour cette fonction, car il a toujours su ménager les parties adverses, trouver des arrangements et s'adapter aux circonstances. Il devra porter les décisions du roi et de son gouvernement devant l'Assemblée et, en retour, informer le roi et son conseil des éventuelles réticences des parlementaires. En tant que porte-parole de Sa Majesté, il aura à faire preuve de beaucoup d'habileté pour que ces messieurs les parlementaires ne se liguent pas contre lui. Je vous laisse imaginer la difficulté que sera sa mission en ces temps de Fronde !

Céleste est reconnaissante à Marie de Maupeou de ses explications.

— Je suis certaine que votre fils remplira sa nouvelle charge avec talent et succès. Il a votre intelligence et votre finesse.

Marie de Maupeou lève les bras au ciel.

1. Duc d'Orléans, frère de Louis XIII, oncle de Louis XIV.

— Puisse Dieu vous entendre mon enfant ! D'ailleurs, vous pourrez féliciter Nicolas de vive voix. Il organise une réception pour fêter sa nouvelle charge. Je tiens à votre présence !

Céleste peine à dissimuler sa joie.

— Ce sera avec grand plaisir, Marie.

— Où puis-je vous adresser le carton d'invitation ?

C'est une question tout innocente, mais à laquelle Céleste ne s'est pas préparée. Son sourire se fige. À toute allure, elle cherche une solution. La panique l'empêche de réfléchir. Rien ne lui vient. Marie de Maupeou penche la tête sur le côté, perplexe.

— Céleste ?

Quelle adresse donner ? Celle du bourreau ? Impossible. Le Palais des plaisirs ? Hors de question. Dans un éclair, Céleste pense à Hector, le geôlier de la Conciergerie en qui elle a toute confiance. C'est l'unique alternative.

— Céleste Valset, à l'angle de la rue Quincampoix et de la rue aux Ours.

Marie de Maupeou se rend à son secrétaire, prend note du nom et de l'adresse donnés par la jeune fille. Cette dernière se sent obligée de justifier son hésitation.

— Veuillez excuser ma gêne. C'est que mon logement est des plus modestes. Je vis avec mon frère et ma mère, qui est bien âgée et malade.

Elle baisse la tête, feignant la honte tout en cherchant à dissimuler sa rougeur. Marie de Maupeou lui saisit les mains.

— C'est tout à votre honneur, Céleste, de prendre soin de votre mère. Menez-moi à son chevet tantôt. J'ai sans doute quelques remèdes qui pourraient soulager certains de ses maux.

Elle l'embrasse.

— Votre dévouement est un exemple pour nous toutes. Revenez-moi vite !

Céleste salue son amie et rentre chez elle d'un pas fébrile. Elle va être invitée chez Nicolas Fouquet ! Dans trois jours, il doit prêter serment au Parlement et pour rien au monde elle ne raterait la cérémonie.

Le soir même, Céleste rend visite à Hector. Ravi d'avoir de la compagnie, le geôlier l'invite à sa table. La fille du bourreau prend quelques nouvelles de son hôte, puis l'informe qu'un courrier adressé à un certain Céleste Valset devrait bientôt lui parvenir.

— Et que contiendra cette lettre ? s'enquiert Hector, suspicieux.

— Une invitation pour la réception organisée par Nicolas Fouquet.

— Le nouveau procureur général ?

— Lui-même.

Hector pousse un sifflement d'admiration. Sa dernière bouchée avalée, Céleste reprend :

— Tu imagines bien que je ne pouvais pas donner l'adresse du bourreau !

— Alors pour qui t'es-tu fait passer aux yeux du procureur général ? Et d'abord, comment as-tu pu l'approcher ?

Céleste sourit.

— Tu vas comprendre. Mais là, je voudrais te proposer un marché.

Elle raconte à Hector le laboratoire de Marie de Maupeou, son lien avec Nicolas Fouquet, la confection de ses potions à base de laudanum pour atténuer les douleurs des suppliciés et endormir les angoisses des condamnés à mort, son commerce avec le geôlier du Châtelet, la répartition des bénéfices. Céleste conclut :

— Ce commerce est lucratif, mais n'est pas sans risques. L'avantage, c'est que la mort rend la plupart des témoins muets.

Je voudrais donc t'offrir la possibilité d'y prendre part et d'en tirer, toi aussi, des bénéfices.

Elle profite du silence pour sonder le visage d'Hector. Les sourcils froncés, ce dernier est plongé dans une profonde réflexion. Au bout d'une longue minute, il lève les yeux vers Céleste.

— J'accepte, mais uniquement pour les condamnés à mort. Tant pis pour les suppliciés !

Céleste hoche la tête. Ses conditions seront les siennes. Par-dessus les reliefs du repas, elle lui tend la main pour sceller leur pacte.

— Vive les condamnés à mort !

Et elle éclate de rire, imitée par Hector. Le geôlier admire l'inventivité du fils du bourreau quand il s'agit d'améliorer son ordinaire. Céleste rentre chez elle, ravie d'avoir étendu son commerce.

C'est ainsi que le 29 novembre 1650 elle patiente ; adossée à une colonne de la Grand'Salle du Palais de la Cité parmi les libraires, joailliers, bonnetiers, parfumeurs ou encore marchands de porcelaines qui encombrent les lieux. Feignant de lire un courrier, elle guette l'arrivée du tout nouveau procureur général. Le chapeau rabattu sur les yeux, elle tire sur le col relevé de son pourpoint d'homme qui lui tient chaud. Au milieu de la foule de magistrats et de badauds qui l'entoure, Céleste passe inaperçue.

Soudain Nicolas surgit à l'autre bout de la salle, et s'approche de là où elle se trouve. D'un mouvement brusque, Céleste baisse la tête. À l'entrée de la Grand-Chambre, un huissier annonce le début de la séance. Une grande partie des robes noires et rouges se dirigent vers les bancs qui leur sont attribués. Il y a foule, car plusieurs chambres sont réunies pour l'occasion, et une partie de ces messieurs doit rester debout. Les portes sont restées ouvertes pour permettre les allées et venues, tandis que le président prononce le premier discours.

Céleste hésite à rejoindre les lanternes, ces petites loges aménagées en hauteur à deux angles opposés de la Grand-Chambre et qui permettent au public d'assister aux séances du Parlement. Mais Nicolas, qu'elle n'a pas quitté des yeux, n'est pas entré dans la salle et patiente sur un banc, au parquet des huissiers.

De là où elle se tient, Céleste peut l'observer à son aise. Le nez en l'air, il laisse son regard errer sur les poutres peintes du plafond, la mine rêveuse. Un fin sourire éclaire ses traits sereins. Il a croisé les jambes et posé ses mains sur son genou. Sa personne respire toujours l'insouciance et son regard brille de l'intelligence qui avait séduit Céleste la première fois.

La fille du bourreau a oublié le courrier entre ses doigts. Comment a-t-elle pu supporter d'être éloignée de cet homme pendant un an ? Malgré le temps, la fascination que Nicolas exerce sur elle est toujours aussi vive, et son désir, intact.

Dans la Grand-Chambre, les discours s'achèvent. L'huissier s'approche de Nicolas et le tire de sa rêverie. Ce dernier se lève et lui emboîte le pas. La tête baissée, Céleste s'écarte pour le laisser entrer. Nicolas offre un sourire distrait et poli au jeune homme et s'avance au milieu du parquet de la Grand-Chambre. Il prête alors le serment de fidélité calme et digne. Seul son sourire, un peu plus marqué qu'à l'ordinaire, trahit son allégresse.

Les parlementaires accueillent avec une froide courtoisie la nomination du nouveau procureur général. Aux visages fermés qui l'entourent, Céleste devine que l'arrivée de Nicolas Fouquet à ce poste ne réjouit pas tous les membres de l'assemblée.

La séance s'achève, la Grand-Chambre se vide. Nicolas repasse devant Céleste sans lui prêter attention. Cette dernière prend à son tour le chemin de la sortie, partagée entre le plaisir de l'avoir revu et la frustration qu'ils ne se soient rien dit. Qu'attend-elle de lui ? Espère-t-elle vraiment partager l'intimité d'un homme de son rang ? Cela l'arrange bien de rester dans l'ombre et le silence. Par peur de se confronter à la réalité, peut-être. Par crainte d'essuyer un refus ou de connaître l'humiliation, sans doute. Par lâcheté, aussi. Dans les jours qui suivent, elle devrait recevoir son carton d'invitation pour la réception. Et cette nouvelle la remplit d'une joie intense autant qu'elle provoque en elle une vive appréhension.

Le 5 décembre 1650, Hector se présente chez Octave et livre le courrier tant attendu à Céleste. Cette dernière déchire l'enveloppe avec minutie, masquant un tremblement d'émotion, et déplie la feuille. Les lettres sont tracées d'une écriture fine et ramassée, sans ambages. L'invitation a été rédigée et signée par Nicolas Fouquet lui-même, non par sa mère.

Dans cinq jours, Céleste retrouvera le procureur général.

L'ÉTINCELLE

XXVII

10 décembre 1650

La neige recouvre Paris. Le nez à la vitre d'une chaise de louage, Céleste observe les flocons danser dans le halo d'une lanterne portée par l'un des rares passants. Malgré l'épais manteau acheté au tailleur Belfond, elle frissonne. L'appréhension et l'excitation ne font qu'aggraver son état.

Les porteurs bifurquent dans l'impasse Saint-Thomas et s'arrêtent devant la demeure de Nicolas Fouquet. C'est une bâtisse sur trois étages, d'allure plutôt modeste au milieu des autres, à deux pas de la galerie du Louvre qui longe la Seine. Il faut passer un porche pour accéder à une cour pavée, éclairée pour l'occasion par des flambeaux. Alors que Céleste sort de l'habitacle, une bourrasque s'engouffre dans son manteau. Elle respire à pleins poumons une bouffée d'air glacial pour éteindre sa fièvre. Elle ferme les yeux, se concentre. La fille du bourreau ne se laissera pas impressionner pour si peu.

Quand elle rouvre les paupières, c'est d'un pas mesuré qu'elle pénètre chez Nicolas Fouquet. Le geste gracieux, presque nonchalant, elle tend au laquais son invitation. D'une courte révérence, ce dernier la salue et lui indique les escaliers.

À l'étage, Céleste est d'abord éblouie par d'imposants lustres en cristal garnis de bougies. Un laquais la débarrasse de son manteau avant de l'introduire dans les salons. Il y règne une douce chaleur, alimentée par de grands feux dans les cheminées. Des domestiques, tenant de lourds plateaux chargés de verres de vin ou d'amuse-bouche, tournent autour des nombreux convives. Céleste parcourt l'assistance des yeux. Malgré leurs vêtements d'apparat, elle reconnaît quelques messieurs croisés au Parlement. Elle observe tout particulièrement les femmes pour en copier gestes et postures. Céleste a demandé à Joachim de ne pas trop serrer son corset et sa robe afin d'être à l'aise dans ses mouvements. En s'habillant, elle s'est même trouvée belle dans cette tenue qu'elle ne considère plus comme un déguisement.

La jeune fille accepte le verre de vin qu'on lui propose. Elle a besoin de se donner une contenance. Mais ce sera le seul ! À l'Hôtel de Ville, son ivresse lui avait fait perdre tous ses moyens. Alors elle flâne parmi les invités, cherche Nicolas. Près d'une fenêtre, elle aperçoit Marie de Maupeou en conversation avec une demoiselle d'une quinzaine d'années environ et d'une grande beauté. Ses cheveux bruns sont retenus par des rubans ornés de fleurs en tissu, assortis à sa toilette. Elle a le nez droit, des yeux sombres. La gorge d'une blancheur d'albâtre. Apercevant Céleste à son tour, Marie de Maupeou lui fait signe d'approcher.

— Mon amie ! Quel plaisir de vous voir ! Je vous présente Marie-Madeleine de Castille, la fille de François de Castille, surintendant de la maison et des finances de Gaston, duc d'Orléans, et conseiller ordinaire du roi entre autres, car il a bien d'autres titres, mais je risquerais de vous lasser si je devais tous les énoncer.

La mère de Nicolas Fouquet reprend sa respiration et poursuit du même phrasé rapide :

— Marie-Madeleine, voici Céleste Valset. Elle assiste les Filles de la Charité. Je l'ai vu soulager les souffrances d'un pauvre homme avec un courage et une humilité qui ont forcé mon admiration !

Les deux jeunes filles se saluent d'une courte révérence.

— Mais oublions nos malades ! Marie-Madeleine me racontait l'intrigue de la pièce de théâtre à laquelle elle a eu le privilège d'assister, *Don Sanche d'Aragon*.

Marie-Madeleine se tourne vers Céleste.

— Elle a été écrite par Pierre Corneille, que vous devez certainement connaître.

Céleste acquiesce, bien qu'elle n'ait jamais entendu parler du dramaturge.

— Avez-vous eu l'occasion de voir jouer *Le Cid* ? s'enquiert Marie-Madeleine.

Sentant la conversation glisser vers un domaine qu'elle ne maîtrise pas, Céleste applique une des techniques mises au point avec son frère pour donner le change en toutes circonstances. Le sujet de prédilection de chacun étant souvent sa propre personne, il est aisé de guider la parole vers cette zone de confort où l'interlocuteur endort sa méfiance et voit son ego flatté.

— Hélas, non. Je n'ai que bien peu de temps à accorder à mes loisirs. Mais vous, racontez-moi !

Elle écoute Marie-Madeleine de Castille lui narrer l'intrigue. Mais cette dernière se fait happer par un autre invité. Céleste attrape un deuxième verre qu'elle sirote avec délectation. Au diable la raison ! Alors qu'elle admire tableaux et statuettes ornant les salons, Céleste remarque une porte entrouverte. Enhardie par les premières gorgées de vin, elle emprunte un candélabre sur une table et se glisse dans la pièce plongée dans l'obscurité.

Elle est ravie d'explorer les appartements de Nicolas, de découvrir une facette de son intimité. À la lueur des flammes, Céleste distingue une vaste bibliothèque qui recouvre trois des murs. Elle pose verre et chandelier sur le bureau qui trône au milieu de la pièce, hésite mais finit par ouvrir l'unique tiroir du meuble, poussée par une irrépressible curiosité. Une sueur froide la traverse. Elle est impressionnée par sa propre audace.

Dans le meuble, Céleste déniche une plume, un encrier, un poudrier[1], un sceau, un bâton de cire, une montre à gousset, une médaille antique, ainsi que le plan d'un jardin signé André le Nôtre. Elle tombe également sur une lettre de François de Castille – sans doute le père de la jeune Marie-Madeleine qu'elle vient de rencontrer ? – et une autre signée d'une certaine Suzanne du Plessis-Bellière. Céleste parcourt les feuilles d'un œil vif, pressée par le temps, excitée par l'interdit. La première détaille une liste de biens et leurs revenus. Lassée de tous ces chiffres, elle ne la lit pas entièrement. La seconde félicite Nicolas pour sa nouvelle charge de procureur général, évoque le souvenir plaisant de sa venue à Dieppe et annonce une visite prochaine de la rédactrice à Paris. Qui est cette Suzanne ? Une amie ? Une amante ? Une pointe de jalousie aiguillonne Céleste, qui referme le tiroir d'un geste brusque, honteuse cependant de son indiscrétion.

Sur le bureau sont empilés des dossiers, des ordonnances, des requêtes, des pièces en tous genres en lien avec la fonction de Nicolas, mais de peu d'intérêt pour Céleste. Puis elle s'approche de la bibliothèque et, du bout des doigts, caresse les tranches des livres, hume leurs couvertures en vélin ou en cuir. Elle n'a jamais

1. Le poudrier contenait un mélange de cendres, de sable, de talc, de sciure de bois ou de pierre ponce que l'on versait sur le papier pour accélérer le séchage de l'encre.

vu autant d'ouvrages réunis en un si petit endroit. Céleste penche la tête, tire un volume au hasard, déchiffre le titre : *Histoire d'un voyage fait en la terre du Brésil, autrement dite Amérique* d'un certain Jean de Léry. Elle le feuillette, se laisse happer par le récit des tempêtes, insectes et chaleur rencontrés par l'aventurier, et s'assoit sur le bureau pour voyager plus à son aise. Alors qu'elle découvre avec écœurement la manière dont les autochtones mangent serpents et crapauds, une ombre se détache du mur de la pièce. Elle veut pousser un cri mais une main se pose sur sa bouche. Dans le halo du chandelier, Céleste reconnaît Nicolas.

— Je ne vous savais pas férue de littérature au point de passer votre soirée dans ma bibliothèque, murmure-t-il.

Ses doigts s'éloignent des lèvres de Céleste, suivent le contour de son menton avant de saisir le livre des mains de la jeune fille. À la vue de son titre, une moue d'approbation se dessine sur son visage.

— Mon père était passionné par la géographie. Il m'a légué sa bibliothèque qui recèle quelques pépites, comme ce récit de voyage.

Tandis qu'il repose le livre, Céleste descend du bureau et tente de calmer sa respiration. Si elle ne l'a pas entendu entrer, c'est qu'elle devait déjà être absorbée par sa lecture, et il ne l'a donc pas vue fouiller dans son secrétaire. Mais à l'effroi que sa brusque apparition a provoqué en elle s'ajoute l'émotion de se trouver enfin seul à seul.

— Pardonnez mon indiscrétion, monsieur Fouquet. Je n'avais jamais vu d'aussi belle bibliothèque.

Nicolas parcourt des yeux les rayonnages, songeur quant à l'attitude de la jeune femme. Est-elle sincère ? Ou fait-elle preuve de duplicité ? Il n'est pas naïf : elle est certainement allée fureter ailleurs que dans sa collection de livres. Pourtant, sa concentration n'était pas feinte quand il l'a surprise. Il est d'ailleurs resté quelques instants à la contempler, étonné lui-même par son désir naissant. L'année écoulée loin d'elle a suffi à étoffer son mystère. Nicolas semble pris au jeu de Céleste, si jeu il y a. Et ce soir, il est tout disposé à se laisser guider par son instinct.

— Que lisez-vous chez les autres ?

Cette fois, Céleste ne pourra pas s'en tirer en lui retournant simplement la question. Elle rassemble ses souvenirs, les lointaines leçons de Lilas surtout.

— Les Anciens principalement. *Les bucoliques* de Virgile, *Les métamorphoses* d'Ovide. Vos collections comptent des références plus récentes, je suppose.

— En effet. Connaissez-vous Honoré d'Urfé ?

Nicolas passe le bras autour de la taille de Céleste et la mène devant un rayonnage de sa bibliothèque. À travers le tissu de sa robe, elle sent la pression de ses doigts. La main s'éternise. Leurs hanches se frôlent. Son cœur s'accélère. Jamais encore un homme ne l'avait touchée de la sorte. Sans doute n'est-ce qu'une galanterie pour Nicolas ; Pour Céleste, c'est un séisme !

Quand ce dernier retire enfin sa main, c'est pour cueillir le premier des cinq volumes de l'Astrée, qu'il tend à Céleste.

— Je vous le prête.

Elle saisit l'ouvrage et leurs doigts s'effleurent. Un frisson parcourt Céleste en même temps qu'une bouffée de désir la traverse.

— C'est l'histoire de la bergère Astrée et de son prétendant, le berger Céladon. Leur idylle va être contrariée. Je ne vous en dis pas plus, sinon que d'Urfé explore le sentiment amoureux dans tous ses méandres. Vous l'apprécierez sans doute, comme je l'ai apprécié.

Nicolas n'a pas quitté Céleste des yeux. La fille du bourreau s'est efforcée de soutenir son regard, déstabilisée par l'ascendant qu'il a sur elle. Elle cherche un moyen de reprendre pied. En vain.

— Quand trouvez-vous le temps de lire des romans galants, monsieur Fouquet ?

Il sourit. Enhardi par l'atmosphère intime dans laquelle ils se trouvent tous deux enveloppés, Nicolas se laisse aller au badinage.

— Je dors très peu. Le jour, je travaille. La nuit, je rêve, je lis. Et je fais d'autres choses.

L'allusion est osée. Céleste sent ses joues s'empourprer. Elle détourne le regard. Quelle impudence ! Si elle avait le moyen de relever son trait d'esprit sans se compromettre, elle lui demanderait si c'est dans *L'Astrée* qu'il a appris à si mal parler aux femmes. Elle change aussitôt de sujet.

— Je ne crois pas vous avoir félicité pour votre nouvelle charge. *Quo non ascendet ?* Jusqu'où ne montera-t-il pas ? Telle est votre devise si ma mémoire est bonne. En effet, jusqu'où irez-vous, monsieur Fouquet ?

Nicolas s'amuse du trouble de Céleste. D'humeur taquine, il rétorque :

— Je ne suis qu'un serviteur du roi, mais vous semblez aux yeux de Sa Majesté bien davantage. Alors, vous, jusqu'où êtes-vous allée à la cour ?

Céleste renonce à pousser la conversation plus loin. Le sujet est trop brûlant, d'autant qu'à la joute verbale, Nicolas Fouquet semble bien meilleur bretteur qu'elle.

— Nulle part. Je me suis arrêtée à votre bibliothèque.

Fouquet s'incline.

— J'ai hâte d'entendre votre ressenti sur l'Astrée et me réjouis d'avoir là un prétexte pour vous revoir.

Il lui saisit la main et y dépose ses lèvres.

— Acceptez, Céleste, que je vous arrache à l'obscurité de ma bibliothèque pour vous faire profiter de la lumière de mes salons. Je me dois d'honorer mes invités.

À peine sont-ils retournés parmi les convives que Nicolas est apostrophé par un groupe de jeunes gens qu'il semble bien connaître. Il jette un dernier regard à Céleste avant de s'éloigner, rappelé par ses devoirs d'hôte.

Céleste erre dans les salons, désorientée. Comment oublier ce regard insistant et cette main sur sa hanche ? Elle secoue la tête pour chasser cette obsession qui l'agace, et la rend vulnérable. L'inquiétude la gagne. Peut-être l'a-t-il déjà chassée de ses pensées ? A-t-elle seulement brillé à ses yeux au moins une fois ? L'instant qu'ils viennent de partager n'était-il pas un mirage ? Une construction de son esprit ? Dans un miroir, Céleste croise son reflet et peine à se reconnaître.

La jeune fille est presque seule dans ce salon. Elle avise une bouteille posée sur une table. Après s'être assurée que personne ne lui prêtait attention, elle s'en empare et la vide d'un trait. Un laquais, passant à ce moment-là, surprend Céleste et lui jette un coup d'œil amusé. La fille du bourreau réprime un hoquet et remet la bouteille aux mains du domestique avant de s'éloigner. L'ivresse la gagne, il est temps de rentrer.

XXVIII

19 décembre 1650

— Je suis un puits d'ignorance !

Céleste tourne en rond dans le salon de Lilas. Imperturbable, la mère maquerelle raccommode la robe d'une de ses filles qu'un client, trop pressé, a arrachée.

— Sais-tu à quoi sert un procureur général ? As-tu entendu parler de Pierre Corneille ? As-tu lu *L'Astrée* ? Sais-tu placer le Brésil sur une mappemonde ? Et je ne t'interroge pas sur tes connaissances en musique ou en peinture !

Lilas repose son ouvrage.

— En effet, j'ignore tout cela. Dois-je m'en porter mal pour autant ?

— Nous en reparlerons quand tu te seras sentie humiliée face à des personnes instruites !

Lilas lève les yeux au ciel et reprend sa couture. Céleste s'arrête enfin pour observer le vol d'une pie derrière les carreaux de la fenêtre.

— Lilas, si tu avais vu la bibliothèque du procureur général ! Une forêt de livres. Il m'en a prêté un d'ailleurs.

— Je croyais que tu étais l'amie de la mère, et non du fils.

Céleste évoque leurs rencontres avec feu, la diction rapide, se perd dans les détails et feint le détachement avec maladresse. Lilas sourit.

— Tu souhaites donc t'instruire. Fort bien ! Mais pourquoi tiens-tu tant à briller devant Nicolas Fouquet ?

Céleste fronce les sourcils et se récrie aussitôt.

— Quel est le rapport ?

La mère maquerelle continue de recoudre son bouton.

— Je veux juste comprendre pourquoi toi, qui te complais dans l'ombre, tu cherches tout soudain la lumière.

Elle lève le nez de sa robe et fixe Céleste droit dans les yeux.

— Depuis que tu as rencontré ce Fouquet, tu ne cesses de vouloir attirer son attention. J'ai raison, n'est-ce pas ?

— Mais... je ne suis rien à ses yeux.

— Et lui, que représente-t-il aux tiens ?

— C'est... le nouveau procureur général.

D'un revers de main, Lilas chasse les paroles de la jeune fille sans détourner le regard.

— Céleste, tu es amoureuse de lui, un point c'est tout.

La fille du bourreau devient cramoisie.

— Moi ? Mais non ! Je te rappelle qu'il nous a jetés en prison, Joachim et moi. D'ailleurs, mon frère l'a en horreur.

Céleste émet un ricanement qui sonne faux. Lilas explose d'un rire franc.

— C'est bien ce que je disais. Il n'y a pas que la bibliothèque de ce monsieur Fouquet que tu souhaiterais visiter.

Les joues de Céleste s'empourprent, mais cette fois-ci de colère.

— Ah ça ! Que tu es bête !

Céleste part bouder dans le jardin. Lilas la regarde s'éloigner d'un œil aussi amusé qu'attendri. Mais une sourde inquiétude chasse peu à peu sa bonne humeur. Elle savait que ce jour viendrait et, avec lui, de nouvelles difficultés. Comment Céleste réussira-t-elle à nouer une relation avec un homme sans se démasquer ? Et pourquoi fallait-il qu'elle s'amourache d'un procureur général ? Ne pouvait-elle choisir un garçon de sa condition ?

De son côté, Céleste rumine. Elle cogne dans un caillou d'un coup de semelle rageur. Évidemment qu'elle pense sans cesse à Nicolas ! Mais le procureur général lui paraît tout à fait inaccessible. Dévoiler ses sentiments serait révéler son aveuglement, et donc sa faiblesse. Céleste a beau lutter, des images l'envahissent, la submergent. Elle se fait l'impression d'être une marionnette, manipulée par un bras capricieux. Elle bouillonne, se traite de sotte, enrage contre elle-même et son impuissance à retrouver son libre arbitre.

Que sait-elle de l'amour, elle qui n'en a jamais connu les délices ? Le lupanar de Lilas n'a pas été l'école des sentiments, même si celui-ci a été suffisamment équivoque pour ôter à Céleste toute naïveté en la matière. Elle a surpris de nombreux clients du Palais des plaisirs occupés à leurs exercices physiques avec ces dames. Elle a observé avec curiosité les œillades, les parades, les conversations galantes, les mines et minauderies, les artifices pour séduire. Puis les premières étreintes, les baisers, les caresses, les gloussements, les gémissements, les soupirs et, enfin, l'accouplement et l'extase, simulée parfois. Mais aussi la brutalité de certains hommes, les violences, les perversions.

La mère maquerelle rejoint la fille du bourreau dans le jardin baigné d'une douce lumière hivernale. Elle vient faire la paix.

— Si tu veux recevoir une instruction complémentaire, tu peux toujours faire appel à un précepteur. Mais cela va te coûter des sous. Il te faudra aussi trouver un lieu pour prendre tes leçons, et ça ne pourra être ni chez toi – qui voudrait se rendre chez le bourreau ? – ni au lupanar. Ton professeur risquerait d'être distrait par mes filles.

Céleste rit en imaginant la scène et dépose un baiser sur le front de son amie.

— Merci, Lilas. Je vais y réfléchir. Et excuse-moi pour tout à l'heure. Je crois qu'une petite promenade me fera le plus grand bien.

Elle salue Lilas d'un geste de la main avant de s'éloigner le long des berges de la Seine. Ses pensées voguent au rythme des flots. Elle songe au roman que lui a prêté Nicolas et qu'elle a dévoré. Impatiente d'en connaître la suite, et rechignant à réclamer quoi que ce soit au procureur général, elle a dépensé toutes ses économies pour acheter les autres volumes en question chez le premier libraire venu. Le roman étant un succès, il ne lui a pas été difficile de mettre la main dessus.

Son imagination glisse. Céleste prend les traits d'Astrée, Nicolas ceux de Céladon. Et dans ses rêves, la romance bucolique évolue vers des chemins plus sensuels, emprunte des tournures équivoques et s'achève dans une apothéose osée : de quoi faire rougir les précieuses.

Un ragondin se jette à l'eau. Des cercles concentriques se propagent depuis l'endroit où il a plongé. En se penchant, Céleste aperçoit son reflet déformé par l'onde.

— N'oublie jamais que tu es et que tu resteras la fille du bourreau. Inutile de te laisser éblouir. Ta place n'est pas au sommet, mais les pieds dans le sang.

Et au pied de la potence.

Le 20 décembre 1650, le bourreau est de nouveau sollicité pour la pendaison d'un compagnon imprimeur, Antoine Pry. Il est accusé d'avoir tiré un texte intitulé *L'union ou association des princes sur l'injuste détention du prince de Condé, Conti et duc de Longueville*. Le pamphlet insinue que Mazarin pourrait un jour poignarder ou empoisonner Louis XIV et son frère.

Antoine Pry n'en est pas à son coup d'essai. Employé dans l'atelier de Morlot, il a participé à l'impression de *La custode du lit de la reine*. Condamné à la flagellation et au bannissement, il a été sauvé in extremis par l'élargissement de son patron. Le bourreau et sa fille en gardent un amer souvenir, tous deux ayant failli ce jour-là perdre la vie, lynchés par la foule. Mais la première condamnation d'Antoine Pry prévoyait la mort en cas de récidive. Les partisans du roi se jettent sur l'occasion pour montrer l'exemple à leurs opposants.

Les archers sont deux fois plus nombreux autour du tombereau qui mène le condamné en place de Grève que pour l'exécution de Morlot. Octave a glissé deux couteaux à sa ceinture et à celle de ses enfants. Et c'est d'un œil suspicieux qu'il guette les réactions du public autour de la potence. Mais personne ne lève le petit doigt pour sauver l'imprimeur qui, quelques minutes plus tard, se balance au bout de la corde, le visage violacé et la langue pendante.

Alors, chacun part retrouver son logis ou son activité. Ou presque. Un homme rôde autour du bourreau et de ses aides, occupés à décrocher le macchabée. Il doit être âgé d'une cinquantaine d'années. Ses cheveux sont gris. Il a le visage émacié d'un homme qui ne se nourrit pas à sa faim. Pourtant, ses vêtements sont ceux d'un bourgeois, bien qu'un peu défraîchis.

Octave le remarque et commence à pester contre l'intrus.

— Que nous veut-il, cet olibrius ? Venger son frère, son fils ou son ami ?

Il porte la main au poignard glissé dans sa ceinture, mais Céleste arrête son geste.

— Il n'a pas l'air bien méchant. Je m'en charge.

Octave grogne.

— Ravaillac non plus n'avait pas l'air bien méchant…

Céleste s'approche de l'homme en question, mais garde ses distances. Il est seul et désarmé, tandis qu'elle peut compter sur son père, son frère et son couteau.

— Vous cherchez quelque chose ?

L'homme grimace un sourire gêné. Surprise, Céleste hausse les sourcils.

— Je vous écoute.

Embarrassé, il se racle la gorge, se dandine d'un pied sur l'autre, hésite. Céleste s'agace.

— Pressons ! J'ai encore du travail.

L'inconnu laisse choir ses épaules, baisse les bras, plie les genoux, comme s'il s'abandonnait à Céleste.

— Il paraît que vous vendez un produit qui m'intéresse.

Céleste jette un rapide coup d'œil aux environs pour s'assurer que personne ne peut les entendre.

— Qui vous a dit cela ?

— La veuve de votre pendu !

Du menton, il désigne le macchabée. Céleste hésite. Comment cette commère a-t-elle pu obtenir l'information ? Son diable de mari a dû profiter d'un moment d'inattention du bourreau, alors qu'il faisait amende honorable[1], pour échanger quelques mots avec sa femme. Céleste frémit. Ce genre d'indiscrétion pourrait lui coûter cher ! À moins que ce ne soit un piège ? Elle dévisage son interlocuteur, sa maigreur, ses cernes, son teint pâle. L'homme ne respire pas la santé. Il ne serait donc pas surprenant qu'il ait besoin de son remède pour soulager ses maux. Elle a dû dépenser d'importantes sommes ces derniers

1. L'amende honorable est une peine infamante qui peut s'appliquer en plus de la condamnation à mort : le coupable doit reconnaître publiquement sa faute et « en demander pardon à Dieu, à la société et aux hommes ». Elle est exécutée en public, souvent devant le portail d'une église.

temps pour soigner Joachim, acheter ses livres, se rendre à la réception de Nicolas Fouquet, sans compter le coût de la vie qui ne cesse d'augmenter, la faute aux troubles du royaume… Bref, elle a besoin d'argent. De beaucoup d'argent. Et c'est une raison suffisante pour faire confiance à cet inconnu.

— Rendez-vous ce soir, à vingt heures, à la taverne de la Fosse aux Lions, rue du Pas de la Mule. Et gare à vous si c'est un traquenard. J'aurai des complices avec moi.

En fait de complices, Joachim les surveillera à une table voisine et au moindre grabuge, il assommera le félon avec une bûche pendant que Céleste s'occupera de tout éventuel affidé.

Le soir même, habillée en homme, le corps emmitouflé dans un long manteau, le col rabattu sur son visage et le front dissimulé sous son chapeau, Céleste pousse la porte de la taverne. Un tronc entier flambe dans l'âtre. Malgré la douce chaleur qui règne dans l'établissement, la fille du bourreau conserve ses vêtements et commande un vin chaud à la cannelle. L'homme ne tarde pas et la cherche du regard parmi les clients attablés. Céleste lui fait signe. Il s'installe en face d'elle tout en jetant des coups d'œil inquiets aux trognes avinées et aux mines patibulaires qui les entourent. Après avoir cherché une position confortable sur le banc en bois, il se présente. André Legros. Il émet un ricanement aigre, avant de retrouver son sérieux.

— Certaines personnes portent mieux leur nom que moi.

Il se tait, réfléchit à la manière d'introduire son histoire.

— Je suis dépendant au laudanum.

Ses yeux cernés et implorants se posent sur Céleste.

— Il y a de cela un an, je suis tombé gravement malade. Je souffrais de diarrhées aiguës…

Il s'excuse pour ces détails. Un médecin lui a prescrit du laudanum pour soulager ses maux et le traitement a fait des miracles. Mais une fois guéri, son corps n'a jamais cessé de réclamer sa dose. Le médecin a continué de lui fournir les opiacés. Jusqu'à sa mort, du jour au lendemain.

— Et devinez ce qui l'a emporté ? La dysenterie.

Il sourit tandis que ses yeux s'embuent au point que Céleste se demande s'il ne va pas éclater en sanglots.

— Depuis, mon corps n'est que souffrance. J'ai des crampes terribles, des nausées épouvantables. Je n'ai plus d'appétit et je ne dors plus. Par pitié, vendez-moi du laudanum ou je ne passerai pas l'hiver.

Il s'agrippe à la manche de Céleste qui recule. Joachim, en alerte quelques tables plus loin, se dresse la bûche à la main. Mais sa sœur lui fait signe de se rasseoir.

— C'est quarante sols la fiole. Deux louis le flacon.

— Je vous prends le flacon.

Sans demander son reste, André fouille dans la poche de son manteau et en retire une bourse qu'il vide devant Céleste. Le geste lent, cette dernière ramasse la monnaie.

— J'aurais apprécié de votre part un peu plus de discrétion. À étaler ainsi vos pécunes, vous risquez d'attirer sur nous l'attention.

Céleste laisse une pièce à côté de son verre et se lève.

— Suivez-moi.

Une fois dehors, elle dirige ses pas vers la place Royale[1]. Là, dissimulée par les colonnes, elle fouille dans sa besace et en retire un flacon de laudanum.

— Surtout, n'en prenez pas plus de dix gouttes en une fois où vous risqueriez de dépasser les doses que peut supporter votre organisme !

1. Ancien nom de la place des Vosges.

Dans la pénombre de la galerie, il débouche le flacon, le porte à ses lèvres et avale une lampée de la mixture. Céleste esquisse un geste pour le retenir, mais il est déjà trop tard.

— Vous êtes fou !

La tête de Joachim apparaît derrière un des piliers de la place.

— J'ai hâte de voir le résultat... Combien de temps le laudanum met-il pour agir, Céleste ?

— Cinq à dix minutes pour les premiers effets, et jusqu'à huit heures pour leur durée.

Joachim hausse les sourcils.

— Je crains que ton client ne se soit engagé dans un très long et très lointain voyage.

À la faveur d'un rayon de lune, Céleste observe André. Il s'est assis à même les pavés glacials de la galerie. Céleste lui secoue l'épaule.

— André ! Vous ne pouvez pas rester là.

Mais ce dernier ne bronche pas. À mesure que les minutes passent, un sourire béat commence à éclairer son visage. Céleste tente de le faire réagir. André lève vers elle des yeux remplis de plénitude.

— Tout va bien, Céleste. Tout va bien.

Il dessine dans les airs un geste vague de la main avant de sombrer dans un rêve éveillé et impénétrable.

Céleste réfléchit.

— On ne peut pas le laisser là. Il va mourir de froid ou se faire détrousser.

Joachim observe l'homme avachi contre le pilier.

— Il ne paraît pas bien gros. À deux, nous pourrions aisément le porter. Tu sais où il habite ?

— Bien sûr que non.

Elle se penche vers André et lui braille dans l'oreille.

— Où habitez-vous ?

André lui répond en chantant.

— Loin, très loin d'ici ! Sur une étoile drapée de soie, peuplée de naïades et de nymphes, où la peur n'existe pas et où les anges sont des femmes et les femmes, des anges.

Céleste se redresse.

— Joachim, si tu as une idée d'où cela peut se trouver, je te suis. Sinon, je crois qu'il n'y a qu'une solution : l'emmener chez nous.

Joachim proteste. Ils ne vont tout de même pas faire entrer un parfait inconnu chez eux ! Qui connaît ses intentions ? Personne ne l'a obligé à avaler le quart d'un flacon. Il n'avait qu'à prendre ses responsabilités. Son sort ne les concerne plus.

Céleste observe à nouveau André. De ses mains, il dessine des arabesques dans les airs et écarquille les yeux par intermittence. Quel danger craindre de ce rêveur étique ?

— J'assume ma décision et ses éventuelles conséquences. On le mettra sur mon lit et je dormirai par terre, sur des couvertures.

Joachim hoche la tête et se range au choix de sa sœur sans plus de difficultés. Le froid et la fatigue commencent à le gagner, finissent de le convaincre. Ils soulèvent André qui se cambre, tend les bras et les jambes comme s'il s'offrait aux étoiles. De la place Royale à la maison du bourreau, il ne cesse de chanter en italien.

— *Vanne Orfeo, felice a pieno, a goder celeste onore, là 've ben non mai vien meno, là 've mai non fu dolore...*

Céleste et Joachim ont toutes les peines du monde à hisser l'homme à l'étage, figé dans son extase. Ils le jettent sur le matelas où il daigne enfin cesser de chanter. La fille du bourreau soupire en s'essuyant le front.

— Une chance qu'il n'ait pas réveillé papa.

Joachim lui retire ses chaussures et les balance à l'autre bout de la pièce.

— Il pourra nous remercier ce drôle !

Céleste ne répond rien, et tandis qu'elle se couche sur quelques couvertures à même le sol, une idée se fait jour.

Le lendemain, elle est réveillée par le craquement d'une latte de parquet à côté de son oreille. Elle ouvre un œil. Le visage d'un monstre mi-rapace, mi-humain, est penché au-dessus d'elle et l'observe. Effrayée, elle pousse un cri. La créature tombe à la renverse les quatre fers en l'air. Céleste se lève d'un bond et retrouve d'un coup la mémoire et ses esprits. Son hurlement était sans doute un peu trop aigu pour être celui d'un jeune homme. Mais André, surpris par la réaction de cette dernière et occupé à retrouver son équilibre, ne semble rien avoir remarqué. Le cul à terre, il regarde maintenant Céleste, l'œil hagard.

— Où sommes-nous ?

— Dans la maison du bourreau.

Les quelques rares cheveux d'André se dressent sur son crâne. Il recule et gémit.

— Mon Dieu, qu'ai-je donc fait ?

Céleste rit malgré elle et rassure le pauvre homme. Elle revient sur les événements de la veille qui justifient sa présence en ces lieux. André baisse la tête, honteux.

— Excusez mon comportement. Je ne suis plus moi-même sous l'emprise des opiacés. Je ne saurais comment vous remercier d'avoir pris soin de moi. Vous n'étiez pas obligé.

Céleste lui indique l'échelle.

— Allons manger un morceau. Il faut que je vous entretienne d'une idée qui m'est venue cette nuit et qui pourrait nous arranger tous deux. Mais j'ai quelques questions à vous poser au préalable.

Sur la table au rez-de-chaussée, Céleste dépose deux assiettes de soupe et découpe deux belles tranches de pain noir.

— Il semblerait que vous parlez l'italien. Vous chantiez dans cette langue hier.

André rougit, plonge le nez dans son plat.

— Oui, ce devait être un extrait de l'*Orfeo* de Monteverdi. Un compositeur de génie. J'ai appris sa mort récemment et j'en ai été bien chagriné. Je me suis pris à étudier le chant après avoir entendu son œuvre.

Céleste sourit, ravie de cette nouvelle qui la conforte dans son idée.

— Comment gagnez-vous votre pain ?

— Je suis peintre et graveur. Je travaille avec plusieurs imprimeurs. C'est comme cela que je connaissais Antoine Pry.

Il lâche sa cuillère, secoue les mains comme s'il venait de dire une sottise.

— Mais je n'ai rien publié qui soit préjudiciable, je vous l'assure.

— Calmez-vous, André ! Je suis l'aide du bourreau, pas juge.

Céleste rit devant la mine effarée du vieil homme. Retrouvant son sérieux, elle poursuit :

— Ainsi donc vous connaissez les lettres, vous êtes au fait des nouveautés qui sont éditées, vous êtes amateur de peinture et en plus de parler italien, vous le chantez et vous êtes sensible à la musique. Ai-je raison ?

André acquiesce, sans comprendre où Céleste veut en venir.

— Avez-vous des notions de droit, de géographie, d'économie et de philosophie ?

— J'ai lu les écrits des grands penseurs. J'ai quelques ouvrages qui traitent de droit et d'économie même si ce n'est pas là que j'excelle. Quant à la géographie, je l'ai apprise à travers la lecture de récits de voyage. En avez-vous fini avec toutes ces questions ?

Céleste se lève d'un bond et pointe sa cuillère sur lui.

— Vous êtes l'homme de la situation ! Voilà ce que je vous propose. Vous me donnez dix heures de cours particuliers hebdomadaires, réparties sur cinq jours, et, en échange, je vous fournis un flacon de laudanum à la fin de chaque semaine. Marché conclu ?

Elle tend son bras par-dessus la table sans laisser à André le temps de réfléchir, renversant au passage le broc d'eau. Ce dernier, par réflexe plus que par conviction, serre la main de Céleste avec mollesse.

— Vous m'enseignerez les peintres, les musiciens, les poètes et les dramaturges. Vous m'emmènerez au théâtre. Je veux tout savoir et tout comprendre, quoi que cela me coûte !

André récupère sa main et la repose sagement à côté de son assiette. Perplexe, il ne dit mot. Céleste exulte.

— J'ai reçu une éducation : les philosophes de l'antiquité, les poèmes des anciens... Mais tout cela sent la poussière ! Je veux vivre avec mon temps et connaître les savants et les artistes de mon siècle !

Elle débarrasse avec précipitation les assiettes à moitié pleines, essuie l'eau renversée.

— Nous nous installerons ici, à cette table. Je fournirai l'encre, les plumes et le papier. Charge à vous de rapporter vos livres.

Débordante d'enthousiasme, Céleste est disposée à couvrir toutes les dépenses pour ses études. André cligne trois fois des yeux.

— Et j'aurai mes drogues en échange ?

— Puisque je vous le dis !

Un sourire éclaire son visage émacié.

— Vous lisez le latin, Céleste ?

— Je n'ai pas cette chance. Du moins, pas encore.

— Ce n'est pas un souci. Avez-vous entendu parler de René Descartes et de son *Discours de la méthode* ? Il l'a écrit en français pour être compris des femmes et des enfants, même si vous n'êtes ni l'une ni l'autre.

Céleste fait non d'un mouvement de la tête.

— Fort bien. Ce sera donc votre première leçon.

Il tire de la poche de son pourpoint un ouvrage à la couverture en cuir élimée.

— Et elle commence maintenant !

XIX

4 février 1651

Accaparée par ses leçons particulières, ses lectures et ses révisions, Céleste a passé le mois de janvier enfermée à la maison, ne sortant que pour les corvées, le laboratoire, les exécutions et les supplices. L'instruction devient chez elle une obsession. Début février, alors qu'elle est plongée dans les *Expériences nouvelles touchant le vide* d'un certain Blaise Pascal, son assiette intacte et froide patientant devant elle sur la table, son père lui arrache l'ouvrage des mains et le repose avec virulence.

— Ça suffit ! Céleste, j'apprécie tes efforts pour te cultiver. Mais fais-moi le plaisir d'aller prendre l'air, s'il te plaît. Et emporte cette tranche de pain avec toi. Tu n'as plus que la peau sur les os à force de ne dévorer que du papier.

Céleste est tirée de son livre comme d'un rêve. Elle regarde son père et son frère en clignant des yeux et les découvre à table. De l'index, Octave lui désigne la porte.

— Va !

Le ton employé ne peut souffrir aucune protestation. Céleste obéit. Dans la rue, elle lève le nez au pâle soleil de février et ferme les yeux. Un bien-être l'envahit, en même temps que ses pensées divaguent et la ramènent sans relâche à Nicolas Fouquet. Elle s'est jetée à corps perdu dans l'étude, comme pour mieux oublier le procureur général. Peine perdue. Malgré le temps et la distance, force est de constater que son souvenir est toujours aussi brûlant.

Céleste erre dans le quartier des Halles. Prêtant l'oreille aux discussions des commères, elle apprend que ces messieurs du Parlement entendent expulser le cardinal malgré ses victoires contre les frondeurs à Bordeaux et à Rethel. Nicolas Fouquet doit être à l'heure actuelle sur les bancs de la Grand-Chambre ! Aussitôt, la fille du bourreau, vêtue en homme, dirige ses pas vers le Palais de la Cité. Une dizaine de minutes plus tard, elle traverse la Grand'Salle où elle n'a pas remis les pieds depuis la prestation de serment du procureur général. Elle sent l'excitation la gagner à mesure qu'elle s'approche de la Grand-Chambre où elle a des chances de trouver Nicolas. À l'intérieur, l'agitation est grande. Le premier président a toutes les peines du monde à se faire entendre. Le brouhaha des discussions et les clameurs recouvrent sa parole.

Depuis les lanternes, où elle s'est installée au deuxième rang par mesure de discrétion, Céleste aperçoit Nicolas sur le banc du procureur général et des avocats généraux. Ses mâchoires sont contractées. Ses traits sont tendus, son sempiternel sourire s'est effacé. Quand vient son tour de prendre la parole, l'homme assis devant Céleste grince des dents.

— Voilà le pantin de la régence. Quelle comédie va-t-il nous jouer aujourd'hui ?

D'une voix forte, Fouquet s'adresse au Parlement.

— Messieurs, je viens porter à votre connaissance une déclaration de la reine.

Pour la stabilité du royaume, Anne d'Autriche veut oublier le passé et les écarts de conduite de certains de ses sujets. Aussi tient-elle à assurer le Parlement que ces messieurs, Condé, Conti et Longueville, seront remis en liberté sans difficulté. Dans la Grand-Chambre, des huées s'élèvent, ainsi que des cris hostiles.

— Qu'on libère les princes sans condition et sur-le-champ !

— Mazarin est un fourbe et un faquin ! Il fera traîner la libération en longueur et nous n'en verrons jamais l'issue.

— Nous devons le chasser du royaume !

Céleste est abasourdie. Quelle audace ! Quelle arrogance ! Et quelle foi ! Si le cardinal est contraint à l'exil, la reine pourra-t-elle faire front, seule, face aux ambitieux qui lorgnent sur le pouvoir ? Que deviendra Louis si Anne d'Autriche, à son tour, est écartée ? Céleste revoit le roi, debout dans sa chemise de nuit élimée. « Me couperez-vous la tête un jour ? En serez-vous capable ? » lui demandait-il. Ces questions lui paraissaient alors si absurdes ! Pourtant, la couronne de Louis n'a jamais été aussi menacée qu'en ce début de l'année 1651.

Curieuse de connaître la tournure que vont prendre les affaires qui agitent le Parlement, Céleste retourne à la Grand-Chambre les jours suivants, quand elle le peut. Outre le plaisir d'observer Nicolas, elle craint pour le roi. Elle n'a évidemment aucune prise sur le cours des événements, mais elle s'intéresse de fait au sort réservé à la régence. C'est ainsi qu'elle assiste à la signature de l'arrêt qui enjoint au cardinal, à ses parents et à ses domestiques de quitter le royaume dans les quinze jours. Nicolas Fouquet est contraint de porter le document au garde des Sceaux et à la reine.

À l'issue de la séance, Céleste descend de son poste d'observation et se retrouve dans la Grand'Salle. Elle a juste le temps de baisser la tête au passage du procureur général pour éviter qu'il ne la reconnaisse. Ce dernier frôle Céleste, les deux avocats généraux Talon et Bignon à sa suite, avant de disparaître par les escaliers qui mènent à la cour. Elle le regarde partir, abasourdie par la décision adoptée par le Parlement.

Sur le chemin du retour, Céleste laisse errer ses pensées. Elle songe au Grand Condé, au crime qu'elle a failli commettre et à celui qu'elle a réellement commis. D'ailleurs, où est Basile Fouquet à cette heure ? À Saint-Germain, aux côtés du cardinal ? À Paris, pour tenir informée Son Éminence des mouvements d'humeur de la capitale ? Céleste craint sans cesse de le voir surgir au détour d'une rue, porteur d'une nouvelle et funeste mission. Mais l'abbé n'est pas le seul à la tourmenter. Elle aimerait oublier sa culpabilité, la réaction du roi à ses aveux, les accusations d'infanticide qui pèsent sur sa mère… et Nicolas.

Tête basse, épaules voûtées, l'esprit embarrassé de ce lourd fardeau, la jeune fille traverse la cour de la maison où elle croise son père occupé à affûter ses couteaux. Elle grimpe à l'étage pour se jeter dans la lecture du *Virgile travesti* de Paul Scarron, dont André lui a vanté le burlesque. L'œuvre tient ses promesses et s'avère, en effet, un remède efficace contre son humeur morose. Sa lecture achevée, elle repose le livre. Aussitôt, la parenthèse enchantée se referme et le poids des soucis l'accable de nouveau. Céleste quitte son lit, déplace l'estampe accrochée au mur qui dissimule une niche, plonge la main avec nonchalance dans le vase où elle range ses économies, laisse filer entre ses doigts les pièces qui retombent dans une pluie métallique. Même ses affaires florissantes ne suffisent pas à lui redonner le sourire.

Grâce à André, la fille du bourreau a élargi le cercle de ses clients. Issus de la bourgeoisie, ces nouveaux consommateurs sont prêts à débourser de coquettes sommes pour s'offrir un rêve éveillé. Et c'est désormais de ce commerce du laudanum à des fins récréatives que Céleste tire la plus importante part de ses revenus.

Avant chaque début de leçon, André fait un point avec Céleste sur les actualités du jour. Rien ne sert, selon lui, de connaître les grands penseurs de son temps si l'on n'est pas au fait de ce qui se passe à l'autre bout de sa rue. Il lui apprend ainsi que Mazarin a fui Paris à cheval dans la nuit du 6 février 1651, pour gagner le château de Saint-Germain. Il lui annonce également la mort de Charlotte-Marguerite de Montmorency. Dévastée par la décision de ses fils de rejoindre le parti des frondeurs et leur emprisonnement, elle s'était retirée en sa demeure de Châtillon-sur-Loing, où une fièvre l'a emportée.

Bien qu'elle n'ait rencontré la mère du Grand Condé qu'une seule fois, la fille du bourreau est affectée par cette disparition. À travers les yeux de cette femme, Céleste avait entraperçu le portrait de sa propre mère. Le fantôme de Jeanne avait pris chair, le temps fugace de son récit. La mort cependant, s'est acharnée et, de sa faux cruelle, est venue trancher son dernier espoir. Charlotte-Marguerite de Montmorency n'avait pas tout dit sur Jeanne, Céleste en est convaincue. Mais elle a emporté ce qu'elle savait dans la tombe et la fille du bourreau ne sait désormais plus où chercher. Découragée, elle se voit contrainte d'enterrer son enquête.

Cet échec la plonge dans une sourde colère.

Au fil de ses leçons, deux heures quotidiennes, cinq fois par semaine, la fille du bourreau a tissé un réel lien d'amitié avec son professeur, qui s'avère doté de beaucoup d'esprit et d'une curiosité sans limite. Tout l'intéresse, sinon sa personne qu'il méprise et néglige. Ses vêtements sont usés, tachés, sa barbe mal rasée, ses rares cheveux jamais peignés. Et s'il daigne se limer les ongles, ce n'est que pour jouer du luth. Il en possède un, éraflé et au vernis craquelé, qu'il a amené à Céleste au début de l'année pour son cours de musique. Ayant acquis quelques notions de solfège au préalable, cette dernière se tord la main et les doigts sur le manche pour réussir à placer un accord. Mais la fatigue la gagne. Elle repose l'instrument avant d'être tentée de le jeter par la fenêtre.

— Recommencez Céleste ! Un peu de persévérance, tudieu ! Vous ressemblez à ma femme, impatiente de tout, même de mourir. Vous avez du temps, prenez-le que diable !

André récupère le luth qu'il range avec humeur dans son étui. Son épouse est morte dix ans plus tôt, alors qu'elle n'avait que vingt-huit ans. Il n'a pas eu d'enfants de son mariage. C'est un regret de ne pouvoir transmettre à sa descendance son goût pour les arts et les lettres. L'arrivée de Céleste est donc un cadeau des cieux. Et plus seulement pour ses merveilleuses fioles.

Sur le seuil de la porte, la fille du bourreau lui tend un flacon de laudanum. André le fait tourner entre ses doigts, songeur.

— Je n'avais plus d'attaches, alors j'en ai créé une. Votre solution est une amie incroyable, mais exigeante. À chacune de nos entrevues, elle m'entraîne dans un fabuleux voyage. Néanmoins, elle réclame beaucoup d'attention et ne supporte pas la solitude.

Il lève vers son élève ses yeux cernés.

— Choisissez mieux vos amis, mon enfant. Bonne soirée et à demain !

André parti, Céleste veut retourner dans sa chambre mais tombe nez à nez avec Joachim, appuyé au montant de la cheminée, les bras croisés.

— Tu dors bien la nuit, Céleste ? Tu as la conscience tranquille ?

Cette dernière fronce les sourcils.

— De quoi tu parles ?

— Tu n'as donc réellement aucun scrupule à exploiter l'addiction de ce pauvre homme ?

— Je ne l'oblige en rien.

— Tu sais très bien qu'il n'a pas le choix.

Céleste inspire, les narines pincées.

— Il est libre d'échanger mes flacons contre un peu de son temps libre, comme il est libre de ne plus jamais me revoir.

Elle s'éloigne et s'apprête à monter l'échelle.

— Billevesée ! Ton remède convient bien aux condamnés, mais pas aux vifs. Il crée de l'accoutumance ! Tu y goûtes et tu y retournes. Ce n'est pas de son plein gré qu'André t'enseigne tout ça, juste parce que son corps lui réclame sa dose d'opiacés.

Céleste fait volte-face. Le rouge lui monte aux joues. Elle éructe.

— Il suffit ! Garde tes leçons pour toi, je ne t'ai rien demandé. André ne m'a pas attendue pour utiliser ces drogues. Je ne fais que lui éviter des souffrances inutiles : crampes, douleurs abdominales, vomissements, angoisses, et j'en passe. Veux-tu que je te liste toutes les conséquences d'un arrêt soudain des opiacés ?

— Pas à moi, Céleste ! Tu exploites sa faiblesse à ton profit, et c'est tout ! Tu revends ton produit à des petits-bourgeois en mal de sensations fortes et qui te trahiront à la première occasion. Tu crois que j'ignore ton commerce parallèle ? Ce n'est pas le plan que nous avions conçu !

— Tu n'es qu'un jaloux ! Sans moi, tu en serais encore à ramasser les rats crevés pour essayer de tirer quelques sous de leurs peaux mitées. Tu te satisfais bien de mes idées quand elles te profitent. Tu écoules mes flacons sans te soucier de les fabriquer toi-même, et tu empoches l'argent sans trouver quelque chose à redire à nos affaires. Mais avec André, c'est différent. D'un coup, te voilà transformé en bon samaritain !

Céleste saisit son manteau et son chapeau, se rue hors de la maison, excédée, et claque la porte derrière elle. Sa colère est d'autant plus forte qu'elle perçoit, dans le sermon de son frère, un fond de vérité. Elle sait que le procédé employé n'est pas tout à fait innocent. Mais pour ne plus jamais ressentir le vide de son ignorance devant Nicolas Fouquet, elle est prête à tout, et Joachim n'a pas à le savoir. Quant à l'argent facile qu'elle puise de son commerce, comment pourrait-elle y renoncer ? Elle est désormais en mesure de sécuriser sa famille grâce à ses économies, mais aussi de couvrir ses nouvelles dépenses : robes, bas, corsages, mantelets, ou encore des fournitures nécessaires à sa toilette et à ses études.

Pour calmer son courroux, Céleste erre dans la capitale. Mais une charrette tirée par deux chevaux surgit soudain à un carrefour et manque de la renverser. Elle tombe sur le pavé et doit essuyer les injures du cocher, ainsi que son vêtement crotté.

Quand elle se relève, elle reconnaît la Croix du Trahoir, dressée sur la place du même nom. Rue Saint-Honoré, un peu plus loin devant elle, trois cavaliers galopent en direction du Palais Royal. Ils sont suivis par un attroupement d'hommes à pied qui brandissent épées, mousquets, poignards et bâtons. Au brouhaha de leurs vociférations, Céleste comprend qu'ils en ont après Anne d'Autriche, raison pour laquelle sans doute ils marchent vers son palais. Au même instant, les cloches des églises de Paris se mettent à sonner le tocsin. Céleste sent son ventre se nouer. La reine est avec ses enfants. Ce peuple en colère se porte donc vers son roi.

XXX

9 février 1651

Céleste se précipite à la suite de la horde hostile qui fait halte devant le Palais Royal. Les trois cavaliers ont stoppé leurs chevaux qui piaffent, excités par les armes brandies et les cris d'injure contre la reine. Un homme, l'air bravache, observe la scène, un mousquet appuyé sur l'épaule, Céleste l'interpelle :

— Que signifient ces armes ? Où allez-vous comme ça ?

L'homme dévisage Céleste d'un regard méprisant.

— Vous n'êtes pas au courant ? La reine veut fuir Paris et emmener le roi avec elle ! Nous sommes ici pour l'en empêcher.

— Comment ?

C'est avec pitié qu'il s'adresse désormais à Céleste.

— Ne voyez-vous pas que nous bloquons toutes les rues qui mènent au Palais ? Nous surveillons également les portes de Paris. Retournez chez vous, maintenant ! Ce seront bientôt aux armes de parler !

À peine a-t-il dit cela que des coups de feu éclatent. D'instinct, la fille du bourreau rentre la tête dans ses épaules. Elle imagine le roi, terré dans sa prison dorée. Craint-il pour sa vie ? Jamais il ne s'autoriserait pareille faiblesse, elle en est persuadée.

Les armes s'étant tues, un calme relatif retombe presque aussitôt. Mais un mauvais pressentiment retient Céleste sur place. Pour se fondre dans la masse, elle a sorti son poignard et hurle à l'unisson du peuple des injures contre le cardinal. Les heures passent. La pression autour des portes du Palais se fait de plus en plus forte. Les prêches du coadjuteur Gondi et des prêtres affiliés à sa cause ont réussi à exacerber la méfiance des Parisiens. Il est aux environs de vingt et une heures trente quand des cris fusent.

— Nous voulons voir le roi !

— Montrez-nous le roi dans ses draps !

Et soudain, les portes du Palais s'ouvrent. Le peuple, d'abord intimidé, n'ose pénétrer dans l'enceinte royale. Mais une femme, plus hardie que les autres, fait le premier pas, bientôt imitée par tous. Céleste se faufile pour faire partie du cortège.

Sous les hauts plafonds du hall d'honneur, la horde s'avance, guidée par un laquais, un flambeau à la main. Au pied d'un escalier, la reine se tient, digne, en tenue de nuit, entourée de ses femmes de chambre. Elle toise ces hommes et ces femmes qui violent sa maison.

— Vous souhaitez voir le roi ? Je vais vous conduire à lui. Mais faites silence car à cette heure de la nuit, Sa Majesté dort.

La reine s'efforce de ne montrer ni sa peur ni sa colère. Elle monte les degrés, la tête haute, suivie par le peuple impressionné. Puis elle fait halte devant la chambre de son fils et, d'un geste du bras, invite le jeune homme en tête de la meute à entrer.

— Il est ici. Marchez sur la pointe des pieds. Je n'accepterais pas que l'on vienne perturber le sommeil du roi.

Céleste obéit et pénètre dans la chambre, éclairée par l'unique chandelle posée sur la table de chevet. Le parquet grince sous sa semelle. Elle s'avance d'un pied précautionneux. Mais la suite du cortège lui emboîte le pas. La pièce se remplit de frottements d'étoffes, de chuchotements, de cliquetis, de cris d'admiration étouffés. Derrière Céleste, une femme récite une prière. Une autre s'est agenouillée devant le lit. Le peuple, il y a quelques instants encore animé de pulsions agressives, se fait maintenant doux et respectueux. Le souverain n'est plus un fantasme. C'est un garçon de chair et d'os, que la candeur de l'enfance et la vulnérabilité du sommeil rendent innocent aux yeux de tous. C'est aussi un maître, que l'on craint de réveiller, et dont on redoute le courroux.

En apercevant le visage de Louis, maintenant âgé de douze ans, Céleste ressent une vive tendresse. Une année est passée depuis leur dernière entrevue. Ses traits ont changé. Il a perdu ses joues d'enfant. Ses épaules, qui dépassent du drap, se sont élargies. Se peut-il donc que Louis soit plongé dans un profond sommeil avec autant de monde autour de lui ? Céleste le croit plutôt bon comédien. Il a entendu le tocsin résonner, les rumeurs hostiles de la foule, les coups de feu des gardes. Comment pourrait-il dormir de façon si sereine, se sachant ainsi menacé ?

Elle s'approche, suffisamment pour percevoir le souffle régulier du jeune roi, mais se tient à distance pour ne pas alarmer le garde qui veille, la main sur la poignée de son épée, à quelques pas du lit royal. Agenouillée, la jeune fille fait mine d'entrer en prière. Mais les mots qu'elle chuchote, du plus distinctement qu'elle peut, ne s'adressent pas à Dieu.

— Sire, c'est moi, Céleste. J'ai profité de l'intrusion des Parisiens dans votre palais pour venir vous glisser ces quelques mots, bien que j'enrage de voir tous ces croquants fouler le parquet de votre chambre. Un an a passé depuis notre dernière entrevue, et je n'ai fait que songer à votre colère après mes révélations. Ma culpabilité est terrible. Je ne pourrais souffrir de vous avoir blessé, de quelque manière que ce soit. C'est par respect pour vous que j'ai tenu à vous dévoiler la vérité.

Sachez que je demeure votre amie très dévouée, si je puis avoir l'honneur de me considérer encore ainsi. Vous pouvez tout me demander, Majesté.

Céleste se signe et se relève, étonnée par son propre loyalisme et sa peur d'une éventuelle disgrâce. En quittant la pièce, elle dépasse la reine en conversation avec deux officiers de la garde bourgeoise. Un sentiment de malaise la saisit devant ces deux univers qui se côtoient à une heure aussi avancée de la nuit.

Le 13 février 1651, les trois princes sont libérés et Mazarin a déserté la France. La reine et le roi sont assignés à résidence, prisonniers en leur palais. Louis ne se manifeste pas auprès de Céleste. Mais quand bien même le voudrait-il, en aurait-il les moyens ? La fille du bourreau se résigne à ce silence en s'accrochant à cette idée.

Au début du mois de mars, elle rend visite à Marie de Maupeou. Céleste, obnubilée par ses leçons, avait délaissé son amie. Et au-delà du bon temps qu'elle passe en sa compagnie, son stock de laudanum diminue dangereusement.

Quand elle se présente rue de Jouy, la mère de Nicolas discute avec Marie-Madeleine de Castille, à qui Céleste avait été présentée à la réception du procureur général. La jeune femme, vêtue d'une robe rose pâle assortie à son teint, est resplendissante. Marie de Maupeou invite Céleste à les rejoindre autour d'une tasse d'un nouveau breuvage inconnu.

— Je vous avais fait découvrir le chocolat chaud. Goûtez aujourd'hui le café ! C'est une boisson qui nous vient d'Afrique et qui a des vertus tonifiantes. Nous serons ainsi dans de parfaites dispositions pour travailler.

Elle remplit une première tasse qu'elle tend à Céleste.

— Ma bru, en souhaitez-vous davantage ? demande-t-elle à Marie-Madeleine.

Céleste sursaute. A-t-elle bien entendu ? Elle peine à dissimuler son trouble en plongeant ses lèvres dans le liquide brûlant. Basile ou un autre des frères de Nicolas se serait donc uni avec Marie-Madeleine ? Céleste offre un franc sourire à la jeune épouse.

— Toutes mes félicitations ! J'ignorais que vous vous étiez mariée !

Elle se tourne vers Marie.

— Lequel de vos fils a eu le bonheur de se voir offrir la main de Marie-Madeleine ?

Déconcertée, Marie de Maupeou repose sa tasse.

— Je vous avais pourtant fait porter un faire-part à l'adresse que vous m'aviez indiquée. Ne l'avez-vous pas reçu ?

— Ma mère a dû oublier de me faire la commission. Elle a parfois quelques absences…

Pourquoi Hector ne lui a-t-il pas fait parvenir le pli ? Céleste se mord les lèvres. Elle se souvient que le geôlier devait s'éloigner de Paris un petit mois pour rendre visite à sa famille. Un mauvais pressentiment la gagne.

— Nicolas a épousé Marie-Madeleine le 4 février dernier, poursuit Marie. Ce jour-là, les discussions au Parlement avaient été fort agitées, car ces messieurs délibéraient de l'arrêt d'expulsion du cardinal. Accaparé par son devoir, mon fils n'a pu se libérer qu'à six heures du soir pour courir enfin chez le notaire et signer le contrat de mariage.

Céleste doit déployer un effort surhumain pour ne rien laisser paraître de sa douleur et de sa désillusion. Elle se souvient avec exactitude de ce jour où elle avait frôlé Nicolas. Comment aurait-elle pu deviner qu'il allait se marier le soir même ?

— Le lendemain, nous avons célébré notre mariage en l'église Saint-Nicolas-des-Champs, reprend Marie-Madeleine. Le déjeuner qui a suivi a été merveilleux. Mais en fin d'après-midi, ces méchants parlementaires me reprenaient déjà mon mari ! Nicolas a dû se rendre chez le garde des Sceaux pour présenter les réclamations des conseillers frondeurs.

Céleste hoche la tête et grimace un sourire.

— Ma pauvre amie... Vous avez dû avoir bien du chagrin.

À chaque instant, Céleste doit contenir les éclairs de jalousie qui s'allument dans ses yeux. Elle singe la politesse et l'apitoiement alors qu'elle voudrait hurler sa rage. Elle s'entend même articuler de chaudes félicitations alors que son cœur n'est plus que glace. Elle sourit, mais ses dents sont des crocs qui ne désirent que mordre. La beauté de Marie-Madeleine, qu'elle admirait il y a quelques instants, lui paraît désormais mièvre. Sa voix douce et puérile l'insupporte. Sa préciosité l'horripile. Elle trouve son regard éteint, son corps trop menu, ses expressions affectées. Sa façon de s'enthousiasmer de tout l'agace au plus haut point. Céleste se sent trahie.

Elle repose sa tasse vide avec un peu trop de virulence dans la soucoupe et s'excuse de sa maladresse. Belle-mère et bru poursuivent leur conversation, mais la fille du bourreau est incapable de se concentrer. Elle se contente d'esquisser, de temps à autre, un rictus ou d'approuver d'un hochement de tête les banalités qu'elle entend.

La délivrance arrive enfin. Marie de Maupeou se lève et salue Marie-Madeleine. Céleste lui exprime tout le plaisir de leurs retrouvailles avec la franchise d'un arracheur de dents. La femme de Nicolas lui saisit les mains avec chaleur.

— Marie me dit beaucoup de bien de vous. Vous êtes une femme charitable, honnête et dévouée. Elle apprécie tant votre compagnie ! Vous lui manquez quand vous tardez à venir. Soit, nous organisons une fête pour célébrer notre mariage et l'installation de mon mari à l'hôtel de Castille, dans deux semaines. Nous ferez-vous le plaisir de vous joindre à nous ?

Céleste ne sait d'emblée que répondre, partagée entre l'envie de fuir la maison du procureur général et celle d'affronter ce dernier. Mais la fille du bourreau est bien trop fière pour s'effacer.

— Très volontiers, Marie-Madeleine.

Le soir même, Céleste use les tapis de Lilas.

— Te rends-tu compte, Lilas ? Ce butor me passe la main autour de la taille, me prête l'Astrée, se permet des allusions grossières et voilà qu'il se marie avec une jouvencelle de quinze ans à peine alors qu'il en a trente-six !

— Tu n'as que deux ans de plus qu'elle.

— Ce sont les deux années qui changent tout !

Tout en sirotant une tisane, assise au coin du feu, Lilas échange un coup d'œil amusé avec Daphné, une prostituée de vingt ans à peine, qui vient tout juste de rejoindre le Palais des plaisirs. Elle touille le miel de son breuvage avec une cuillère, le petit doigt levé avec préciosité.

— Tu me disais que Fouquet ne s'intéressait guère à toi et que tu n'avais que faire de lui. Maintenant tu me dis qu'il te trouve à son goût et te voilà marrie qu'il se soit marié. Tu perds le bon sens, chérie !

Lilas glousse de son bon mot, imitée par Daphné, puis fait signe à Céleste de s'approcher.

— Tu me donnes le tournis. Viens t'asseoir ici.

Céleste se laisse choir aux pieds de Lilas et pose sa tête sur ses genoux. La mère maquerelle lui caresse les cheveux de ses doigts lestés de bagues. Daphné souffle sur l'ongle de son index qu'elle vient de limer et pose sur Céleste un œil goguenard.

— Que croyais-tu ? Que ton Fouquet allait demander ta main ?

Céleste se redresse, piquée au vif.

— Je ne suis pas si naïve !

— Ou qu'il s'interdirait tout projet matrimonial pour tes beaux yeux ? Je ne sais pas dans quelle famille tu as grandi, mais tu ne respires pas la richesse. Et cet homme, lui, c'est ce qu'il cherche.

Céleste repose sa tête sur les genoux de Lilas.

— Sur ce point, j'étais sans doute naïve.

— Rien n'est perdu ! tempère Daphné. Je suis certaine qu'à défaut de recevoir ta main en mariage, il serait tout à fait d'accord si tu lui offrais ton cul.

— Daphné !

Lilas jette un regard courroucé à la jeune prostituée qui hausse les épaules et se concentre à nouveau sur ses ongles. La mère maquerelle prend une grande inspiration.

— J'ignore quels sont les sentiments et les intentions de ce Nicolas Fouquet à ton égard. Mais il y a fort à parier qu'il ne considère pas son épouse comme un obstacle à la bagatelle. Certes, il n'a pas choisi une duègne[1] ni une maritorne[2] pour femme. Mais chez les grands de ce monde, les contrats de mariage sont avant tout des alliances entre des clans ou des familles, des négociations de titres, de terres, de pouvoirs, de réseaux. Sans doute que cette demoiselle avait tout cela. Ce qui n'est pas ton cas. Tu as mieux.

Céleste s'est redressée pour mieux écouter son amie. Cette dernière saisit le visage de la jeune fille entre ses mains.

---

1. Une duègne est une vieille femme insupportable et gênante, généralement chargée de surveiller une jeune personne.

2. Une maritorne est une femme laide et malpropre.

— Je conçois que ce Nicolas Fouquet ne puisse résister à un si joli minois.

Daphné lève le nez de ses ongles.

— Et à un si joli cul !

La mère maquerelle s'apprête à frapper la prostituée du plat de sa petite cuillère, mais celle-ci s'est déjà échappée en riant. Lilas se concentre à nouveau sur Céleste.

— Vas-tu te rendre à la fête qu'il organise chez lui ?

— Je me suis engagée.

— Il serait pourtant aisé de décliner l'invitation au prétexte d'un souci de santé. Mais tu meurs d'envie de le revoir...

Céleste se lève d'un bond.

— Je vais surtout lui rendre son livre. Et s'il a un geste ou un mot de travers, je le remettrai dans le droit chemin, tu verras !

Céleste file dans une des chambres du Palais des plaisirs pour y passer la nuit.

Deux semaines plus tard, le 20 mars 1651, elle gravit les marches de l'hôtel de Castille d'un pas décidé. À l'appréhension de revoir Nicolas se mêle une énergie farouche. Elle a la ferme volonté de lui prouver qu'elle n'est pas une petite écervelée, docile et impressionnable, et que tout procureur général qu'il est, il ne réussira pas à la glisser, avec quelques allusions graveleuses et une main sur la hanche, dans sa couche encore tiède du corps de sa femme.

L'hôtel donne sur la rue Saint-Avoye, à deux pas de la maison de Céleste, qui s'économise ainsi une chaise à porteurs. Elle a passé le collier de sa mère et déposé un rien de poudre sur ses joues, comme le lui a montré Lilas. Joachim, avec qui elle s'est réconciliée malgré leur différend, l'a coiffée et aidée à lacer sa robe dans le dos.

— Tu es une vraie femme de chambre ! s'était exclamée sa sœur.

— Tu es bien le fils du bourreau. Dans la famille, c'est un jeu d'intervertir les sexes.

Céleste franchit la porte du salon où conversent les invités et se dirige droit vers le buffet, où elle saisit un verre de vin blanc.

— Pour me donner du cœur à l'ouvrage !

Elle balaye des yeux la pièce et aperçoit Marie-Madeleine en discussion avec un homme d'une trentaine d'années environ, au nez pointu et aux lèvres fines. Céleste se compose un visage de circonstance et s'approche de la jeune fille, d'un pas gracieux. Elle n'a plus besoin d'observer les femmes pour en adopter les manières : elle en est devenue une. Et c'est avec naturel qu'elle salue Marie-Madeleine d'une courte révérence. L'apercevant, cette dernière lui réserve un chaleureux accueil. Sans se départir de son sourire, la fille du bourreau serre les mâchoires. Elle dévisage la nouvelle Mme Fouquet, l'imagine nue, abandonnée dans les bras de son mari, et une pointe de jalousie lui perce le cœur.

— Céleste, je vous présente monsieur de La Fontaine.

La fille du bourreau salue le trentenaire dont le regard, quel que soit l'objet ou la personne sur lesquels il se pose, est toujours teinté d'une douce ironie.

— Monsieur de La Fontaine est un homme doté de beaucoup d'esprit. Et je ne doute pas que nous entendrons à l'avenir beaucoup parler de lui.

— Vous écrivez, monsieur ?

— J'ai cette prétention, oui. Je réfléchis pour l'heure à une comédie.

Marie-Madeleine est rappelée à ses devoirs. Restée seule avec La Fontaine, Céleste oriente la conversation autour de leurs goûts de lecture respectifs. Ils découvrent avec plaisir qu'ils ont lu et apprécié à peu près les mêmes choses. Céleste en oublierait presque sa jalousie et la présence de Nicolas, quelque part dans les salons.

— D'ailleurs, Honoré d'Urfé n'a jamais achevé *la Savoysiade*, et c'est fort dommage. À ce propos, mademoiselle, avez-vous terminé la lecture de l'Astrée ?

Céleste ouvre la bouche pour répondre, mais la referme aussitôt. Ce n'est pas La Fontaine qui vient de lui poser la question. Elle se retourne. Nicolas Fouquet lui sourit.

XXXI

20 mars 1651

Pressentant qu'il est de trop, La Fontaine s'éclipse. Céleste et Nicolas s'observent en silence, chacun guettant la réaction de l'autre. Le procureur général tend la main pour saisir celle de la jeune fille. Mais cette dernière devance son geste et extrait d'une pochette qu'elle tenait sous le bras le volume qu'il vient de mentionner.

— Je vous le rends.

— L'avez-vous apprécié ?

Céleste fait une moue.

— Le roman est passionnant. Mais il dépeint la galanterie et l'amour entier et absolu, deux choses que les hommes de notre siècle semblent avoir perdues, oubliées ou jamais apprises.

Nicolas encaisse la pique en silence, les yeux rivés sur Céleste. Il ne s'attendait pas à pareil accueil. Cette dernière sent son cœur s'emballer, excitée par sa propre audace. Elle remet en place sa mèche, qui a glissé devant ses yeux.

— Votre nouvelle demeure vous plaît-elle ?

— L'hôtel de Castille est plein de charme, et bien plus spacieux que mes anciens appartements pour accueillir un couple de jeunes mariés.

— Votre épouse est si jeune... Elle a besoin d'espace, en effet!

Nicolas pince les lèvres et prend une courte inspiration, agacé. L'affront est sans détour. Céleste force son rictus.

— Je manque à tous mes devoirs: je ne vous ai pas félicité. Tous mes vœux de bonheur, monsieur Fouquet. Je vous souhaite beaucoup de joie, mais surtout de prospérité. Votre mariage n'est pas sans vous apporter une confortable situation.

Nicolas Fouquet baisse la tête et reste quelques instants plongé dans ses réflexions. Puis il retrouve son sourire.

— Merci, Céleste. Vos propos me vont droit au cœur. Il arrive que les mariages ne fassent pas que des heureux. Mon épouse s'est fâchée avec une de ses connaissances, qu'elle croyait seulement animée de sentiments amicaux. Mais au lendemain des noces, le masque est tombé. Les propos du malheureux, en apparence doux comme le miel, avaient en vérité la saveur aigre de la jalousie. L'amoureux déçu a trahi son cœur.

Agacé par les coups répétés de Céleste, Nicolas a souhaité mettre fin à leur duel implicite. Il vient de lui porter le coup fatal en la plaçant face à ses contradictions. Cette dernière sent le rouge lui monter aux joues, partagée entre la honte et la colère. Nicolas Fouquet poursuit d'un ton toujours égal:

— Je me suis entretenu de vous avec le père Vincent de Paul. Il m'a dit le plus grand bien de vos œuvres et m'a prié de vous transmettre ses amitiés.

Nicolas a sorti sa botte secrète: il sait que Céleste n'est pas celle qu'elle prétend. Cette dernière se liquéfie. Elle n'a évidemment jamais croisé le père Vincent de Paul, pas plus qu'elle ne participe à des actions de charité. Nicolas s'approche un peu plus d'elle et lui glisse à l'oreille:

— Poursuivrons-nous longtemps cette comédie ?

Nicolas la contemple. Son regard s'est adouci. Il lui offre un sourire, comme une excuse pour son agressivité. Sans doute y est-il allé un peu fort, il ne voulait pas la blesser, juste la bousculer, lassé qu'ils se tournent autour et qu'elle se joue de lui.

— Qu'allons-nous faire, désormais ? Maintenant que j'ai vu vos cartes, Céleste, jouons ensemble, le voulez-vous ?

C'est une main tendue. Mais la fille du bourreau ne l'entend pas de cette oreille. Nicolas sait qu'elle ment. Dans un éclair, elle envisage toutes les conséquences : elle s'imagine dénoncée, son commerce anéanti. Marie de Maupeou l'accusant de trahison, lui fermant son laboratoire et lui refusant son amitié.

Au même instant, Marie-Madeleine surgit derrière l'épaule de Nicolas.

— Monsieur mon mari, madame de Sévigné est arrivée et vous demande.

Elle se tourne vers Céleste.

— Me permettez-vous de vous voler Nicolas ?

La question innocente de Marie-Madeleine résonne douloureusement aux oreilles de Céleste. Incapable de prononcer le moindre mot, la gorge nouée par le camouflet qu'elle vient d'essuyer, elle acquiesce. Sa colère s'est noyée dans les larmes qu'elle sent affluer. Avant de s'enfuir, elle croise le regard embarrassé de Nicolas au bras de Marie-Madeleine qui s'éloigne vers ses convives.

Après la claque que lui a administrée Fouquet, Céleste fait profil bas. Elle n'ose plus se rendre chez Marie de Maupeou, encore moins à l'hôtel de Castille. Elle ignore si Nicolas s'est ouvert à sa mère des révélations qui la concernent. Dans le doute, et n'écoutant que sa lâcheté, elle préfère se faire oublier. Par correction, Céleste fait porter aux deux femmes un message prétextant un voyage qui l'éloignera pour un temps de Paris, sans livrer plus de détails. Avec ses dernières économies, elle achète le matériel nécessaire pour confectionner elle-même le laudanum et installe son laboratoire dans sa chambre, à l'étage où Octave ne met jamais les pieds.

Céleste poursuit ses leçons. Pourtant au fil des mois, elle perd peu à peu sa motivation. Cela lui coûte de l'admettre, mais elle voulait s'instruire pour briller aux yeux de Nicolas Fouquet. Maintenant qu'elle s'est éloignée de lui, elle ne voit plus l'utilité de fournir tous ces efforts. Qui d'autre s'intéresserait à ce qu'elle peut avoir à dire ?

Au cours du mois d'août, alors qu'André se présente chez Céleste pour ses leçons hebdomadaires, cette dernière l'accueille avec froideur. Et quand il l'interroge pour vérifier si ses cours ont bien été appris, l'élève répond de mauvaise grâce et avec étourderie. De méchante humeur, André referme l'exemplaire du *Geographia Generalis* de Bernhardus Varenius qu'il vient d'acquérir, et croise les bras.

— À quoi jouez-vous, Céleste ?

La fille du bourreau jette un regard noir à son professeur.

— Ai-je donc l'air de m'amuser ?

— Il me semblait que mes leçons vous divertissaient.

— À quoi bon...

Surpris par le changement d'attitude de son élève, André ne dit mot. Il lance son livre à l'autre bout de la pièce et claque les mains sur ses chausses.

— Vous avez raison. Cela ne sert à rien. Au diable les arts, les lettres, les sciences et le latin. Nous allons discuter, comme si nous étions à la taverne !

Il saisit une pomme dans une corbeille de fruits, y croque à belles dents et la bouche encore pleine, entame son récit :

— Je vous avais dit que le prince de Condé avait été libéré par Mazarin, en février dernier ? Eh bien, depuis qu'il est rentré à Paris, il se croit le roi en la capitale. L'autre jour, son carrosse a croisé celui du roi sur le Cours la Reine. Et vous savez quoi ? Il n'est même pas descendu pour saluer Sa Majesté. C'était le 31 juillet.

Il se lèche les doigts et vérifie que Céleste est attentive avant de reprendre :

— Face à l'arrogance du Grand Condé et à sa montée en puissance, la reine a dû jouer fin : elle a utilisé l'influence de l'intrigant Gondi et de ses partisans, et tous se sont ligués contre le prince. Elle a accusé ce dernier d'intelligence avec l'ennemi et l'a obligé à se présenter devant le Parlement pour être jugé. Bien évidemment, Gondi a eu ses récompenses. Il y a de cela un an, la régence bataillait aux côtés mêmes du prince contre les partisans du coadjuteur. Intéressant renversement des alliances, n'est-ce pas ?

Céleste acquiesce, désormais captivée par ces stratégies qui lui rappellent, à un degré moindre, ses propres ruses.

— Il faut que je vous parle de Machiavel, annonce André.

Et sans paraître y toucher, ce dernier poursuit sa leçon, dont il a juste modifié l'objet. À la fin de la séance, quand Céleste lui glisse le flacon de laudanum dans la main, André interpelle son élève :

— Il n'y a pas qu'une seule manière de s'instruire. Tout ce qui vous entoure est sujet à curiosité, surtout pour un cerveau fait comme le vôtre. Je ne veux plus jamais vous entendre douter de l'utilité de nos cours.

Céleste regarde André partir, une lueur de gratitude dans les yeux. Dans la nuit qu'elle traverse, il est un des derniers phares à éclairer son chemin.

À la fin du mois d'août, tandis qu'elle flâne sur le Pont-Neuf, elle croise le harangueur Pesche, celui-là même qui avait conté dans des circonstances similaires, l'attentat raté contre le Grand Condé. La fille du bourreau se glisse parmi la foule pour écouter son nouveau récit.

— Le 21 août dernier, il était question au Parlement de juger le prince pour intelligence avec l'ennemi. Imaginez la scène dans la Grand-Chambre : chacun des deux partis a ameuté tous ses partisans. La tension est telle qu'un mot suffit à mettre le feu aux poudres. Voilà que l'on s'invective, et c'est à celui qui criera le plus fort. Profitant de ce désordre, monsieur de La Rochefoucauld saisit Gondi au collet et lui coince la tête entre les deux battants de la porte du parquet des huissiers ! Rouge comme une pivoine, le coadjuteur se débat, appelle au secours, tente de libérer son cou. Mais La Rochefoucauld tient ferme !

Il penche sa tête, tire la langue et se met à crier comme un pourceau pour imiter le religieux. Des rires fusent dans l'assistance. Céleste sourit.

— Alors je me précipite le couteau à la main et je crie « Où est ce bougre de coadjuteur que je le tue ? » Enfin, c'est ce que j'aurais fait si le président de Champlâtreux ne s'était pas interposé, et à cette heure-ci, Paris serait libéré de Gondi !

Comment a réagi Nicolas Fouquet à ce spectacle grand-guignolesque ? Céleste s'interdit aussitôt ces pensées. Songer au procureur général, c'est revivre l'humiliation qu'il lui a fait subir. En rendant visite à Hector, de retour à la Conciergerie, elle avait finalement récupéré le faire-part qui annonçait le mariage de Nicolas et Marie-Madeleine. Elle s'en était alors servi pour allumer un feu dans la cheminée. En observant le papier noircir et se tordre, des larmes lui étaient montées aux yeux. Elle les avait chassées d'un revers de main.

Le 7 septembre 1651, alors que Céleste revient d'une course aux Halles, une foule dense occupe la rue Saint-Denis et crie à l'unisson « Vive le roi ! ». Les cloches des églises de Paris se mettent à sonner à toute volée. Et plusieurs coups sourds retentissent. Céleste se tourne vers un homme ventripotent qui braille plus fort que tout le monde.

— Que se passe-t-il ? Quels sont ces coups que l'on a entendus tantôt ?

— Ce sont les canons de la Bastille. Le Roi a fêté, avant-hier, ses treize ans. Il va maintenant au Parlement y tenir un lit de justice et y proclamer sa majorité !

L'homme se détourne aussitôt de Céleste et reprend ses tonitruants vivats. Cette dernière se hisse sur la pointe des pieds pour tenter d'apercevoir le carrosse du roi, mais se ravise. À quoi bon ? Huit mois se sont écoulés depuis cette nuit où elle lui a parlé à son chevet. Huit mois qu'elle n'a reçu aucun signe de sa part.

Céleste tourne le dos à la foule. Un profond chagrin la submerge. Le chemin se brouille devant ses yeux noyés de larmes. Elle a côtoyé les grands de ce monde, jusqu'au roi en personne, et doit se contenter maintenant des condamnés à mort. Elle a aimé et espéré avec avidité, naïveté, sincérité, s'est livrée sans méfiance aux remous de ses sentiments, s'est laissé aveugler par leurs mirages. Elle s'est mise en danger, emportant ses proches dans la tourmente. Mais pour quels bénéfices, sinon une épée de Damoclès qui, désormais, les menace quotidiennement, et la culpabilité indélébile d'avoir occis un innocent ? Céleste s'en veut de tout cela. La colère la gagne, contre elle-même et contre le sort qui s'acharne. Elle n'a pour passé qu'un père bourreau et une mère accusée d'infanticide. Depuis la mort de Charlotte-Marguerite de Montmorency, elle n'a même plus le courage de mener des recherches sur Jeanne

Avril. Quant à son horizon, il est aussi noir que son humeur, aussi incertain que son sort. La chute est rude.

Elle croise les bras et avance d'un pas rapide parmi les dizaines de feux de joie qui s'allument sur son chemin. Paris se réjouit. Céleste se morfond. Mais la liesse est fugace. André lui amène bientôt de mauvaises nouvelles, glanées à son imprimerie. Bien que déclaré innocent, le prince de Condé a rejoint Bordeaux pour y préparer la guerre civile ! Pire, il traite avec l'Espagne, et obtient son appui !

Les troupes levées par le prince affrontent celles du roi[1]. Conjuguée à des récoltes désastreuses, cette guerre provoque massacres, famines et épidémies. Quand le cardinal Mazarin saisit l'occasion de ces nouveaux troubles pour rentrer en France, les Parisiens retrouvent l'objet favori de leur haine. Et ils ne se privent pas de la manifester.

Ainsi, le 2 avril 1652, alors qu'Octave et ses enfants s'en reviennent de l'école de chirurgie et traversent l'île de la Cité, ils découvrent avec surprise toutes les boutiques des orfèvres portes closes. À peine ont-ils mis le pied sur le Pont-Neuf qu'ils sont pris à partie par une cohorte d'excités. L'un d'entre eux saisit Joachim au collet.

— Répète après moi, morveux. Vive le roi ! Point de Mazarin !

Joachim essaye de se défaire de l'étreinte de l'importun, mais une deuxième canaille l'attrape à son tour.

— Tu es muet ? À moins que tu ne sois sourd ? Fais-nous entendre ta voix ou nous te jetterons dans la Seine !

Furieux, Octave s'avance. À la vue du bourreau, les deux vauriens lâchent Joachim et reculent d'un pas.

1. Cet épisode marque le début de la guerre condéenne qui s'étale de septembre 1651 à octobre 1652.

— Vous voulez que l'on crie ? Eh bien, crions. Vive le roi ! Point de Mazarin ! Êtes-vous satisfaits ?

Ils acquiescent en silence, impressionnés par le bourreau auquel ils redoutent d'avoir affaire un jour. Le visage fermé, Octave fait signe à ses enfants de reprendre leur route. Un peu plus loin sur le pont, d'autres opposants au cardinal ont arrêté un carrosse et extirpé ses occupants. Une femme s'indigne et tente d'empêcher un des gredins de fouiller le véhicule.

— Je suis madame Paget, la femme d'un conseiller du Parlement. Cessez donc de nous importuner, mes gens et moi !

Un homme lui éructe au visage, l'haleine avinée.

— Tu es la femme d'un conseiller du Parlement ? Tant mieux ! Il faut tous les jeter à la Seine.

Sur ces mots, il l'empoigne, la pousse vers le parapet et la fait basculer par-dessus bord. Cette dernière se met à hurler et son cri s'amenuise jusqu'à se confondre avec le bruit du plongeon qui retentit en contrebas. Ses domestiques se penchent au-dessus de l'eau, mais aucun d'entre eux ne semble décidé à sauter. Céleste leur désigne celle qui se débat dans les flots.

— Qu'attendez-vous ? Que votre maîtresse se noie ?

Les laquais gémissent.

— Aucun de nous ne sait nager...

La fille du bourreau grommelle et se tourne vers son frère.

— Tu ne veux pas y aller cette fois-ci ?

L'œil plein de malice, Joachim emprunte un ton précieux :

— Vous ne daignez sauver de la noyade que les rois ?

Céleste lève les yeux au ciel, grimpe sur le parapet et se jette dans le vide. Quelques secondes plus tard, elle traîne la femme en pâmoison sur la grève tandis que ses gens accourent, affolés. Rabattant ses cheveux mouillés sur son visage pour en dissimuler les traits, Céleste se murmure à elle-même :

— Je ne me ferai pas avoir une deuxième fois.

Elle tâte ses cuisses, sa poitrine, fait mine de chercher quelque chose dans ses poches. Puis elle porte la main à son front et s'écrie, désespérée :

— Ma bourse ! Elle est tombée dans la Seine. Ah ça ! Me voilà bien récompensée !

Elle s'effondre, le cul dans la vase, la tête posée sur ses avant-bras. Autour de la rescapée, un attroupement de curieux s'est formé. Cette dernière, revenue à elle, s'approche d'un pas chancelant et lui saisit les mains avec chaleur.

— Mon ami, vous m'avez sauvé la vie. Je ne remercierai jamais assez le ciel de vous avoir mis sur mon chemin. Pour votre bravoure, vous serez dédommagé.

Une lueur d'espoir s'allume dans l'œil de Céleste. Madame Paget se tourne vers ses gens.

— Baillez, je vous prie, un louis d'argent à ce jeune homme.

Mais ces derniers écartent les bras en signe d'impuissance.

— Hélas, Madame ! Votre bourse est restée dans le carrosse qui se trouve pour l'heure entre les mains des séditieux.

Au même instant, un gamin, les joues constellées de taches de rousseur, fend la foule en criant :

— À moi ! L'un des nôtres a été touché ! Un coup d'arquebuse tiré par les gens de l'hôtel de Nevers !

Un des badauds interpelle l'enfant.

— Qui habite cet hôtel ?

— Le secrétaire d'État du Plessis-Guénégaud.

Ce nom n'est pas inconnu de Céleste qui se souvient encore de la façon habile avec laquelle, elle et son frère, avaient récupéré et vendu le buffet dudit secrétaire. À ces mots, la foule se précipite comme un seul homme vers l'imposant hôtel particulier qui se trouve à l'entrée du Pont-Neuf, emportant avec elle madame Paget qui s'est remise à hurler, ses gens, et les espoirs de Céleste d'être enfin récompensée pour ses bains de Seine.

La meute attaque les portes de l'hôtel à coups de hache, sous les yeux horrifiés de la femme du secrétaire d'État, penchée à sa fenêtre. Il faut l'interruption des gardes du duc d'Orléans pour disperser les vandales et venir au secours de celle qui croit sa dernière heure arrivée.

Le lendemain, le Pont-Neuf est le théâtre de nouvelles violences. Le Parlement décide de réagir, mobilise la garde bourgeoise et fait arrêter le meneur. Deux jours plus tard, il revient donc à Octave de pendre un certain Pierre Louis, maçon de son état, et reconnu comme un des responsables de l'agitation publique.

Quand Joachim lui passe la corde au cou, un éclair de surprise s'allume dans l'œil du condamné. Il se penche pour mieux dévisager le jeune homme et s'exclame :

— Mais... je te reconnais, coquin ! Je t'avais embauché pour brailler contre Mazarin sur le Pont-Neuf, et voilà que tu me pends ! Rends-moi l'argent que je t'ai versé !

Joachim, un sourire effronté sur les lèvres, retire de sa poche une bourse lestée de pièces et la glisse dans celle du condamné.

— Te voilà remboursé. Allez, grimpe à l'échelle ! Le bourreau t'attend.

Quelques minutes plus tard, le corps sans vie de Pierre Louis se balance au bout de la corde. Octave le détache. De la poche du macchabée, Joachim récupère sa bourse sous les yeux médusés de sa sœur.

— Tu connaissais cet homme ?

— Je l'ai même aperçu de loin sur le Pont-Neuf, quand les partisans du prince de Condé nous ont alpagués. J'ai d'ailleurs eu peur qu'il remarque que je n'étais pas à leurs côtés. Il était payé pour recruter parmi les bateliers, les crocheteurs, les ouvriers du bâtiment, les anciens soldats, toute la faune qui hante la place de Grève, des volontaires pour aller brailler leur haine de Mazarin sur le Pont-Neuf. J'ai été approché pour effectuer ce travail en échange d'un peu d'argent.

— Et tu as donc accepté ?

Joachim hausse les épaules.

— Évidemment !

Le frère et la sœur éclatent de rire, tandis que la foule venue assister à l'exécution de Pierre Louis finit de se disperser.

Au printemps 1652, pendaisons et supplices sont un spectacle courant. La flambée des prix du pain pousse de nombreux miséreux au vol, parfois au crime, et donne du labeur au bourreau. Les campagnes sont ravagées, les villages abandonnés aux cadavres, les récoltes piétinées par la soldatesque.

C'est à cette période que Mazarin amorce le retour de la cour à Paris, avec l'intention d'imposer l'autorité du roi au Parlement, à Gondi et à Monsieur. Mais Condé devance le cardinal. Le 11 avril 1652, il entre dans la capitale et s'y comporte en maître, suscitant la crainte de tous les Parisiens, sauf de la populace acquise à sa cause. Le 30 avril, une émeute éclate contre le prévôt des marchands. De violents pamphlets contre Mazarin invitent le peuple au soulèvement. Et le bourreau pend à tour de bras, miséreux ou séditieux.

Mais au début du mois de mai, une crise de goutte contraint Octave à garder le lit. Ses enfants doivent le remplacer au pied levé et pendre un ancien soldat, accusé de meurtre pour un simple morceau de pain. Le pauvre hère n'a que la peau sur les os quand il est mené par Joachim en place de Grève. Céleste, qui a dissimulé ses traits derrière son masque rouge, n'a pas besoin de déployer beaucoup d'efforts pour hisser le condamné jusqu'au sommet de l'échelle, encore moins pour le pousser dans le vide. Au moment de sauter sur les épaules du pendu, un visage dans l'assistance retient son attention. Elle a déjà pris son élan quand elle le reconnaît.

XXXII

5 mai 1652

Nicolas Fouquet est là.

Céleste veut suspendre son geste, mais l'impulsion donnée lui fait perdre l'équilibre. Elle vacille, manque de tomber et se rattrape de justesse au visage du condamné qu'elle griffe de ses ongles. Ce dernier s'agite au bout de la corde. Un gargouillement étouffé traverse sa gorge comprimée. La foule, outrée par cette maladresse, se met à huer Céleste qui se tortille en tous sens, se hisse à grand-peine, et parvient enfin à s'agripper des deux mains à la potence. Elle coince le pendu entre ses jambes et pèse de tout son poids sur ses épaules. Un craquement au niveau des vertèbres se fait entendre. Soulagée, elle se laisse choir aux pieds du cadavre. Joachim se précipite.

— Que t'est-il arrivé ?

— Je crois avoir aperçu Nicolas Fouquet dans l'assistance.

— Fouquet ?

— Reste discret s'il te plaît.

Les enfants du bourreau s'activent autour du macchabée sous les quolibets de la foule. Cette dernière n'apprécie guère qu'on lui gâche le spectacle ou que l'exécuteur public remplisse mal son office. Quand la place est presque vide, Nicolas Fouquet se tient toujours appuyé contre le calvaire qui se dresse au centre de la Grève. Cela fait plus d'un an que Céleste ne l'a pas vu. Dieu qu'il lui a manqué! À le dévisager ainsi, même à distance, elle se demande une nouvelle fois comment elle a réussi à demeurer éloignée de lui aussi longtemps. Dans sa tête, mille questions se bousculent. Que lui veut-il? Que sait-il? L'a-t-il reconnue?

Céleste et Nicolas ne se quittent pas des yeux, mais ni l'un ni l'autre ne semble vouloir bouger. Joachim s'impatiente.

— Tu veux que j'aille lui parler?

— Non! Je m'en occupe, répond-elle, un peu trop virulente.

Elle vérifie que son masque est toujours bien noué derrière sa tête, rabat son chapeau sur son front et rehausse le col de son pourpoint pour dissimuler en partie ses mâchoires. Alors elle s'approche du procureur général d'un pas qui se veut ferme.

— Vous souhaitiez vous entretenir avec moi, monsieur Fouquet?

Elle a rendu le timbre de sa voix plus grave et, par taquinerie, lui donne sa main gantée à serrer. Malgré lui, Nicolas a un mouvement de recul. Mais il n'a de cesse de la fixer.

— Vous voilà promu au rang de bourreau?

— Mon père est souffrant.

— Pourquoi portez-vous un masque? Le bourreau n'en porte pas, lui.

— Je crains la célébrité.

— Pourquoi Basile vous a-t-il libérés, vous et votre frère, après votre arrestation à Gonesse?

— Il vous suffirait de le lui demander.

— Il est muet sur la question.

Quelques secondes s'écoulent en silence. Nicolas observe le jeune bourreau d'un œil soupçonneux.

— Quelle est la nature de vos liens avec le roi?

— Sa justice condamne. J'exécute.

Céleste s'agace.

— Êtes-vous venu jusqu'à moi pour me faire passer un interrogatoire ? Nous ne sommes pas au tribunal, il me semble.

Nicolas ignore la remarque de Céleste et se penche en avant jusqu'à n'être plus qu'à quelques pouces du visage de la jeune fille. Elle retient son souffle.

— Je vous ai déjà croisé quelque part, et ailleurs qu'à Gonesse.

Pressentant le danger, Céleste recule.

— Généralement, on ne me croise qu'une seule fois. Je suis quelqu'un d'assez… étouffant. Maintenant, si vous le permettez, j'ai du travail.

Elle lui tourne le dos et se dirige vers la potence. Derrière elle, Nicolas Fouquet élève la voix.

— Nous nous reverrons demain, à huit heures du matin, à l'hôtel de Castille. Basile vous a recommandé à moi, car nous avons besoin de vos services. Et pour une raison que j'ignore, il m'a offert toutes les garanties de votre obéissance.

Céleste se fige. Une peur panique la saisit. Basile a-t-il éventé son secret ? Quand bien même Nicolas serait au fait de son déguisement et de son véritable sexe, aurait-il pu faire le lien avec la Céleste qui fréquente le laboratoire de sa mère et la fille du bourreau ? Impossible ! Un gouffre sépare ces deux univers, que même la plus grande perspicacité aurait toutes les peines à combler. D'ailleurs, il aurait déjà fait allusion à leur dernière entrevue si tel était le cas. Et son comportement à l'instant n'avait rien du badinage. Elle relâche les épaules, pousse un profond soupir de soulagement.

— À demain, monsieur Fouquet.

Et en effet, le lendemain, Céleste se présente comme convenu à l'hôtel de Castille. Par précaution, elle a noué son masque derrière la tête bien qu'elle ne soit pas sur l'échafaud ou au pied de la potence. Elle a également coiffé son chapeau à large bord et relevé le col de son manteau pour dissimuler du mieux qu'elle peut son visage. Un laquais la fait patienter sur une banquette dans le hall d'entrée. Céleste, engoncée dans son vêtement, lorgne les allées et venues des domestiques. À l'extérieur, des claquements de sabots sur le pavé de la cour attirent soudain son attention. À travers les vastes fenêtres de l'entrée, elle découvre avec stupeur Marie de Maupeou, qui descend de son carrosse. Un domestique marche au-devant de la mère de Fouquet pour l'accueillir. Elle n'est plus qu'à quelques pieds de la fille du bourreau qui se tasse sur son siège. Au même instant, Nicolas dévale l'escalier d'honneur et salue sa mère.

— Vous êtes bien matinale !

— J'ai trop à faire pour paresser dans mon lit. Tenez, je viens vous porter les remèdes que m'avait demandés votre femme.

— Merci pour elle.

— Je ne reste pas. Prenez soin de vous.

— Attendez ma mère ! Vous aviez promis de me donner des nouvelles de votre jeune amie.

— Encore, mon fils ? Votre insistance finira par éveiller chez moi quelques soupçons...

— Allons, allons ! Je partage votre inquiétude. Vous vous plaigniez tantôt qu'elle ne vous rendait plus visite et que sa conversation vous manquait.

— Et elle me manque toujours ! Pauvre petite... J'espère qu'il ne lui est rien arrivé.

— Mes dernières prières lui étaient destinées.

— Priez encore ! Allez, je vous embrasse, mon fils, et espère vous donner vite de bonnes nouvelles de Céleste.

Cramponnée à sa banquette, la fille du bourreau étouffe dans les plis de son manteau. Une bouffée d'allégresse l'envahit.

Au même instant, elle devine Nicolas devant elle et se lève comme un automate, tête baissée.

— Suivez-moi.

Céleste emboîte le pas au procureur général. Ils montent à l'étage, traversent un corridor avant de pénétrer dans un lumineux cabinet aux murs garnis de bibliothèques. Nicolas s'assoit derrière un secrétaire recouvert de papiers et documents empilés. Céleste reste debout.

— Mon frère, vous n'êtes pas sans le savoir, est un fidèle du cardinal. Son Éminence, même en exil, n'a cessé de correspondre avec lui. Mais vers la fin avril, alors que Basile chevauchait vers Mazarin, porteur d'un courrier chiffré, il s'est fait interpeller par les partisans de Condé. Suite à quoi, le prince a eu la bonté et la maladresse d'assigner à résidence mon frère chez moi. Basile partageant mon toit, il m'est donc aisé de l'aider à assurer ses missions auprès du cardinal. Et pour les mener à bien, nous allons avoir besoin de vous.

Des coups retentissent contre le bois d'une porte dans le fond du cabinet. Cette dernière s'ouvre sans attendre un mot de Nicolas, qui ne semble pas s'en formaliser. Basile surgit dans la pièce tel un diable sortant de sa boîte, et pose une fesse sur le secrétaire. Ses cheveux, peignés avec soin, tombent gracieusement sur son col de fine dentelle.

— Céleste ! C'est un plaisir de vous revoir.

À l'évocation de ce prénom, Nicolas songe évidemment à la mystérieuse amie de sa mère qui a disparu du jour au lendemain, laissant en lui un vide dont il n'aurait pas cru pâtir, et une foule d'interrogations. Il jette un coup d'œil fugace au jeune homme debout au milieu de la pièce avant de revenir à son frère. Ses doigts pianotent sur le sous-main. En présence du fils du bourreau, il ressent toujours un incompréhensible malaise.

Basile tire une enveloppe de son coquet pourpoint jaune et la présente à Céleste.

— Vous porterez ce pli au manoir de Vaux, sur la route de Fontainebleau. Là, vous demanderez à parler à Isaac Bartet. Et vous lui donnerez la lettre. Mon carrosse est à votre disposition. Si vous êtes arrêté, vous êtes officiellement commis au service de monsieur le vicomte de Vaux et vous venez tenir le registre des recettes du domaine. Voici votre sauf-conduit.

Il lui tend un papier.

— Est-ce clair pour vous ?

Céleste tend la main.

— Avec quelques sols, ce sera limpide.

Basile s'esclaffe, tire une bourse de sa poche et la jette aux pieds de Céleste. Cette dernière ramasse l'argent sans manifester la moindre émotion et le fait disparaître, ainsi que les documents, dans les plis de son manteau. Basile la toise alors et se tourne vers Nicolas.

— Souffrez mon frère que nous vous empruntions aussi une de vos tenues. Notre envoyé passera ainsi plus inaperçu. Vous ôterez également votre masque. Ce n'est pas carnaval que je sache...

Céleste dévale les escaliers à la suite de Basile. Elle récupère les vêtements de Nicolas que lui apporte un laquais et s'enferme dans un réduit pour se changer. Un vertige la saisit. Derrière le parfum de lavande, le pourpoint est imprégné de l'odeur de son propriétaire. De l'autre côté de la porte, Basile s'impatiente et enjoint Céleste à se dépêcher. Cette dernière s'empresse de s'habiller et se laisse guider jusqu'au carrosse.

L'équipage met près de cinq heures à rejoindre le manoir de Vaux sans faire de mauvaise rencontre. Le cocher ne s'arrête que pour changer des chevaux à un relais de poste. Céleste passe tout le trajet le nez enfoui dans le pourpoint de Nicolas.

La phrase de Marie de Maupeou ne cesse de résonner à ses oreilles : « J'espère vous donner vite de bonnes nouvelles de Céleste. » Mais son bonheur est quelque peu terni par le fond de culpabilité qui l'étreint. Elle est source d'inquiétude pour la mère de Nicolas. Qui plus est, ne doit-on pas dire la vérité à ses amis ? C'est du moins le discours qu'elle a tenu au roi ! Avec Marie de Maupeou, Céleste use du mensonge et de la dissimulation. Belle reconnaissance pour celle qui lui ouvre son laboratoire et lui permet, à son insu, de réaliser de juteux profits ! Elle change de position sur la banquette. Sa condition exige quelques entorses à la morale. Il en a toujours été ainsi.

Elle est accueillie à Vaux par un vieux gardien qui la mène à Isaac Bartet. Le dernier saute sur un cheval aussitôt la lettre réceptionnée, et part au triple galop. Céleste et le cocher se voient proposer le gîte et le couvert, car la nuit ne va pas tarder à tomber. La potée avalée, la fille du bourreau se vautre avec délectation sur sa couche. Elle a beau savoir que c'est hautement improbable, l'idée que Nicolas Fouquet a peut-être dormi dans ce lit la tient éveillée une bonne partie de la nuit. Elle a réussi à maintenir le souvenir du procureur général enfoui quelque part dans sa mémoire toute une année, mais il a suffi d'une journée pour que ses efforts soient anéantis.

Le lendemain, Céleste reprend la route à l'aube et, en début d'après-midi, le carrosse franchit le porche de l'hôtel de Castille. C'est Basile Fouquet qui vient à sa rencontre. La jeune fille devance ses questions.

— L'enveloppe a été remise en main propre à monsieur Bartet. Nous n'avons croisé personne en chemin.

— Parfait !

Céleste serre les dents pour s'empêcher de pester. Inutile d'attendre de ce bélître le moindre remerciement. Elle tourne le dos à l'abbé, déçue de n'avoir pas aperçu Nicolas. Une main lui retient le bras.

— Mon frère serait heureux de récupérer ses vêtements.

Céleste se dégage avec humeur, attrape le paquet de ses propres affaires et retrouve le réduit où elle s'était précédemment changée. Alors qu'elle retire son pourpoint, la porte s'ouvre en grand.

— Basile ?

Céleste fait volte-face.

— Oh pardon ! J'ai vu une silhouette entrer. J'ai cru que c'était mon frère.

Elle a juste le temps d'apercevoir le profil de Nicolas. Les jambes pantelantes, Céleste fixe la porte désormais close. Alors, avec empressement, elle finit de se vêtir. Si le réduit n'avait pas été plongé dans la pénombre, il l'aurait à coup sûr reconnue. Elle enfonce son chapeau sur son front, s'enroule dans son manteau et jette un œil par la porte entrebâillée. La voie est libre. Elle atteint le perron de l'hôtel et trouve les deux frères en train d'échanger devant le carrosse. Céleste descend les escaliers, les épaules voûtées et, après un salut à ces messieurs, disparaît sans demander son reste.

Dans les jours qui suivent, les nouvelles recueillies auprès d'André font craindre à Céleste un nouveau siège de la capitale. À la tête de l'armée royale, le duc de Turenne, amnistié, a pris les villes de Saint-Cloud et de Saint-Denis, et tente de bloquer le ravitaillement de Paris, empêché cependant par les efforts du Grand Condé. Même son de cloche aux Halles où les rumeurs circulent plus vite que les denrées qui atteignent des prix vertigineux. La faim exacerbe les tensions. Les clients s'invectivent. Les commerçants craignent les lendemains. L'ambiance, dans les rues et les faubourgs, est à l'orage.

Depuis le mois de mai, l'armée royale tient également le siège de la ville d'Étampes où l'armée du prince de Condé se trouve encerclée. La situation pourrait être sous contrôle si un mercenaire, Charles IV, duc de Lorraine, à la tête de sept mille hommes, n'était pas venu s'installer début juin à Villeneuve-Saint-Georges aux abords de la capitale, pour proposer ses services au plus offrant. Mazarin obtient finalement de lui que ses mercenaires s'éloignent de Paris sous quinze jours, ce qui ne les empêche pas de dévaster la campagne briarde au passage. Un armistice de dix jours est déclaré pendant lequel l'armée du roi et celle du prince doivent se tenir éloignées l'une de l'autre. Le duc de Turenne lève donc le siège d'Étampes et libère ainsi l'armée assiégée du prince... pour le plus grand malheur de Lilas.

Au matin du 25 juin 1652, de retour de sa corvée d'eau, Céleste découvre chez elle la mère maquerelle en pleurs, la main d'Octave posée sur son épaule. Cette dernière lève sur la jeune fille ses yeux rougis.

— Céleste ! C'est une catastrophe !

XXXIII

25 juin 1652

Octave soupire, atterré.

— Les soldats de Condé ont pillé le Palais des plaisirs, forcé les filles, tué Ernest. Après quoi, ils ont mis le feu aux rideaux ! Du bâtiment, il ne reste plus qu'un tas de cendres. Les troupes de Condé se sont installées à Saint-Cloud et à Suresnes pour se rapprocher de Paris. Puteaux n'est qu'à quelques lieues de leur campement.

Un mouchoir serré dans sa paume, Lilas est pliée en deux par la détresse. Céleste étouffe un cri. Puis elle saisit son amie par le bras.

— Lilas ! Est-ce qu'ils t'ont fait du mal ?

Cette dernière fait non de la tête, avant d'expliquer, d'une voix altérée :

— Ils ont pris Daphné, la plus jolie de mes filles, et ils l'ont forcée, devant mes yeux. Ils m'ont obligée à regarder, sinon ils la tueraient, me disaient-ils. Ce qu'ils ont fini par faire…

Lilas a un haut-le-cœur et porte le mouchoir à sa bouche. Céleste se redresse, les poings serrés, tourne dans la pièce, incapable de s'asseoir, encore moins de se calmer. Quant à Joachim, il demeure silencieux, debout et les bras croisés. Seule la contraction de ses mâchoires laisse deviner sa colère. Le bourreau tente d'apaiser Céleste.

— La plupart des filles sont sauves, et elles ont trouvé refuge auprès d'amis ou de leurs familles. Quant à Lilas, je lui ai bien évidemment ouvert notre maison.

Octave attrape la main de Céleste et la tire vers lui.

— Cela ne sert à rien de ruminer.

Céleste se dégage de l'étreinte de son père et se rue au-dehors.

— J'étouffe ici.

La fille du bourreau marche d'un pas décidé, l'air si farouche que les passants préfèrent s'écarter de son chemin. Est-ce un hasard si ses pas la mènent sur l'île de la Cité où des chaînes barrent les rues ? Le désordre qui règne là est à l'image du tumulte intérieur de Céleste.

Une foule entoure le Palais, et les deux camps opposés s'invectivent. « Point de Mazarin ! À l'eau, les « Mazarins » ! » crient les uns. « La paix sans condition ! » crient les autres. Céleste se mord la lèvre, exaspérée. Encore de nouvelles émeutes ! Quand donc cesseront-elles ? Voilà quatre ans que la capitale est régulièrement à feu et à sang. Le commerce en pâtit et la vie des Parisiens aussi. Quant aux morts, on ne les compte plus.

Au milieu des deux partis qui s'affrontent, la milice bourgeoise s'efforce de séparer la canaille qui tente d'en venir aux mains. Quand les premiers conseillers sortent du Parlement, ils sont aussitôt insultés par les partisans de Condé. La situation ne tarde pas à dégénérer. Un magistrat reçoit un coup de poing. Un second essuie un coup de bâton. La milice bourgeoise, censée protéger les parlementaires, se fait vite déborder.

Les deux factions rivales en sont à échanger des tirs de pistolet quand les présidents apparaissent sous le porche du Palais. Si ces derniers sont par miracle épargnés, quelques hommes parmi la foule des excités s'effondrent, mortellement blessés.

Céleste n'en croit pas ses yeux. Partout, autour d'elle, aux fenêtres des maisons, sur les toits, des hommes et des femmes hurlent dans une grande confusion. Elle veut s'éloigner, consciente du danger qu'il y a à rester parmi cette meute déchaînée. Mais lorsqu'elle aperçoit le carrosse de Basile franchir le porche du Palais, son sang ne fait qu'un tour. Pour y avoir passé de longues heures entre Paris et Vaux, elle le reconnaît sans peine. Et elle devine, à l'intérieur, Nicolas Fouquet. Au même instant, un des vauriens à ses côtés, qui braillait d'une voix éraillée sa haine du cardinal, ajuste son mousquet et vise le carrosse.

Un voile rouge recouvre les yeux de Céleste. Au plus profond de ses entrailles, elle sent naître une fureur d'une puissance insoupçonnée. La vague déborde de son ventre, inonde ses membres, la submerge, incontrôlable. Elle se voit pousser un rugissement de bête sauvage, saisir l'arme, dévier son canon à l'instant précis où le feu est mis aux poudres, et, avec une force dont elle ne se serait jamais crue capable, frapper de la crosse le tireur en plein visage. Ce dernier s'étale dans la boue de la chaussée, la mâchoire disloquée.

Les mains cramponnées au mousquet, Céleste peine à retrouver son souffle et ses esprits. Le carrosse de Basile arrive à sa hauteur. Elle relève alors la tête et aperçoit des impacts de balles à l'arrière du véhicule. Mais la portière est intacte et derrière la vitre, Nicolas est en vie. Il a tout vu de la scène et l'observe, incrédule et stupéfait. Elle s'aperçoit alors qu'elle est tête nue et le visage à découvert. Dans l'agitation, le ruban qui tenait ses cheveux s'est dénoué et ces derniers tombent en cascade sur ses épaules. Nicolas se risque à ouvrir sa portière et se penche en dehors. Aussitôt, Céleste s'enfuit. Avant de disparaître dans la masse, elle entend avec distinction la voix du procureur au-dessus de la clameur générale.

— Céleste ! Où étiez-vous ? Revenez ! Céleste !

Mais la fille du bourreau court droit devant elle, sourde aux appels de Nicolas. Tandis qu'elle se fraye un chemin à contre-courant de la horde vociférante, la fuyarde se mord les lèvres. Il l'a reconnue ! Elle jure contre elle-même et contre le pendard au mousquet. Que peut bien penser Nicolas maintenant qu'il l'a aperçue vêtue comme un garçon ? Pour l'instant, elle est retenue par une autre urgence : aider Lilas.

Pour lutter contre son abattement, la mère maquerelle veut se rendre utile auprès de ses hôtes. Elle commence par redonner une nouvelle fraîcheur à la maison du bourreau. Pour ce faire, elle a réquisitionné Céleste et Joachim. À trois et pendant trois jours, ils passent le balai dans les moindres recoins, lavent les dalles du rez-de-chaussée à grandes eaux, évacuent la poussière des tapis des chambres du premier, nettoient toute la literie à la cendre, débarrassent le toit de la mousse et du lichen, et passent les vitres des fenêtres au vinaigre.

La première nuit, Octave cède son lit à Lilas et s'installe à même le sol sur un tapis de couverture. Mais au bout de quelques jours, Céleste s'aperçoit que le matelas de fortune a disparu et que dans le lit de son père, un second oreiller a rejoint le premier.

Les clients de Lilas sont rapidement informés de ses mésaventures. L'un des plus fidèles du Palais des plaisirs, un riche négociant de vin, lui propose à la location une petite maison près de la porte de Montmartre. Le tarif est avantageux, et la mère maquerelle aura la possibilité de différer les loyers dans un premier temps. Le rez-de-chaussée peut accueillir un grand salon. Trois chambres sont disponibles au premier, et au dernier étage, Lilas aurait sa pièce à elle. De plus, un vaste dortoir pourrait être aménagé pour les filles. Une aubaine !

Mais il faut meubler toutes ces pièces et Céleste est bien décidée à aider Lilas à son tour. Quelle est donc la surprise de la mère maquerelle quand elle voit arriver plusieurs charrettes chargées de lits, buffets, coffres, tables, chaises et matelas, devant son nouvel établissement ! La fille du bourreau a dépensé une bonne part de ses économies chez les marchands de meubles de la porte Saint-Antoine. Mais sa générosité lui semble à peine suffire à réparer les pertes qui ont accablé son amie.

Lilas, émue et reconnaissante, traîne Céleste à travers les étages pour lui faire visiter les moindres recoins du bâtiment. Dans chaque pièce, la mère maquerelle trouve matière à s'extasier, jusqu'au jardinet à l'arrière de la maison où elle imagine déjà créer un petit labyrinthe en buis et, pourquoi pas, un bassin garni de poissons rouges. Céleste sourit devant l'euphorie de son amie.

— En tout cas, ce sera bien plus simple de venir te rendre visite. Tu n'es plus qu'à quelques rues de chez nous ! C'est papa qui va être ravi.

Lilas veut pincer Céleste au bras, mais celle-ci s'échappe en riant et se précipite dans la rue. Elle se cogne à Joachim qui s'apprêtait à entrer dans la maison. Un trait de sang séché barre son arcade sourcilière et il garde la tête baissée. Derrière lui, Basile Fouquet le tient par le col.

— J'ai demandé à votre frère qu'il me mène jusqu'à vous. Mais il a voulu jouer au plus malin en me faussant compagnie. Mal lui en a pris.

L'abbé Fouquet émet un bref éclat de rire et relâche Joachim qui se frotte le cou, vexé. Ses manches comme ses chausses sont toutes crottées. Il s'éloigne d'un pas et, le geste vif, saisit le manche brisé d'un balai qui traînait sur le sol, et le brandit.

Aussitôt, Basile tire son épée, tranche l'arme dérisoire et pointe son fer sur la poitrine de Joachim.

— Déguerpis ou je t'embroche comme un poulet.

Rouge de rage et de honte, Joachim crache de dépit aux pieds de l'abbé qui n'a décidément du religieux que le titre, et s'éloigne en courant. Basile rengaine sa lame.

— Votre frère est un impertinent, Céleste. Mais il n'a pas les moyens de son insolence. Qu'il apprenne d'abord à se battre, par la force ou par les mots, alors, seulement, il pourra se permettre ses effronteries.

Agacée par la scène à laquelle elle vient d'assister, Céleste jette un œil mauvais à Basile.

— N'est-ce que pour humilier mon frère que vous êtes venu me voir ?

— C'est distrayant… mais non. Vous n'êtes pas sans connaître la présence des armées royales et du prince de Condé autour de Paris.

Il se penche vers Céleste et lui glisse à l'oreille.

— Mon frère a besoin de vous pour aller porter un message au roi, à Saint-Denis.

Il se redresse et observe la façade du nouvel établissement de Lilas.

— Charmante maison.

Sans baisser les yeux, il poursuit.

— Vous connaissez le chemin de l'hôtel de Castille, n'est-ce pas ? Ne tardez pas, Nicolas vous y attend.

Sur ces mots, il se retire, laissant Céleste désemparée.

XXXIV

Nuit du 1er au 2 juillet 1652

Quand Céleste franchit le porche de l'hôtel de Castille, la nuit commence déjà à tomber. Quelques chandelles brûlent derrière les fenêtres. Malgré la chaleur, elle a de nouveau relevé le col de son pourpoint et coiffé son habituel chapeau. Elle compte également sur la pénombre pour dissimuler ses traits. En effet, après les échauffourées devant le Parlement où Nicolas l'avait surprise habillée en garçon, elle craint encore plus d'être reconnue. Elle gravit les marches du perron. Un laquais vient l'accueillir et la fait patienter au pied de l'escalier d'honneur. Mais Nicolas Fouquet surgit presque aussitôt, un candélabre à la main, et fait signe à son domestique.

— Allez chercher le palefrenier ! Nous vous attendons à l'entrée de service.

Il se tourne vers Céleste et lui saisit le bras.

— Merci d'être venu si vite.

Ils marchent maintenant côte à côte, le long d'un large couloir. La flamme des chandelles fait danser leurs ombres sur les murs. La jeune fille ferme les yeux, soulagée : Nicolas ne semble pas l'avoir reconnue.

— Mon frère vous a-t-il expliqué nos attentes ?

— Je dois porter un message au roi.

Ils s'arrêtent devant une porte. Nicolas pose le chandelier sur un guéridon, ouvre un vaste panier en osier et vérifie la présence de deux cordes dans le fond. Céleste fronce les sourcils.

— Ce matériel m'est destiné ?

— Les portes de Paris sont fermées. Il faut donc vous faire passer par-dessus les remparts.

Céleste écarquille les yeux tandis qu'une sueur froide lui lèche le dos. Avant qu'elle n'ait le temps de protester, le laquais surgit en compagnie du palefrenier. Nicolas ouvre la porte.

— Allons-y !

Le petit groupe remonte la rue Saint-Avoye et tourne à droite en direction des moulins. Au pied des remparts, le palefrenier récupère une haute échelle dissimulée par des rangées d'arbres et la dresse contre la muraille. Il grimpe en premier, le panier sur le dos, suivi du laquais. Nicolas invite Céleste à les suivre et ferme la marche.

Une légère brise souffle sur le chemin de ronde désert. La campagne s'étale devant eux, grise et silencieuse. Le ciel est dégagé et la lune fait briller l'eau du canal en contrebas. Quelques taches noires virevoltent entre les arbres et au milieu des champs, des oiseaux de nuit poussent leurs cris monotones. Nulle lumière à l'horizon.

Le royaume de France est endormi.

Le palefrenier a noué une corde à chacune des deux anses du panier et en vérifie la solidité. Il lève le visage vers Fouquet.

— Monsieur, nous sommes prêts.

Nicolas tire une enveloppe de son pourpoint laissé ouvert sur sa chemise à cause de la chaleur et la roule dans un étui en fer dont il visse le bouchon.

— Portez ce message au roi, à Saint-Denis. Sur place, demandez Isaac Bartet. Il vous introduira auprès de la cour. La lettre n'est pas signée. Ne dites à personne qu'elle est de moi, sauf à monsieur Bartet, au roi et au cardinal.

— Que dit cette lettre ?

Fouquet marque un temps d'hésitation.

— J'informe Sa Majesté que l'armée de Condé a quitté en secret Saint Cloud et qu'elle longe l'enceinte de la capitale par le nord pour gagner Charenton – la garde de Paris ayant refusé de lui ouvrir les portes ; qu'ils ont sept pièces de canon que l'on a comptées, et qu'ils marchent dans le plus grand désordre du monde, les troupes et les équipages pêle-mêle, en sorte que cinq cents chevaux, envoyés en diligence, peuvent tout défaire aisément[1]. Si vous perdez la lettre, vous pourrez au moins en répéter le contenu. Et maintenant, grimpez.

Céleste se penche par-dessus les remparts. À une trentaine de pieds[2] plus bas, elle aperçoit l'eau noire des douves.

— C'est bien haut tout de même. Et comment dois-je rejoindre la rive opposée ?

— Basile m'a assuré que vous saviez nager.

— Rien ne me sera épargné...

Le laquais et le palefrenier s'emparent chacun d'une corde, soulèvent le panier et le basculent avec précaution par-dessus bord. Céleste glisse l'étui dans son vêtement et grimpe sur le parapet. Elle observe avec appréhension la nasse dans laquelle les deux hommes entendent la faire descendre : elle n'a aucune confiance.

---

1. Ce sont les termes exacts de Nicolas Fouquet rapportés par l'historien Adolphe Chéruel, dans ses *Mémoires sur la vie publique et privée de Fouquet, surintendant des finances*.

2. Environ 9 mètres.

Tandis qu'elle hésite, les pieds au bord du vide, Nicolas contemple sa silhouette. Le malaise déjà ressenti en présence du fils du bourreau le saisit. Quelque chose a dévié. Une aberration s'est glissée dans le paysage sans pour autant qu'il en devine la nature. À cet instant, une bourrasque se lève, emporte le chapeau de Céleste, le ruban qu'elle avait noué avec trop de hâte, et un peu de son parfum. Le temps d'une respiration, Nicolas hume son essence d'immortelle. Il ferme les yeux. Une image apparaît. Céleste debout devant sa bibliothèque. Son profil découpé par le contre-jour de la chandelle. La finesse de son cou. Elle tient dans ses mains l'Astrée qu'il vient de lui prêter. Ses gestes sont fébriles et sa poitrine se soulève à un rythme précipité. Avant de la quitter, il avait porté sa main à ses lèvres. Ce parfum d'immortelle s'était alors gravé dans sa mémoire. Nicolas rouvre les yeux et devine, dans le clair-obscur, le regard alarmé de Céleste. C'est elle !

Il l'a reconnue, mais trop tard. Délaissant le panier, la jeune fille fait un pas en avant et se jette dans le vide. Cela ne la changera guère de ses bains répétés dans la Seine. Le bruit d'un plongeon retentit dans le silence. Nicolas se précipite et, agrippé au parapet, se penche par-dessus bord pour sonder la pénombre. Céleste a disparu dans les eaux noires des douves. Il voudrait crier, lui enjoindre de ne pas se rendre à Saint-Denis, la supplier de remonter. Mais il s'en empêche pour ne pas ameuter la garde.

— Foutredieu !

Le laquais et le palefrenier échangent un regard. Ils n'ont jamais entendu leur maître, fervent chrétien, jurer de la sorte. Céleste, quant à elle, essore ses vêtements sous les frondaisons. Des bribes de jurons lui parviennent du sommet des remparts. Sa chemise enfilée, elle lève le nez au ciel, cherche l'étoile qui indique le nord. Toute à sa mission, Céleste ignore que le fils du bourreau et elle ne font plus qu'une dans l'esprit de Nicolas.

Deux heures après avoir quitté Paris, la jeune fille aperçoit la silhouette du clocher de la basilique Saint-Denis. Elle se présente à l'un des gardes en faction devant le campement des soldats royaux qui s'étale autour de la ville. Ce dernier la mène à son supérieur, la fait patienter. Quelques minutes plus tard, Céleste reconnaît Isaac Bartet, le visage ensommeillé, qui l'invite à le suivre.

Ils traversent le campement et se dirigent vers une vaste tente. Quand ce fidèle du cardinal pousse Céleste à l'intérieur, une dizaine de paires d'yeux se braquent sur elle. Parmi ces hommes, assis autour d'une table sur laquelle est dépliée une carte de Paris et de ses environs, Mazarin prend la parole.

— Vous avez un message à nous transmettre de la part de monsieur Fouquet. Parlez, nous vous écoutons.

Céleste répète les mots que lui a livrés Nicolas et tend au cardinal l'étui où est roulée la lettre. Ce dernier se tourne vers son voisin.

— Monsieur de Turenne, quelle réponse envisagez-vous d'apporter aux mouvements du prince ?

— Je vais lancer la cavalerie sur-le-champ. Nous attaquerons les troupes de Condé par surprise. Nous les attendrons, embusqués au village de La Chapelle.

Le lieutenant général des armées du roi récupère son épée et sort de la tente avec précipitation. Mazarin avise Isaac Bartet.

— Notre petit messager doit être affamé et assoiffé après avoir couru jusqu'à nous. Amenez-le aux cuisines et donnez-lui un lit pour la nuit.

Son Éminence gratifie Céleste d'un large sourire avant de retourner à l'étude de la carte étalée sous ses yeux. En quittant la tente, Céleste s'étonne auprès d'Isaac Bartet de ne pas avoir vu le jeune Louis à leurs côtés.

— C'est qu'il dort à cette heure-ci ! Il loge dans un couvent, non loin de là.

Après s'être restaurée de pain, de viande séchée et de fromage, Céleste s'effondre sur son lit de camp. Elle s'endort avec, sous ses paupières, l'image de Nicolas. Et dans son ventre, le vertige de la chute.

Il fait encore nuit quand elle est réveillée par le bruit d'un tabouret que l'on pose à son chevet. Elle ouvre un œil et aperçoit, à la lumière d'une chandelle, un jeune homme vêtu d'un élégant pourpoint bleu ciel, portant l'épée au côté. Un duvet brun dessine une ombre au-dessus de sa bouche. Il a posé sur elle son regard sans expression, tandis qu'un sourire attendrit son visage. Oubliant le protocole, Céleste bondit de son lit et s'élance dans les bras du roi.

— Louis ! Comme vous avez changé !

Aussitôt, un soldat surgit dans la tente, l'épée à la main.

— Reculez-vous !

Le roi se lève et s'interpose.

— Tout doux monsieur ! On n'en veut point à ma personne.

L'homme rengaine son arme et s'éloigne de mauvaise grâce, non sans avoir jeté un regard noir à Céleste. Cette dernière se tient coite, assise sur son lit.

— Pardonnez-moi, Sire. Cela faisait si longtemps que je ne vous avais pas vu ! Depuis cette nuit atroce où la lie de Paris s'est déversée dans votre chambre. M'avez-vous entendue alors ? Je craignais tant de vous avoir fâché.

Le roi lui saisit les mains.

— Vous êtes tout excusée. Et oui, vos paroles m'ont alors aidé à garder mon calme et à feindre un sommeil paisible. Vous êtes très douée, Céleste !

S'il ne s'est pas manifesté auprès d'elle, c'est qu'il était convaincu de la croiser à l'occasion d'une de ses promenades, aux abords du Cours la Reine par exemple. Le jour où s'est tenu le lit de justice au Parlement pour déclarer sa majorité, il a bien scruté l'assistance qui l'acclamait dans l'espoir de l'apercevoir. Mais en vain, et il en a été fort peiné.

— C'est une grande joie que de vous revoir. Depuis tout ce temps, nous avons mille choses à nous raconter. Monsieur Bartet m'a prévenu du service que vous nous avez rendu. Je tiens sincèrement à vous remercier.

— L'initiative en revient à monsieur le procureur général Fouquet. Je ne suis que son messager.

Louis se lève avec précipitation. L'excitation fait briller sa pupille.

— Nous partons sur le champ pour le Mont-Louis afin d'observer la situation de nos troupes, et vous venez avec nous !

Quand la cour s'installe à son poste d'observation, la chaleur est difficilement supportable, malgré l'heure matinale. En contrebas, l'armée du prince de Condé s'est retranchée dans le faubourg Saint-Antoine. Le duc de Turenne et les troupes royales multiplient les attaques mais se heurtent à une défense acharnée. Depuis la colline, les spectateurs peuvent entendre chaque coup de mousquet et la clameur confuse des hommes menant l'assaut. C'est une première pour Céleste : elle n'a jamais assisté à une bataille ! Impressionnée, elle ne perd pas une miette de l'Histoire qui s'écrit devant ses yeux.

Menés sur un terrain compliqué, en pleine ville, les combats s'éternisent. En fin d'après-midi, tandis que les ombres commencent à s'étirer sur le champ de bataille, Louis, l'œil rivé à sa lunette d'approche, s'écrie soudain :

— Le maréchal de la Ferté arrive avec notre artillerie ! Les hommes de Condé vont enfin être pris au piège contre les fortifications de Paris !

En effet, quelques instants plus tard, les premiers coups de canon retentissent. Mais quelle n'est pas la surprise du roi et du reste des spectateurs quand, tout à coup, les portes de la ville s'ouvrent ! Qui a pu donner un ordre pareil ? Le roi ajuste sa lunette.

— J'aperçois une femme sur une des tours de la Bastille.

Le cardinal fait tourner sa moustache entre le pouce et l'index.

— Ce ne peut être que la Grande Mademoiselle. Nous sommes habitués à ses frasques désormais. Souvenez-vous au mois de mars dernier ! Elle avait ordonné de fermer les portes de la ville d'Orléans au nez de nos soldats.

Mais la voix du cardinal est soudain recouverte par des coups de canon. Le roi s'exclame :

— Les canons de la Bastille visent nos troupes et les empêchent d'entrer à leur tour dans Paris !

Pire, un premier boulet est tiré en direction du Mont-Louis où s'est installée la cour. Sans réfléchir, Céleste se précipite sur Louis et le tire en arrière pour le protéger. Précaution inutile, car les douze projectiles qui les visaient échouent au pied de la colline, la distance étant trop grande. Le roi vacille et manque de tomber. Céleste s'aperçoit de sa bévue, rougit de sa maladresse et appréhende la réaction du jeune souverain. Mais ce dernier éclate de rire et reprend sa position.

Le cardinal, qui a observé toute la scène, plisse les yeux et glisse à l'attention de Céleste :

— Non content d'avoir sorti le roi des eaux, vous voulez aussi le soustraire aux canons. Croyez-vous que Sa Majesté ait besoin d'un ange gardien ?

Ainsi, plus de trois ans après l'épisode de l'Épiphanie, Mazarin l'a reconnue ! La confusion de Céleste s'accroît. Elle baisse la tête et se met en retrait. Mais le roi a retrouvé tout son sérieux et replie sa lunette d'approche d'un geste sec. Les troupes du prince se sont réfugiées dans Paris et ne pourront pas en l'état actuel des forces du duc de Turenne être délogées. Le spectacle est fini.

XXXV

5 juillet 1652

Trois jours après la bataille du faubourg Saint-Antoine, Céleste profite d'un convoi de commerce pour rentrer dans Paris. Elle est accueillie à la maison par les cris de joie et les pleurs de soulagement de Lilas, Octave et Joachim. Le déjeuner se transforme alors en un repas de fête et le bourreau ouvre pour l'occasion deux bouteilles de vin de Bourgogne. Attablée devant un poulet rôti, Céleste raconte son saut depuis les remparts, comment elle a rejoint le roi, les combats auxquels elle a assisté depuis le Mont-Louis, les détails de son périple, même si elle voudrait ne parler que de Nicolas.

Questionné à son tour, Joachim revient sur les journées qui ont suivi la bataille du faubourg Saint-Antoine.

— Te souviens-tu, Céleste, que l'on m'avait recruté pour crier « Point de Mazarin ! » sur le Pont-Neuf ? Nous avions dû pendre le responsable des troubles. Eh bien j'ai été approché de la même manière par un client du duc de Beaufort. C'est un des soutiens du prince de Condé. Cette fois-ci, nous devions occuper la place de Grève. Notre rôle ? Impressionner ces messieurs les notables, convoqués à l'Hôtel de Ville pour rétablir l'ordre dans la capitale. Notre signe de reconnaissance, entre partisans du prince ? Une touffe de paille au chapeau.

Joachim se lève pour donner de l'ampleur à son récit.

— Vers les coups de cinq heures, le duc d'Orléans arrive, suivi de Condé et Beaufort. Les discussions tournent court entre ces messieurs et la municipalité : aucun des partis n'arrive à s'entendre sur les termes de l'union. Ils se retirent donc. À peine leurs carrosses se sont-ils éclipsés qu'une salve de mousquets est tirée contre l'Hôtel de Ville. Toute la canaille assemblée sur la place de Grève se précipite alors pour mettre le feu aux portes du bâtiment et y pénétrer.

Céleste interrompt son frère.

— Te connaissant, tu les as suivis, n'est-ce pas ? Tu as préféré courir le risque de recevoir une balle perdue plutôt que de rater l'occasion d'avoir une histoire croustillante à raconter ou quelque butin à ramasser !

— En effet, tu me connais bien, ma sœur ! Mais j'avais une touffe de paille au chapeau. J'étais donc invincible ! En voyant la vermine envahir l'Hôtel de Ville, tous les notables se sont enfuis. Certains se déguisaient pour échapper aux assaillants, pendant que d'autres se cachaient dans les moindres recoins du bâtiment. L'Hôtel de Ville a été entièrement pillé. Ce n'est que sur les coups de onze heures du soir que le duc de Beaufort a daigné enfin se montrer pour éteindre l'incendie. Afin d'apaiser les esprits, il a fait livrer sur place des tonneaux de vin.

— D'ailleurs…

Octave verse une rasade de Bourgogne dans le verre de son fils.

— Bois ! Ton récit a dû te donner soif.

Puis il se tourne vers Céleste.

— Les malheureux qui n'arboraient pas la touffe de paille qu'évoquait ton frère ont été rossés ou arrêtés. Nous devrons percer la langue d'un de ces prétendus « Mazarins » qui n'a pas voulu crier comme les autres sa haine de l'Italien. Jeté dans les geôles du Châtelet, il a été jugé ce jour. Son supplice aura lieu demain. Tu vas pouvoir nous prêter main-forte !

L'après-midi même, Céleste se présente au condamné pour lui recommander son remède miraculeux. Comme à l'ordinaire, il s'engage à simuler la douleur, à taire la proposition qui lui a été faite et à verser quatre livres au geôlier. L'homme accepte volontiers et, le matin suivant, c'est l'âme plus légère qu'il quitte la prison du Châtelet aux côtés du bourreau.

L'Hôtel de Ville porte encore les stigmates des dernières émeutes. Des traces fuligineuses colorent la pierre là où les portes ont été incendiées. Certaines vitres aux fenêtres ont été remplacées par du papier huilé, le temps qu'elles soient réparées.

Joachim s'est chargé de préparer les braises pour faire rougir le fer qui servira à percer la langue du condamné. La place, qu'un crachin pénétrant a transformée en un champ de boue, est presque déserte. Les Parisiens sont frileux à se risquer de par les rues : ils craignent les partisans de Condé. Seule une poignée de vauriens, ceux-là mêmes qui ont envoyé le malheureux au supplice, sont venus assister au spectacle.

Un homme, tout de noir vêtu, se tenant à l'écart de la meute bruyante, attire l'attention de Céleste. À l'abri de son masque rouge, elle plisse les yeux et, à sa grande surprise, le reconnaît alors. Nicolas Fouquet ne la quitte pas du regard.

Le condamné se faisant attendre, Céleste s'approche du procureur général. Elle ne s'embarrasse d'aucune convenance.

— Que faites-vous là ?

Elle a accompagné sa question d'un mouvement du menton provocateur. Mais Nicolas ne se laisse pas intimider.

— Enfin, je sais qui vous êtes, Céleste Clercy.

Une sueur froide traverse la fille du bourreau. Sa respiration s'accélère. Céleste tente une ultime parade.

— Je suis le fils du bourreau, ce n'est un secret pour personne.

Il s'approche, se penche à son oreille pour n'être entendu que d'elle.

— Vous êtes *la fille* du bourreau, et c'est un secret pour beaucoup. Sauf pour moi désormais.

Nicolas se redresse. Au même instant, la charrette transportant le condamné fait irruption sur la place. Céleste s'éloigne du procureur, sonnée, mais soulagée. Maintenant que le procureur général connaît sa véritable identité, elle se sent délestée et curieusement apaisée. Elle songera plus tard aux conséquences. Pour l'heure, puisque l'instant de vérité a sonné, Céleste va montrer à Nicolas toute la portée de cette révélation : devant ses yeux elle va être la fille du bourreau.

Elle rejoint son père qui tend déjà la main vers l'instrument posé sur les braises et le conjure de procéder elle-même au supplice. Connaissant la répugnance de Céleste pour les tortures, le bourreau ne cache pas sa surprise, mais ne discute pas. Un éclair de jalousie traverse les pupilles de Joachim.

Céleste saisit la fine pique en fer rougi et s'avance à pas lent du condamné. Entre-temps, Nicolas s'est mêlé au reste de l'assistance. Elle lui lance un regard de défi. Monsieur le procureur général exige la vérité nue ? Qu'il la regarde en face ! Céleste appuie d'une main ferme sur l'épaule du condamné, le fait s'agenouiller, puis saisit sa mâchoire pour lui faire ouvrir la bouche. Malgré le calmant, ce dernier rechigne et tourne la tête en tous sens. Avec une étonnante patience, Céleste fait signe à son frère d'approcher. D'un ton froid, elle le prie de lui maintenir le crâne contre sa cuisse et de lui pincer le nez.

Impressionné lui-même par l'aplomb de Céleste, Joachim obéit. Au bout de quelques secondes, l'homme est obligé d'ouvrir les lèvres pour puiser de l'air. Céleste en profite pour glisser les doigts dans sa bouche et lui saisir la langue qu'elle tire de toutes ses forces à l'extérieur. Alors, sans tarder, elle enfonce la pointe au milieu de la chair rose.

Une giclée de sang éclabousse son visage et sa tunique. Un petit nuage de vapeur s'échappe du trou formé dans un grésillement. Une odeur de viande grillée s'élève aussitôt de la langue meurtrie. Céleste retire la pique en fer. Le supplicié hurle, impressionné par l'idée de sa langue percée plus que par la douleur ressentie. Le geste lent, la fille du bourreau repose la pique dans les braises. Joachim se charge quant à lui de relever le supplicié. Tandis que le public s'éloigne, la jeune fille s'approche de Nicolas qui se tient immobile, le teint pâle. Elle retire ses gants et les jette à ses pieds.

— Maintenant, vous savez vraiment qui je suis.

Ce dernier soutient son regard. Sans attendre de réaction de sa part et pour ne pas attirer davantage l'attention, Céleste retrouve son père et son frère. Joachim, qui a reconnu Fouquet, crache à terre, l'œil mauvais. Il n'a toujours pas digéré l'arrestation de Gonesse.

Quand Céleste se retourne, Nicolas a disparu. Elle a pu appréhender pour la première fois la profondeur du fossé qui les sépare. Il pourrait en être de même avec le roi. Mais, du fait de leur condition, le souverain et la fille du bourreau ont en commun d'être aux marges de la société. Et cette exception les a de fait rendus complices. Qu'en est-il du procureur général ? Élevé dans un milieu social aisé, il n'a jamais manqué d'argent, à la différence de Céleste, ou du jeune roi aux chemises élimées. Il a joui d'une instruction poussée, celle-là même qu'elle tente d'acquérir. Trouver le moyen de remplir le garde-manger n'a jamais été une source d'inquiétude. Quel regard peut-il bien porter sur elle, maintenant qu'il l'a découverte les pieds dans la boue et les mains dans le sang ? Acceptera-t-il de taire son secret et la laissera-t-il fréquenter sa mère ?

De retour à la maison, et malgré les émotions de la matinée, le quotidien se rappelle à Céleste. Elle doit s'occuper du linge que Lilas a frotté et laissé tremper avant de retourner à son lupanar, baptisé Les folies de Lilas. Octave, tourmenté par la goutte la nuit précédente, s'offre une sieste dans sa chambre tandis que Joachim part chercher un chargement de bois.

Dans la cour devant la maison, Céleste retrousse ses manches et commence à transvaser les lourds tissus gorgés d'eau d'un baquet à un autre. La tâche est monotone mais lui évite de ressasser les récents événements. Elle fredonne un air d'Antoine Boësset qu'André lui a appris à jouer au luth. Tandis qu'elle essore une chemise, une ombre se déplace sur le pavé. Elle lève la tête de sa lessive. Nicolas Fouquet est à l'entrée de la cour.

Céleste reste interdite, les deux bras dégoulinant d'eau. Quand elle réalise la situation, la honte colore ses joues du même rouge que celui de ses mains abîmées par le savon. Mais elle ne peut faire disparaître ni le linge suspendu aux cordes et qui ondoie dans le vent, ni les baquets de lessive qui trahissent sa modeste condition.

Elle suit le regard de Nicolas qui glisse vers sa poitrine. Sa chemise trempée s'est collée à sa peau et laisse apparaître les bandes de tissu qui compriment ses seins. D'un geste vif, Céleste détache son vêtement de son corps et disparaît à l'intérieur de la maison.

Tremblante, elle monte quatre à quatre les barreaux qui la mènent à sa chambre pour remplacer son habit mouillé, puis dévale l'échelle. Profitant de son absence, Nicolas est entré. Elle le découvre au milieu de la pièce, parcourant des yeux la table, les chaises en paille, la cheminée du rez-de-chaussée. La pauvreté du bourreau et de ses enfants lui éclate au visage.

Il s'approche de Céleste et tend l'index vers l'étage.

— Je peux ?

Céleste, interdite, opine en silence. Nicolas grimpe au premier, la fille du bourreau à sa suite. Ils se retrouvent tous deux sous la mansarde. Un rayon de soleil fait danser la poussière au-dessus du lit. Nicolas s'assoit sur le matelas, rebondit trois fois comme s'il voulait en tester le moelleux ou la résistance. Puis il pose ses mains de part et d'autre de son corps sur la couche, lève le nez aux poutres, en inspecte chaque détail. Peut-être y cherche-t-il un indice ou une réponse ?

— Pourquoi ce travestissement ? D'où tirez-vous vos connaissances ? Qu'êtes-vous venue chercher dans le laboratoire de ma mère ?

Céleste lève les yeux au ciel. L'humiliation que Nicolas est en train de lui faire subir en visitant son humble maison est une torture. Elle a l'impression de passer à la question du bourreau.

— Est-ce un interrogatoire ? Ce n'est ni le moment ni le lieu pour répondre à ces questions. Mon père dort au rez-de-chaussée et mon frère peut revenir à tout instant. Soyez assuré en tout cas de l'amitié que je porte à votre mère. Je la tiens en grande estime. Si mon histoire était fausse, mes sentiments à son égard sont sincères. Et jamais, je n'ai voulu lui nuire.

Nicolas se lève et va à la fenêtre. Il saisit quelques ouvrages empilés sur le bureau, lit les titres, feuillette un des volumes de l'Astrée.

— Ma mère vous apprécie – comment pourrait-il en être autrement ? – et souffre de ne plus avoir de vos nouvelles. Je crains hélas d'avoir été la cause de votre éloignement !

Nicolas repose le livre.

— Malgré mon insistance, mon frère n'a rien voulu me dire sur vous. Et voilà que je découvre que vous êtes la fille du bourreau !

Il baisse la tête, cherche ses mots.

— Ces révélations sont soudaines. Elles viennent bousculer ma vision partielle, j'en conviens, des choses. Mais… malgré le mystère qui vous entoure, vous n'avez eu de cesse d'occuper mes pensées.

Un silence s'installe, et Nicolas dévisage Céleste sans la moindre réserve. Puis il tend le bras, caresse sa joue. La jeune fille peine à contrôler sa respiration. Sa bouche s'entrouvre. Elle tourne la tête et dépose ses lèvres dans la paume de Nicolas. Au même instant, des pas résonnent sur l'échelle. Céleste se recule prestement. En découvrant sa sœur et le procureur général en tête-à-tête, Joachim se fige. Ses yeux passent de Céleste à Nicolas. Alors, la colère déforme ses traits.

— Qui vous a autorisé à entrer ?

Céleste s'interpose entre les deux hommes. Cela n'empêche pas Joachim de fusiller Fouquet du regard.

— Vous aviez le cœur de nous envoyer au gibet quand nous crevions de faim, et vous osez aujourd'hui venir nous narguer jusque sous notre toit ?

Céleste hausse le ton.

— Laisse-nous passer !

Elle repousse son frère vers sa chambre et descend au rez-de-chaussée. Ce dernier se dresse comme un coq, prêt au combat. Nicolas s'avance avec un calme qui force le respect.

— Je dois admettre que les conditions dans lesquelles nous nous sommes rencontrés n'étaient pas des plus heureuses. Mais que voulez-vous, vous faisiez votre commerce et je remplissais mon rôle d'intendant. L'essentiel est que vous et votre sœur…

Il se tourne vers Céleste, le sourire aux lèvres, et lui adresse un hochement de tête de connivence.

— … vous portiez aujourd'hui comme des charmes.

Sur ces mots, il claque une main pleine de condescendance sur l'épaule du jeune homme. La rage étrangle Joachim qui recule, sans rien trouver à rétorquer. Au rez-de-chaussée, Octave est sorti de sa chambre, réveillé par les cris de son fils. Il baille, mais s'interrompt, la mine ahurie, en découvrant un visiteur de si bonne mise dans sa maison qui n'en reçoit jamais. Nicolas salue Joachim avec politesse avant de quitter les lieux. Céleste le raccompagne ce dernier jusque dans la cour. La honte l'étouffe.

Avant de passer sous le porche qui mène à la rue, Nicolas se tourne vers Céleste. Son sourire plein d'assurance s'est effacé. Ses yeux se font pressants.

— Je dois regagner la cour, j'ignore pour combien de temps. Mais ce serait bien à contrecœur que je m'éloignerais de vous en même temps que de Paris. Rejoignez-moi ! Sur place, je vous trouverai un pied-à-terre. Je vous ferai parvenir un sauf-conduit dans quelques jours. Voici l'adresse où je logerai.

Il lui glisse un papier dans la main.

— Et j'espère ainsi donner une nouvelle saveur à nos entrevues.

Céleste observe le billet, hésitante. Tout son corps la pousse vers Nicolas. Mais elle devine, dans son dos, sa maison, son père, son frère, tout son quotidien qui la tient enchaînée à Paris. Elle secoue la tête, fiévreuse, mais ne dit mot. Nicolas recoiffe la mèche de la jeune fille.

— Je vous attends.

Il darde sur la fille du bourreau des yeux brûlants, avant de s'éloigner et de disparaître au coin de la rue. Cette dernière titube jusqu'au seuil de la maison, passe une main sur son visage avant d'appuyer son front au montant de la porte. Octave croque dans une pomme en observant sa fille.

— Che n'était pas l'homme au pied de qui tu as jeté ton gant, Chéleste ?

Céleste tourne un regard désabusé vers son père.

— Celui-là même.

— Qui est-che ?

— Nicolas Fouquet, le procureur général.

Octave s'étouffe, puis écarquille les yeux, impressionné.

— Tu le connais donc, lui aussi ? Pourquoi cette provocation, ce matin ? Et que venait-il faire chez nous ?

Elle chasse les questions de son père d'un revers de main impatient.

— Plus tard, papa !

Céleste disparaît dans sa chambre, mettant ainsi un terme à la curiosité d'Octave.

Les semaines qui suivent l'incursion de Nicolas chez elle paraissent à Céleste les plus longues de sa vie. Quelques jours plus tard, un courrier lui apporte le sauf-conduit. Cent fois, la jeune fille rassemble ses effets pour quitter Paris. Cent fois, elle défait son paquetage. Incapable de se concentrer sur la moindre tâche, elle noircit des feuilles et des feuilles de tout ce qui lui passe par la tête. Dans ces lettres enflammées qu'elle écrit à Nicolas, mais qu'elle ne lui envoie jamais, elle s'épanche, lui avoue qu'il accapare ses pensées, qu'elle tourne en rond, s'impatiente pour un rien, s'exaspère de tout. Elle lui explique aussi les raisons qui la retiennent auprès de son père. Ce dernier, d'un naturel débonnaire, se fâche, car il ne peut plus rien lui demander. Son frère Joachim la fuit à force de disputes. Seule son amie Lilas, sa presque mère, fait preuve d'un flegme admirable. Sans doute se souvient-elle de ses dix-neuf ans et de la violence des sentiments qui pouvaient alors la traverser.

Un peu plus d'un mois après le départ de Nicolas Fouquet, Céleste reçoit une lettre de sa part. Quand Octave apporte l'enveloppe à sa fille, elle la lui arrache des mains et se précipite sur son lit pour en dévorer le contenu. Dans ces lignes, Nicolas lui résume la situation politique et les événements qui l'accaparent.

Le 17 juillet 1652, la cour s'est installée à Pontoise. Le roi tourne en rond dans l'enceinte de la ville, et les soldats s'occupent en fauchant les orges et les blés dans la campagne environnante. Mais le procureur général ne connaît pas l'ennui. Il s'est démené pour convaincre le conseil du roi de transférer le Parlement à Pontoise, ce qui est chose faite le 31 juillet 1652. Malgré le lien de fidélité qui unit Nicolas et son frère au cardinal, le procureur général est favorable à un nouvel éloignement de Son Éminence, condition sine qua non au retour de la paix. Ainsi a-t-il lui-même accompagné Mazarin jusqu'au carrosse qui devait l'éloigner du royaume de France pour la seconde fois. Nicolas clôt sa lettre de la sorte : « *Je travaille jour et nuit, sans relâche, et l'inconfort de la situation dans laquelle se trouve notre Parlement de Pontoise n'a de cesse de me tourmenter. Je me désole que vous n'usiez pas du sauf-conduit que je vous ai fait porter. Mais il me suffit de songer à certaine mansarde qui se trouve quelque part dans Paris pour éprouver sans délai un délicieux apaisement. Éphémère soulagement, car à ces douces pensées succède l'impatience de vous tenir enfin à moi.* »

Céleste relit ces mots des dizaines de fois, jusqu'à finir par les connaître par cœur. Mais pas plus qu'elle ne lui a envoyé ses précédentes lettres, elle n'apporte de réponse à celle-ci. Qu'aurait-elle à lui raconter d'intéressant ? Les fadaises que lui inspire son cœur ? Le morne quotidien d'une fille de bourreau ? Elle n'a pas non plus envie de lui relater les horreurs qu'elle entend sur le Pont-Neuf, comme ce jour, vers le milieu du mois d'août, où elle assiste à une joute verbale entre deux harangueurs qui se gaussent du Parlement de Pontoise.

— Savez-vous que les Pontoisiens siègent dans une grange ?

— Hé ! Que leur faut-il de plus à ces ânes ?

— Un bonnet ! Le greffier Radigue a dû en emprunter un tout crasseux à un procureur du coin !

Des éclats de rire fusent dans l'assistance. Agacée, Céleste hausse les épaules. Ces gueux se moquent de l'œuvre de Nicolas, pour laquelle il travaille avec acharnement ! Plus loin, un chansonnier s'accompagne d'un violon pour brailler ses mauvaises rimes.

Ce Foucquet se fait trop connaître.
Il n'a que Mazarin pour maître.
Le diable le rende confus.
Ce fut le taxeur du blocus[1].

Le rouge monte aux joues de la fille du bourreau. Elle ramasse un caillou et vise le gouailleur. Touché en plein front, il se tait aussitôt. Quand il tente de découvrir le coupable, Céleste s'est déjà évaporée.

Mais à partir du mois de septembre, les chansonniers changent peu à peu de cible. Paris est fatigué, de la guerre condéenne et réclame désormais la paix. Le prince, sentant le vent tourner, part le 13 octobre 1652 avec le reste de ses hommes et rejoint l'armée espagnole dans les Flandres.

Quelques jours plus tard, Céleste reçoit une seconde lettre de Nicolas, plus brève que la précédente. L'écriture du procureur général est nerveuse, son style moins travaillé. Il y détaille les grandes difficultés rencontrées par le Parlement de Pontoise, et ce malgré ses nombreux efforts pour asseoir son autorité. Seule une poignée de présidents, maîtres des requêtes et conseillers

1. Pamphlet extrait du *Parlement burlesque de Pontoise, contenant les noms de tous les présidents et conseillers renégats qui composent ledit parlement, ensemble des harangues burlesques faites par le prétendu premier président.*

assistent aux séances du Parlement légitime. Mais la conclusion de sa lettre provoque chez Céleste une joie intense.

Le roi va enfin rentrer à Paris le 21 octobre le lendemain pour tenir un lit de justice qui, exceptionnellement, aura lieu au Louvre. Louis entend ainsi asseoir son pouvoir. Nicolas prie instamment Céleste de bien vouloir y assister : « *Mon frère Basile vous attendra sur les coups de onze heures à la porte du Palais des Tuileries et vous laissera entrer.* » Il conclut par ces mots : « *Je ne cache pas ma joie de voir le roi revenir en la capitale et ramener la paix dans ses bagages. Je n'ai cessé de l'y inciter. Mais mon bonheur ne sera entier que si vous m'assurez de votre présence, mardi prochain, donc. Je crois avoir été suffisamment patient, et il serait bien cruel de me faire subir un nouveau délai avant de vous revoir.* »

Céleste ne sent plus ses pieds toucher terre. La cour revient à Paris. La paix se profile à l'horizon. Et enfin, elle va retrouver Nicolas !

Le matin du 22 octobre 1652, Céleste enfile la robe que Basile lui avait fait porter pour l'anniversaire du roi à l'Hôtel de Ville. Comme cet épisode lui paraît désormais lointain ! Joachim, soulagé de voir sa sœur de bonne humeur, accepte volontiers de mettre ses talents de coiffeur à son service. Sa tâche achevée, il contemple Céleste.

— Te voilà à peu près présentable !

Cette dernière pince le bras de son frère puis s'admire dans le petit miroir suspendu à l'une des poutres de leur mansarde. Dans le reflet, elle remarque l'air soudain maussade de Joachim, tandis qu'il range ses ustensiles…

— Tu vas retrouver ton Fouquet ? persifle-t-il.

Céleste s'agace.

— D'abord, ce n'est pas *mon* Fouquet, mais le procureur général. C'est surtout l'occasion de retrouver le roi et de voir à quoi ressemble le Louvre de l'intérieur, où je ne suis jamais allée.

Joachim referme le couvercle du nécessaire à coiffure avec un peu trop de virulence.

— Tu mens aussi mal que papa. Soit, amusez-vous bien, madame la duchesse !

Elle fronce les sourcils.

— Serais-tu jaloux, ma parole ?

Joachim éclate d'un rire qui sonne faux. L'intuition de Céleste était bonne.

— Que m'importe de fréquenter les grands de ce monde ! riposte son frère. Toi qui te targues d'étudier la philosophie, voici du Montaigne : « Si haut que l'on soit placé, on n'est jamais assis que sur son cul. » Garde-le en mémoire quand tu salueras ton procureur général !

— Pourquoi tant de fiel dans tes propos ? T'ai-je fait la morale quand tu tournais autour de la fille du négociant en blé, il y a trois ans ?

Joachim sursaute.

— Comment es-tu au courant ?

Elle lève les yeux au ciel.

— Toi non plus, tu ne sais ni mentir ni dissimuler. Je n'ai pourtant rien dit quand je t'ai surpris en train de lutiner Blanche dans la remise de la cour. J'étais heureuse pour toi, voilà tout ! Pour une fois qu'une jouvencelle n'était pas rebutée par un fils de bourreau !

Joachim devient cramoisi. Devant la mine confuse de son frère, Céleste éclate de rire à son tour. Son ton s'adoucit.

— Ce que je suis en train de vivre est exceptionnel et inespéré. Je suis navrée que tu ne puisses en tirer davantage de profit. Mais quoi qu'il arrive, tu resteras mon complice. Sans toi, et pendant toutes ces années, mes improbables combines seraient tombées à l'eau. Et Dieu, que mon enfance aurait été ennuyeuse ! Je ne t'oublie pas, Joachim.

Dans un élan de tendresse, Céleste se jette dans les bras de son frère et s'y pelotonne. Quand elle se recule enfin, Joachim renifle et baisse la tête par fierté pour dissimuler ses larmes.

— Je dois y aller. Merci pour tout, grand frère !

Elle lui souffle un baiser et descend l'échelle en tenant avec précaution sa robe. Joachim la suit des yeux. Malgré lui, il sent la jalousie empoisonner son cœur.

XXXVI

22 octobre 1652

Sur les coups de neuf heures du matin, Céleste se rend au Palais des Tuileries qui se dresse dans le prolongement du Louvre. Pour atteindre l'entrée, elle doit se frayer un passage parmi la multitude de carrosses parqués devant le bâtiment. C'est un grand jour pour la France !

Céleste dépasse un vieux parlementaire au col en fourrure d'hermine appuyé sur sa canne et se présente aux gardes. Basile est là. Il l'attendait. En la découvrant vêtue d'une robe, sa surprise n'est pas feinte.

— Où sont vos habits d'homme ? Votre pourpoint ? Votre chapeau ?

— Si l'invitation était venue de vous, je me serais en effet vêtue pour chevaucher à l'aise ou tendre des embuscades. Mais c'est votre frère qui m'a conviée.

Céleste jubile en son for intérieur d'avoir mouché l'abbé. Celui-ci fronce les sourcils.

— Mon frère vous connaît donc autrement qu'en fils de bourreau ?

— Si vous saviez tout ce qu'il peut connaître de moi !

Basile lisse sa moustache, la mine contrariée. Céleste exulte.

— Allons, Basile, remettez-vous ! Je suis navrée. Il faudra désormais partager votre jouet avec votre frère. Et lui ne risque pas de le casser. Maintenant, me laisserez-vous passer ? La séance ne va pas tarder à commencer.

Céleste plante là, l'abbé avec un plaisir mal dissimulé et une confiance en elle, décuplée. Elle rattrape le vieux parlementaire impotent, dépasse le pavillon de Flore à l'angle du Palais des Tuileries et atteint la Grande Galerie qui longe la Seine. Aux murs ont été accrochés les portraits des rois, de leurs ministres et de leurs favoris. Des bancs ont été disposés dans la salle de manière à reproduire, à l'identique, la Grand-Chambre du Parlement. Au fond, un trône en satin vert, ce fameux lit de justice, est surmonté d'un dais tendu de velours bleu et brodé de fleurs de lys en fil d'or. Le vieux parlementaire, après avoir salué un confrère, désigne le tissu du bout de sa canne.

— Les gens du roi ont fait venir tout exprès le dais royal de la Grand-Chambre du Parlement ! Nous leur avons fait signer un reçu.

— Un reçu ?

— Eh bien oui ! Pour qu'ils s'engagent à nous le rendre.

Céleste porte la main à sa tempe, abasourdie par la défiance du Parlement à l'égard du pouvoir royal. Ces messieurs sont si nombreux qu'il n'y a pas de places assises pour tout le monde. D'autant qu'à la foule des magistrats et conseillers s'ajoutent quelques spectateurs. Céleste est restée debout, à l'arrière de la salle, mais elle est parvenue à se glisser à l'orée des derniers bancs afin de ne rien perdre de la séance à venir. Elle parcourt des yeux l'assistance, constate qu'elle est une des rares femmes. Puis elle cherche Nicolas et l'aperçoit enfin, qui écoute avec attention un confrère, tête baissée. Il tient sur ses genoux une importante liasse de papiers.

Les dernières robes rouges s'installent sur les bancs. Le président Molé frappe dans ses mains, réclame le silence, invite monsieur le procureur général à prendre la parole. Nicolas Fouquet se lève, s'avance jusqu'au centre de la salle. D'une voix forte, mais sans emphase, il se contente de lire la déclaration d'amnistie des frondeurs, à l'exception cependant de certains, comme Beaufort ou La Rochefoucauld pour ne citer qu'eux, puis ses conclusions.

Sur les bancs, les douze premiers conseillers ne tergiversent pas. Mais bientôt, une voix s'élève et propose d'excepter de l'amnistie les responsables des attaques du 21 juin 1652 contre le Parlement et de l'incendie de l'Hôtel de Ville, le 4 juillet de la même année. Ce durcissement des conditions est aussitôt accueilli avec ferveur par quelques collègues. Dans une dynamique inverse, un autre conseiller s'insurge d'une voix aigre contre le délai imposé aux princes pour se soumettre à la décision du roi jugé trop court. Bientôt, chacun se lève et réclame une mesure en faveur de ses connaissances et collègues exclus du pardon royal. Le magistrat à la voix aigrelette termine ainsi :

— Dans ces conditions, monsieur le procureur général, nous ne pouvons accepter vos conclusions.

Céleste guette avec appréhension les réactions de Nicolas. Mais ce dernier reste impassible malgré le vent contraire qu'il doit affronter. Le chancelier Molé prend alors la parole :

— Nous interviendrons auprès du gouvernement en faveur des princes et des bannis afin qu'une solution soit trouvée, soyez-en convaincus.

Le garde des Sceaux Séguier confirme ensuite les propos du chancelier. Après quoi, l'amnistie peut enfin être adoptée. Nicolas retourne s'asseoir. Il croise le regard de Céleste. Son visage s'illumine et il lui adresse un sourire complice. Mais il est aussitôt interpellé par un confrère, sur lequel il reporte toute son attention. Un quart d'heure plus tard, un cri retentit à l'entrée de la Grande Galerie.

— Le roi !

Le sang de Céleste ne fait qu'un tour. Toute la salle se lève dans un même élan. Parmi les robes noires et rouges Louis s'avance, le menton relevé, la mine grave, vêtu d'un justaucorps brodé d'or, agrémenté de boucles de rubans rouges et la rhingrave[1] assortie. La longue plume incarnate qui orne son chapeau ondule avec élégance à chacun de ses pas. Céleste tente de capter son regard, en vain. Il fixe le trône sur lequel il va s'asseoir. Un silence respectueux remplit la salle.

Le jeune souverain ayant pris place, le chancelier Séguier et le garde des Sceaux introduisent la séance par deux discours louant l'indulgence du roi et la conduite de la reine. Après quoi, lecture est faite de la déclaration d'amnistie, puis de la décision du roi de légitimer le Parlement de Pontoise et de rétablir celui de Paris. Enfin, Mathieu Molé lit la conclusion royale qui confirme l'exil d'une liste de frondeurs, interdit aux officiers du roi de communiquer avec les princes étrangers et défend au Parlement de s'entremettre dans les affaires générales de l'État.

Malgré ces restrictions fermes, aucune manifestation ne se fait d'abord entendre dans la Grande Galerie. Alors, Nicolas Fouquet se lève de nouveau et regagne le centre du parquet. Il jette un regard furtif à Céleste avant de se tourner vers le jeune souverain. La fille du bourreau retient son souffle, suspendue aux lèvres de Nicolas.

D'une voix aussi claire que puissante et d'un ton amène et posé, il commence par féliciter le jeune roi pour la manière

1. Large culotte avec de nombreux plis, garnie de dentelles et de rubans.

dont il exerce son pouvoir malgré les difficultés rencontrées. Il marque un silence puis reprend son discours, qualifiant de sage et de prudente la décision du souverain d'avoir transféré le Parlement à Pontoise. Nicolas vient de légitimer sa proposition par une belle astuce : il en fait porter l'initiative au Roi ! Céleste sourit au procédé. Pour peu, elle applaudirait !

Les parlementaires, sonnés, impressionnés par la présence royale, se lancent dans une ultime épreuve de force et s'opposent de nouveau aux conditions de l'amnistie. Mais les voix se font timides et les contestations sans conviction. Dans un dernier soubresaut, le Parlement tente de garder la face.

Quand le dernier conseiller s'est exprimé, le chancelier Séguier, la mine fermée, se tourne vers le roi pour vérifier si ce dernier souhaite accéder à l'une des requêtes de ces messieurs. Mais Louis demeure impassible, le menton haut, les yeux rivés sur le dernier orateur, qui s'enfonce dans sa robe. Alors, d'une voix monocorde, Séguier prononce l'arrêt d'enregistrement des quatre déclarations.

— Le roi communiquera à son conseil les vœux émis au sujet de la quatrième déclaration. Votre Majesté, messieurs, la séance est levée.

Le Parlement agonisant vient de rendre l'âme : il n'est plus qu'une coquille vide, démis de ses pouvoirs. Le roi se lève, aussitôt imité par tous. Il descend de l'estrade où se tient son trône, traverse la salle au milieu de ses sujets, immobiles et silencieux. Aucune expression ne vient perturber les traits de son visage. Mais dans son for intérieur, le roi jubile. Qu'il paraît loin, le temps où le peuple canonnait jusque sous les fenêtres du Palais Royal ! Où son cousin, désormais exilé, ne daignait descendre de son carrosse pour venir le saluer ! Où la lie du peuple osait violer ses appartements, jusqu'à pénétrer dans sa chambre ! Où ces messieurs du Parlement, aujourd'hui matés, osaient piétiner son sceptre et braver son autorité ! Il s'avance avec lenteur parmi les échines courbées, les têtes basses, et jouit de son pouvoir, encore jamais éprouvé.

Pour la première fois de sa vie, il se sent roi.

Tandis qu'il passe près de Céleste, celle-ci ose un regard vers son souverain. Ce dernier incline la tête à son passage. Ses yeux pétillent d'allégresse. La fille du bourreau lui sourit à son tour, mais repose vite le menton sur sa poitrine. Son cœur déborde de joie pour le jeune roi enfin vengé de ses humiliations.

Et sans conteste, Nicolas Fouquet est l'instrument de ce triomphe.

Le roi parti, la salle s'ébroue à son tour. Céleste cherche Nicolas des yeux. Alors qu'elle se fraye un chemin parmi les parlementaires, les langues se délient.

— À insulter ainsi le Parlement, le procureur général ne va pas se faire que des amis. Dangereuse stratégie.

— L'accueil que nous lui réserverons à la prochaine séance risque d'être des plus glacials.

Un malaise saisit Céleste qui, toute à sa joie, n'avait pas envisagé les conséquences des actions de Nicolas. Elle rejoint le banc où il était assis jusque-là, mais ne l'y trouve pas, s'éloigne un peu des parlementaires qui conversent et quittent la salle au compte-goutte. Alors, une main se glisse dans la sienne. Nicolas l'attire vers le fond de la salle. Céleste se laisse emporter.

Les occupants de la Grande Galerie se dirigent vers la sortie, mais Nicolas prend le chemin opposé. À ses hésitations, il ne semble pas savoir avec précision où aller. Ses gestes sont précipités et il marche d'un pas vif, Céleste toujours à sa suite. Il jette de temps à autre des coups d'œil furtifs par-dessus son épaule, pour s'assurer que personne ne fait attention à eux.

Soudain, Nicolas bifurque dans un renfoncement de la galerie, à l'abri des regards. La main de Céleste toujours dans la sienne, le procureur général l'attire contre lui.

Il saisit le visage de la jeune fille et, avec une ardeur qu'il ne cherche plus à contrôler, pose ses lèvres contre les siennes. Dans la tête et le corps de Céleste, c'est l'explosion. Les yeux clos, elle entrouvre ses lèvres, s'abandonne, referme ses bras autour de Nicolas. Ce dernier goûte sa bouche, sa peau, enfonce le nez dans son cou, s'aventure à l'orée de son corsage, l'embrasse à nouveau avec gourmandise. Son corps a épousé les formes de Céleste, il la tient serrée contre lui avec une vigueur qui attise la fièvre de celle-ci.

Après tant de mois passés à attendre l'instant où il pourrait étreindre la jeune fille, Nicolas laisse enfin son désir s'exprimer. C'est une vague qui le submerge. Il découvre son besoin avide de posséder Céleste. Travailleur obstiné, il a eu peu de temps à consacrer à ses amours, en dehors de ses deux mariages, et le souvenir de ses rares liaisons lui paraît bien fade en comparaison de l'ouragan qu'il est en train de vivre.

À son tour, Céleste laisse ses mains s'aventurer sur Nicolas. Son nez retrouve le parfum humé dans le carrosse quand elle avait emprunté son habit, et l'ivresse la gagne. Elle ne sait combien de temps ils restent là, à s'embrasser. Elle a l'impression de se fondre en lui.

Des pas se rapprochent et les arrachent l'un à l'autre. C'est le souffle court, les vêtements en désordre et un brin échevelé que le couple voit surgir Basile, aussi surpris que ceux qu'il vient de surprendre.

— Que faites-vous là mon frère ? s'enquiert l'abbé.

Nicolas se racle la gorge pour retrouver ses esprits.

— Je vous retourne la question.

Basile jette un œil soupçonneux à la jeune fille fébrile.

— Je vous cherchais, Céleste. Votre frère vous demande à l'entrée.

La fille du bourreau bredouille :

— Que me veut-il ?

— Il semblerait que votre père soit au plus mal.

XXXVII

22 octobre 1652

Céleste est incapable de parler. D'instinct, elle s'agrippe à Nicolas qui la retient pour l'empêcher de s'effondrer. Le procureur général a retrouvé son sang-froid.

— Venez, Céleste. Nous allons prendre mon carrosse.

Il se tourne vers Basile, en retrait, la mine contrariée. L'abbé a compris le lien qui unit Céleste à Nicolas, et une pointe de jalousie le pique dans son orgueil.

— Basile, s'il vous plaît, pouvez-vous prévenir monsieur Guénégaud que j'arriverai en retard à notre rendez-vous ?

Basile acquiesce de mauvaise grâce. D'un pas vif, Nicolas emmène Céleste à travers les couloirs du Louvre jusqu'à l'entrée du Palais des Tuileries où Joachim trépigne d'impatience. En découvrant Nicolas Fouquet, la mine du jeune homme s'assombrit davantage. Mais Céleste n'y prête aucune attention, submergée par l'inquiétude.

— Comment va papa ? Que lui arrive-t-il ?

— Je crois qu'il va mourir, Céleste. Et il m'a supplié de venir te chercher de toute urgence.

La voix de Joachim est altérée par l'émotion. Céleste se jette dans les bras de son frère et laisse éclater ses sanglots. Nicolas fait signe au cocher. Quand ce dernier arrive à leur hauteur, il ouvre la portière et invite le frère et la sœur à monter. Joachim hésite, mais Céleste s'est déjà installée sur la banquette et, devant l'urgence de la situation, il grimpe à son tour. Avant de les rejoindre, Nicolas frappe le bois du carrosse.

— Rue du Vertbois, et vite !

Puis il s'installe en face de Céleste. Les trois occupants du véhicule ont repris les mêmes places que le jour où ils se sont rencontrés à Gonesse.

Le front contre la vitre, Céleste regarde les maisons défiler. Les larmes coulent, silencieuses et sans discontinuer, le long de ses joues. Nicolas lui saisit les mains. À ce contact, Céleste lui offre un sourire triste. Elle le distingue à peine derrière le brouillard qui emplit ses yeux.

Le carrosse arrive enfin rue du Vertbois. Joachim sort en premier du véhicule. Céleste s'apprête à remercier Nicolas mais il la devance :

— Allez voir votre père et ne vous occupez pas de moi.

Profitant de ce que Joachim leur tourne le dos, il chasse de son pouce une larme sur la joue de la jeune fille.

En pénétrant dans la chambre de son père, Céleste le trouve alité, les yeux fermés, le front perlé de sueur. À intervalles réguliers la douleur déforme ses traits, et sa respiration est saccadée. Céleste saisit la main d'Octave, qui ouvre les paupières. Le soulagement se lit dans ses yeux.

— Dieu soit loué, vous êtes revenus !

Mais à peine a-t-il prononcé ces mots que son visage se crispe et qu'il porte la main à sa poitrine. Il ouvre la bouche, cherche de l'air. Céleste tombe à genoux à côté de son lit.

— Papa!

Elle enfonce le nez dans ses draps, s'agrippe à sa chemise trempée de sueur. Octave caresse ses cheveux et, d'une voix altérée par la souffrance, tente d'apaiser Céleste.

— Là, ma fille, ne pleure pas.

Céleste relève son visage baigné de larmes.

— Papa, tu ne vas pas nous laisser, hein?

Octave grimace, laisse échapper un nouveau gémissement mais ne répond rien. Joachim se dirige vers la porte.

— Je vais aller trouver le prêtre.

Dans un sursaut, Octave se redresse et tend le bras.

— Non, reste! Je dois vous parler, à toi et à ta sœur.

Il se laisse retomber sur son oreiller, cherche à reprendre son souffle.

— Céleste, ma fille chérie, pardonne-moi de cette vie de secret à laquelle je t'ai condamnée. En voulant te protéger, je t'ai mise en danger. J'aurais voulu faire mieux que mon père mais je n'en ai pas été capable. Je vous laisse, toi et ton frère, dans la pauvreté.

Céleste pose ses doigts sur la bouche de son père.

— Tais-toi! Tu ne dis que des bêtises.

Octave se tourne vers Joachim, mais une crise soudaine lui impose le silence. Le fils de Rosane se tient le dos au mur, la gorge nouée, les yeux brillants de larmes contenues. Le bourreau lui fait signe d'approcher. Sa voix se fait un peu plus faible.

— Joachim, j'ai une dernière faveur à te demander. Tu es d'un an plus âgé que Céleste, mais accepte que ce soit elle qui reprenne la charge de bourreau. C'est la seule chose que je puisse lui léguer.

Un éclair de colère traverse le visage de Joachim. Ses mâchoires se contractent, son corps entier se tend. Les larmes, cette fois-ci, et coulent jusque dans sa barbe qu'il a cessé de raser pour paraître plus âgé. Mais si la douleur en est la source, l'aigreur en est l'affluent.

— Joachim, promets-moi que tu lui laisseras la charge !

Mobilisant ses dernières forces, Octave saisit un petit livre sur sa table de chevet et le présente à son fils.

— Jure sur cette bible !

Ce dernier contracte la mâchoire pour contenir le cri de rage qui veut jaillir de sa poitrine. Il baisse la tête et, la voix rauque, promet au mourant en lui arrachant le volume des mains. Le bourreau pose les yeux sur la couverture en cuir de veau et les dorures qui en ornent le dos. Dans un souffle, il glisse à sa fille :

— Cet ouvrage appartenait à ta mère, Céleste. Désormais il est à toi.

Alors Octave retombe sur son oreiller, apaisé. Affaibli par la goutte, le bourreau est rongé par un mal dont il ignore le nom, mais qui le tourmente depuis des mois. Son agonie s'éternise. Un dernier spasme le surprend. Son buste se soulève, son visage se tord de douleur. Sa main se pose sur son cœur, froisse sa chemise. Une plainte étouffée sort de sa gorge. Ses membres se détendent, son corps s'affaisse dans un silence pesant. Le bourreau vient de s'éteindre.

Céleste reste longtemps agenouillée près de son père, le visage enfoui dans ses draps, les épaules secouées par les sanglots. Son frère serre les poings, le regard fixe. Dans la mort, Octave a emporté sa seule perspective : devenir le bourreau de Paris. Par faiblesse, Joachim a promis, s'engageant ainsi devant Dieu. Comment revenir désormais sur sa parole ?

Au bruit d'un pas sur le seuil, les enfants du bourreau relèvent la tête. Nicolas Fouquet est apparu dans l'entrée, le chapeau à la main. En apercevant le défunt, il se signe, la mine navrée. C'en est trop pour Joachim, qui libère sur le procureur général toute sa fureur accumulée.

— Tiens ! Voilà le charognard de Gonesse. Sortez de chez moi. Immédiatement !

Nullement impressionné, Nicolas ignore Joachim, fulminant, et s'avance le pas lent vers Céleste.

— Je connais la douleur de perdre un père. Je vous présente toutes mes condoléances.

Nicolas relève la jeune fille. Joachim revient à la charge.

— Bas les pattes, monsieur Fouquet ! Vous êtes en train de toucher le nouveau bourreau de Paris : Céleste Clercy.

Un rictus déforme son visage.

— C'est elle désormais qui devra pendre, décapiter, rouer ou brûler les condamnés.

Il s'approche jusqu'à n'être plus qu'à quelques pouces du procureur général.

— Ça vous excite ?

Aussitôt, Joachim sent une vive brûlure sur sa joue. Dressée entre Nicolas et son frère, Céleste tremble des pieds à la tête, rouge de colère. Elle n'a pu retenir sa gifle.

— Comment oses-tu ? Avec papa qui repose juste à côté de nous... Sors d'ici !

Elle le repousse avec violence.

— Sors d'ici ! Je ne veux plus te voir !

Son cri de rage se noie dans les larmes, son bras se replie contre son ventre. Joachim, les traits déformés par le dégoût, tend la Bible sous le nez de sa sœur.

— Tu es le nouveau bourreau de Paris. Fort bien ! Je me contenterai des miettes pour tout héritage. La bible de ta mère, elle est pour moi !

Sur ces mots, il fourre le livre dans les plis de sa chemise et s'enfuit hors de la maison. Des sanglots dans la voix, Céleste s'excuse auprès de Nicolas pour le comportement de son frère. La douleur le rend colérique et mauvais. Le procureur général dégage la mèche qui recouvre une fois de plus les yeux de la jeune femme.

— Je me fiche du ressentiment que votre frère me porte. Ne vous en souciez pas ! Mais si je n'ai guère le pouvoir d'atténuer votre chagrin, je peux vous aider à vous consacrer en toute sérénité à votre deuil.

Il se détache de Céleste.

— Acceptez que je me charge de l'inhumation et que j'aille quérir les jurés crieurs de corps et de vin[1]. Ils vous fourniront un bel habit pour votre père et les cierges pour la veillée. De votre côté, prévenez le prêtre de Saint-Nicolas-des-Champs. Il fera venir un religieux pour accompagner votre père de ses prières.

Les yeux brillants, Céleste remercie Nicolas. Puis, d'un mouvement brusque, elle se recule et lui jette un regard farouche.

— Vous n'êtes donc pas dégoûté de ma personne ? Mon frère dit vrai : je suis le nouveau bourreau de Paris.

En prononçant ces mots, Céleste réalise soudain le poids de la charge qui pèse désormais sur ses épaules. Son corps s'affaisse. La voilà condamnée à donner la mort pour gagner sa vie. Elle lève des yeux implorants vers Nicolas, effrayée par cette réalité. Avec vigueur, ce dernier lui saisit le visage à deux mains, appuie ses lèvres sur les siennes dans un baiser rassurant. Puis il regagne la porte en deux enjambées et se retourne. Sa bouche affiche alors ce même sourire espiègle qui avait tant marqué Céleste sur le chemin de Gonesse, et a tout bouleversé.

— Le bourreau est mort. Vive le bourreau !

---

1. Les jurés crieurs de corps et de vin fournissaient les cercueils, les tentures, les habits de deuil, tout le matériel nécessaire aux obsèques et aux funérailles. Ce sont eux qui annonçaient de par les rues la mort des défunts.

Remerciements

Je tiens à remercier mille fois mon éditrice Virginie Bégaudeau qui m'a accompagnée tout au long de l'écriture du roman et qui a su m'aider à lui donner chair (et sentiments) : un travail titanesque ! Marie Horysa pour son œil acéré et ses commentaires qui font mouche. Fabien et Fabienne Bleuze, sans qui l'étincelle de départ n'aurait pas eu lieu. Mon homme, David, ma fille, Manon et ma belle-fille, Noémie, pour leur patience et leur présence à mes côtés. Promis, nous écouterons désormais autre chose que de la musique baroque ! À tous les historiens et mémorialistes grâce à qui j'ai pu nourrir mon récit : Jean-Christian Petitfils, Michel Pernot, Frédéric Armand, Pascal Bastien, Daniel Dessert pour ne citer qu'eux. À François Barthélemy, mon professeur de français qui, sans le savoir, m'a donné le goût d'écrire. À tous ceux que j'ai bassinés avec l'avancée de mes travaux. Et j'en oublie sûrement plein d'autres et m'en excuse. Merci à tous pour cette belle aventure !

À paraître

La Fille du bourreau. L'envolée, Éditions Jeanne & Juliette, 2024

Mis en pages par DV Arts Graphiques à Saint-Nazaire,
cet ouvrage a été achevé d'imprimer sur Roto-Page
par l'Imprimerie Floch,
à Mayenne,
pour le compte des Éditions Jeanne & Juliette
57, rue Gaston Tessier – 75019 Paris
en avril 2023

Imprimé en France
Dépôt légal : mai 2023
N° d'édition : 1103 – N° d'impression : 102553